KB065010

고시 율격의 비교학적 연구

김정화 지음

보고사

머리말

몹시도 추운 날이었다고 기억한다. 전화로 어렵게 약속을 정하고 일본 지바 대학의 토지키 선생님을 만났다. 당시 문리대 학장을 맡고 계셨던 토지키 선생님은 나를 보고 상당히 당황해 하셨다. 어린 나이도 아닌데 한국 문학을 전공했으면서 그제서야 일문학에 발을 디디려고 하는 모습에 좀 어이가 없으셨던 듯하다. 和歌나 俳句를 공부해 앞으로 연구할 비교 시학의 토대를 갖추고 싶었던 게 나의 욕심이었는데 선생님은 한참동안이나 나를 만류하셨으니 말이다. 결국 선생님은 나의 막무가내를 받아들이셨고 이듬해 봄부터 나는 선생님의 강의를 들을 수 있었다. 초보 수준의 일본어 실력으로는 정말 이해하기 어려웠던 강의, 일본 문학과의 인연은 그렇게 시작되었다. 지바 대학에서 일본 문학이란 걸 처음 접했다면 와세다 대학에서는 일본 시를 만났고 율격에 대해 본격적으로 공부할 수가 있었다. 지금 생각해 보면 어떻게 그렇게 용감했을 수가 있을까 싶다. 무식하면 용감하다고 바로 그 짝이었다. 후에 미국으로 가서 공부를 할 수 있었던 것도 내게는 참으로 귀중한 기회였던 것 같다.

본서는 크게 3부로 나뉘어져 있다. 1부에서는 한국과 일본에서 이루어진 율격론의 역사를 더듬어 보면서, 그간 양국 시의 율격론이 전개되면서 어떠한 공통점과 차이점을 보이고 있는지를 살펴보았다. 2부에서는 한・일 시의 율격적 체계를 기조 단위에서 기저 단위, 기층 단위, 기본 단위까지 단계적으로 깊이 있게 파악해 보려고 노력했으며, 3부에서는 세계 시 속에서 한국 시의 율격이 어떻게 유형지어질 수 있는지를 살폈고, 마지막으로 한국 시 율격론에서 제외될 수 없는 7・5조론을 재조명해 보았다.

시 율격의 비교라는 거대한 주제를 가슴에 품은 것은 정말 천지를 모르고 덤벼드는 꼴이었다. 너무 크고 어려운 연구라 주변에서 진정으로 걱정해 주시는 분들도 많았다. 하지만 내가 연구를 계속할 수 있었던 것은 훌륭하신 선생님이 계셨기 때문이다. 홍재휴 선생님과 마쯔우라 선생님은 평생을 갚아도 못 갚을 은혜를 주신 큰 스승이시다. 그런 선생님의 가르침을 받을 수 있었다는 점에서 난 대단한 행운아가 아닐 수 없다. 진정으로 학문을 즐거워하시며 잘못되어 가는 학풍을 안타까워 하시는 홍재휴 선생님, 학문적 담소를 가장 좋아하셨던 마쯔우라 선생님의 모습에서 배움이 무엇인지, 진정한 학자가 무엇인지를 늘 생각할 수가 있었다.

비교 문학에 관심을 두면서 다른 나라 문학에 눈을 많이 돌렸지만, 한국 문학에 대해서도 소홀해지지 않으려고 무던히 애를 썼다. 하지만 역부족이었음은 자명하다. 이제 이 책을 내고 보니 더 부끄러움이 앞선다. 홍재휴 선생님과 마쯔우라 선생님, 임유경 선생님, 김효중 선생님, 장도준 선생님, 이영란 선생님, 무라야마 선생님, 카와모토 선생님, 그리고 토지키 선생님의 도움이 없었더라면 이 책은 나올 수가 없었을 것이다. 진심으로 감사를 드린다. 다만 선생님의 가르침에 턱없이 부족한 책을 내자니 죄송스럽기 한이 없다. 앞으로 더 연구에 정진하겠다는 변명을 올리며 너그러운 용서를 구할 뿐이다.

그리고 10년의 세월동안, 힘들 때마다 자기일 이상으로 도와주고 진심어린 충고를 아끼지 않으며 늘 힘이 되어준 나의 평생지기가 정말 고맙다. 항상 딸에게 모든 걸 양보하시고 희생하시는 부모님께도 감사의 말씀을 올리고 싶다. 말로는 다 표현할 수 없기에 그 감사함이 항상 가슴을 저리게 만든다. 마지막으로 선뜻 출판을 허락해 주신 보고사 사장님께도 진심으로 감사드린다.

2004년 10월
김 정 화

차례

Ⅲ. 律格 類型의 定立 / 309

I

律格論의 발자취

지금까지 한·일 시 율격 비교 연구가 깊이 있게 진행되지 못했거나 잘못된 이론으로 유도된 것은 양국 시 율격의 본질에 대한 올바른 이해가 선행되지 못했기 때문이다. 아직까지 한국 시든 일본 시든 각국 시의 율격론은 그 실상이 완전히 밝혀져 학계의 정설로 인정된 상태라고 볼 수는 없다. 하지만 기존의 연구를 바탕으로 양국 시의 본질을 이해하려는 노력이 있다면 비교 연구는 한 층 의의를 더할 수 있으리라 생각된다. 한 나라의 시만으로 풀리지 않는 문제가 다른 나라 시와의 비교를 통해 풀릴 가능성을 배제할 수 없기 때문이다. 특히 한국 시와 일본 시는 다른 나라의 시보다 더 밀접한 관계에 있기 때문에 그 가능성은 매우 높다고 할 수 있다. 그리고 이러한 율격 체계의 비교를 위해 기존 연구의 검토는 필수적인 선행 작업이다. 기존 연구의 성과와 한계를 살펴봄으로써 우리는 그 속에 내재되어 있는 공통의 고민을 발견해 낼 수 있을 것이며, 또 그 속에서 새로운 해결 방안을 모색할 수도 있으리라 생각한다. 서로간 차이점을 내포하면서도 유사한 율격적 조건을 가지고 있는 한·일 시의 율격은 율격론사에서도 다른 문제는 물론, 공통된 고민도 발견할 수 있을 것이다. 그러한 여러 문제에 관해서 어떠한 해석의 결론이 내려졌는지 살펴보는 가운데, 단독으로 해결할 수 없었던 벽을 어쩌면 풀 수 있으리라는 기대를 해도 좋지 않을까 생각한다.

律格 比較論의 史的 展開

1. 들어가는 말

지금까지의 한・일 시에 대한 율격 비교론은 양국 시에 대한 체계적인 지식을 바탕으로 연구된 것이라 보기는 어렵다. 초기에는 영향성이나 유사성에 초점을 두어 선험적인 지식으로 결론을 도출하려 했었고 그 후로도 율격의 체계라든지 단위의 비교가 아니라, 대부분 한국시의 이른바 <7・5조>라는 시를 논하면서 이와 같은 율조를 가진 일본 시의 7・5조 율조를 언급하지 않을 수 없었기 때문에 이루어 진 것이 많은 비중을 차지한다. 한국인들의 일본 시에 대한 이해는 일본 시의 수입-이른바 7・5조, 5・7조- 및 그 율격론이 들어오면서 매우 관심을 모았고, 특히 開明期(開化期) 시 연구에 있어서는 일본 시의 율격 내지 율격론의 원용은 거의 필수적이었다. 그러나 그러한 비교도 양국 시에 대한 올바른 이해를 바탕으로 하고 있지 않았기 때문에 적잖은 오류를 범하고 있음도 사실이다. 비교 작업은 어느 한 쪽의 지식만으로는 설명해 낼 수 없다. 양국 시의 비교는 양국 시에 대한 확고한 이해를 바탕으로 해야 한다. 한국인에 의해 연구된 양국 시의 율격 비교는 한국 시의 율격을 어떻게 이해하고 있는가도 문제가 되겠지만 일본 시에 대한 올바른 이해도 문제가 된다. 특히 일본 시에 대한 이해는 대부분 직관이나 상식 정도의 수준에서 논의되었는데, 이는 양국 시 율격 비교에 있어 상당히 왜곡된 결과를 가져오게 했다고 볼 수 있다.

2. 한국 시와 일본 시 = 음수율

한국 시와 일본 시의 비교 연구는 한국 시에 대한 율격 연구가 지난 날 일본인 학자들에 의해 이루어지면서[1] 그 때 이미 비교의 가능성이 논해졌었다[2]고 볼 수 있다. 이 때의 비교 연구는 영향성과 유사성에 초점을 맞추려는 의도가 짙어 본격적인 학문적 연구라고 하기는 어려우나, 초기 비교 문학적 연구로 주목할 만하다. 그리고 1920년 이후 한국 시에 대한 율격 연구가 시작되면서 당시 율격론에서는 음절 수의 헤아림이 필수적이었다. 이는 당시 팽배했던 일본 시 음수율론에 영향을 받은 것으로 우리 시도 일본 시의 그것과 같이 고정된 음절 수를 지니는 것으로 생각하여 시조에서 고정된 음절 수를 찾아내려 노력했던 것이다. 그러므로 한국 시 역시 일본 시와 같은 음수율의 시로 파악하는 것은 당시로 봐서는 지극히 당연한 결론이었던 것이다.

한국 시를 음수율로 봐야 한다는 초기 음수율론에서는 한국 시나 일본 시에 대한 체계적인 이해가 부족했었고 사실상 양국 시를 구체적으로 비교 연구하는 단계에까지 나아가지는 않았다. 그러나 한국 시나 일본 시에 대해 이들의 이해가 체계적인 지식을 바탕으로 한 것은 아니었다고는 하나 양국 시를 모두 동질의 음수율 시로 보았다는 점은 율격 비교론사에서 반드시 짚고 넘어가야 할 사실이다.

---

1) 小倉進平, 『郷歌及び吏読の研究』(近沢商店印刷部, 1929).
土田杏村, 『上代の歌謡』(東京第一書房, 1929).

2) 특히 土田杏村은 영향관계에 주목해 신라시대에서 조선시대에 이르기까지 民謡, 歌形, 楽, 思想에 이르기까지 넓은 부분에서 비교의 가능성을 시사했다. 土田杏村, 앞의 책.

3. 한국 시 = 〈음보율〉, 일본 시 = 음수율

초기 한국 시 율격론에서는 한국 시와 일본 시를 같은 음수율로 파악했었는데 이러한 당시의 율격 논의는 한국 시와 일본 시의 율격이 동질성을 띤다는 것 이상으로 율격론에 혼란을 가져오게 된다. 즉 한국 시를 대표하는 김소월의 시를 예로 들어, 소월의 시는 민요조의 율조를 지닌 것으로 <7·5조>에 다름 아니라는 결론을 내리게 되니, 이는 한국 시의 정체성마저 위협하는 파탄이 아니라 할 수 없다. 그 후 초기 음수율론은 <음보율>론으로 대체되어 한국 시는 일본 시와는 다른 <음보율>의 시라 결론짓게 된다. 그러므로 일본 시는 음수율의 시이고 한국 시는 <음보율>의 시로, 양국 시가 기본적인 성질을 달리 한다는 것이다. 이러한 사실로 <음보율>론은 자연히 일본 시 7·5조의 이식설을 종식시키게 되는 강점을 지닌 학설로 인정받게 된다. 하지만 초기 음수율론을 대체한 <음보율>론에서는 한국 시를 <음보율>로 파악하면서 일본 시는 그대로 음수율이라 했는데 여기서 일본 시 음수율의 실상을 어떻게 파악했는지 짚어볼 필요가 있다.

> 일본 시의 율격은 음절수의 규칙성에 따라 그 율격 모형이 결정되는 음절율이지만, 우리 시가의 율격은 음보의 크기와 수의 규칙성에 따라 그 율격 모형이 결정되는 음량율인 것이다. 따라서 일본 시 율격의 기층단위가 음절이라면 우리 시가 율격의 기층단위는 음보다. 뿐만 아니라 음보의 형성은 음절만이 아닌, 음절과 장음, 정음(구성 자질) 및 율격 휴지(분할 자질)등 율격 형성 자질의 실현을 거쳐서 이루어진다. -중략- 한국의 7.5조 율동이 일본 7.5조 율격 개념과 얼마나 다른가는 충분히 알 수가 있을 것이다. 7.5조 율동은 7자 5자 단위의 일본적 율격 개념으로서는 설명이 불가능한, 두 개의 4음격 음보와 한 개의 5음격 음보로 이루어진 4.4.5음의 3보격이다.[3]

---

3) 성기옥, 『한국 시가율격의 이론』(새문사, 1986), 261-262면.

일본 시 7 · 5조를 하나의 구로 보아, 7이 한 <음보>, 5가 한 <음보>를 이룬다고 보고 있다. 이것은 7 · 5조라는 명칭에서 비롯된 한국인의 직관적인 파악에서 나온 해석이라 할 수 있다. 개명기에 이루어진 신체시를 7 · 5조니, 8 · 5조니 하여 7과 5, 8과 5를 율격의 단위-<음보>-로 인식했던 것과 일맥 상통하는 부분이다. 일본의 7 · 5조와 한국의 이른바 <7 · 5>조라는 것이 얼마나 이질적인 것인가를 밝히려는 과정에서 보이는 일본 시 율격에 대한 이해는 "7자, 5자 단위의 일본적 율격 개념"이라는 말에서 알 수 있다. "7 · 5조가 7자, 5자로 단위화한 것"이란 일본 시의 7 · 5조가 7자 5자로 나누어 (또는 묶이어) 읽힌다는 의미로, 7을 한 단위, 5를 한 단위라고 본 것이다. 이렇게 본다면 7 · 5조는 하나의 구-물론 7이 한 구, 5가 한 구도 될 수 있지만 그렇게 이해한 것 같지는 않다-가 되며 7과 5 각각의 내부에서 이루어지는 반복의 실체는 부정하게 된다. 이러한 이해는 일본 시의 율격 구조에 대한 구체적인 이해가 앞서지 않았기 때문이다. 이와 더불어 일본 시 율격의 기층 단위는 음절로, 한국 시 율격의 기층 단위는 <음보>로 보아 일본 시를 음절율로 한국 시를 음량율로 파악하게 되는데 이 역시 올바른 파악이라 할 수 없을 듯하다.

일본 시에서 7 · 5조든, 5 · 7조든, 5를 하나로 묶고 7을 하나로 묶어 율독하기는 어렵다. 일본 시 율격론에서도 7 · 5조를 7음, 5음 단위로 읽어야 한다는 이론이 전혀 없었던 것은 아니지만, 이는 율격의 본질을 제대로 파악하지 못했던 초기 단계의 이론으로, 7 · 5조의 7음절 속에, 그리고 5음절 속에 반복되는 율격이 내재해 있음은 이미 밝혀진 사실이다. 한국 시에서도 7음이나 5음을 하나의 단위로 율독하지 못하는 것은 호흡상으로 보아도 당연한 일이며, 내면화된 율격적 관습으로 봐도 7음과 5음 안에 반드시 나누어지는 분절선-휴헐-이 존재함을 알 수 있다. 이점은 일본 시도 마찬가지다. 일본 시에서도 7

음과 5음은 한꺼번에 율독될 수 있는 단위가 아니며 그 내부에는 휴헐이 들어가서 반드시 나뉘어지기 마련이다. 그러므로 7음과 5음은 분절되는 하위 단위를 지니고 있으며 분절된 하위 단위가 구를 이루는 반복의 실체가 된다는 의미이다. 그리고 여기서 지적해야 할 또 하나의 사실은 7과 5가 조화를 이루기는 해도 이를 하나의 구로 묶어서는 안 된다는 것이다. 앞으로 일본 시 율격 체계를 논하면서 밝혀질 문제이긴 하나 결론을 먼저 밝히면, 적어도 근대 이후의 新体詩 7·5조를 제외한 和歌나 俳句에서의 7·5조는 7이 한 구를 이루고, 5가 한 구를 이루며, 일본 시 율격의 기층 단위는 음절이 아니라 그 상위 단위인 <박절>이다. 위와 같이 7이 한 덩어리, 5가 한 덩어리를 이루어 7·5조가 1<행>이라는 인식은 한국인 연구자들의 잘못된 생각이라 할 수 있다. 그리고 7과 5라는 선명한 숫자로 인해 일본 시는 음절 이상의 상위 단위를 필요로 하지 않는 순수 음수율의 시라는 잘못된 생각이 의심의 여지없이 이론화되어 통용된 것 같다.

4. 한국 시와 일본 시 = 〈음보율〉

한국 시가 <음보율>이라는 데는 의견을 같이 하면서 일본 시 역시 <음보율>이라고 보는 견해가 있다. 이는 일인 학자의 일본 시 율격론에 힘입어 일본 시를 이해하고 한국 시 율격과의 비교를 시도한 연구라 할 수 있는데, 윤장근[4]은 土居光知의 「詩型論」[5]을 바탕으로 하여 일본 시의 율격과 한국 시의 율격을 비교적 심도 있게 논했다. 그는 "당시의 고시가 율성 분석 방법인 자수고식 헤아림이 개화기 시

---

4) 윤장근, 「開化期詩歌의 律性에 관한 分析的考察」《아세아 연구》, 1970.

5) 土居光知, 「詩形論」『文学序説』(岩波書店, 1927年).

가 율독에 계속 적용된 점, 개화기의 제반 문화적 환경을 참작해 볼 때 음악 문화와의 연관적 고찰이 소홀했다는 점, 작품의 용례나 고증에 대한 부정확성" 등을 반성점으로 들면서 개화 가사, 창가의 율성 파악에 힘썼고, 일본 시 7·5조의 율성에 관해서는 창가의 율성을 다루면서 자세히 다루었는데 이는 土居光知의 「형태론」을 바탕으로 한 것이다.

みづ　しづ　か　なる　‖　えど　がは　の　--
♪♪　♪♪　♩　♪♪　‖　♪♪　♪♪　♩　𝄽

なが　れの　きし　に　‖　うま　れ　いで　--
♪♪　♪♪　♪♪　♩　‖　♪♪　♩　♪♪　𝄽

七五調 1行의 한 verse line은 7氣力으로 律頌된다. 이 때 1氣力(monopressure)이 發音되는 時間을 日本詩歌에서는 律單位로서의 1音步(foot)로 헤아리고 있다. 제7音步가 끝나는 各行末에는 1音步의 時價와 맞먹는 停音時間, 즉 音律外時間(Extra-metrical time)이 붙어 있어, 결국 七五調 1行은 7氣力의 發音과 1氣力의 停音時間이 합쳐진 8氣力의 時價로서 읊어지는 것이다.

그런데 이 8氣力의 氣息節(Breath group)은 正常人의 呼吸上 길지도 짧지도 않은 가장 알맞는 律行單位로서, 특히 行末마다 붙어 있는 停音(Pause)時間은 다음 Line의 律頌에 對備하는 呼吸을 들여 마실 수 있도록 알맞게 位置하여 있다.[6)]

일본 시의 7·5조를 <정음시간>, 즉 <음율외시간> 1<기력>과 발음 7<기력>이 합해진 총 8<기력>으로 파악한 것은 土居光知의 설을 그대로 받아들인 것이다. 福士幸次郎의 <二音一環說>[7)]에 힘입

6) 윤장근, 앞의 논문, 23면.

어 土居光知는 「形態論」에서 2음이 모여 1<음보>를 이루며 일본의 7·5조는 8<음보>로 되어 있다고 주장했는데, 이는 당시 일본 학계에서도 상당한 지지를 받았으며 일본 시의 율격론사에서 획을 긋는 뛰어난 학설로 인정받고 있다. 土居光知는 당시 영시론의 영향으로 <음보>라는 개념을 처음 들여 왔으며, 福士幸次郎의 <이음일환설>은 2음이 1<음보>를 이룬다는 그의 학설에 중요한 기반이 되고 있다. 土居光知가 <음보>론을 들여오기 전에도 이미 7과 5 안에는 나뉘어지는 소단위가 있으리라는 확신과 그에 대한 연구[8]가 있었는데, 이후 土居光知에 와서 등시성을 바탕으로 한 소단위 즉 foot<음보>라는 개념이 인식되면서 2음1<음보>설은 이론적인 지지를 받게 되었다.

어쨌든 주목해야 할 점은 윤장근이 한국 시와 일본 시의 율성을 다른 것으로 파악했다는 점이다. 그는 한국 시에 나타난 이른바 <7·5조>의 율성을 비한국적인 외래 리듬으로 보았는데, 이것은 《京釜鐵道歌》보다 1년 이상 먼저 한국에 수입되었고, 처음에는 음악의 리듬으로 들어왔지만, 그 우수한 리듬체질로 말미암아 후엔 근대시의 정형율조로 수용, 계승되었다고 했다. 그렇다면 이는 곧 일본 전통시의 율성과 한국 전통시의 율성이 다름을 언급한 것이라 할 수 있는데 어떻게 다르게 파악했는지를 살펴볼 필요가 있다. 윤장근이 일본의 7·5조 율성과 전통적 율조를 지닌 <개화 가사> 4·4조 율성의 차이는 다음의 논의에서 잘 알 수 있다.

---

7) 福士幸次郎, 「リズム論の新提議」 -内容律と外在律に就して 1920 『福士幸次郎著作集 上巻』(津軽書房, 1967)

8) 7과 5는 각기 소단위로 나뉘어지며 이는 <脚>으로 설명될 수 있다는 것이다. 이 때 <脚>은 <音脚>이라는 용어와 혼용되었다. 山田美妙, 「日本詩韻文論」 《国民之友》 外.

律調 ＼ 氣絶	1	2	3	4	5	6	7	8
四・四調	나 라 ♪ ♪ 箕 子 ♪ ♪	히 ∨ ♩ – ∨ ∨ ♩ –	偏 小 ♪ ♪ 遺 風 ♪ ♪	하 야 ♪ ♪ 이 ∨ ♩ –	海 東 ♪ ♪ 古 今 ♪ ♪	에 ∨ ♩ – 업 시 ♪ ♪	바 려 ♪ ♪ 淳 厚 ♪ ♪	셔 도 ♪ ♪ 하 야 ♪ ♪
七・五調	み づ ♪ ♪ な が ♪ ♪	し づ ♪ ♪ れ の ♪ ♪	か ∨ ♩ – き し ♪ ♪	な る ♪ ♪ に ∨ ♩ –	え ど ♪ ♪ う ま ♪ ♪	が は ♪ ♪ れ ∨ ♩ –	の ∨ ♩ – い で ♪ ♪	-- ㅅ -- ㅅ

七五調에서는 第7氣節 다음에 ㅅ部分의 休止가 있어 다음 行으로 넘어가기 전에 호흡을 할 수 있는 데 비하여, 四四調에서는 各行末이 停音時間의 按配 없이 꽉 차 있다. 그러므로 四四調를 律頌하려면 不得已 第8氣節까지 다 읊은 다음에 짤막한 休止時間을 붙이고 다음 行으로 넘어갈 수밖에 없는데 그렇게 되면

♪♪♩– ♪♪♪♪

|海東에∨/바려셔도+ㅅ|의 꼴이 되어 4.4의 rhythm이 <4.4+2>로 깨뜨러져, 律文朗誦의 等時性的 原則에 어긋나는 결과를 招來하고 만다. 그런 까닭에 四四調詩歌가 在來式 朗詠으로서가 아닌 現代式 定型詩律頌法으로는 不適當한 律調이고, 어쩔 수 없이 '默讀詩'로서의 運命을 벗어나지 못하는 것이다. 바꾸어 말하면, 七五調가 이와 같이 그 行末 마다의 停音時間의 按配라든가 氣息上의 알맞은 行가름으로 말미암아 律頌詩로서의 特長點을 지녔다고 할 것이다. -중략- 이와 같이 七五調는 詩歌의 律調로나 唱歌의 rhythm으로나 共히 人間의 正常的인 呼吸, 氣息配列과 合致되는 것이며 따라서 이 rhythm이 初期에는 물론, 오늘날까지도 널리 愛用되고 있는 것이다.[9)]

2음이 모여 1<기력>을 이루며 마지막에는 <휴지>가 오는 7・5조의 율성과 우리 전통 율조를 지닌 가사의 율성이 다름은 지극히 당연하다. 윤장근은 일본 시 율격에서 <휴지>가 차지하는 비중을 인식한 듯하다. 이 역시 土居光知의 논의에서 벗어난 독자적인 시각은 아니지만 <휴지>에 의한 율격적 효과는 일본 시에서 매우 중요하며 한국

9) 윤장근, 앞의 논문, 23면.

시에서의 그것과는 차이가 있음을 언급한 것은 뛰어난 지적이라 할 수 있다. 그러나 윤장근이 말하는 현대식 정형식 율송법(사실은 그 의미가 명확하다고 할 수는 없지만)에 4 · 4조의 전통가사가 맞지 않는다고 하여 4 · 4조의 가사를 율송시에는 맞지 않는 음악성이 떨어지는 묵독시라고는 하기 어려울 것이다. 비록 단조롭기는 하지만 4 · 4조에서 우리는 율송시로서의 음악성을 충분히 감지할 수 있다. 윤장근은 단지 뒤의 <휴지>로 인해 생기는 율격적 성질만으로 율성시의 질을 논했는데 이는 잘못이다. 일본 시를 기준(아니 표본이라 하는게 더 정확할지도 모르겠다)으로 하여 4 · 4조를 논했으니 "四四調의 율성이 七五調보다 떨어지며 七五調가 律調로나 唱歌의 rhythm으로나 共히 人間의 正常的인 呼吸, 氣息配列과 合致되는 것이며 따라서 이 rhythm이 初期에는 물론, 오늘날까지도 널리 愛用되고 있다"는 논리로까지 나아가게 된 것이다.

또 일본 시 7 · 5조의 율성과 한국 시의 율성이 다른 점의 하나로 <5음>의 성질을 들었는데 "7.5의 7은 3.4나 혹은 4.3으로 보아 전래시가의 4.4와 대응시켜 해석할 수도 있지만 후구인 5음은 그럴 수 없다"는 것이다.

> 우리의 古詩歌에서 그 律調 單位가 5音時價를 고스란히 유지한 채로 하나의 律脚(foot)을 나타낸 例는 일찍이 없었던 것으로 믿어진다. 詩歌에 表記된 字數의 配列에만 着目하여 읽는다면 이에 해당되는 듯한 詩句들이 보이는데, 즉 麗謠나 鮮初 樂章體詩歌들에 나타난 5音節詩句가 그것이고 또한 時調의 終章起句에 있는 <3.5>의 5音도 이에 해당되는 듯이 생각하기 쉽다.
>
> 그러나 이러한 5音節詩句들은 단지 그 意味 마디의 音綴數가 5字이라는 것뿐, 그 律性을 자세히 관찰해 보면 七五調의 5音句와는 對應되지 않는 異種의 律調인 것이다. -중략- 高麗歌謠나 李朝樂章體詩歌 및 時調에 나타나는 5音節詩句들의 律性分析을 종합해 보건데, 그것들은 모

> 두 七五調의 5音과 같이『고스란한 5音節時價』와는 다른, 말하자면 2개의 foot가 合綴된 詩句거나, 또는 4音時價로 縮約되어야 한 過音節 foot 이거나 하여, 결국은 七五調와는 異質的인 律調들임을 알 수 있겠다.[10]

위의 논의를 가만히 보면 윤장근의 논리는 오류를 범하고 있음을 알 수 있다. 7 · 5조는 2음이 1<기력>을 이루며 총 8<기력>으로 되어 있다고 했다. 물론 이 때의 <기력>[11]은 당시 <음보>와 동일한 개념으로 사용된 것으로, 이는 2음1<음보> 4박자설에서 7 · 5조를 파악한 것이다. 이러한 논리 위에서 7은 3 · 4나 4 · 3으로 나누어 볼 수 있는데 5는 그럴 수가 없다는 것은 논리상의 오류이다. 土居光知의 <음보율>의 논리 위에서 7은 당연히 4개의 <음보>로 나뉘며 5 역시 4개의 <음보>로 나뉘게 된다. <음보율>에서 7 · 5조의 5음(물론 7음도 마찬가지)은 음수율 5음으로 논의될 성질이 아니다. 즉 7 · 5조의 5음은 고스란한 5音節時價를 가지는데 우리 시에는 5음절 時價를 고스란히 지니는 5음이 없다는 것은 이 논리가 <음보율>에 서서 5음을 4<기력(<음보>)>로 보는 이상 아무런 논리도 성립시키지 못한다.

그렇다면 윤장근은 이와 같이 한 · 일 시의 율성이 다른 것은 무엇 때문이라고 한 것일까. 그 이유는 바로 "그네들은 Breath unit=foot (<음보>)로서 시가를 scanning하는 데 비하여 우리 시가의 율조에서는 율단위의 가름에 의미상의 마디 가름이 간섭을 받고 있기 때문"이라는 것이다.

---

10) 윤장근, 앞의 논문, 23면.

11) 윤장근은 이 논문에서 <음보>라는 용어에 대한 부적절성을 지적하고 이능우처럼 <율각>이라 하는 게 좋겠다고 했다.

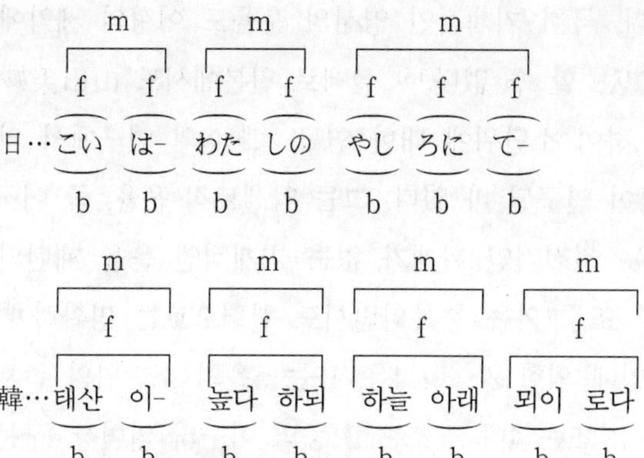

※註 m…meaning unit (意味單位)
f …foot (律單位, 律脚)
b…breath unit (氣息單位)[12]

日本詩歌의 律讀에 있어서는 foot(音步)와 Breath unit(氣息單位)를 同一한 것으로 헤아리고 있기 때문에 七五調 定型詩의 5음을 詩語의 意味마디에 간섭받음이 없이, 그냥 | ♫♫ ♩ 𝄽 | 로서 읽어 「3氣節+1氣節相當의 休止」로 헤아리기만 하면 되지만, 우리의 傳統詩歌(七五調 出現以前)에서는 律單位(metric unit)가 곧 氣息과 意味上의 二重的인 절충작용에 의하여 生成되는 것이기 때문에 5音節로 된 詩語도 그것을 2個의 律脚으로 나누어 헤아리느냐(麗謠나 樂章體詩歌의 경우) 혹은 하나의 律脚으로 縮約하느냐(時調의 5音句처럼)의 어느 한 쪽을 선택하여야 하는 것이다.[13]

이 점에 대해서는 심원섭[14]이 상세하게 비판을 가하기도 했는데 윤장근이 일본 시가 의미상의 간섭을 전혀 받지 않는다고 본 것은 잘못이었다. 사실 의미상의 간섭을 전혀 받지 않는 시는 아마 존재하기

12) 윤장근, 앞의 논문, 주23, 9면.
13) 윤장근, 앞의 논문, 33면.
14) 심원섭, 「한일시 율성의 동질성에 관하여」『한일 문학의 관계론적 연구』(국학자료원, 1998).

어려울 것이다. 극히 기계적인 영시의 운율도 어형의 제약에서 완전히 자유롭다고는 할 수 없다.[15] 실제로 일본에서도 山田美妙[16]의 연구를 출발로 하여 소단위에 대한 연구, <脚>의 연구에서 의미에 의한 분절은 많이 연구된 바 있다. 그는 악센트적 운율, 즉 어구의 의미적인 묶임과는 직접적인 관계가 없는 기계적인 운율 패턴의 확립을 주장하면서도 또 그와는 중복되면서도 한편으로는 명확하게 의미상, 구문상의 묶임에 의한 2·3·4음, 또는 5음의 소단위의 존재를 인정했으며, 이후 3 또는 4나 3 또는 2 등의 어구의 의미상, 구문상의 묶임에 의한 구 분절이 논의의 쟁점이 되게 되었다.[17] 그러나 의미에만 의한 분절은 곧 비판을 받게 되고 의미 이외의 다른 요소에 관심이 모아지게 된다. 의미에 의한 분절이 한계에 이른 것은 분절의 기준으로 의미만을 고려해 어떤 규칙을 세우지 못하고 임의성을 벗어나지 못했다는 데 문제가 있지 일본 시에서 의미의 간섭을 완전히 무시해도 좋다는 것은 아니다. 의미의 간섭면에서 보면 한국 시보다 일본 시가 간섭을 훨씬 덜 받는 것은 사실이나 이것이 율격과 무관한 것은 아니기 때문이다.

윤장근 외에도 土居光知의 율격론을 바탕으로 일본 시를 이해하고 한국 시와의 상관성을 논한 사람으로 김대행[18]이 있다. 그의 연구는 7·5조와 한국 민요조와의 관계에 대한 검토를 위해 이루어진 것으

15) 川本皓嗣, 『日本詩歌の伝統』(岩波書店, 1991), 251면.

16) 山田美妙, 「日本韻文論 (七) (八)」《国民之友》, 1892.

17) 大西祝, 「国詩の型式に就して」 日本近代詩論研究会 人見丹吉編 『日本近代詩論の研究-その資料と解説』(角川書店, 1947).
芳賀矢一, 「日本韻文の形体に就して」《哲学雑誌 第 7巻 64号》, 1894.
元良勇次郎, 「精神物理学 (第9回)リズムの事」《哲学会雑誌 第四冊四十一号》, 1892.
이외 米山保三郎, 伊藤武一郎, 管谷規矩雄 등.

18) 김대행, 「'民謠調'考」『한국 시가구조 연구』(삼영사, 1976).

로, 일본 시 7·5조에 대해서는 "일본 학계에서도 7·5조를 음수율로 파악하기보다는 박자 개념에 의한 시간적 등장성으로 파악하고 있다[19]"고 밝혔다. 이는 그가 밝힌 바와 같이 土居光知의 설을 그대로 인용하여, 일본 시를 <음보> 단위로 파악해야 한다고 한 것이다. 아울러 7·5조의 3<보격>적 가능성과 4<보격>적 가능성 또는 8<기절>로의 가능성을 다루면서 4<보격>으로서 양자간의 친근성이 발견된다고 하고, 그러나 그것이 비록 한 시기를 풍미했더라도 <7·5조>는 어디까지나 일시적인 외래 율조의 승리에 불과하다는 결론에 이른다. 김대행이 <7·5조>를 일시적인 외래 율조의 승리라고 결론 내린 데는 다음과 같은 이유가 있다.

> 즉, 7.5調를 四音步 혹은 八音步로 구분하는 것은 그 律的 特徵이 5音節로 된 句 다음에 긴 休止(土居光知의 用語로는 停音時間 또는 音律外時間)를 갖는다는 前提 위에서 성립된다. 이와는 反對로 時調, 歌辭 혹은 民謠의 四步格에는 休止의 時間이 計上되고 있지 않다. 즉, 韓國詩歌의 四步格은 音聲符號가 지시하는 四步格이라면 日本 音數律 7.5調의 四步格은 音聲符號 아닌 言語美學的 判斷 내지는 慣習構造로서의 四步格이라는 말이 된다. 그런데 이같이 相異한 律的 構造를 韓國의 在來律調인 四步格에 吸收시켰다는 점, 다시 말해서 音聲符號가 없는 律的 形態에 音聲符號가 있는 律的 形態를 맞추어 나간 점은 그 相反된 성격에도 불구하고 영향을 주는 문화에 접근해 간 노력이라고 볼 것이다. 이 결과를 비판적 안목으로 본다면 外來文化의 승리라 할 것이다.[20]

일본의 7·5조와 한국의 이른바 <7·5조>라는 것이 지니는 친근성과 상반성은 율격적인 성격을 일컬음이다. 7·5조를 8<기절>로 파악한 것은 土居光知의 설을 그대로 받은 윤장근과 다를 바 없다. 윤

19) 김대행, 앞의 책, 63면.
20) 김대행, 앞의 책, 69면.

장근도 "일본의 7・5조는 제 7기절 다음에 휴지가 있어 다음 행으로 넘어가기 전에 호흡을 할 수가 있으나 한국 4・4조는 각 행말이 停音 시간의 안배 없이 꽉 차 있다[21)]"고 했는데 이것은 바로 김대행이 말한 위의 "그 律的 特徵이 5音節로 된 句 다음에 긴 休止(土居光知의 用語로는 停音時間 또는 音律外時間)를 갖는다는 전제 위에서 성립된다. 이와는 反對로 時調, 歌辭 혹은 民謠의 四步格에는 休止의 時間이 計上되고 있지 않다. 즉, 韓國詩歌의 四步格은 音聲符號가 지시하는 四步格이라면 日本 音數律 7.5調의 四步格은 音聲符號 아닌 言語美學的 判斷 내지는 慣習構造로서의 四步格"이라는 것과 같은 맥락에서 이해될 수 있을 것이다. 한・일 시는 동일하게 <음보>를 기층 단위로 인정하며 <휴지>의 유무, 길이에서 양국 시 율격의 성질이 달라진다고 인식한 것은 양국 시 이해에 한 걸음 진보된 결과라 할 수 있다. 윤장근과 김대행의 연구는 논의에 있어서 전적으로 土居光知 한 사람의 율격론에 의지하기는 했지만 선험적인 지식이나 상식선의 율격론에서 벗어났다는 점에서 하나의 발전이라 할 수 있다.

1990년대 후반에 들어 <음보> 단위를 바탕으로 한・일 시 율격에 대한 새로운 논의가 있었는데 바로 심원섭의 「한・일 시 율성의 동질성에 관하여[22)]」라는 글이다. 심원섭은 기존의 '일본 시=자수율, 한국 시=<음보율>'이라는 결론이 "율격론이 갖춰야 할 기본적인 조건을 갖추지 못한 것이며 율격적 현상은 인쇄되어 있는 글자의 외적 형태에서 발생하는 것이 아니라[23)]"고 반박하면서, 일본 시와 한국 시의 율성은 동일한 것으로 둘 다 <음보율>이라고 밝혔다. 이 논문에서

21) 윤장근, 앞의 논문, 23면.
22) 심원섭, 「한・일 시 율성의 동질성에 관하여」 『한・일 문학의 관계론적 연구』(국학자료원, 1998).
23) 심원섭, 앞의 책, 13면.

주된 검토 대상이 되는 것은 윤장근의 앞의 논문[24]이다. 윤장근의 논문이 "비교적 이른 시기에 나온 논문이면서도, 일본인들이 자국의 시를 어떻게 읽는가를 자세히 검토하면서 한일 시의 율성을 비교한 논문[25]"이라고 평하며 비록 이 논문이 土居光知에 많은 부분을 기대고 있지만 "일본 시를 자수 단위로 율독하는 것이 아니라, 그 밑에 존재하는 '율각(한국식 용어로는 음보)'이나 기식단위로 읽는다는 사실을 전제로 하고 있다[26]"는 것에 매우 중요한 의미를 둔다. 이렇게 본 것은 타당하며 이는 곧 일본 시를 <음보율>에 서게 하는 설득력 있는 시각이라는 것이다. 이점에서 심원섭은 윤장근과 견해를 같이 하면서 윤장근이 지적한 한·일 시 율성의 차이에 대해서는 의견을 달리 한다.

> 일본 시의 율격원리로서 설명하고 있는 기본 원리는 일관되어 있다. 첫째, 일본 시 역시도 자수로 읽혀지는 것이 아니라, 한국처럼 율각(음보)단위로 율독된다는 것, 둘째, 한국과 일본 시의 율독이 다른 점은 하나의 음보 설정시 한국은 의미 단위가 하나의 음보를 응집시키는 요소로서 작용을 하고 있기 때문에 두 개의 기식단위가 하나의 음보가 되는 반면에, 일본의 경우는 의미 단위를 염두에 두지 않기 때문에 2음절의 음량을 기준으로 하는 기식 단위가 그대로 하나의 음보가 되어 버린다는 것이다.[27]

문제는 심원섭이 지적한 윤장근 자신의 독창적 견해로 보이는 두 번째 주장에 있다. 심원섭은 土居光知의 말을 인용하며 다음과 같이 비판을 했다.

> 이 사실(7.5조 한 행이 8개의 기식 단위로 율독된다는 사실)을 인정한

---

24) 윤장근, 「개화기 시가의 율성에 관한 분석적 고찰」
25) 심원섭, 앞의 책, 14면.
26) 심원섭, 앞의 책, 15면.
27) 심원섭, 앞의 책, 17면.

다면 음성은 '의미에 의해 분절되면서 다시 종합되어감과 동시에, 순음율적인 요구로부터도 분리되면서, 다시 종합되는 경향이 있다는 사실을 인정하지 않으면 안 된다.[28]

이것은 한국의 율격론에서도 상식화되어 있는 원론적 논의 내용 - 음보의 결정시에 통사적 요소는 순수한 음성적 요소들과 일정한 상대적 독립성을 유지하면서도 다시 이와 통합되는 성질을 갖고 있다는 - 을 다시 반복한 것에 지나지 않는다. 한국 시와 마찬가지로 일본 시 역시도 율독시에 의미 단위(통사적 요소)가 음성적 요소와 아울러 힘을 발휘한다는 당연한 이야기인 것이다. 이렇게 본다면 일본 시에서는 순수한 기식 단위(음절들을 읽어내는 생리적, 음성적 요소)만 음보 단위로 설정된다는 윤장근의 견해는, 우선 원론적인 측면에서 일본 시 율격에 대한 오해를 불러 일으킬 수 있는 소지가 있다.[29]

윤장근의 두 번째 주장이 잘못되었다는 것은 필자가 앞서 언급한 바와 같다. 심원섭의 말과 같이 일본 시 역시 의미 단위가 음성적 요소와 아울러 힘을 발휘한다. 의미에 의한 분절에 관해서도 일본 시 연구자들의 관심이 많이 쏠렸었다는 사실은 이미 밝힌 바이다. 결국 심원섭의 주장은, 윤장근이 지적한 한·일 시 율성에 차이가 나는 이유는 근본적으로 틀린 것이므로 한·일 시의 율성은 동일하다는 결론이다. 일본 시를 <음보율>로 본 심원섭의 논의는 결국 <7·5조>의 허구설과 연결되는데, 그는 '7.5조 수입설' 처리 문제에서 다음과 같은 논리를 폈다.

'영향'이라는 말은 이질적인 성격을 지닌 집단 사이에서만 성립할 수 있는 것이다. 그러므로 최남선의 그 진술, 그리고 그간 어떤 형태로건 한국 시사가 불편하게 떠안고 있을 수밖에 없었던 '7.5조 수입설'은 다음과

---

28) 土居光知, 심원섭, 앞의 책에서 재인용, 18면.
29) 심원섭, 앞의 책, 18-19면.

> 같이 이해될 수밖에 없을 것이다. 최남선이 수입했다고 믿고 있었던 것은 일본 시의 실제 율격이 아니라, 일본 시 율격의 하나의 허상적 형태인 '7.5조'였다는 것이 그것이다. 이렇게 본다면 그간 불편하게 존재해왔던 '7.5조 수입설' 자체도 하나의 허상적 차원에서 존재해 온 것이라고 할 수 있을 것이다. '7.5조'라는 개념 자체가 율격론적인 의미에서 실체가 없는 하나의 표면적 허상에 불과하기 때문이다.[30)]

한·일 시의 율성은 동질적이므로 이질적인 성격을 지닌 집단 사이에서만 성립할 수 있는 '영향'이라는 말은 성립될 수 없다고 한다. 그리고 일본 시에 있어서도 7·5조라는 것 자체가 잘못된 음수율론에 의한 허상에 불과했으니 수입설 자체도 허상이라는 것이다. 그러나 오랜 세월 동안 일본 시의 주류를 이뤄온 7·5조를 <음보율>론의 견지에서 본다고 하여 쉽사리 허상이라고 치부할 수 있을까. 음수율이든 <음보율>이든 그것을 떠나서, 일본 시에서 7·5조가 오랜 세월을 거치면서 정형으로 자리를 잡고 지금까지 대표 시형으로 흔들리지 않는 위상을 지녀 왔음은 일본 시를 아는 사람이라면 누구나가 부정할 수 없는 사실이다. 그런데 이것이 음수율론에 의한 잘못된 허상일까.

기층 단위가 음절이면 음수율의 시로, <음보>면 <음보율>[31)]의 시

---

30) 심원섭, 앞의 책, 40-41면.

31) 흔히 율격은 <음보율>과 음수율로 가르는 게 보통이다. 음수율은 로츠의 simple meter를 가리키고, <음보율>은 complex meter를 가리킨다. 그러나 로츠의 유형론에도 물론 문제가 없을 수 없고 이것을 음수율과 <음보율>로 가르는 것도 바람직한 것은 아니다. 더구나 <음보율>이라는 말 자체가 성립될 수 있을지 의심스럽다. 예창해의 지적(예창해, 「韓國詩歌 韻律研究에 대한 通時的 省察」, 1984)과 같이 어떤 시의 율격 체제가 <음보율>이라는 말은 논리적으로 성립되지 않기 때문이다. 음수율이란 음절(음절의 수)이 율격 형성에 중요한 요소로 작용함을 이른다. 그렇다면 강약율, 고저율, 장단율과 같이 운소 자질이 율격 형성에 지배적으로 관여하는 것을 <음보율>이라 할 수 있을까. <음보>란 단지 운소 자질의 대립에 의해 형성되는 반복의 최소 단위를 이르는 것일 뿐이다. 본고에서는 기존의 <음보율> 논의를 다루기 위해 이 용어를 쓰기는 하나 이 용어는 반드시 개정되어야 하리라 생각한다.

로 보는 게 상식이 된 듯하다. 한국 시와 일본 시의 기층 단위는 음절이 아닌 그 상위 단위이다. 그렇다면 한국 시와 일본 시는 음수율의 시가 아니며, 그 기층 단위는 음절의 상위 단위인 <음보>로서 양국 시는 <음보율>의 시라 할 수 있을 것인가. 이러한 결론은 기층 단위가 음절이면 음수율의 시로, <음보>이면 <음보율>의 시로 보는 오류와 기층 단위가 음절이 아니면 곧 그것을 <음보>로 설정하는 성급함에서 연유된 잘못이다. 한국 시든, 일본 시든 음절은 기층 단위가 아니라 기조 단위이지만 양국 시에 있어서 음절의 중요성은 두말할 나위 없이 크다. 음절은 율격 형성에 가장 중요한 요소로 작용하며 음절의 수에 의해 다양한 율격형이 만들어진다. 그러한 의미에서 한국 시와 일본 시는 음수율의 시임에 틀림이 없다. 바로 율격 형성에 있어 가장 중요한 요소가 음절이며 음절의 수에 의해 율격을 가늠할 수 있다는 사실이 바로 한·일 양국 시를 음수율의 시라 할 수 있는 근거가 된다. 이러한 의미에서 기층 단위로서 음수율이니 <음보율>이니 가르는 것은 바람직하지 않다고 하겠다. 더구나 양국 시의 기층 단위는 음절의 상위 단위이지만 이는 <음보>의 개념과는 상당히 다르다. <음보>란 운소 자질의 층형 대립에 의해 이루어지는 것을 이름으로 한국 시나 일본 시와 같이 운소 자질의 층형 대립을 볼 수 없는 시에서의 기층 단위는 <음보>가 될 수는 없다. 더구나 <음보>를 기층 단위로 하는 <음보율>의 시는 율격 형성에서 가장 중요하게 작용하는 요소가 음절이 아니라 운소 자질임을 상기할 때 한·일 시가 <음보율>의 시가 아님은 자명하다.

기층 단위가 음절의 상위 단위라 하여 음절의 중요성을 무시하고 이를 <음보>로 본다든지, 기층 단위로 음수율과 <음보율>을 가른다든지 하는 오류는 근본적으로 율격의 다층성에 대한 인식의 부족 때문이라 할 수 있다. 정말로 율격은 여러 층위에서 파악될 수 있는 복합적인 체계로서 인식[32]되어야 그 성질을 바로 알 수 있다. 이렇게 볼 때 우리는 한·일 시 율성의 동질성을 <음보율>에서 찾을 것이 아니라 마땅히 음수율에서 찾아야 할 것이다. 이와 같은 맥락에서 7·5조 또한 허상이 아니다. 이는 오랜 역사를 통해 엄연히 존재하는 것이며 결코 이론적 오류에서 붙여진 이름이 아니라 일본 시의 성질을 가장 잘 드러내 주는 말이기도 하다. 현재 일본인들의 일본 시론에서도 7·5조는 어디서나 쉽게 찾아볼 수 있으며[33] 일본학자들이 7·5조라 하는 것은 그들이 결코 기층 단위로서의 중간 단위를 인정하지 않아서가 아니다. '7·5조'를 허상이라고 하는 것은 이른바 <음보율>이냐 음수율이냐 하는 맥락에서 볼 때 일본 시 역시 기층 단위로 <음보>가 있으니 음수율이 아니라 <음보율>이 아니겠느냐 하는 식의 논리이며 음수율이 아닌 이상 7·5조라는 명칭도 잘못되었다는 논리이다. 그러나 율격은 단편적으로 살필 성질이 아니다.

여기서 또 한 가지 주목해야 할 점이 있다. 동일한 율성을 지닌 한·일 시에서, 차이가 나는 것은 <음보>의 크기이다. 심원섭은 한·일 시의 <음보>가 2배수에 해당하는 차이를 내는 데 대해 다음과 같은 논리를 편다.

> 4음보설을 주장하는 한국인과 8음보설을 주장하는 도이는 시 행을 율독할 때에, 의미단위(통사적 형태론적 단위)가 그 음보를 결정하는 주요 요소가 된다는 것은 모두 인정하고 있다. 그러나 두 율독 방식은 그 개별 음보의 음량(길이)을 설정하는 데 있어서 정확하게 2배수에 달하는 차이점을 보여주고 있다. 도이식 율독에 따른다면, 통사적 응집성은 있으나 3

32) 성기옥, 앞의 책, 31면.

33) 일본 시 연구자의 일본 시 율격론에 대한 논의는 일본 시 7·5조에 집중되어 있다. 이는 그럴 수밖에 없는 것이 일본의 정형시는 7과 5라는 수를 무시할 수는 없으며 세계적으로도 희귀할 정도로 7, 5라는 조화가 다른 수보다 월등한 조화를 보이기 때문이다.

> 음절이 넘는 하나의 어절이, 두 개 혹은 그 이상의 음보로 쪼개지는 단점이 있을 수 있다. 그 때식 음절수가 1-2음절에 불과한 작은 독립적 어절이 완벽하게 하나의 음보로 성립될 수 있는 장점이 있으며, 이와 함께 세밀한 형태론적 단위가 하나의 음보로 성립될 수 있는 특징이 있다. 반면에 한국식 율독에 따른다면, 강한 통사적 응집성이 있으며 3음절이 넘는 긴 어절들이 하나의 음보 속에 안전하게 편입될 수 있는 강점이 있다. 그 대신 통사적 독립성은 있으나 1-2음절밖엔 갖고 있지 못한 짧은 어절들이 독립된 음보로 존재하지 못하고 다른 어절과 연합해야 하나의 음보로 존재할 수 있게 되는 문제점이 있는 것이다. 그런 의미에서 보면, 한국식 율독과 도이식 율독은 각 음보의 음량 결정에 있어서 외면상으로는 2배수에 이르는 차이를 보여주나, 각각의 장단점을 지닌채 모두 음보율적인 속성을 유지하고 있다고 할 수 있을 것이다.
>
> 그러므로, 도이의 율독과 주장이 타당성을 지닌 것이라고 가정한다면, 한국식 율독과 도이식 율독의 차이는, 한일 시 율성의 차이점을 입증할 수 있는 절대적 근거는 될 수 없다는 것을 알 수 있다. 두 율독 방식 사이에는 어느 쪽이 보다 세밀한 의미 단위에 집착하고 있는가 어느 쪽이 보다 큰 의미 단위에 집착하고 있는가 하는 차이만 존재하지 율성의 본질적인 차이는 없는 것으로 생각되기 때문이다.[34)]

여기 심원섭의 지적은 '한국식 율독'과 '도이(土居光知)식 율독'의 차이점에 지나지 않는다. 문제는 이렇게 드러나는 현상적인 차이점보다는 그도 앞서 언급했지만 왜 이렇게 차이가 나느냐는 보다 근본적인 원인에 있다. 심원섭은 그 원인을 '율독 관습'[35)]의 차이와 '의미 단위에 집착'이라고 본 것 같다. 그러나 그렇다고 해도 의문은 남는다. 왜 이러한 율독 관습에 차이가 있는가, 라는 사실과 왜 한 쪽은 세밀한 의미 단위에 집착하고, 또 한 쪽은 보다 큰 의미의 단위에 집착하느냐 하는 사실이다. 심원섭은 사실 이러한 차이가 그리 중요하다고

34) 심원섭, 앞의 책, 25-26면.

35) 심원섭, 앞의 책, 23면. "4음절 복합명사는 하나의 <음보>로 간주해야 마땅하다는 율독 관습을 갖고 있는 것이 현재의 한국인인 것이다."

인식한 것 같지는 않다.

> 물론 도이가 율독했더라면 앞장의 예문에서와 같이 위 '7.5조' 신체시를 8음보로 보았을지 모른다. 그러나 앞에서 밝힌 바와 같이 이러한 차이가 시의 율격 단위에 영향력을 행사하는 의미 단위를 보다 크게 설정하느냐, 보다 작게 설정하느냐 하는 상대적 차이에 지나지 않는다는 점을 고려한다면, 이러한 현상은 율격적인 측면에서 최남선의 시에서 일어나는 현상과 오오와다의 시에서 일어나는 현상이 동일하다는 것을 의미하는 것이라고 할 수 있지 않을까 즉 대다수의 일본인 연구자들과 한국 연구자들이 일본 시의 율격이 자수율이라고 판단해 왔음에도 불구하고, 실제 일본인들은 도이의 견해처럼 음보율에 입각한 원칙 아래에서 율독을 하고 있다는 것, 그리고 이면에서 한국 시와 일본 시는 동일한 율격적 토대를 갖고 있음이 보다 분명하게 입증되는 것이 아닐까.[36]

의미 단위를 크게 설정하느냐 보다 작게 설정하느냐는 상대적인 차이라고 했는데, 그렇다면 이것은 결국 선택의 문제일 뿐이다. 이렇게도 할 수 있고 저렇게도 할 수 있다면 이 차이는 결코 중요성을 띠지 못한다.

> 그리고 신체시나 기타 '7.5조' 양식(혹은 그 변격)을 고수하고 있는 시의 경우를 본다면 한국 시가 4음보로 읽히는 현상과 똑같이 일본 시 역시도 4음보로 읽힌다는 사실을 제시하였다.[37]

그러나 한 나라의 시의 율격적 성질을 다루는 데 있어 그것이 이럴 수도 있고 저럴 수도 있다는 것은 논리에 어긋난다. 이 문제는 이렇게 상대적인 차이라고 치부할 성질이 아니다. 실제로 일본에서도 기층 단위를 몇 음으로 잡아야 하는가에 대해서는 2음이냐 4음이냐로

---

36) 심원섭, 앞의 책, 32면.
37) 심원섭, 앞의 책, 39-40면.

보는 데 대한 논란이 있다. 그러나 이래도 되고 저래도 된다는 생각은 그 나라 시의 율격적 본질을 흐리게 하는 결과를 가져온다.[38] 심원섭은 결론적으로 한·일 시 율성의 동질성을 주장하기 위해 다른 사안은 그리 중요하게 다룬 것 같지를 않다. 그러나 동질성이라는 결론이 틀린 것은 아니나 이 역시 오해의 여지가 있다. 여기서의 동질성은 한·일 시 모두 기층 단위를 음절의 상위 단위로 한다는 점에서 동일한 것이지 그 이상도 그 이하도 아니다. 그리고 이것이 양국의 모든 율격적 성질을 다 설명해 주는 것은 아니며, 이것은 단지 출발점에 불과하다. 기층 단위가 같으므로 한·일 시는 같은 율성을 지닌 것이 확실하며 이 때의 기층 단위가 몇 음을 갖든 그것은 상대적 차이에 불과하다는 논리는 양국 시의 율격적 성질을 파악하는 데 오히려 장애가 된다.

5. 맺음말

이상 일련의 논의로 볼 때 土居光知의 일본 시 율격론의 도입은 한·일 시 율격 비교론에 한층 더 발전을 가했음이 틀림없다. 그러나 이와 더불어 그 한계도 충분히 인식해야 함은 말할 나위 없다. 이제까지의 한·일 시 율격 비교론의 전개에서 우리가 얻은 성과는 대체로 다음과 같이 정리될 수 있을 것 같다.

첫째, 5·7조, 7·5조에서의 5, 7은 각 구를 이루는 음절수를 가리

38) 필자와의 질의 응답에서 川本皓嗣는 일본 시의 한 박절이 2음임을 주장하면서 2음일 수도 있고 4음일 수도 있다는 논리는 율격의 본질을 흐리게 하는 것이라고 했다(1998년 12월 동경대 교양학부에서). 松浦友久, 「日本詩歌のリズム構造」《月刊 言語》(大修館書店, 1996年 12月号), 103면에도 같은 내용이 언급되어 있다.

키며, 5음구, 7음구는 각기 하위 단위로 나뉠 수 있다.

둘째, 일본 시의 율격은 음절을 기층 단위로 하지 않는다. 율격의 다층성을 인식할 때 일본 시에서는 기조 단위로서의 음절이 있으며 기본 단위로서의 구가 있고 그 사이의 중간 단위가 바로 기층 단위에 해당된다. 바로 한국 시와 통하는 면이며 곧 율격의 본질적인 면이기도 하다.

셋째, 기층 단위는 등시성을 지니나 <음보>가 될 수는 없다. <음보>로 설명될 수 있는 단위는 등시성을 지님이 당연하나 이 단위가 등시성을 지닌다고 하여 무조건 <음보>라고 이름하는 것은 잘못이다. 율격에 있어서 등시성은 특정한 유형들에만 한정되고 더욱이 객관적인 조사로 접근될 수 없으며[39], 설사 인정된다 하더라도 이는 해당 율격 단위가 지니는 하나의 특징일 뿐이다.

넷째, 일본 시의 휴음[40]에 대한 인식이다. 土居光知에 의하면 음절수로는 채울 수 없는 빈자리가 바로 휴음에 해당하게 되는데 이것이 바로 리듬성을 만들어내는 실체라 해도 과언이 아니다. 휴음에 의한 율격적 효과는 매우 중요하다.

---

39) 르네 월렉 · 오스틴 워렌, 이경수 역, 『문학의 이론』(문예출판사, 1987), 244면.
40) 土居光知는 휴음 대신 <휴지>라는 말을 사용했다.

韓國 詩 律格論의 史的 展開

1. 들어가는 말

한국 시 율격론은 1920년대 음수율[1]론의 시도에서부터 <음보율>론의 대체, 음수율론으로의 재귀 등으로 나누어 살펴볼 수 있을 듯하다. 사실 한국 시에 대한 율격론은 그 기원이 詞腦詩의 '嗟辭'나 '三句六名'의 논의로까지 소급될 수도 있지만 여기서는 음수율론이 시도된 개명기 이후 율격론을 대상으로 한다. 개명기 음수율론은 초기 율격론이라 할 수도 있으며, 뒤의 음수율론의 재귀와 비교하여 초기 음수율론 또는 시도기 음수율론이라고도 할 수 있겠다. 1920년대부터의 시도기 음수율론은 한국 시에 대한 이해가 부족했던 일인 학자들의 사뇌시나 시조의 연구와 일본 시의 영향으로, 일본에서 유행했던 음수율론에 한국 시를 맞추려는 경향이 강했다. 그리하여 한국 시를 무조건 고정된 음수율론에 맞추어 해석하려 하여 결국 율격 파악의 난조 현상을 빚었으며, 결과적으로 한국 시는 음수율이 아니라는 비난을 면치 못하게 되었던 것이다. 이후 음수율론은 기층 단위를 <음보>로 보는 <음보율>론으로 대체되었다. <음보율>론에서도 처음에는 운소 자질의 층형 대립에 의한 복합<음보율>론이었으나 후기에는 운소 자질의 층형 대립을 부정하고 단지 <음보>의 규칙적인 반복만을

---

1) 음수율론이란 음절의 수로써 율격을 가늠함을 말하므로 종래 자수율을 포괄하는 의미로 쓰인 용어라 할 수 있다.

강조하는 단순<음보율>론이 대두되었다. 한국 시에 나타나지 않는 운소 자질-강약, 고저, 장단-의 대립적 교체로 한국 시의 율격을 설명하려는 한계에서 벗어난 단순<음보율>론 역시 한국 시의 율격을 설명해 내는 데 만족할 만한 이론은 아니다. 앞에서도 말했지만 한국 시에서의 음절의 중요성 즉 율격 형성에서 가장 주요 요소로 작용하는 것이 음절이라는 사실은 한국 시의 율격론에서 다시 음수율론이 등장하지 않을 수 없게 했다. 재등장한 음수율론은 과거 시도기 음수율론을 그대로 모방한 것은 아니다. 음절의 중요성에도 불구하고 시도기 음수율론에서 <음보율>론으로 대체되지 않을 수 없었던 시도기 음수율론의 한계를 극복하려 하고 있기 때문이다.

본고에서는 한국 시 율격론의 사적 전개를 음수율론의 시도에서 <음보율>론의 대체, 음수율론의 재귀 등으로 장을 달리하여 살펴보고자 한다.

2. 음수율론의 시도

한국 시의 율격에 대한 논의는 1920년대서부터 시작되었다. 초기의 율격론은 대부분이 時調를 대상으로 한 것이었는데, 대표적인 사람으로 이병기, 이은상, 이광수, 안확, 조윤제를 꼽을 수 있을 듯하다. 이병기[2]는 율격의 정의와 함께, 율격을 음성율과 음위율, 음수율로 가르고 한국 시의 율격을 음수율로 봤다.

> 律格은 詩形을 일운 것이고 語音을 音樂的으로 利用한 것인데 그 音

2) 이병기, 「율격과 시조」(동아일보, 1928 11. 28 - 12. 1)
____, 「시조란 무엇인고」(동아일보, 1926 11. 24 - 12. 13)

度나 혹은 音長을 基調로 한 音性律과 그 音位를 基調로한 音位律과 그 音數를 基調로 한 音數律과의 세가지가 잇다. 다시말하면 漢詩의 平仄法과 가튼 것을 音性律이라 韻脚法과 가튼 것을 音位律이라 造句法과 가튼 것을 音數律이라 한다.[3)]

그가 말한 율격은 상당히 넓은 의미로 사용된 것으로 운율에 가까울 것이다. 그리고 시조를 <초장>, <중장>, <종장>으로 나누고 <초장>과 <중장>은 2구-여기서의 구는 율어에 해당되는 용어로 쓰였다-로, <종장>은 4구로 나누었는데 이를 도표로 보면 다음과 같다.

(初章)

六字------------	------------九字
六字------------	------------九字

(中章)

五字------------	----------八字
六字------------	------------九字

(終章)

三　字	五字 ------------------八字
四字------------五字	三字-----四字

<초장>과 <종장>을 둘로 나누었지만 5자구 이상의 구는 두 句讀를 둔 것이라면서 7자구, 8자구, 9자구를 3·4조, 4·4조, 4·5조라 하기도 하여 조윤제는 위의 도표를 아래와 같이 상세히 나누었다.

---

3) 이병기, 「律格과 時調[一]」(동아일보, 1928년 11월 28일)

初章 第一句 二 - 四
第二句 三 - 五
第三句 二 - 四
第四句 三 - 五
中章 第一句 一 - 四
第二句 三 - 四
第三句 二 - 五
第四句 三 - 六
終章 第一句 三
第二句 五 - 八
第三句 四 - 五
第四句 三 - 四[4)]

한편 이은상[5)]은 먼저 "時調에는 삼종류의 형식이 있으니 短型과 間型(中間型)과 長型(散文型)이 그것이라 하고 時調 短型의 型式에 있어서는 그 一首가 初中終 三章으로 되어 있고 各章이 四句씩으로 성립되어 있다"고 하여, 역시 율어에 해당되는 단위를 구라 하면서 시조 단형의 음절수를 아래와 같이 보았다.

初章 第一句 二字 - 五字
第二句 二字 - 六字
第三句 二字 - 五字
第四句 四字 - 六字
中章 第一句 一字 - 五字
第二句 二字 - 六字
第三句 三字 - 五字
第四句 四字 - 六字
終章 第一句 三字
第二句 五字 - 八字

4) 조윤제, 「시조자수고」『한국 시가의 연구』(을유문화사, 1954).
5) 이은상, 「時調 短型芻議」(동아일보, 1928년 4월 18일-25일).

第三句 四字 - 五字
第四句 二字 - 四字

또 이 시기 이광수[6]는 시조의 형식을 基準 形式과 變體를 구분하여 다음과 같이 나타냈다.

<기준 형식>
初章 ○○○ ○○○○
○○○○ ○○○○ (十五音)
中章 ○○○ ○○○○
○○○○ ○○○○ (十五音)
終章 ○○○ ○○○○○
○○○○ ○○○ (十五音)

<變體>
第一 : 初章과 中章이 第三句를 三音으로 하는 것
第二 : 初章 第一句를 二音으로 하는 것
第三 : 初章 第二句를 五音으로 하는 것
第四 : 中章 第一句, 第二句를 二五, 二四, 三三, 二三音으로 하는 것
第五 : 第二句를 六音, 七音으로 하는 것

안확은 시조를 논할 때 항상 음악적 측면을 고려해야 한다고 하면서 윤선도의 시조시를 가곡과 시조라는 음악적 측면에서 다음과 같은 도표로 제시하였다.[7]

6) 이광수, 「時調의 自然律」(동아일보, 1928년 11월 2일-7일).
7) 安廓, 朝鮮歌詩의 條理, 권오만 외, 『自山安廓國文學論集 四』(여강출판사, 1994). 김창규, 『安自山의 國文學研究』(국학자료원, 2000), 94면.

<table>
<tr><th>句</th><th>작 품</th><th>歌曲</th><th>時調</th></tr>
<tr><td>1
2</td><td>(1) 월출산 놉다마는
(2) 믜운거시 안개로다</td><td>1章
2章</td><td>初章</td></tr>
<tr><td>3
4</td><td>(3) 天王 第一峰을
一時에 가리우다</td><td>3章</td><td rowspan="2">中章</td></tr>
<tr><td>5</td><td>(4) 두어라
(5) 히퍼진 後면</td><td>4章</td></tr>
<tr><td>6</td><td>안개아니 거드랴</td><td>5章</td><td>終章</td></tr>
</table>

오른쪽의 시조를 3장으로, 가곡을 5장으로 나눈 것은 시조창과 가곡으로 불릴 때 즉 음악의 경우를 염두에 두어서이다. 이와 관련하여 시조시에 관한 논급을 보면 "시조시는 48자 내외의 數로 선율의 운각은 44조로서, 4자 혹 3자를 1음절로 하여 그 2배를 1구로 지으며, 共 8자 6구로써 1편의 시편을 구성한다", "시조가 4자 혹 3자를 1음절로 하여 그 2배를 1구로 짓는다"고 하면서 "자수의 배열은 4·4조로서, 4자를 1음절로 함이 원칙이나, 含蓄美를 취하여 3자됨도 있으며 종장 초두에 예사로 3자 1음절로 되는 법이니, 4자를 偸除하여 唱치 아니함을 또한 正則으로 한다[8]"고 했다. 여기서 음절이란 율격 단위로서의 율어와 유사한 단위를 의미하며 구는 그 배를 이름이다.

이 시기 한국 시의 율격론을 가장 체계적이고 학술적인 연구로 이끈 사람은 조윤제[9]이다. 그는 앞의 이병기나 이은상, 이광수의 율격론과 비교하면서 최남선 소장본의 필사본인 『歌曲源流』 육백이십육수의 시조 중 단형인 사백십일 수를 대상으로 일일이 통계 결과를 내고 다음과 같이 결론 내렸다.

---

8) 安廓, 朝鮮歌詩의 條理, 권오만 외, 『自山安廓國文學論集 四』(여강출판사, 1994). 김창규, 『安自山의 國文學研究』(국학자료원, 2000), 94면.

9) 조윤제, 「시조자수고」 『한국 시가의 연구』(을유문화사, 1954).

初章	第一句	二 -	3	- 四
	第二句	四 -	4	- 六
	第三句	二 -	4·3	- 五
	第四句	四 -	4	- 六
中章	第一句	一 -	3	- 四
	第二句	三 -	4	- 六
	第三句	二 -	4·3	- 五
	第四句	四 -	4	- 六
終章	第一句	三 -	3	
	第二句	五 -	5	- 九
	第三句	四 -	4	- 五
	第四句	三 -	3	- 四

(註:中間數字는 最多回數를 가진 者이다.)

의 요소를 가지고

1. 初章 第四句와 中章 第四句와 終章 第三句의 四字일 것
2. 終章 第一句의 三字일 것

은 거의 不變하면서[10] 一首의 字數를 四一 - 44·45 - 五0 範圍 內에 時調 形式을 얻을 것이다. 卽 다시 換言하면 一首의 字數 四四 혹은 四五에 중심을 두고 四一字에서 五0字 範圍 內에

三四四(三)四
三四四(三)四
三五四三

이라는 基準을 가지고 規定의 最短 字數에서 最長 字數內에 伸縮할 것이다.[11]

당시의 음수율론은 한국 시의 율격이 왜 음수율로 파악되어야 하는가에 대한 이론적 연구가 선행되지 않은 채, 단지 음수율론에 맞추려는 경향이 강했음을 볼 수 있다. 한국 시를 음수율론으로 본 것은 어느 모로 보나 일본 시의 영향이기는 하지만 그래도 당시에는 나름대

10) 앞의 이광수의 설과 동일하다는 것이다.
11) 조윤제, 앞의 책, 170-172면.

로 한국 시의 고유성에 대한 자각이 있었다. 한국어는 악센트가 없기 때문에 언어의 성질상 서양의 영시나 동양의 한시와 동일할 수 없고 차라리 일본 시의 시형에서 그 유사함[12]을 구했는데 이는 당시로서는 큰 발견이었으리라 생각한다. 여기에 덧붙여 조윤제는 일본어와 한국어가 교착어로서의 공통점에 착안해 동일한 음수율일 가능성을 높였으며 그 가운데 한국어의 각음은 길고 짧음의 차이가 있고 장단의 구별이 있다는 음량에 주목해 일본어와는 차이가 있음을 시사했다. 한국어의 음량성에 대해서는 별다른 깊이 있는 논의가 보이지 않지만 이 점으로 인해 한국 시는 일본 시의 5·7조와 같은 일정한 자수의 제한을 얻지는 못한다고 했다. 교착어의 음수율론 가능성이라든가, 한국어의 음량성에 대한 주목은 상당히 발전된 학문적인 안목이 아닌가 한다. 이러한 점을 발견했음에도 불구하고 무리하게 통계에 의한 기준화를 모색한 것은 당시 유행했던 일본 시의 5·7조, 7·5조 같은 고정 자수율을 찾아내야 한다는 분위기와 그것을 뛰어넘을 만한 학문적인 성숙도가 없었기 때문이었다고 볼 수 있다.

이 당시 연구 방법은 한 마디로 말해 작품의 분석을 통한 수치상의 통계로, 가장 빈도가 높은 것을 기본으로 삼아 율격의 모형을 제시하려 했다. 조윤제는 연구에 앞서 통계에 대한 자신의 태도를 설명했지만, 작품을 대상으로 하여 그 통계 결과에 의존하는 연구 방법은 텍스트의 확정에 있어서 적지 않은 어려움이 있는 게 사실이다. 원본을 구하기도 어렵고, 엄청난 작품을 일일이 원본과 대조하기도 어려우며, 작품을 선정함에 있어 주관성을 배제할 수도 없다. 그러므로 엄청난 노력에도 불구하고 그 작업이 지니는 의의는 의심받기가 쉽다. 어쨌든 당시의 연구 방법의 한계는 이렇다 하더라도 그보다도 더 중요한

12) 조윤제, 앞의 책, 주요한의 말을 재인용, 131면.

것은 일본 시나 중국 시와 같이 고정된 자수율을 근본적으로 가지지 않는 한국 시에서 그러한 기본으로 제시된 음수율은 한국 시의 율격을 설명해 내지 못한다는 점이다. 결국 기본에 들어맞는 것보다는 예외가 더 많아지는 등 음수율론은 결과적으로 난조 현상을 벗어날 수 없었던 것이다.

〈평시조의 기본음수율〉

	제1구	제2구	제3구	제4구
초 장	3	4	4(3)	4
중 장	3	4	4(3)	4
종 장	3	5	4	3

[13]

위에서 제시된 <평시조의 기본 음수율>과 일치되는 작품이 통계상으로 전체의 4.0% 정도밖에 되지 않는다[14]는 사실은 음수율을 믿는 사람들에게 큰 충격을 가져다 주었다. 기본에 맞는 것이 전체의 4.0%밖에 안 된다는 것은 이제는 그것이 더 이상 기본일 수 없으며 시조의 실상과는 거리가 먼 것이라고 밖에 이해할 수 없다.

조윤제 이후에도 김사엽[15]이나 서원섭[16]이 작품의 통계 결과에 의해 음수율을 입증하려 했지만, 이는 입증이라기 보다 차라리 반증이라 해도 좋을 만큼 음수율의 존재 의의를 무색하게 했다.

---

13) 조윤제, 앞의 책. 서원섭, 앞의 책. 조윤제 이후 이러한 도식은 서원섭을 비롯하여 여러 학자에게서 볼 수 있다.

14) 조동일, 「시조의 율격과 변형 규칙」『한국 민요의 전통과 시가율격』(지식산업사, 1996), 211-212면. "실제로는 4.0%를 넘어설 수도 있겠지만, 21.1%를 넘어설 수 없다는 것은 움직일 수 없는 사실이다."

15) 김사엽, 『이조시대의 가요 연구』(대양출판사, 1956).

16) 서원섭, 「평시조의 형식」『시조문학연구』(형설출판사, 1977).

我後ㅣ 倍勇氣ᄒᆞ샤 3・5 (89면 10행)
3 5

挺身 衝心胸 ᄒᆞ샤 2・3・2 (89면 11행)
2 3 2

이는 연속된 2행일 뿐만 아니라 문법적으로나 운율적으로나 하등의 차이가 있을 수 없는 것임에도 불구하고 어떤 근거에 의지하여 하나는 '3・5'로 분절하고 하나는 '2・3・2'로 분절하였는지는 막연할 뿐이다. 또,

入寇 東北方 ᄒᆞ더니 2・33 (89면 7행)
2 3 3

追奔 星火馳ᄒᆞ더니 2・6 (89면 15행)
2 6

宮殿에 五雲高ㅣ로다 3・5 (90면 6행)
3 5

垂衣一代 煥文章 ㅣ로다 4・3・3 (90면 10행)
4 3 3

鳳凰이 來舞하니 九成中이로다 3・4・6 (90면 14행)
3 4 6

大有年하니 禾稼ㅣ 興雲連이로다 5・3・3・3 (90면 15행)[17]
5 3 6

정병욱이 비판한 점은 분절에 있어 일관성이 없다는 것이며, 그러한 일관성의 부족은 바로 <운율론적인 근거>가 없다는 말과 통한다. 곧 '운율에 대한 방법적 제시'가 없이 행해진 분절이라는 것인데 그러면 어떠한 결함을 가져왔는가. 먼저 연속된 2<행>을 두고 [我後ㅣ 倍勇氣ᄒᆞ샤]는 3・5조로, [挺身 衝心胸 ᄒᆞ샤]는 2・3・2조로 나눈데서 그 결함을 발견할 수 있다고 한다. 어떠한 근거로 문법적으로나 운율적으로나 하등의 차이가 없는 구를 왜 다르게 분절하였는가 하는 문제다. 그러나 이러한 무원칙한 분절이 비단 김사엽의 논의에만 한정되는 것은 아니며, 또 이것이 음수율론자들에게만 해당되는 것도 아니다.

---

17) 정병욱, 「김사엽 이조시대의 가요연구를 비판함」《사상계》, 1959.
_____, 『한국고전시가론(증보판)』(신구문화사, 1983), 482-483면.

△瘴ᄀᆞᄉᆞ실가 三城大王 일ᄋᆞᄉᆞ실가 三城大王 5. 4. 5. 4
△錦繡山 니블안해 麝香각시를 아나누어 3. 4. 5. 4
△春山에 눈녹인바람 건듯불고 간데업네 3. 5. 4. 4
△귀미테 해묵은서리를 불어볼가 하노라 3. 6. 4. 3[18]

정병욱은 <음보>를 이루는 음절수를 2음절에서 6음절까지로 설정하고 있는데 여기에 대한 <운율론적인 근거>는 무엇인가. 3<음보>와 4<음보>의 음수율의 기준형을 밝히면서 무슨 근거로 2음절부터 6음절까지가 한 <음보>로 설정될 수 있는 것인지에 대해서는 밝힌 바가 없다. 기층 단위를 이루는 음절수의 분절에 있어서 <운율론적 근거>를 제시하지 못한 것은 시도기 음수율론은 물론 대안으로 제시된 <음보율>론에서도 마찬가지임을 볼 수 있다.

> 그러므로 결국 <운율론적 근거를 전연 무시>했다는 것은 母音「ㅣ」의 處理에 있어서「五雲高ㅣ로다」는 5로 보고「禾稼ㅣ」는 3으로 보았으며「煥文章ㅣ로다」는 3.3으로 본 데서 一貫性을 찾지 못했다는 것이 된다. 그러나「煥文章ㅣ로다」는 原典의 轉載上 誤謬이니 問題삼을 수 없으므로 결국 前二者의 相違를 지적한 데 不過하다. 그러므로 이러한 兩論은 결과적으로 從來의 字數律論이나 <音步>律論이 雋辭의 單位設定에 決定的인 <운율론적 근거>를 제시하지 못한 것은 사실이다.[19]

이와는 달리 시도기 음수율론에서 보이는 다른 결함은 [五雲高ㅣ로다]는 5음절로, [禾稼ㅣ]는 3음절로 계상된 데서 볼 수 있다. 전자 [五雲高ㅣ로다]에서는 /ㅣ/를 계상하지 않아 5음절로 보았음에 반해, [禾稼ㅣ]에서는 /ㅣ/를 계상하여 3음절로 보았다. 당시 율격 기조 단

---

18) 정병욱,「고시가운율론」『한국고전시가론(증보판)』(신구문화사, 1983). 홍재휴,『韓國古詩律格硏究』(태학사, 1983)에서 재인용.

19) 홍재휴,『韓國古詩律格硏究』(태학사, 1983), 37-38면.

위로서의 음절에 대한 인식이 부족했기 때문에 /ㅣ/를 비롯하여 /ㅅ/, /ㆆ/ 등이 계상되기도 하고 되지 않기도 한 현상이 나타난 것으로 시도기 음수율론이 지닌 결함이라 할 수는 있다.

음수율론에 대한 비판점의 하나가 바로 '운율론적 근거'가 부족했다는 점이나 위에서 보듯 이러한 결함은 음수율론이 지닌 본래의 한계가 될 수는 없다. 시도기 음수율론에서 /ㅣ/ 등의 계상 여부로 인해 빚어진 율격 파악의 난조 현상은 음절에 대한 인식이 제대로 되어 있지 않아 생긴 현상일 뿐이다. 그리고 <음보율>론을 보더라도 호흡에 의해 분절되는 율격 단위에 5음절, 6음절을 허용한다는 것은 어느 모로 보나 무리한 현상일 수밖에 없다. 2음절에서 6음절까지의 분절은 5, 6음절로 구성되는 율격 단위가 과연 한 호흡으로 묶일 수 있는 단위인가를 생각할 때 여기에도 <운율론적 근거>가 부족함은 쉽게 알 수 있다.

조동일도 <평시조의 기본 음수율>에 일치되는 작품이 극히 일부분밖에 되지 않는다는 점에 음수율의 근본적인 난점이 있다고 했지만, 이것은 음수율의 근본적인 난점이 아니라 한국 시를 고정자수율에 맞추려 했던 방법상의 잘못과 음수율이 고정자수율을 의미한다는 잘못된 고정관념 때문에 빚어진 착오에 불과하다. 학문적 미성숙으로 인한 방법상의 잘못과 잘못된 인식 때문에 음수율 자체가 부정되는 것은 부당하다. 그러므로 음수율론은 근본적으로 난점을 지녔다거나 한국 시에 맞지 않는 게 아니라, 앞으로 새로운 시각에서 그 가능성을 타진해 볼 필요가 충분히 있는 것이다.

3. 〈음보율〉론의 대체

1) 복합〈음보율〉론

음수율론의 뒤를 이은 것이 한국 시의 율격을 강약율로 설명하려는 정병욱과 이능우의 논의이다. 그 때까지의 연구가 확고한 이론적 근거를 바탕하지 않았던 선험적 연구였다고 한다면, 정병욱의 연구부터는 율격에 대한 이론적인 지식을 전제로 한 본격적인 학문적 연구였다고 할 수 있을 것이다. 정병욱과 이능우의 강약율론을 비롯해, 김석연과 황희영의 고저율론, 정광의 장단율론이 여기에 포함된다. 이들은 모두 율격 형성의 원리를 운소 자질의 층형 대립으로 보았다는 점에서 복합율격론 내지는 복합<음보율>론이라 할 수 있을 듯하다. 음절이 기층 단위가 아니라 영미시의 foot에 해당하는 <음보>가 기층 단위이며 이 <음보>는 운소 자질의 층형 대립에 의해 생성되는 반복의 실체라고 보았다. <음보>라는 용어는 영미시의 foot을 일인학자가 <음보>라고 번역한 것을 들여온 것으로 그 전에도 쓰이기는 했지만 이 때부터 학문적인 용어로 자리잡은 듯하다. <음보>외에도 <율각>이나 <시각>이라는 일본 용어도 사용되었지만 대체로 <음보>가 받아들여졌으며, 이후 한국 시 율격의 기층 단위가 <음보>라고 인식하게 된 것도 이 때부터이다.

① 강약율

정병욱은 그동안의 음수율론을 부정하고 새로운 방법론에 의한 획기적인 연구를 내놓았다. 그는 운율과 율동의 개념 규정에서부터 시작하여 시의 유형론 속에서 한국 시의 율격을 파악하려 했다.

> 운율이란 무엇인가? 한마디로 말한다면, 운율이란 일정한 자극계열이 주기적으로 회귀·반복하는 것을 지각함으로써 얻어지는 체험이라 할 수 있겠다. -중략- 운율(metre)이 연속하는 순간의 시간적 등장성을 뜻한다는 것과, 율동(rhythme)은 그 등장성을 역학적으로 부동하게 하는 조작(dissimilation dynamique)이라는 것을 인식함으로써 운율의 본질을 비교적 정확하게 파악할 수 있었다고 본다.[20]

> 제 1의 방법은 음철의 지속 시간의 양에 의하여 배분하는 것이니 나전어·희랍어에서 보는 장단율이 그것이고, 다음 제2의 방법은 음철 가운데의 어떠한 음철에 특수한 강도 즉 강음(accent)을 부여하여 배분하는 것이니 주로 영어·독일어에서 취하는 강약율이 그것이다. 제3으로는 음철 가운데의 어느 음철에 특수한 음고(音高, pitch)를 배치함으로써 배분하는 방법이니 이는 중국어에서 볼 수 있는 고저율이 그것이고, 끝으로 제4의 방법은 음철의 수에 의하여 배분하는 방법이니 주로 불란서·이태리·서반아·일본어 등에서 보는 음수율이 그것이다. 이와 같은 4종류의 배분 방법 중 국문학의 시가 운율의 기본 단위를 어느 것에서 찾아야 할 것인가는 국어의 특질에 의하여 결정될 것임은 명백할 것이다. -중략- 그렇다면 고정율과 장단율을 제한 음수율이나 강약율을 국문학의 시가 운율의 가능한 형태로서 찾게 된다.[21]

Paul Pierson의 이론을 통한 운율에 대한 개념 규정은 전에 볼 수 없었던 것으로 율격론이 새로운 이론적 기초를 바탕으로 할 수 있는 근거를 마련해 주었으며, 율격 유형론 역시 초기의 음수율, 음성율, 음위율이라는 막연한 이해에서 장단율, 고저율, 강약율, 음수율이라는 진일보한 분류로 나아갔다고 볼 수 있다. 그러나 장단율, 고저율, 강약율, 음수율의 4대 유형론은 다양한 율격 유형들을 체계적으로 이해할 수 있는 분류가 아니다. 많은 율격 유형들을 포괄할 수 없으며, 특히 율격 구성이 지닌 다층성을 설명할 수 있는 분류가 아니다. 이러

---

20) 정병욱, 앞의 책, 17-18면.
21) 정병욱, 앞의 책, 18-19면.

한 단점이 있음에도 불구하고 이후의 연구는 이 4대 유형론 속의 어느 한 유형으로 한국 시의 율격 유형을 결정지으려 했다. 한국 시의 율격이 음수율이 아니라면 가능한 율격 유형은 장단율, 고저율, 강약율 중 하나라 하겠는데 정병욱은 그중 강약율로 보았다. 그 근거는 바로 <문학과 음악의 불가분의 관계>에서 나온 것이었다.

> 국문학에 있어서 음악과 시가 운율과는 여하한 관련이 있는가를 보기로 하겠다. 첫째 오늘날 우리 민족의 대표적인 민요로서 하마 세계 무대의 각광을 입게 된 유명한『아리랑』을 필두로 하여 남도·서도·경기 등 각 지방의 민요 대부분이 3박자 계통임은 우리가 다 잘 알고 있는 사실이거니와, 그밖에 궁중에서 연면히 유전되어 내려온 아악도 전문가의 조사에 의하면 대체로 3박자 계통으로 분석할 수 있게 되어 있다. 그렇다면 우리 민족이 지켜온 음악의 대부분이 3박자계의 리듬형으로 되어 있다는 사실을 알 수 있겠다. 그런데 이 3박자계 소절의 accent가 "강약약"형의 표현 형태를 취하며, 이 표현 형태는 자연적인 표현 욕구에 의하여 그 성격이 부여된다는 사실을 상기함과 아울러, Ton-satz가 언어(시가)의 리듬을 타서 형성된다는 사실을 상기할 때에, 음악의 소절이 지닌 악센트는 곧 시가 운율을 형성하는 언어 자체의 악센트와 상관된다는 사실에 상도하지 않을 수 없다. 더구나 국어학에서 명백히 알려진 바에 의하면 국어의 악센트는 대체로 Wortakzent보다는 Satzakzent가 주로 되어 있다고 하며, stress accent는 보통 제1음절에 주어져 있다고 한다.[22]

우리 민족이 지켜온 음악의 대부분이 3박자계의 리듬형이라는 사실은 다른 나라 사람들에게도 널리 퍼져 있는 인식인 듯하다. 이는 아리랑을 필두로 하는 민요가 3박자 계통이라는 사실에서 연유되었으나 3박자가 과연 대표형인가 하는 데는 의문의 여지가 있다. 몇 개의 대표작으로 우리 민족이 지켜온 음악의 대부분을 3박자로 한다든지, 한국 전통시를 3율어구로 파악한다든지 하는 것은 성급한 판단이다.

22) 정병욱, 앞의 책, 22-23면.

4박자, 4율어구의 민요도 그 수는 헤아릴 수 없이 많으며 남쪽으로 내려올수록 3율어구의 시보다 4율어구의 시가 많이 보임은 한국 시, 한국 민요를 단순히 3율어구로 파악하기 보다는 지방에 따라 3율어구와 4율어구가 차별적으로 존재했다고 보는 것이 더 타당하지 않을까 한다. 어쨌든 문제는 음악에 있어서 3박자계의 리듬형이 대부분이었다는 사실을 인정한다 하더라도 이러한 사실이 한국 시를 강약율로 규정하는 근거가 된다고 하기는 어렵다는 것이다.

> 三拍子系 歌曲의 리듬형이 '强弱弱' 型인 것은 世界 共通의 것이요, "음악과 시가 운률과의 관련 관계"가 유독 우리 詩歌에만 適用되는 것이 아니라면, 우리가 他國語의 詩歌에서 볼 수 있는 "弱强格"(iamb)이나 '弱弱强格'(anapest)의 詩歌는 어떻게 說明되어질 것인지?[23)]

이러한 문제는 음악에서의 악율과 문학에서의 시율을 동일시한 데서 비롯되는 착오라 할 수 있다. "Ton-satz가 언어(시가)의 리듬을 타서 형성된다는 사실을 상기할 때에, 음악의 소절이 지닌 악센트는 곧 시가 운율을 형성하는 언어 자체의 악센트와 상관된다는 사실에 상도하지 않을 수 없다"는 말은 곧 음악과 문학의 불가분의 관계를 의미하면서 악율과 시율을 공통된 것으로 파악했다고 볼 수 있다. 물론 시란 본디 음악과는 밀접한 관계에 있음이 사실이나 시율이 악율과 반드시 일치된다고 할 수는 없다.

> 音樂은 音樂대로 要求가 있고, 詩歌는 詩歌대로의 要求가 있기 때문이다. 音樂이나 詩歌가 다 같이 情緖를 表現하는 方式이라 하더라도 그 方法이나 材料가 전혀 딴 것이다. 音樂은 音의 諸 性質을 材料로 하여

---

23) 예창해, 「한국 시가운율의 구조연구」《성대문학 19집》(성균관대 국문학회, 1976), 88면.

> 音樂的인 方法論에 의해 作曲되는 것이요, 詩歌는 말의 諸 性質을 材料로 하여 文學的인 方法論에 의해 創作되는 것이다. 어떤 歌詞를 가지고 있는 樂曲이든 그것은 어디까지나 音樂이지 文學은 아니다.[24)]

시의 음악성이 중요시되는 것과 시율과 악율이 분리되는 것은 전연 다른 차원의 논의이며, 시율과 악율이 혼동되는 한 더 이상 시의 율격을 논의하기는 어렵게 된다. 이는 악율과 시율을 동일시하여 음악의 리듬 단위인 소절과 시의 율격 단위인 <음보>를 일치된 것으로 파악한 것만 봐도 알 수 있다. 음악의 대사와 시는 같지만 대사에 音調(가락)를 붙인 단위와 시를 율독하는 경우의 단위는 일치하지 않는 경우가 종종 있으므로 이 두 단위를 일치된 것으로 파악하기는 어렵다. 정병욱은 "우리 고유 음악에서 3박자 계의 "강약약" 형인 악센트를 찾아볼 수 있다는 사실과, 국어 자체의 성격이 제1음절에 stress acctent를 부여한다는 사실은 음악과 시가 운율과의 관련 관계에서 볼 때 당연히 부합하여야 할 귀결[25)]"이라 했지만 시율과 악율이 분리될 때 이 논리는 자연 성립될 수 없다. 또 "한국어 자체의 성격이 제1음절에 stress accent를 부여한다는 사실"이 얼마나 객관적인, 학문적인 근거가 될 수 있느냐도 의문의 여지가 있다. 여기서 말하는 stress accent는 영시의 경우와 같이 대립적 교체 현상을 보이는 것도 아니며, 더구나 한국어에서 변별적인 자질로 인정될 수 있을 것인가도 문제다.

때를 같이 하여 이능우는 기존의 음수율론을 비판하면서도 "문학상의 리듬은 음악의 어떠한 현상의 작용을 받아 되는 것이 아니라[26)]"고 하여 정병욱과는 다른 견해를 밝혔다. 정병욱이 음악과의 관련성에

---

24) 예창해, 앞의 논문, 87면.
25) 정병욱, 앞의 책, 23면.
26) 이능우, 『古詩歌論攷』(宣明文化社, 1966), 192면.

기반을 두고 있음에 비해 그는 인간의 생리·심리적 현상에 기반을 두고 있다.

> 二마디씩인 덩어리가 實은 그 안에 가만한 强調와 不强調의 質差를 가지고 있는데, 이는 每回 二個씩의 繼起하는 運動 中 첫 번 것에 대하여 보다 더 큰 强調를 주려 드는 心理的 衝動 때문이다. 이 衝動은 두 拍子 中 第一拍子의 知覺이 우리들에게 보다 强한 效果를 끼치는, 역시 心理的 現象에 基因 것이요, 同時에 그것은 우리들의 心的 現顯에 있어서는 언제나 注意라는 것의 緊張과 弛緩과의 交替라는 것이 自然的으로 일어난다고 하는 一種의 心理의 自然法則에 뿌리박고 있는 것이다. 즉 이를 다시 한마디로 要約하면 詩歌 韻律의 基本 單位인 한 音步가 '强弱'의 構造를 지니는 것은 自然法則적 心理現象이라는 것이다.[27]

그러나 심리적인 현상에 기인하며, 심리적인 충동에 의해 나타나는 강조와 불강조가 시의 율격을 형성하는 고정적인 요인이라고 하기는 어렵다. 자연 법칙에 뿌리박고 있는 긴장과 이완의 교체라는 것이 보편적으로 존재하는 것인지도 의문이며 설사 이것이 존재한다 가정하더라도 하나의 마디를 이루고 繼起하는 단위 안에서 첫 번 것에 대해서 보다 큰 강조를 주려는 것이 자연스러운 심리적 충동이라면 왜 영시의 경우처럼 약강격, 약약강격과 같은 형태의 율격이 나타나며 특히 약강격은 영시의 대표적 율격이라 할 만큼 압도적인 비중을 차지하는 것인가도 의문이다.[28] 자연인간의 심리 현상에 근거한다면 강조와 불강조는 개인에 따라 달리 나타날 수 있으며 같은 사람의 심리에 따라서도 다르게 나타날 수도 있다. 그러므로 심리 현상에 근거하는

---

27) 이능우·예창해,「한국 시가운율의 구조연구」<성대문학 19집>(성균관대 국문학회, 1976), 89면에서 재인용.

28) 김홍규,「한국 시가율격의 이론1」《민족문화연구 13호》(고대민족문화연구소, 1978), 107면.

요소가 율격 형성에 관여하는 요인으로 작용한다고 보기는 어렵다.

② 고저율

정병욱과 이능우가 약간씩 설을 달리하면서도 강약율에 일치를 봤다면 김석연[29]과 황희영[30]은 한국 시의 율격을 고저율로 파악했다는 점에서 일치를 보인다. (김석연은 강약율을 주장[31]하기도 하였으나 후에 고저율로 주장을 바꾸었다.) 두 사람 모두 고저율을 입증하기 위해 음성 측정 기계를 사용하여 연구의 과학성, 객관성을 도모했다.

김석연은 "高低, 低高, 低高低의 세 가지 피치 억양법 중 71.5%의 최고율을 보인 것은 高低律이다"고 하면서, "Sona-graph의 실험 결과가 국어를 高低 액센트의 言語로 특징지어 준 이상"이라고 결론을 짓고 시조의 운율을 고저율에 의해 분석하였다. 이에 비해 황희영은 Minogram이라는 기계를 사용하였는데, 그는 중세 국어의 운율을 규명함에 있어 당시의 성조 표기(방점)를 기준으로 하는 방법을 취하였다.

한국 시 율격론이 한국어의 운소 자질에 관해서도 갈피를 잡지 못하고 異說이 분분하던 중, 이러한 음사기의 활용은 객관적인 근거를 제공한다고 볼 수도 있으나 사실 음사기의 한계는 큰 문제가 된다.

> 어떤 사람이 어떻게 朗誦해도 그것은 하나의 特殊한 一回的인 朗誦에 不過한 것이며 이러한 "特殊한 朗誦은 韻律學的인 條件을 分析하기에는 不適當한 것"이다. -중략- 모든 音은 그 音 自體의 性質 때문에 周波數를 달리한다. 그리고 intonation도 周波數에 影響을 미친다. 그런데

29) 김석연, 「시조운율의 과학적 연구」《아세아연구 통권 제 32호》(고려대학교, 아세아문제연구소, 1968), 「소월시의 운·율 분석」《서울대학교 교양과정부 논문집 인문·사회과학편 제1집》, 1969.

30) 황희영, 『운율연구』(형설출판사, 1969).

31) 김정숙(=김석연), 「한국 시가의 율적 연구」 <국어국문학 25>, 1962.

> 音寫機는 韻律的 要素의 周波數와 其他 非韻律的 要因에 因한 周波數를 分離해서 記錄하지는 못하는 것으로 筆者는 알고 있다. 그렇다면 단순히 周波數가 많고 적은 것만으로 어떤 詩歌의 韻律 Pattern을 斷定한다는 것은 아무래도 무리가 따르지 않을 수 없을 것이다. 또 Sonagraph나 Minogram이 音의 强弱보다 高低를 재기에 적합한 機械이고 보면, 韻律 形成에 있어 可能한 하나의 要素인 音의 强弱을 無視해 버린 채 다만 一面的 現象을 가지고 全體를 一方的으로 獨斷해 버릴 우려를 排除하기 어려울 것이다. -중략- 音寫機實驗이 하나의 補助的인 수단은 될 수 있을 지언정 그것이 絶對的인 方法이 될 수는 없는 것으로 생각된다.[32]

음사기에 의한 실험은 특정인의 낭송에 기댄 것으로 특정인의 낭송에서 수집된 실험 결과가 시의 율격을 설명하는 데 적합한가 한 재료가 될 수 있을까 하는 것이 문제이다. 아무리 많은 사람을 대상으로 한다 하더라도 이는 개인적인 낭독의 차원을 넘어서지 못하기 때문이다. 이 외에도 김석연은 두운의 발달이 고저율의 방증이 된다고 했으나 두운의 존재를 인정한다 하더라도 고저율이 두운을 발달시켰다고 볼 수 있을지 의문이다. 한국 시에서 첫머리에 강세가 오는 현상을 생각해 볼 때 여기에는 고음이 아니라 강음이 그 구실을 한다고 봄이 더 타당할지도 모른다. 이밖에 황희영은 성조 표시에 있어서 평성을 High tone으로, 거성을 Low tone이라 했는데 여기에도 무리가 있다. 평성을 고조로 거성을 저조로 볼 수는 없으며 이러한 기준으로 작품을 분석한다면 실제 운율 분석도 올바른 것이라 보기 어렵다.

강약율론과 같이 고저율론이 지니는 근본적인 난점은 한국어가 강약 악센트어가 아니듯 고저 악센트의 언어도 아니라는 점이다. 고저 악센트의 언어에서는 고저의 대립이 관용성을 지니고 나타나나 한국어에서는 그렇지가 않다. 김석연이 처음에는 강약율을 주장했다가 고

---

32) 예창해, 앞의 논문, 82면.

저율을 주장하게 된 것도 어떤 의미에서는 한국어의 특성을 보여준다고 할 수 있을 것이다. 물론 한국어에 강약이든 고저든 이러한 성질이 전혀 없었다면 한국 시에 강약율, 고저율의 가능성은 논해지지 않았을 것이다. 그러나 한국어가 강약이든 고저든 그러한 성질을 전혀 지니지 않는다고 하기는 어렵지만 강약 악센트어 내지는 고저 악센트어라고 규정짓기는 무리가 있다.

③ 장단율

강약이나 고저가 한국어에서는 음운적인 변별 자질이 못됨에 비해 장단은 그 변별성이 어느 정도 인정되므로 한국 시의 율격이 장단율일 가능성은 상당히 크다. 이 점에 착안해 정광은 장단율의 존재를 피력했다.

> 사ㄴ에는 /꼬ㅊ피네/꼬치피네
> 가ㄹ보ㅁ/여름업시/꼬치피네 (/는 colon, -는 장음표시)
> 이것을 그 음절의 모라 수로 따져 보면
> 2 1½ 1 2½ / 2 1½ 1 2½ / 2 1½ 1 2½
> 2 1½ 1 2½ / 2 1½ 1 2½ / 2 1½ 1 2½
>
> 와 같다. 이것은 결과적으로 長音節과 短音節이 規則的으로 交替하여 韻律效果를 갖게 하며, 4 個의 長短 對 短長이 對立되는 colon이 세 번 反復되어 한 句節을 形成한다. 즉, 한 句節의 音節數는 12이고 모라가 21 個이며 long base와 short base가 交替한 colon이 3번 反復되는 것이다.[33]

그러나 문제는 그리 간단하지 않다. 장단이 한국어에 어느 정도 변

33) 정광, 「한국 시가의 운율 연구 시론」《응용언어학, 7권, 2호》(서울대 어학 연구소, 1975), 161면.

별적인 자질로 인정된다 하더라도 이것이 반드시 율격 형성에 관여한다고는 볼 수 없기 때문이다. 이와 관련하여 위 시를 볼 때 숫자화된 모라가 과연 얼마나 객관적이며 타당한 것인지는 의문스럽다. 또 위 시를 낭독해 장단의 대립을 쉽게 느낄 수 있냐 하면 그것도 매우 회의적이다. 낭독에 의해 쉽사리 변할 수 있고 또 그 변화가 시의 율격을 깨뜨리지 않는 것이라면 그것을 율격 형성의 자질로 인정하기는 어렵기 때문이다. 이렇게 볼 때 한국 시에서 장단율을 찾아내는 것은 쉬운 일이 아닌 듯하다. 비록 장단율이 고저율이나 강약율에 비해 그 가능성이 높은 것은 사실이나 중요한 것은 언어적 사실과 시의 율격적 사실이 항상 일치하는 것은 아니라는 점 또한 매우 중요하게 인식되어야 한다.

정병욱과 이능우의 강약율론, 김석연과 황희영의 고저율론, 정광의 장단율론은 모두 한국어를 악센트어의 언어로 보고 이 점에 근거하여 한국 시의 율격을 각각 강약율, 고저율, 장단율로 본 것이다. 강약, 고저, 장단의 층형 대립이 이루어 내는 율격 단위는 곧 foot에 해당하는 것이며 이것이 율격 형성의 기본 단위로 인식되었다. 운율자질의 층형 대립에 근거한 이 시기의 연구를 복합율격론[34]적 파악기로 이해하는 것은 바로 이 점 때문이다. 정병욱이 제시한 율격 유형 네 가지가 이 시기에 와서 다 시험된 셈이었다. 음수율은 이미 부정되었고 강약율과 고저율, 장단율의 가능성이 모두 시험된 것이다. 그러나 음성적인 현상과 음운적인 자질을 혼동하는 것은 금물이며, 운율성을 파악하기 위해 전적으로 율독 현상을 연구 자료로 하는 것 또한 연구의 객관성과 보편 타당성이라는 측면에서 위험한 일이다. 그리고 이러한 노력에도 불구하고 근본적인 난점은 한국어의 악센트적인 성질에 있

34) 김홍규, 성기옥 등.

으며 비록 악센트가 있다 하더라도 시에 얼마나 관여하고 있느냐에 있다. 한국어는 강약, 고저의 악센트가 관용성을 띠지 않는다. 장단 역시 한국 시에서 율격의 단위를 분할해 낼 정도로 뚜렷하지도 않고 장과 단의 충형 대립은 더더욱 찾아볼 수 없다. 시도기 음수율론에 대한 반발로 그간 제시된 다른 유형의 가능성이 다 시험되기는 했지만 어느 하나 만족할 만한 이론은 제시되지 못했다.

2) 단순〈음보율〉론

복합율격론 후 한국 시 율격론은 단순율격론으로 방향을 돌렸다. 이 때의 논의를 단순율격론, 단순<음보율>론이라 하는 것은 그동안의 강약, 고저, 장단 등의 자질을 율격 형성 요소로부터 제외시키고, 단지 <음보>의 규칙적 반복으로 율격을 설명하려 했기 때문이다. 우선 예창해의 논의부터 살펴보자. 예창해는 강약율과 고저율에 대해 상세한 비판을 가한 후, "우리 詩歌의 韻律을 決定하는 基本的인 要素는 音節의 數도, 音의 高低도, 音의 强弱도 아니다. 이 말은 곧 우리 詩歌의 韻律이 音數律도, 高低律도, 强弱律도 아니라는 뜻이 된다[35]"고 하면서 운율을 형성하는 기본적 요소에 대해 다음과 같이 밝혔다.

> 지금까지의 研究로 우리가 分明히 말할 수 있는 것은 所謂 等時性(isochronism) 또는 時間的 等長性이라고 말하는 氣息의 等長性뿐이다. 말하자면 우리 詩歌의 韻律은 等時間的인 氣息(breath group)에 의해 發音되는 音節群의 規則的인 回歸 反復에 의해서 形成되는 것이다. -중략- 그것은 우리 詩歌뿐만 아니라 世界 어느 民族의 詩歌 韻律의 境遇도 마찬가지다. 다만 어떤 民族의 詩歌에 있어서는 그 等長性과 함께 또

---

35) 예창해, 앞의 논문, 107면.

> 다른 要素, 例컨데 音의 强弱이나. 高低나 長短이 複合的으로 作用하기도 하는 것이다. 그러나 우리 詩歌의 境遇는 等長性만이 絶對的인 作用을 하고 있는 것이다. 우리가 우리 詩歌에서 韻律을 意識하는 것은 等時的인 單位의 反復에서이지 결코 高低나 强弱의 어떤 pattern의 反復에서가 아니다. -중략- 그러니까 우리 詩歌의 韻律은 律動性이 약한 것이 사실이다. Pierson이 말하는 바 "力學的으로 不同하게 하는 操作"으로서의 强弱이나 高低가 缺乏되어 있기 때문이다. 그러나 그렇다고 해서 우리 詩歌에는 전혀 律動性이 없는 것은 아니다. 韻律 形態로서의 리듬은 약하지마는 그러나 거기 言語의 一般的 리듬은 例外없이 作用하는 것이다.[36]

결국 음절의 수도 아니고 그렇다고 강약율이나 고저율도 아니라면 기저 요소로 남는 것은 시간적 등장성뿐이라는 게 예창해의 결론이다. 이 경우의 등장성이란 "모든 시가의 음보가 한결같이 시간적으로 등장하다는 뜻이 아니라, 하나의 시가 안에서의 음보와 음보간의 시간적 등장성을 말하는 것이며 그 시간적 등장성도 엄밀하게 동일한 길이의 시간을 뜻하는 것이 아니라, 등장하다고 느껴지는 정도로 충분한 것이다[37]"고 밝히고 있다. 그리고 등장성, 등시성은 세계 어느 시의 율격의 경우에도 마찬가지이므로 등시성 외의 요소, 즉 강약이나 고저 장단이 복합적으로 작용하는 시에 비해 한국 시는 리듬이 약하다는 것이다. 그러면 운율의 기본 단위는 무엇이며 어떠한 형태로 나타나는가.

> 그러면 우리 詩歌 韻律의 基本 單位인 音步는 實際로 어떠한 形態로 나타나는 것일까? -중략- 우리말에 있어서의 具體的 音聲要素의 實現은 "發話時에 있어서의 潛在的 段落(꼭 끊어 發音한다는 뜻이 아니고 끊어 發音하여도 發話의 自然性을 해치지 않는 段落을 말한다)을 單位"로 成立된다고 말할 수 있을 것이다. 이런 段落을 'breath group', 'syntagma'

36) 예창해, 앞의 논문, 109면.
37) 예창해, 앞의 논문, 110면.

> 또는 '音韻論的 單語'라 이르기도 하는데 이 말은 一般的으로 " '語節'이라는 말로 바꾸더라도 큰 無理는 없는" 性質의 것이다. 이 語節은 一般的으로 緊密連接(close juncture)에 의해 하나의 breath group으로 發話되고, 隣接 語節과는 開放連接(open juncture)에 의해 區分된다. 이 때 하나의 詩歌를 이루고 있는 大多數의 語節 즉 緊密 連接으로 結合되어 있는 音節群이 等時的인 氣息(breath group)으로 發音될 수 있는 것일 때 그 하나하나의 breath group 곧 語節이 等時律인 우리 詩歌 韻律의 基本 單位 곧 音步가 되는 것이다.
>
> -중략- 아무튼 우리 詩歌에서는 韻律(metre)의 基本 單位인 音步(foot)가 等時的으로 反復되는 breath group에 의해 決定되며, 우리 詩歌에 있어 그 等時的인 breath group은 一般的으로 開放連接에 의해 區分되는 語節로 이루어지고 (이점 체코 語의 그것과 類似하다고 볼 수 있다.) 그 語節은 우리말의 特性에 따라 대개의 경우 二音節 내지 四音節, 그 중에서도 특히 三, 四音節이 주가 되는 것이다.[38]

등시적인 회귀반복의 단위를 <음보>라고 봤으며, 이 <음보>가 운율의 기본 단위라고 한다. <음보>는 한국어의 성격과 무관하지 않아 긴밀연접으로 결합된 음절군이 등시성을 가지면 이것이 운율의 기본 단위인 <음보>가 되며 <음보>와 <음보>는 개방연접에 의해 구분된다고 한다. 그리고 <음보>를 이루는 음절수는 2음절에서 4음절로 구성되며 그 중에서도 3음절과 4음절이 주가 된다고 한다. 이와 관련하여 시조의 율격을 밝혔는데 다음과 같다.

> 時調는 初中章이 四步格으로 繼續되다가 終章에 와서 五步格으로 變轉하는, 또 달리 보면 時調를 三章 六句로 볼 때 各句가 二步格으로 繼續되다가 마지막 한 句를 남겨 놓고 그 앞 句에서 三步格으로 變轉했다가 다시 마지막 句에서 二步格으로 끝맺음하는 특이한 律格이 바로 時調 율격의 特性인 것이다. 이 三步格의 자리는 起承轉結의 轉에 該當하는 자리로서 이 자리는 律格에 있어서만 變轉을 보이는 것이 아니라, 意

38) 예창해, 앞의 논문, 110면.

> 味上의 內容에 있어서도 變轉을 보이는 자리로서, 언제나 主題의 核心이 여기 자리하는 바, 이것은 필경 漢詩 作法의 影響일 것이다.[39)]

한 <음보>를 이루는 음절수의 상한을 4음절로 하고 5음절 이상은 한국 시에서 두 <음보>로 갈라진다고 보아, 특히 문제가 되는 5음절 이상의 시조 <종장> 둘째 <음보>는 마땅히 두 <음보>로 구성되어야 한다는 것이다. 그래서 <종장>은 총 5<음보>로 구성되게 되는데, 이 때 앞의 <초장>, <중장>은 起, 承에 해당되고 <종장>의 앞 3<음보>는 轉에, 뒤 2<음보>는 結에 해당된다는 논리이다. <음보>를 이루는 음절수로 4음절 이상을 허용하지 않았다는 점은 주목할 만하다. 운율이 등시적인 氣息에 의해 발음되는 음절군의 규칙적인 회귀 반복에 의해 이루어진다고 볼 때, 4음절이 최상이며 그 이상은 한국 시에서는 어렵다는 것이다. 그러나 시조를 起承轉結의 구성으로 본다고 하여 이른바 <종장>의 앞 3<음보>를 轉으로, 뒤 2<음보>를 結로 할 수 있을 지는 재고의 여지가 있다. 또 등시성이 한국 시의 운율을 형성하는 기본적 요소라 한다 하더라도 율격의 본질을 밝히려는 마당에 등시성만으로 모든 설명을 마무리하는 것은 무리가 있다. 등시성은 예창해의 말대로 等長하다고 느껴지는 정도로 충분한 것인데 이는 율격의 일반적인 원리에 지나지 않는다. 더구나 한국 시는 등시, 등장성에 철저하지 않다. 어쨌든 우리가 관심을 둬야 할 것은 심리적이든 어떻든 등장인 것으로 느껴지게 하는 내적 원인이 무엇인지를 과학적으로 살피는 일일 것이다. 단지 심리적으로 그렇게 느끼기 때문이 아니라 어떠한 요소의 작용으로 이 단위들을 심리적으로 등장인 것으로 느낄 수 있게 하느냐가 해명되어야 한다는 것이다. 이것이 바로 일반 원리를 넘어서는 한국 시 율격의 개별 원리가 될 것이다. 율

---

39) 예창해, 앞의 논문, 112면.

격의 기본 원리인 등시성을 가능하게 하는 요소는 언어적 특징이 다르므로 나라마다 다르게 나타날 것이며 이것이 바로 개별적인 율격의 모습을 결정짓게 되는 것이다.

한편 등시성을 호흡에 의한 균형에서 찾고 있다는 점에서 조동일은 예창해와 기본적으로 견해를 같이 한다. 조동일은 <음보> 설정의 근거를 <휴지>에 의거하여 설명하는데 율격 <휴지>가 바로 그것이다.

> 휴지에는 문법적 휴지와 율격적 휴지가 있다. 율격적 휴지는 문법적 휴지를 근거로 삼지만, 문법적 휴지가 있다고 해서 그것이 모두 율격적 휴지일 수는 없다. 율격적 휴지는 휴지에 의해서 구분된 토막이 일정한 수를 갖추어서 되풀이될 때 인정되고, 이러한 의의를 갖지 않는 휴지는 문법적 휴지에 그치고 만다. 그런데 휴지에 의해서 구분된 토막이 일정한 수를 갖추어서 되풀이 되느냐 마느냐는 것은 휴지의 크기에 따라서 판별된다. -중략- 율격적 토막은 길이의 균형으로 이루어지는 것이 원칙이지만, 길이의 균형은 자수의 균형으로 이루어지는 것이 아니고, 호흡의 균형으로 이루어진다.40)

율격 형성에는 문법적 <휴지>에 근거하는 율격적 <휴지>가 관여하고 있으며 등시성은 음절의 수에 의해서가 아니라 호흡에 의해서 이루어지는 것으로 되어 있다. 예를 들어 [말솜도 우음도 아녀도 몯내됴하ᄒᆞ노라]라는 구는 네 토막<음보> 형식으로 [말솜도 / 우음도아녀도 / 몯내됴하 / ᄒᆞ노라]로 나뉠 수 있는데 /가 바로 <휴지>의 자리이다(/표는 필자가 넣음) /]로 표시된 율격적 <휴지>는 문법적 <휴지>의 크기를 필요에 따라 재조정해서 이용한 것이며 이렇게 하는 것이 율격적 <휴지>에 따른 띄어읽기로서 자연스럽다는 것이다. 또 [몯내 / 됴하ᄒᆞ노라]로 하지 않고 [몯내됴하 / ᄒᆞ노라]로 해야만 율격

---

40) 조동일, 「시조의 율격과 변형규칙」, 앞의 책, 214-218면.

적 균형이 이루어지며 [잔들고 혼자안자]에서는 [잔들고]는 [혼자안자]보다 늘여서 읽고 [혼자안자]는 [잔들고]보다 줄여서 읽기 때문에 이 두 토막은 호흡에서 대등한 길이를 가지며 [우음도아녀도]와 같이 자수가 많은 토막은 특히 줄여서 빠르게 읽어야 할 것이라고 했다. 이로 보면 율격적 <휴지>는 일단 문법적 <휴지>에 근거를 두기 때문에 통사적 구조가 율격 형성에 크게 작용함을 보인 셈이다. 그런데 율격적 <휴지>는 <휴지>에 의해 구분된 <토막>이 일정한 수를 갖추어서 되풀이 될 때 인정된다고 했는데 이 때의 일정한 수, 길이의 균형은 등시성으로 설명이 되지만 사실상 매우 모호하다. 예를 들어 [몯내 / 됴하하노라]보다는 [몯내됴하 / 하노라]가 자연스럽다는 것은 누구나 인정하는 사실이지만, [말솜도]와 [우음도아녀도]는 [말솜도]를 길게, [우음도아녀도]를 짧게 읽어 등시성을 갖추게 한다고 할지라도 이것은 인위적이라는 느낌을 배제할 수 없으며 이는 자칫 한국 시의 율격미를 해칠 수도 있게 된다. 율격적 균형이라든가 호흡이라든가 하는 것은 내면화된 율격적 관습과 분리될 수 없는 설명이기에 어느 정도 주관성을 배제할 수 없는 게 사실이지만 시 내부에 자연스런 율격적 균형을 이루려는 노력과 대치가 되어서는 안 된다.

여기서 또 한 가지 주목해야 할 것은 <휴지>의 크기이다. 조동일의 말대로 <토막>과 <토막> 사이에 오는 <휴지>, <토막>을 구분해 주는 율격적 <휴지>는 크기가 동일한 것이 아니라는 것이다. 이 점은 그가 제시한 율격의 표준적인 규칙에 잘 나타나 있다.

① 율격을 이루는 최소 단위는 음절이다.
② 몇 개의 음절이 모여서 한 음보를 이룬다.
　ㄱ. <u>음보와 음보 사이의 휴지는 한 음보 내의 음절과 음절 사이의 휴지보다 길다</u>.
　ㄴ. 한 음보를 이루는 음절의 수는 4음절 표준이다.

③ 몇 개의 음보가 모여서한 반행을 이룬다.
ㄱ. 반행과 반행 사이의 휴지는 한 반행 내의 음보와 음보 사이의 휴지보다 길다.
ㄴ. 한 반행을 이루는 음보의 수는 2음보 표준이다.

④ 몇 개의 반행이 모여서 한 행을 이룬다.
ㄱ. 행과 행 사이의 휴지는 한 행 내의 반행과 반행 사이의 휴지보다 길다.
ㄴ. 한 행을 이루는 반행의 수는 거의 모든 경우에 2반행 표준이다.[41]

같은 율격적 <휴지>이나 <음보>와 <음보> 사이의 <휴지>, 반<행>과 반<행> 사이의 <휴지>, <행>과 <행> 사이의 <휴지>의 크기가 각기 다르다는 지적은 매우 타당하다. 율격 휴지에 관해서는 뒤 성기옥의 논의[42]-율격 휴지의 체계와 실현규칙-에서 더 구체화된다.

조동일이 <음보>론으로의 전환을 꾀했다고 해서 음절수에 대해 등한시한 것은 아니다. 한 <음보>를 이루는 자수 또는 음절수를 중요한 문제점으로 다루고 있는데 이 "음절수는 변할 수 있지만 그렇다고 해서 아무런 원칙도 없이 무한정 변하는 것은 아니기[43]" 때문이다.

> 한 음보를 이루는 음절수는 일정하지는 않고 2·3·4·5·6 음절로 된 음보를 흔히 발견된다. 이 가은데서는 4음절이 중위수이고, 최빈수이며 평균 음절수가 3음절보다 많고 5음절보다 적은 경우에는 4음절을 기준음절수라고 할 수 있다. 같은 계산 방법에 의해, 3음절이 기준음절수인 경우도 확인할 수 있다. 한 행을 이루는 음보수는 1·2·3·4·5·6 음보 등인데 이 가운데 흔히 발견되는 것은 3음보와 4음보이다. -중략- 3음보격과 4음보격은 전통적 율격의 기본 형태이다.

41) 조동일, 「서사민요연구」(계명대 출판부, 1970). 김흥규, 앞의 논문에서 재인용.
42) 성기옥, 앞의 책, 78-84면, 101-106면.
43) 조동일, 「시조의 율격과 변형 규칙」, 앞의 책, 225면.

<음보>를 이루는 음절수는 최하 2음절, 최고 6음절로 봤고 행을 이루는 <음보>수는 최하 1<음보>에서 최고 6<음보>로 보았다. 그리고 이 외 음절수가 일정한 규칙을 가진 장르나 작품에 대해서도 언급했는데, 첫째, <음보>를 이루는 음절수가 고정된 경우에 생기는 규칙-3음절 내지 4음절- 둘째, 각 행의 일정한 자리에 있는 <음보> 특히 각 행의 마지막에 있는 <음보>를 이루는 음절수가 기준 음절수보다 적거나 많아서 생기는 규칙-뒤가 가벼운 3<음보격>, 뒤가 무거운 3<음보격>- 셋째, 일정한 자리에 있는 <음보>는 기준음절수 미만의 음절로 이루어지고 또한 이와는 다른 일정한 자리에 있는 <음보>는 기준음절수를 초과한 음절로 이루어지면서 두 가지가 합쳐져 이루어 내는 특이한 규칙-시조 <제3행(종장)>-이 그것이다. <음보>론을 주장하면서도 <음보>를 이루는 음절수에 주목하지 않을 수 없는 것은 바로 여기에 한국 시 율격의 중요한 요소가 담겨져 있기 때문이다. 한국 시는 음절수를 논외로 하고서는 율격을 제대로 논할 수가 없다. 그러나 조동일이 제시한 2음절에서 6음절까지로 이루어지는 <음보>의 등시성이 어떻게 증명될 수 있냐는 것은 문제가 된다. 5음절이나 6음절이 호흡의 균형에 의한 등시성을 띨 수 있는 단위라고 하기는 무리이기 때문이다.

또 조동일은 강세에 대해서는 다음과 같이 논의하고 있다.

> 율격적 휴지에 의해서 구분되는 율격적 토막은 첫소리를 강하게 내야 하는데, 그것 또한 주목할 만한 일이다. 강하게 읽는 곳을 윗점으로 표시하면 "잔들고 혼자안자 먼뫼흘 바라보니"와 같게 되는데 강하게 읽는 것은 말의 억양에 존재하는 강음에서 비롯된다. -중략- 휴지가 끝나자마자 나오는 말이 어느 정도 강음인 것은 자연스러운 현상이지만, 의미로 보아 강음이 되어야 할 곳은 경우에 따라서 달라지기도 한다. 그러니까 율격적 휴지 다음에 오는 강음만 율격적 강음이고 그 밖의 것은 율격과는 무관한

음성적 강음이다. 이처럼 율격적 휴지 다음에 율격적 강음이 온다는 사실 때문에 우리 시가의 율격을 강약율로 설명할 수 있다고 하는 견해도 있으나 이견해에는 찬동하기 어려운 점이 몇 가지 있다. 시가의 율격이 강약율일 수 있기 위해서는 강약격이 약강격과 함께 대립적으로 존재해야 하는데 강약만 보이고 약강은 보이지 않는다. 그렇다면 이러한 율격에서의 강음은 율격적 토막의 시작을 나타내는 데 지나지 않는다고 하는 편이 온당한 설명이다.[44]

한국 시에 나타나는 강세를 영시의 강약율과 차별을 두고 율격에서의 강음은 율격적 <토막>의 시작을 나타내는 데 지나지 않는다고 한 것은 타당한 지적이다. 율독에서 강세 현상은 일어나지만 이는 강약율과는 구별되어야 할 것으로 율독 보조 현상이라고 볼 수 있기 때문이다.

김대행은 한국 시 율격론에서 고려될 수 있는 가능한 논의를 대부분 제시했다는 데 큰 의의가 있다. 그의 논의에서 한국 시의 율격은 고민해야 할 많은 부분이 드러나 있고 그 속에서 한국 시 율격의 본질을 찾을 수 있으리라는 희망이 보이기도 한다. 김대행에 의하면 율격의 규칙성은 세 단계에 걸쳐 나타나는데 먼저 음운적 자질에 의해 율격의 성격이 결정되고, 다음 통사적 자질에 의해 율격 단위의 반복 규칙이 드러나게 되며, 마지막으로 운율적 요소의 참여에 의해 율격의 규칙성이 완결을 보게 된다고 한다. 먼저 율격에 관여할 수 있는 음운적 자질은 장단[45]이며 통사적 요소로는 음운 규칙에 부가적으로 나타나는 장단 음절의 변화[46]와 단어들이 모여서 이루는 구절(phrase)

---

44) 조동일, 앞의 책, 219면.

45) 김대행은 "현대국어에 있어서 율격에 관여할 수 있는 음운적 자질은 장단이다"고 했다. 중세국어는 성조언어였으므로 이와는 성격을 달리한다는 생각이다(김대행, 『한국 시가구조연구』, 삼영사, 1976, 27-30면).

46) '길다'가 '길이'가 되면서 '길'이 장음에서 단음으로 바뀌는 경우를 예로 들 수 있다. 이를 "'사람'처럼 첫음절이 분명히 장음인 경우라도 어떤 말 뒤에 놓일

의 배분 문제를 생각할 수 있다고 했다. 구절의 배분 문제는 로츠가 colon이라는 용어로 개념을 규정한 바 있는데 "우리말의 마디에 해당하는 것으로 이것은 절대적으로 확정되는 것이 아니라 상대적으로 친밀도에 의해서 결정되는 것[47]"이라고 한다. 마지막으로 율적 요소란 국어를 상용하는 언중이 보편적으로 가지고 있는 율격의 단위인데 이것은 통사적으로 배분된 어절이라고 한다. 대부분의 경우 어절이 끝난 다음에는 <휴지(pause)>가 오게 마련이므로 율격의 단위로 끊어 읽는 것은 바로 이 어절이고 또 그것이 의도적으로 기대된다고 한다. 이와 같은 세 단계를 거치면서 생기는 율적 변화에서 확인할 수 있는 것을 다음과 같이 정리하고 있다.

> 첫째, 한국 시가의 율독은 한 음보를 발음하는 시간을 같게 하려는 노력으로 이루어진다는 점
> 둘째, 음보의 등장성은 대체로 4mora 정도를 기준치로 하는데 때로는 발음 지속시간이 아닌 휴지에 의해서도 성취된다는 점
> 셋째, 율적 기저는 음운론적 장단에 있으되, 그것은 교체의 규칙성을 형성하는 자질은 되지 못하고, 등장성을 형성하는 자질이며 통사적, 율적 요소에 의해 변화가 크게 온다는 점
> 넷째, 율적 요소에 의한 변화는 그 음보의 음절수에 크게 관계된다는 점[48]

결국 율격은 등시성을 바탕으로 하며 이 등시성은 <휴지>와 발음의 지속에 의해 성취가 된다. 여기서의 <휴지>는 조동일의 <휴지>와는 엄밀히 말해 틀리다. 조동일의 <휴지>는 단위와 단위 사이의

경우 '세상 사람' '살 사람'처럼 단음으로 발음되는 경우"로 설명한 것은 부적절하다. 왜냐하면 사람은 앞에 오든, 뒤에 오든 똑같이 장음을 유지하기 때문이다.

47) 김대행, 앞의 책, 31-32면.

48) 김대행, 앞의 책, 36면.

경계 표지로서의 <휴지>를 의미하는 데 반해, 김대행의 <휴지>는 등장성을 이루는 데 관계되는 내적 자질로서의 <휴지>이다. 또 그는 한국 시 율격의 기저는 음운론적 장단에 있음을 밝히고 있는데 이 장단의 성격은 교체의 규칙성을 형성하는 자질은 되지 못하고 등장성을 형성하는 자질이며 통사적, 율적 요소에 의해 크게 변화된다는 것이다.

> 그러므로 한국 시가의 율적 기저는 장단이되, 그 장단의 형성에 율적 관습이 음운, 통사적 관습 못지 않게 짙게 작용하고 있으며, 그 장단의 변화는 음운, 통사적으로 무관한 위치인 어군말음절에서 발생하는 셈이다.[49]

> 우리 시가의 율독은 각 음보를 등장의 것으로 발음하는 노력으로 이뤄진다고 할 수 있다. 우리 음운의 변별적 자질이라고 할 장단도 실은 음보의 등장을 형성하는 요소 이상의 것은 되지 못하고 율적 관습에 의한 변화 또한 그렇다. 따라서 한국 시가의 율적 특성을 등장성의 음보율이라고 정리한다고 해서 문제는 끝나지 않는다. 주지하다시피 율적 성격이란 대립적 교체의 규칙화이기 때문이다. 그런 점에서 국어의 장단은 대립적 교체라는 율적 규칙을 실현시키는 것 같지 않으므로 한국 시가의 율격을 장단율이라고 말할 수는 없을 것이다.[50]

위의 논의에서 김대행은 장단이 율격 형성의 기저자질이라고 밝히면서 또 "한국 시가의 율격을 장단율이라고 말할 수는 없을 것"이라고 한다. 이에 대한 김흥규의 지적을 들어보자.

> 그(김대행)가 말하는 장단은 율격 형성 자질이라기보다 다른 요인에 의하여 형성된 율격을 補足하는 요소로서의 기능을 수행한다는 데 의의가 있는 것 같다. 장단의 배분 형태 자체가 음보를 형성하는 것이 아니라 이미 형성된 음보율격에서 "豫期되는 時間的 等長性에 맞추기 위해 율격

49) 김대행, 앞의 책, 37면.
50) 김대행, 앞의 책, 38면.

> 적 차원의 장단 조절이 가변적으로 일어난다"는 것을 보면 더욱 그러하다. 그렇다면 타당성 여부에, 관계없이 그의 율격론은 장단율론이 아니며 한국 시가의 율격 기저는 장단이라는 말은 그의 논의 과정 자체에 의해서 부정된다.[51)]

김대행이 말한 장단은 복합율격론의 정광의 경우와 같은 장단율이 아니다. 율격의 기저 요소로 장단을 지적하고 있지만 김흥규의 지적대로 김대행이 말하는 장단은 그가 밝힌 바대로 장단이 결합되어 성립된 어떤 단위가 반복되어 율격을 형성한다는 뜻에서의 장단을 의미하는 것은 아니기 때문이다. 한국어에는 장단이 변별적인 자질이며 시어에 있어서도 장단(장음)은 율격을 형성하는 데 관여한다. 그러나 율격에서 장음의 개입은 김대행의 말처럼 음운, 통사적으로 무관한 위치인 어군말음절에서 발생하는 <장음>과는 그 성질이 다르다. 어군말음절에서 발생하는 <장음>은 한국어, 한국 시의 특성에서 연유하는 장음이 아니다. 즉 이미 음절에 부착되어 있는 시어의 율성으로서의 장음은 시어의 율성과는 무관하게 나타나는 어군말음절의 <장음>과는 구별되어야 한다. 그러면 어군말음절에서 일어나는 <장음화 현상>은 어떻게 설명될 수 있는가. 필자는 이를 시어의 율성으로서의 장음과는 구별해 휴음이라 보고자 한다. 실제 율독상에는 장음으로 나타날 수 있으나 이는 음절이 아닌 부분 즉 휴음과 마찬가지이며 휴음이 실현될 때의 변이 현상으로 보는 것이 타당하리라 생각한다. 그러므로 휴음의 변이 현상으로 나타나는 장음은 휴음이라 할 수 있으며 이것이 율격 단위의 대등성에 관여한다고 할 수 있을 것이다.

위와 관련하여 김대행은 한국 시의 율격 특질을 다음과 같이 정리하고 있다.

---

51) 김흥규, 앞의 책, 112-113면.

그렇다면 지금까지의 論議에서 우리 詩歌의 律的 基底는 長短으로서 그 長短은 音步의 等長性에 寄與한다는 점, 等長인 音步가 二音步씩 對應 連疊함으로써 規則性을 보인다는 점, 그 두 音步 사이에는 相對的인 强弱이 賦與되어 第一音步의 末尾가 强하게 第二音步의 語頭가 强하게 發音되는 /약강/강약//의 규칙성이 있다는 점 이상 세가지를 韓國詩歌의 律格 特質로 말할 수 있을 것이다.[52]

여기에서 <이음보대응연첩> 논리와 강약을 살펴볼 필요가 있는데 우선 <이음보대응연첩>에 대해 살펴보면,

즉, 烈女春香守節歌 중 전자의 경우, 삼십삼천/어린마음옥황젼의 알외고져 옥갓탄 츈향몸으솟난이 유형이요와 같이 두 음보씩 짝을 지어 대응하면서 계속된다. 그래서 율적으로 매끄럽게 느껴지는 것이다. 반면 후자의 경우는 음절의 수효와 관계 없이 이음보씩의 대응이 이뤄지지 않기 때문에 율적으로 읽히질 않는 것이다. 고로, 한국 시가의 율적 속성인 등장의 음보 이외에 이음보 대립이라는 특질을 덧붙일 수 있을 것이다.[53]

이러한 2<음보> 대립의 규칙이 깨지면 율격적으로 원만함을 느낄 수가 없으며, 2<음보> 대립의 규칙이 갖춰지는 것으로 국어화자가 율격적으로 느낀다고 하더라도 이것만으로 율격의 개념에 맞는다고 할 수는 없다고 한다. 거기에는 대립적 교체가 이루어진 흔적이 확인되어야 하는데 이 부동하게 교체되는 율격 자질은 바로 상대적인 강약에 있다는 것이다.

시조에서 상대적으로 강하게 읽히는 것을 표시해 보면

동창이 / 밝았느냐 // 노고지리 / 우지진다//

52) 김대행, 앞의 책, 41면.
53) 김대행, 앞의 책, 39면.

소치는 / 아희놈은 // 상기 아니 / 일었느냐//

재너머 / 사래 긴 밭을 // 언제 갈려 / 하느니//

처럼 될 것이다. 이것을 전체적으로 보면 이음보씩 대립된 짝 사이에서

제1음보 제2음보 제3음보 제4음보

와 같은 발음의 변화를 보이는 것이 감지된다. 이같은 강음화 현상은 음운론적으로도 무관한 것이 아니어서 장음은 대체로 강하게 발음된다는 현상에 비추어 설명될 수 있을 것이다. -중략- 3음절인 음보는 대체로 4mora에 맞추기 위해 말음절에서 장음화 현상이 일어나기 때문이다. 고로 제1음보에서 말미가 장음화됨과 동시에 강음이 되고 따라서 제이음보의 어두가 강하다가 약음으로 변화하고, 이같은 파상의 변화를 보이는 것이 이음보 대립 사이에서 일어나는 강약의 교체로 보인다.[54]

강음화 현상은 음운론적으로도 무관한 것이 아니어서 장음은 대체로 강하게 발음된다는 현상에 비추어 설명될 수 있을 것이다. -중략- 그러나 여기서 강조할 것은 이같은 강약의 교체가 주기적으로 주어진다고 하더라도 그것은 어디까지나 상대적인 것일 뿐 음운적, 통사적 자질은 아니라는 점이다. 우리 국어에 존재하는 변별적 요소가 분명하지 못한 관계로 이같은 상대적 강약의 변화를 두어 어느 정도 율적 성격에 접근시켜 간 것이 아닌가 생각한다.[55]

김대행은 <이음보대응연첩>을 한국 시의 율격적 특질로 들어 한국 시에 이른바 3<보격>은 존재하지 않는다고 주장한다. 김대행의 논리에 의하면 3<보격>으로 보이는 것까지도 실제로는 이 <음보>대응의 연첩이라는 율적 기저에 맞도록 변형, 즉 4<보격>이 되어 버린다. 그러나 율격론이 시의 통사론이나 의미론과는 다른 차원[56]이라는

54) 김대행, 앞의 책, 40-41면.
55) 김대행, 앞의 책, 40-41면.

점에서 <이음보대응연첩>은 율격적 개념이 아니다.[57] <이음보대응연첩>은 한국 시의 율격적 성질을 말하는 하나의 특징은 될 수 있어도 이것이 한국 시 전반의 율격을 형성하는 규칙이 될 수는 없다. 그리고 한국 시에 3<보격>이 존재하지 않는다고 하는 것은 근본적으로 무리이며 3<보격>을 <이음보대응연첩>으로 보는 것도 문제가 있다. <이음보대응연첩>에 따른 강약은 앞의 조동일이 말한 강약과는 성질을 달리한다. 조동일의 강세는 율격적 <토막>의 첫부분에 놓여지는 것이나 김대행의 강세는 장음화로 인해 어말에 놓여지는 강세이다. 강약에 대한 논의는 시어의 율성을 다루면서 더 자세히 논해 보도록 하겠다.

성기옥의 논의는 확실한 이론적 기반을 바탕으로 하여 논리적이며 치밀하다. "율격은 반복적 실체이나 음절의 반복에 의해 형성된 일차원적 단선구조가 아니라 여러 단위들에 의해 형성된 다층구조로서의 반복적 실체이며, 연속된 음절들이 다시 단위화되어 율격으로 형성되는 원리는 바로 시간적 통합의 원리와 등가적 범주화의 원리[58]"라는 점을 지적한다. 율격 형성의 기저 자질에 관해서는 "(가)율격의 기저 자질은 우리 국어에 관여적인 언어학적 자질 내에 있으며, (나)기저 자질의 체계는 국어의 언어 원칙(특히 일상어의 언어 원칙)을 뛰어 넘어 형성될 수 있다[59]"는 이론적 전제를 바탕으로 기저 자질의 설정과 함께 그 실현 방식에 대해 언급했다. 그 첫 번째 작업은 각 단위가 분할되는 곳의 분할에 관여하는 경계 표지의 자질을 발견하는 일이며, 두 번째 작업은 각 단위의 응집에 관여하는 언어학적 자질, 즉 구

---

56) 장도준, 「한국 시의 율격론의 현실과 과제」 『한국현대시의 전통과 새로움』(새미, 1998), 58면.

57) 오세영, 「한국 시가 율격 재론」 『한국근대문학론과 근대시』(민음사, 1996), 65면.

58) 성기옥, 『한국 시가 율격의 이론』(새문사, 1986), 73-77면.

59) 성기옥, 앞의 책, 77면.

성의 자질을 찾는 것인데, 그 결과 경계 표지의 자질로는 율격 휴지를 들고 있으며 구성의 자질로는 음절과 장음, <정음>을 들고 있다. 그 중 음절은 필수 자질로, 장음과 <정음>은 수의 자질로 규정된다. 그리고 이러한 기저 자질의 모든 실현 방식은 등가의 원리를 근거로 하여 수립되며, 한국 시 율격은 영시나 라틴시의 율격처럼 강약이나 장단, 또는 고저의 대립에 의해 기층 단위가 형성되는 것과는 달리 구성 자질의 선형 대비의 원리에 따라 형성된다는 견해이다.

먼저 경계 표지의 자질로 든 <휴지>를 보면, 이 때의 <휴지>는 앞에서의 <휴지>와는 성격이 좀 다르다. 성기옥이 말한 <휴지>는 정말로 경계만을 나타내 주는 것으로 <음보말휴지>, <중간휴지>, <행말휴지>로 나눠지며 <停音>과는 구별된다.

> 한 가지 분명히 강조할 일은 정음과 율격 휴지를 혼동하지 말아야 한다는 점이다. 두 자질이 다같이 발성되지 않는 묵음 상태로 나타나는 면에서 유사성을 가지고 있지만 그 개념이나 언어학적 기반은 전혀 다르다. 정음은 언어학적 장음에 기반을 두고 기층 단위를 형성하는 -장음의 형태로 실현되며 음길이는 측정 가능한 뚜렷한 크기를 가진다. 그러나 율격 휴지는 언어학적 휴지에 기반을 두고 율격 단위의 경계를 표지화하는 자질로서 실질적인 크기, 측정가능한 양을 가지지 않는다.[60]

기존의 <휴지>라는 용어가 <정음>과 구별되어 쓰이지 않았음에 비해, 성기옥은 내적 구성 자질은 <정음>으로, 경계 표지 자질은 <휴지>로 구별하고 있다. 조동일이 앞서 제시한 <휴지>는 이러한 경계 표지의 <휴지>에 근사하며, 김대행이 말한 <휴지>는 <정음>에 근사하다고 할 수 있을 것이다. 그리고 율격 구성의 필수 자질로 음절을 들었는데 음절의 중요성에 관해서는 주목할 만한 논급이 보인다.

60) 성기옥, 앞의 책, 96면.

> 첫째, 음절이 지닌 일반 율격론적 위치에서 그 설정의 타당성을 발견할 수 있다. 음절이란 우리가 발화할 수 있는 가장 작은 기저 단위인 것이다. -중략- 음절의 대상화를 통해서만이 율격의 그러한 시간경험과 직접 만날 수 있게 되는 것이다. 그러므로 음절이 율격 형성의 기저자질일 수 있는 언어학적 조건은 다른 어떤 자질보다 더 훌륭히 갖추어져 있다고 할 수 있다. -중략- 두 번째로 제시할 타당성은 주로 우리 시가 자료가 보이는 실제의 율격적 현상과 관련된다. 음절의 율격적 위치를 무시하는 여러 선행 이론과는 달리 필자에게는 오히려 우리 시가의 작품 자료가 보여주는 율격적 규칙성이 음절의 규칙적 성향과 상당히 깊은 관련성을 드러내고 있는 것으로 파악된다.61)

음수율론이 부정되면서 함께 그 중요성이 도외시되었던 음절의 중요성을 다시 일깨우고 있다. 그동안의 <음보율>론에서 음절수에 관한 논의가 종종 있었던 것도 음절의 중요성과 무관한 것은 아니었을 것이다. 음절의 중요성은 일반론적인 차원에서뿐만이 아니라 한국 시율격론에서는 더더욱 강조되지 않을 수 없다. 이 때 <음보>를 이루는 음절수는 2음절에서 5음절까지로 한정된다. 그런데 여기 성기옥의 논의에서 중요한 것은 율격을 형성해 내는 자질은 음절만이 아니라 이와 함께 수의자질로 장음과 <정음>을 규정했다는 것이다.

> 기층단위의 구성에 음절 이외의 다른 무엇이 관여한 것으로 파악할 수 있는 근거는 여기에서 얻을 수 있다. 3음절 음보와 4음절 음보를 율격적으로 시차성이 없는 동종의 음보로 직관할 수 있는 것은, 사실상 3음절과 4음절을 동질적인 것으로 만드는 음절 이외의 다른 「무엇」이 관여한 것으로 가정할 때만이 가능한 것이다. -중략- 이러한 조건에 만족할 수 있는 자질이란 音長과 관련된 운율자질밖에 없다. -중략- 음절을 보상할 수 있는 국어의 운율자질로서는 오직 장음 *length* 밖에 없다. -중략- 장음만의 율독은 어색함을 면하지 못한다. -중략- 율독의 부자연성을 극복할

61) 성기옥, 앞의 책, 85-86면.

> 수 있는 대안은 율격적 장음을 인정하면서도 장음의 실현으로는 부적절하게 보이는 위치에 또 다른 자질을 설정하는 일이다. 이를 우리는 장음과 동일한 언어학적 기능을 가지면서도 그 표상 형태가 다른「停音」으로 가정해 볼 수 있다. 이는 율격적 장음이 실제로 소리내어 실현되는 형태를 취하는 데 비하여 默音의 상태로 실현되는, 장음과 다른 표상 형태의 음길이를 가진 것으로 보이는 자질이다.[62]

성기옥은 율격적 장음을 '+장음'으로, 정음을 '-장음'이라 할 수 있다고 하면서, 한국 시의 "기층 단위를 구성하는 원리는 음절이나 장음, 정음 자체가 아니라 그들이 갖는 음지속량에 의한다[63]"고 했다. 아무리 음절의 중요성이 인식된다 하더라도 음절만으로 한국 시의 율격이 형성되지 않음은 당연한 사실이다. 3음절 <음보>와 4음절 <음보>를 율격적 시차성이 없는 동종의 <음보>로 직관할 수 있는 것은 <장음>의 역할 때문이며, <장음>만의 율독은 어색하므로 <정음>이 설정된다 했다고 했는데 이러한 <장음>과 <정음>은 율격 단위의 대등성에 관계하는 것으로 김대행의 <장음>, <휴지>와 크게 다를 바는 없다. <정음>을 "默音의 상태로 실현되는, 장음과 다른 표상 형태의 음길이를 가진 것"이라 한 것과 율격적 <장음>을 <+장음> <-장음>을 <정음>으로 본 것은 <+장음(장음)>과 <-장음(정음)>이 율독에서 달리 나타나는 변이 현상이라는 말과 다를 바 없다. 만약 이를 <+장음>과 <-장음>이라 하기보다는 시어의 율성으로서의 장음이 아닌 모자라는 음절을 보충해 주는 것으로 이해한다면, <-장음>은 휴음-성기옥의 용어로는 <정음>-이라 하고 +장음은 휴음의 변이 현상이라 규정할 수 있다. 곧 "음절 이외의 다른 무엇"은 휴음이 되며, 휴음이 3음절 <음보>와 4음절 <음보>를 율격적 시차성이 없는 동종

62) 성기옥, 앞의 책, 92-97면.
63) 성기옥, 앞의 책, 97면.

의 <음보>로 직관할 수 있게 된다는 말이 된다. 음절 외에 율격에 관여하는 요소인 휴음을 찾아냄으로 하여 한국 시는 그동안의 난조 현상에서 벗어날 수 있게 되었다. 또 이들에 의해 한국 시의 율격은 한층 더 다양화될 수 있었다는 점을 인식한다면 음절과 함께 휴음의 존재와 중요성은 깊이 고려되어야 하리라 생각한다.

그런데 율격의 다층성이 인식되고, 이를 바탕으로 하여 경계 표지 자질인 <휴지>와 구성 자질인 음절, <정음>을 생각해 본다면 과연 이것이 <음보율>론이라 할 수 있을까. 이 문제의 답이 어려운 이유는 바로 기존의 잘못된 유형론의 간섭 때문이다. 음수율, 음성률, 음위율 3대 유형론의 잘못이 지적된 후에 음수율과 <음보율>로 나뉘는 유형론 속에서, 시도기 음수율론에서는 <음보>라는 것이 설정조차 되지 않았고 음절수만으로 율격이 설명될 수 있다고 믿었으므로 한국 시는 곧 음수율이라는 등식이 성립되었고, 그 후 <음보>라는 개념이 대두되기 시작하면서부터는 한국 시의 기층 단위는 음절이 아니라는 인식과 함께 바로 한국 시는 <음보율>이라는 등식이 생겨났다. 기층 단위의 존재가 음절의 상위 단위라 하더라도 이것을 모두 <음보율>로 보는 것은 잘못이다. 음수율의 시도 음절의 상위 단위인 기층 단위가 존재할 수 있으며 이것이 <음보>로 설명될 수 있느냐 아니냐는 또 달리 판단해야 할 문제이다. 성기옥의 <음보율>은 복합<음보율>이 아니라 운소 자질을 제외한 등시성에 의한 단순<음보율>이라고 하지만 이것만으로 <음보>와 <음보율>을 한국 시에 들여 올 수는 없다. 더구나 한국 시 율격론이 복합율격론적 파악에서 벗어나, 한국 시의 율격이 서양시의 foot이 형성되는 것과는 다른 원리로 형성된다고 말하면서도 계속 <음보>를 고집하고 있는 것은 잘못되었다고 밖에 할 수 없다. 왜냐하면 명확히 말해 <음보>는 서양시의 foot에 해당하는 용어로 이 자체가 운소 자질의 층형 대립에 의해 형성됨을 의미하고 있으며, 이미 거기에는 율격 형성에서 주된 요소로 작용하는 것은 음절이 아닌 운소 자질임을 내포하고 있기 때문이다. 즉 <음보>는 복합율격론에서 벗어날 수 있는 성질이 아니다.

등시성으로 설명되는 기층 단위에 비해 이에 어긋나는 것들을 성기옥은 <층량 보격>-이른바 7.5조의 <층량 3보격>설은 앞의 7은 3·4로 나뉘든 4·3으로 나뉘든 음량이 같아서 4mora로 보고 뒤의 제3 <음보>에 해당하는 5는 음량이 항상 크다고 보아 5mora로 보게 됨-이라는 말로 설명하고 있지만 이 자체가 모순을 드러낸다. <음보>라는 개념 아래 층량 보격이라는 말이 성립될 수 있는가. <음보>라는 용어 속에 층량적인 것을 규칙화하여 인정한다는 사실 자체가 불합리하다는 조창환[64]의 지적은 타당한 것으로 보인다. <음보>라는 말은 균등한 발화 시간이나 발음량의 반복적 현상을 전제로 한 것인데 아무리 그것이 물리적 단위가 아닌 심리적 단위라 하더라도 층량적인 것이 간혹 나타나는 예외적 현상이라면 몰라도 항상 출현하는 규칙이라면 이미 <음보>라는 용어의 한계를 벗어났다는 것이다. 장음이나 <정음>의 수의적인 개입으로 인해 단위는 등가적인 것으로 인식될 수 있으나 한국 시에서 장음이나 <정음>은 각 단위들의 대등성 위상을 세워주는 것으로 설명되어야 할 것이다. 그러므로 장음이나 <정음>은 휴지와는 달리 길이는 가지지만 이 길이는 정확하게 측정할 수 있는 수치로 나타낼 수 있는 길이는 아니라는 것이다. 그리고 명확한 등시성은 아닐지라도 그에 준하는 등시, 등장을 인정한다 하더라도-아니 명확한 등시성이어도 좋다-<음보>라는 용어는 역시 한국 시에는 맞지 않다는 것이다.

---

64) 조창환, 『한국현대시의 운율론적 연구』(일지사, 1988), 31면.

4. 음수율론의 재귀

시도기 음수율론이 전면적으로 부정되고 <음보율>론이 진통을 거듭하는 가운데, <음보율>론에 의지해서는 한국 시의 율격이 제대로 설명될 수 없다는 판단 하에 다시 음수율론으로 돌아가야 한다고 주장한 사람이 바로 홍재휴와 오세영이다. 율격론사에서 볼 때 음수율론의 재등장은 곧 재귀론이라고 해도 좋을 것이다. 물론 여기서의 음수유론의 재귀가 시도기 음수율론을 그대로 받아들이자는 의미는 아니다.

홍재휴는 자수율[65]이라는 용어를 쓰고 있는데 그 율격론의 출발은 다층성의 인식에서 시작된다. 국어의 조어적 특질과 율격 구성의 특수성을 고려하여 고유시[66]의 율격과 형태를 구조적, 계층적 율격 단위로 재정립해 보려고 했다. 고유시는 시의 내적 구성을 이루는 문법 단위와 외적 구성을 이루는 율격 단위로 계층 단위를 나누어 설명할 수 있는데 다음과 같다.

문법단위		율격단위		계층 단위
구문	………	구	………	基本 單位
척사	………	율어	………	基層 單位
단어	………	시어	………	基底 單位

---

65) 자수율이란 한국 시는 律字만으로도 율격의 기층 단위인 율어가 구분이 된다는 뜻에서 쓰인 용어이다. 필자는 한국 시를 음수율로 보고 있는데 이는 율격 형성에 가장 중요한 요소가 음절이란 의미에서이다. 이 때 음절이란 겉으로 드러나는 실음과 휴음을 아우르며, 한국 시의 율격 형성에는 이 두 요소(실음과 휴음)가 모두 율격 형성에 중요하게 관여하므로 한국 시를 음수율이라 하는 것이다. 그리고 음수율이라 하더라도 실음(율자)만으로 기층 단위인 율어가 구분됨은 당연하다. 이러한 의미에서 볼 때 자수율은 음수율에 포함되는 용어라 할 수 있다.

66) 여기서 고유시란 한국 古詩를 固有詩(韓國固有詩)와 韓漢詩(韓國漢文詩)의 二大類型으로 설정할 때 韓漢詩에 대한 固有詩를 의미한다. 홍재휴, 『韓國古詩律格研究』(태학사, 1983), 5-7면.

음절 ……… 율자 ……… 基調 單位[67)]

위 표에서 보이듯 율자가 율격의 기조 단위를 이루고 있음을 알 수 있다. 시어는 사실상 율어를 구성하는 요소에 불과하므로 율격상 직접적 기능을 가지지 않고 기저 단위로서의 간접적 기능을 가진다. 율어(척사)는 율격상 기층을 이루는 단위가 되며, 율어의 율어군에 의하여 시적 형태를 결구하는 기본 단위인 구가 구성된다. 즉 율격은 그 기본 단위부터 기조 단위까지가 체계적으로 정립됨을 볼 수 있다. 이렇듯 율격은 어느 한 단위로만 설명되는 것이 아니라 다층성 안에서 체계적으로 파악되어야 제모습을 볼 수가 있다.

홍재휴의 논의에서는 <음보>라는 개념의 도입 자체가 거부되며 따라서 자연 <음보율>도 배제된다. "율격론이 율자에서 비롯된다고 하면서 자수율론을 적용하려는 까닭이 바로 여기에 있으며 따라서 <음보>율론을 배제하려는 까닭도 여기에 있다[68)]"고 했다. 그는 <음보> 대신에 척사, 율어라는 용어를 쓰고 있는데 이것은 단지 용어만을 바꾼 것이 아니다.

> 音步律論은 口誦律讀에 의한 音質的 作用으로 인한 休止에 의하여 音步의 單位가 설정된다는 것이다. 그러나 그 音質的 作用에 대해서는 强弱, 高低, 長短 등 그 어느 하나에 의하여 律格 單位가 設定된다는 異見을 보이고 있다. 이것으로 미루어 보면 固有詩의 律讀上에는 强弱, 高低, 長短이란 聲調現象을 共有하고 있는 것임을 示唆해 주는 것이라고 할 수 있다. 그러므로 이러한 理論은 從來의 字數律論이 범한 單位字數의 無原則한 亂調現象의 結果를 포괄적으로 說明할 수 있는 利點을 가진 듯도 하다. 그러나 音步를 구성하는 單位인 律字(音節)의 字數를 고려하지 아니하고 다만 音步의 時間的 等時性으로 說明하려 하고 있다.

67) 홍재휴, 앞의 책, 12면.
68) 홍재휴, 앞의 책, 13면.

그러면서도 方法의 適用 實際에 있어서는 音步를 구성하는 律字數를 고려한 나머지 字數의 多寡에 의한 過音節, 太過音節 또는 過音步論 등이 제시되고 있으니 結果的으로는 從來의 字數律論에 대한 批判을 克服할 수 있는 理論이라고 할 수 없다는 것이다. 이와 같은 종래의 字數律論이나 音步律論은 根本的으로 國語의 造語的 特質과 律格 構成의 特質을 고려하지 아니하고 外國詩에 적용되는 韻律論을 바탕으로 하여 固有詩를 자질하고 마름질하려는 데서 범해진 오류 현상이라 지적할 수 있다.[69]

"<음보>를 구성하는 음절이 별로 중요시되지 않는 <음보율>론을 한국 시에 적용시키는 것은 국어와 서구어의 조어적 특질의 차이를 고려하지 않는 데서 온 결과[70]"라는 것이다. 한국 시에 있어서 음절은 매우 중요하다. 음절의 중요성을 인식하여 <음보율>을 부정하고 음절을 기조 단위로 하는 음수율론을 적용시킨다고 해서 시도기의 음수율론으로 돌아가는 것은 전혀 아니다. 시도기 음수율론과는 달리 홍재휴는 한국 시의 특징을 고정자수율이 아닌 "限度內的 流動字數律"이라고 규정했다.

漢詩나 日本詩歌를 <語數律的 韻律>이라고 하나 漢詩는 5字 또는 7字 등을 각각 한 가지로 써서 五言이나 七言의 韻律과 形態를 가지게 되나 日本詩歌는 5字나 7字를 섞어 써서 五, 七調 또는 七, 五調 등의 韻律과 形態를 가지는 데 差異와 特質이 있다. 그러나 兩國의 韻律은 絶對單位字數를 固定시켜 놓은 데서 共通點을 發見할 수 있으니 이를 固定字數律이라 할 수 있다. 이에 반하여 固有詩는 律格의 單位字數가 어떤 制約에 의하여 限界를 가지는 것은 事實이지만 그것이 固定된 字數에 의하여 構成되는 것은 아니다. 그러므로 制約的인 限度內에서는 自律的인 流動性을 가진다는 特質을 가지고 있다.[71]

---

69) 홍재휴, 앞의 책, 11-12면.
70) 홍재휴, 앞의 책, 13면.
71) 홍재휴, 앞의 책, 11면.

여기서 중요한 것은 한국 시의 음수율은 "유동자수율"이면서 "한도내적 자수율[72]"이라는 사실이다. 한 율어를 이루는 음수는 제약은 있지만 그 제약안에서는 1음에서 4음까지 유동적이라고 한다.

> 律語의 上限字數는 4律字이며 下限字數는 1律字라 할 수 있다. --중략-- 固有詩의 雋辭單位의 字數律은 最低 1律字型이 있으며 普遍的으로는 2,3,4律字型이 있음을 말하고자 한다. 또한 이러한 다양한 형식은 자연스러운 國語의 造語的 特性이 빚은 律字單位이지 결코 어떤 基準에 의한 過不足現象이라고 할 수는 없다는 것이다. 그리고 4律字型 以上의 5,6등 律字型의 雋辭는 成立될 수 없음이 原則이라는 것이다. 그러므로 이러한 雋辭單位는 반드시 2個 雋辭로 分離되어야 하는 것이 原則이다. 따라서 所謂 過音節 foot은 반드시 2個 雋辭로 分離되어야 한다는 理論이 성립될 수 있다는 것이다.[73]

율어(척사)는 1율자부터 4율자까지로 유동적이며 1, 2, 3, 4 율자형의 음량은 국어의 음질적 특질에 의하여 조절되는 것이므로 자수의 많고 적음에 구애됨이 없이 대등한 위상이 인정되는 것이라고 한다. 이 때의 대등한 위상은 <음보>의 등장성의 개념과는 조금 다르며[74], 1자형도 4자형과 같이 율어로서 대등한 자격을 갖는다는 말이다. 율격적 관습, 율격적 예기감에 의한 휴헐이 기층 단위인 율어와 율어를 나누는 계기가 된다. 일본 시가 5나 7이라는 숫자로 고정되므로 고정

---

72) 일본 시를 고정자수율로 규정하는 반면 한국 시를 유동자수율이라 규정하는 것은 구 안에서의 음절수를 두고 이르는 것이다. 한국 시에서 예를 들어 2율어구는 5음절에서 8음절, 3율어구는 6음절에서 12음절, 4율어구는 10음절에서 16음절로써 각각 최소 내지 최대의 음절율(율자율)을 가진 구형식을 이룰 수 있다. 한편 기층 단위 안에서의 음절수는 한국 시든 일본 시든 한도내적 자수율이라고 할 수 있다.

73) 홍재휴, 앞의 책, 67면.

74) 홍재휴는 對等한 位相이라고 하여 반드시 等長의 관계를 가져야 하는 것은 아니라고 밝히고 있다. 홍재휴, 앞의 책, 14면.

자수율이라 하는 것은 구 차원에서의 논의이다. 이에 비해 한국 시를 유동자수율이라 하는 것은 구 차원에서는 물론 기층 단위인 율어에서도 그렇다. 그러므로 율어, 박절을 이루는 음절수는 한·일 시 모두 한도내적 유동자수율을 지니며, 구의 차원에서 일본 시는 언제나 5 내지 7이라는 수로 대표됨에 비해 한국 시는 구를 이루는 음절의 수도 고정적이지 않고 유동적이라 할 수 있다. 시도기 자수율론에서는 일본 시의 구를 이루는 음절수가 고정적인 현상을 잘못 이해하여 한국 시에서도 음절수를 고정화시키려 한 데 잘못이 있다는 것이다.

오세영은 과거 율격론에서는 순수 음절 율격, 즉 음수율이 복수 음절 율격보다 무언가 열등하다는 잘못된 인식이 있었고, 음수율에 <음보>의 개념을 도입해서 설명하려는 시행 착오가 있었다고 하면서, 한국 시를 순수 음수율[75]의 율격 체계라 단정짓고 한국 시에서 <음보> 개념을 부정한다.

> 영시와 같은 강약율의 복합 음절 율격이 아닌 이른바 순수 음수율의 율격 체계에서는 음보가 있을 수 없다. 왜냐하면 음절군을 구분하는 기준으로서 음운의 이차적 특징-예컨대 강약, 고저 따위와 같은 자극이 없어서 그 음절 수를 동일한 단위로 분절할 수 없기 때문이다. 설령 음절 수의 반복이 휴지나 기타에 의해서 호흡 단위 breath group로 분절된다 하더라도 엄밀한 객관성을 갖기가 힘들다. 그러므로 필자는 한국 시가의 율격에서 음보의 개념을 추방해야 한다고 생각한다. 즉 음수율의 율격 체계에서는 음보 그 자체가 없는 것이다. 이는 같은 음수율의 율격 체계를 가지고 있는 프랑스나 이탈리아의 시에서도 그러한 것과 마찬가지다.[76]

<음보>의 개념을 추방한 음수율의 시지만 거기에는 분명 낭독의 단위가 있게 마련이며, 그것은 <음보>가 아니라 <마디>로 대치된다.

75) 로츠의 유형론에서의 순수 음절 율격(단순 율격)을 말한다.
76) 오세영, 『한국근대문학론과 근대시』(민음사, 1996), 68면.

이 단위를 <음보>로 보지 않고 <마디>로 규정하게 되면, 첫째, 한 시<행>을 구성하는 <마디>들은 꼭 같은 음절수를 가질 필요가 없다는 사실, 둘째, 당연히 각 <마디>를 발음하는 시간이 같지 않을 수도 있다는 사실- 즉 <마디>들에 시간의 등장성이 강제되지 않는다는 사실. 그러나 그렇다고 해서 한 시<행>을 구성하는 <마디>들의 수나 <마디>를 구성하는 음절수에 규칙이 없다는 것은 물론 아니다-을 가정하게 된다.[77] 이로 인해 그가 내린 <한국 전통 운문의 율격>에 대한 결론은 다음과 같이 요약될 수 있다.

> 첫째, 음수율이다.
>
> 둘째, 음수율은 큰 단위로 시행, 작은 단위로는 마디들로 결정된다. 우리 시의 시행은 가장 짧은 6음절 시행에서부터 긴 것으로 20음절 시행까지 있다.
>
> 셋째, 각 음절의 시행들은 마디에 의해서 구성된다. 우리 전통 운문의 마디들은 3개가 있다. 3음절 마디(짧은 마디), 4음절 마디(맞은 마디, 표준 마디), 5음절(긴 마디) 마디가 그것이다.
>
> 넷째, 마디가 시행을 구성하는 특징으로는 두 마디 시행, 세 마디 시행의 경우 뒤에 오는 마디가 첫마디보다 결코 짧지는 않다는 점을 들 수 있다. 두 마디 시행에서는 두 번째 마디가 첫째 마디와 같거나 그보다 길다. 세 마디 시행 역시 셋째 마디가 앞의 마디들과 길이가 같거나 그보다 길다. 가령 3.4조는 있을 수 있으나 4.3조는 없다. 4.4.5조는 있으나 5.4.4는 없다.
>
> 다섯째, 따라서 우리 시의 율격에는 한 마디 율격, 두 마디 율격, 세 마디 율격, 네 마디 율격이 있다.

한국 시를 음수율의 시로 보는 점, 그 속에서 <음보>의 개념을 완전히 추방하는 점, 등시성을 인정하지 않는 점이 오세영 설의 핵심이자 장점이다. 한국 시에 맞지 않는 <음보>를 완전히 배격하고 그 대

77) 오세영, 앞의 책, 70면.

신 <마디>라는 용어를 쓴다. <음보>를 배격함과 동시에 등시성에도 얽매이지 않는다. 그러나 <마디>의 수나 음절의 수에 규칙이 없는 것은 아니라면서 구를 이루는 <마디>의 수는 한 <마디>, 두 <마디>, 세 <마디>, 네 <마디>까지, <마디>를 이루는 음절수를 3음절에서 5음절까지로 보고 3음절<마디>를 짧은 <마디>, 4음절<마디>를 맞은 <마디>, 5음절 <마디>를 긴<마디>라고 한다.

또 한국 시 율격이 지니는 원칙-이 원칙은 위에서 제시된 결론에서 나오는 원칙이다-을 제시한 후, 시<행>의 <마디> 분절, 즉 일상어에서 최빈수로 등장하는 3, 4, 5음절에 조직적인 강제 배열을 시켜 만든 반복적 규칙을 제시하는데 다음과 같다.

〈원칙〉

첫째, 하나의 마디를 구성하는 최소의 음절 수는 3음절 이상이다. 둘째, 시행은 두 마디 혹은 세 마디로 구성되고 뒤의 마디의 길이는 첫마디보다 최소한 같거나 그보다 길다. 셋째, 네 마디로 구성되는 시행은 두 마디로 구성되는 시행의 중첩 형식을 띤다. 넷째, 8음절 이하의 시행은 두 마디로, 8음절 이상 13음절 이하의 시행은 세 마디로, 그리고 14음절 이상의 시행은 네 마디로 구성된다.[78)]

〈반복적 규칙〉

6음절 시행-두 마디 율격(3∥3)-같은 짧은 두 마디

7음절 시행-두 마디 율격(3∥4)-다른 짧고 긴 두 마디

8음절 시행-두 마디 율격(4∥4와 3∥5)-같은 맞은 두 마디 율격과 다른 짧고 긴 두 마디

9음절 시행-세 마디 율격(3∥3∥3)-다른 맞고 긴 두 마디 율격과 같은 짧은 세 마디

10음절 시행-세 마디 율격(3∥3∥4)-같은 긴 두 마디와 다른 짧고 맞은 세 마디

---

78) 오세영, 앞의 책, 76면.

11음절 시행-세 마디 율격(tri metre)(3∥3∥5)-다른 짧고 긴 세 마디
12음절 시행-세 마디 율격(4∥4∥4, 혹은 3∥4∥5, 혹은 4∥3∥5)-같은 세 마디 율격과 다른 세 마디 율격
13음절 시행-세 마디 율격(4∥4∥5)-다른 맞고 긴 세 마디
14음절 시행-네 마디 율격(tetra metre)(3∥4∥3∥4)-다른 짧고 맞은 마디의 중첩
15음절 시행-네 마디 율격(3∥5∥4∥3)-모든 마디의 배열
16음절 시행-네 마디 율격(4∥4∥4∥4)-같은 맞은 마디의 중첩[79)]

이는 음절의 수와 <마디>의 수로 음수율 시를 명명한 것이다. 즉 "종래 3.4조 혹은 4.4조 따위로 불러 왔던 것은 1920년대의 논자들이 일본식 율독법을 모방 차용했던 것에서 비롯되었으나, 일반적인 순수 음절 율격에서 이러한 율독은 보편적인 것이 아니므로 이제 그것을 8음절 두 <마디> 율격 혹은 13음절 세 <마디> 율격, 12음절 세 <마디> 변이 율격 등으로 불러야 할 것[80)]"이라는 것이다. 그러나 이러한 논의 속에서 발견할 수 있는 몇 가지 문제점을 짚어보자.

첫째, <마디>를 이루는 음절수이다. 3음절이 최하이고 5음절이 최상이라 했는데, 1음절이나 2음절을 인정하지 않는 이유는 무엇이며, 5음절은 인정하면서 그 이상은 인정하지 않는 것은 무엇 때문일까. 먼저 <마디>를 구성하는 음절수가 3음절에서 5음절로 분포되는 것은 정병욱의 말과 같이 우리말의 어휘가 일반적으로 2음절 혹은 3음절로 된 것들이 대부분이어서 여기에 1음절 혹은 2음절로 된 조사나 어미가 접속될 경우 실제 담화에서는 3, 4, 5음절 단위로 끊어지기 때문이라는 것이다. 정병욱은 이러한 현상이 비단 시에만 나타나는 것이 아니라면서 음수율의 반증으로 삼았으나, 오세영은 오히려 이러한 사실

79) 오세영, 앞의 책, 76-77면.
80) 오세영, 앞의 책, 82면.

이 한국 시 운문의 음수율이 3, 4 혹은 4, 4음절로 되어 있다는 근거가 되지 반증이 될 수 없다[81]고 했다. 2음절에 관해서는 담화에서 보이기는 하나 실제 운문 작법에서는 거의 나타나지 않는다고 하고 5음절에 관해서는 종래 2음절과 3음절로 나눠진 것들이 대체로 한 <마디>로 묶일 수 있는 것들이라면서 다음과 같은 예를 들었다.

> <바드득 / 이를 갈고 // 죽어 / 볼까요.>
> 의 4분절에서 <볼까요>는 <죽어>의 조동사이므로 이 양자 사이에는 응집력이 있어 길어질 수밖에 없고 따라서 한 마디로 포함시켜야 하며,
> <창가에 / 아롱아롱 // 달이 / 비친다.>
> 의 4분절 역시 <아롱아롱>은 <달이 비친다>의 한정어이므로 <달>과의 사이에 분절이 있고 이에 반해 <달이>와 <비친다> 사이에는 응집력이 있으므로 한 마디로 보아야 할 것이다.[82]

양자 사이의 응집력이 <마디>의 분절에 관여하지 않는 것은 아니나 응집력이 있다고 해서 하나의 <마디>로 보아야 하는 것은 아니다. 또 [아롱아롱]과 [달이]가 분절되는 것도 [아롱아롱]이 [달이 비친다]의 한정어이기 때문이 아니다. <마디>의 분절은 시어의 성질이나 응집력때문이 아니라 율독상의 호흡에 의해 분절된다. 즉 [바드득 / 이를 갈고 / 죽어 / 볼까요]가 네 <마디>로 분절되는 것은 각 <마디> 사이에 호흡에 의한 휴헐이 개재되기 때문이지 시어 사이의 응집성의 유무에 의해 분절되는 것은 아니다. 한국 시의 <마디>가 <음보>와 같이 등시성을 지니는 것은 아니지만 그렇다고 하여 각 <마디>가 완전 별개인 것은 아니다. 한국 시의 각 <마디>는 철저한 등시성을 지니는 것은 아니나 대등성을 유지하고 있으며, 그러한 의미에서 [바드

---

81) 오세영, 앞의 책, 71-72면.
82) 오세영, 앞의 책, 73-74면.

득 / 이를 갈고 / 죽어 / 볼까요]나 [창가에 / 아롱아롱 // 달이 / 비친다]의 각 <마디>들은 율독상의 호흡에 의해 분절되고 각기 대등적 위상을 지니고 있다고 할 수 있다. 이렇게 볼 때 5음절 이상은 마땅히 두 개의 <마디>로 분리되어야 하며, 2음절이나 1음절도 하나의 <마디>를 이룰 수 있다고 할 수 있다.

둘째, <한국 전통 운문의 율격>에 대한 네 번째 결론, 한국 시의 율격이 지니는 두 번째 원칙이다. 두 <마디> 혹은 세 <마디> 시<행>의 경우 뒤에 오는 <마디>가 첫<마디>보다 결코 짧지는 않다고 했는데 과연 그러한가가 의문이다. 실제 작품에서 그러한 예를 찾기 어렵다고 해서 그것이 곧 율격의 원칙일 수는 없으며, 더구나 한국 시에서는 뒤에 오는 <마디>가 첫 <마디>보다 짧은 예를 그리 드물지 않게 볼 수 있다. 두 <마디> 3·4조는 있을 수 있으나 4·3조는 없다고 했는데 민요에서 4·3조의 율조는 흔히 볼 수 있으며, 세 <마디> <행>의 경우에도 4·4·3 (1, 2음절 <마디>를 인정하지 않는다 하더라도) 등은 흔히 볼 수 있다. 그러므로 이러한 원칙은 한국 시에 흔히 보이는 현상도 아니며 율격의 원칙이 될 수 없다.

셋째, 가장 짧은 <행>이 6음절<행>이고 가장 긴 <행>이 20음절<행>이라 했는데 "3, 4, 5음절에 조직적인 강제 배열을 시켜 만든 반복적 규칙"에는 17음절<행>에서 20음절<행>까지는 나타나 있지 않다. 20음절<행>은 네 <마디><행>이 될 것이므로 <5 // 5 // 5 // 5>의 긴 <마디>의 중첩이 되는 것인지, 이것이 한국 시의 율격상 가능할 수 있을지 의문이다. 6음절<행>에서 20음절<행>에 이르는 각 유형들이 각기 다른 음절수를 지니며 또다시 분류될 수 있는데 위에서 제시된 것만이 가능한 것은 아닐 것이다. -예를 들어 12음절 시<행>이라 하더라도 이는 세 <마디> 율격이 될 수도 있지만 네 <마디> 율격(3 // 3 // 3 // 3)이 될 수도 있다.- 만약 어떤 것이 기준형이고 어떤 것이 변이형이라고 한다면 기준형과 변이형의 차이를 설명할 수 있어야 할 것이다. 유형 분류는 각 유형을 다 포괄할 수 있는 체계적인 분류가 되어야 한다. 한국 시의 율격이 프랑스시의 율독처럼 "한 편의 시를 구성하는 각개 시행의 일정한 음절수와 낭독 때 중간 휴지에 의해서 끊어 읽는 시행 내의 고정된 마디수로 결정된다[83]"는 그의 말은 같은 음수율시의 설명 방식을 들여온 것이기는 하나 위의 규칙대로라면 한국 시의 율격적 특성은 많은 부분이 묻혀 버리고 만다. 그러므로 <행>을 이루는 총음절수와 <행>을 이루는 <마디>의 수로 율격형을 규정해야 할지에 대해서는 재고의 여지가 있다.

5. 맺음말

지금까지 한국 시 율격론에 관한 연구를 검토해 보았는데 그동안의 연구는 거의가 율격을 형성해 내는 요소를 찾아내는 데 집중되어 있었다고 해도 과언이 아니며, 홍재휴와 성기옥의 연구가 이러한 요소를 토대로 율격론 전반에 체계를 세우려한 것임을 알 수 있다. 기존의 율격론을 더듬어 보면 한 마디로 자수율론에서 <음보율>로의 전환이 아닌가 할 정도로 지금은 <음보율>론이 세력을 지닌 듯하다. 물론 <음보율>이라고 해도 복합<음보율>이 아니라 단순<음보율>이라는 말로 <음보율>의 한계를 벗어나려 하지만 단순<음보율> 안에서도 해답이 쉽게 얻어질 전망은 보이지 않는다. 이유는 바로 한국 시의 율격적 정체가 바로 음수율론에 있기 때문이다. 시도기 음수율론의 한계로 인한 <음보율>론으로의 전환은 한국 시의 율격을 그 본질과는 다르게 인식하게 했지만, 한국 시 율격론이 다시 음수율론으

83) 오세영, 앞의 책, 82면.

로 돌아오게 된 것은 당연한 귀결이다. 율격론사를 통한 여러 고민의 과정에서 우리는 적어도 다음과 같은 한국 시의 율격적 특징을 얻어 낼 수 있으리라 생각한다.

첫째, 음수율론에 있어서도 각 율격 단위의 결구에 대한 음수율의 상하한선에 대한 일치를 보지는 않았으나 음절이 중요한 위치를 점한다는 사실은 확인되었다.

둘째, 기조 단위(음절)-기저 단위(시어)-기층 단위(율어, 척사)-기본 단위(구)가 존재함을 파악할 수 있으며 율격은 다층성을 기반으로 파악되어야 한다.

셋째, <음보>의 개념이 배제되어야 한다. 영시와 같은 <음보율>(복합율격)로도 한국 시의 율격은 설명될 수 없다. 운소 자질의 층형 대립이 한국 시에는 보이지 않기 때문이다. 한국 시에는 <음보>가 존재하지 않는다. 기층 단위가 존재하지만 이것은 <음보>의 개념과는 틀리다. <음보>라는 용어 대신 율어라는 용어가 바람직하다.

넷째, 한국 시의 율격을 이해하기 위해서는 휴음(±장음, <정음>), 휴헐(<휴지>)이 먼저 이해되어야 한다. 여기에서 휴음은 음절과 함께 율격 형성에 관여하고, 휴헐은 외적 경계 표지라 할 수 있다.

日本 詩 律格論의 史的 展開

1. 들어가는 말

흔히 일본 시를 순수음수율의 시라 한다. 이는 일본 시가 보통 7・5조, 5・7조라는 말로 대변되는 데서도 알 수 있듯 음절수가 곧 그 시를 명명하기 때문이다. 그러므로 일반적으로 일본 시를 음수율의 시로 인식하고 받아들이는 데는 큰 저항감이 없게 된다. 이와 더불어 和歌가 '5・7・5・7・7'로, 俳句가 '5・7・5'로 구성된 시형이라는 사실은 일본 시를 음수율의 시로 인식하는 데 확실한 증거가 되는 것처럼 인식이 되기도 한다. 이렇듯 '일본 시=음수율'이라는 등식이 재고의 여지도 없이 불변할 듯 하지만 일본 시 율격론의 사적 흐름이 한 가지로 일관되었던 것은 아니다. 즉 율격론사에서 일본 시는 항상 음수율로만 규정되어 오지는 않았던 것이다. 음절수의 고정성이 확실한 일본 시에 있어서 왜 음수율이 의심을 받은 것일까. 일본 시는 음수율의 시가 아니라는 사람들도 있다. 그래서 우리가 흔히 알고 있는 7・5조니 5・7조니 하는 것이 허상이라고까지 한다. 진정 일본 시는 음수율의 시가 아닌가. 과연 7・5조니 5・7조니 하는 것이 허상에 불과한 것일까.

음수율이란 음운론적 자질은 관계없이 단지 음절만이 율격 형성에 관여하여 음절수에 의해 규칙성과 반복성을 띠는 율격 유형을 이르는 것이다. 그렇다면 7・5조(5・7조)로 일컬어지는 일본 시는 어떻게 규칙성과 반복성을 띤다는 것인가. 和歌든 俳句든 5음과 7음이 어우러져 구성되어 있는데, 이 서로 다른 수가 어떻게 반복되길래 일본 시는 음수율이라는 공식이 성립하는 것일까. 和歌의 '5・7・5・7・7'과 俳句의 '5・7・5'라는 겉으로 드러난 음절수에서는 어떠한 법칙도 발견하기 어렵다. 5음과 7음의 규칙적인 교체라고 말하려고 해도 마지막 구가 7로 끝나기 때문에 규칙적이라는 말은 맞지 않다. 그렇게 보면 和歌에는 어떤 반복적인 형도 없어 보인다. 더구나 5자나 7자는 시의 진행적 리듬 단위라 할 수 없으며 오히려 '5・7・5・7・7'이라는 음수의 배치 자체가 시가의 건축적 구성의 미를 지닌다고 보는 수밖에 없는 듯하다.[1] 그래서 時枝誠記는 이러한 어긋난 수 배열의 전체가 하나의 型, 절대로 반복되지는 않는 型이며 和歌에는 어떤 반복적인 리듬이란 것은 찾아 볼 수 없다는 결론을 내리게 된다. 그러나 和歌 내부에서 어떠한 리듬, 율격도 찾을 수 없다는 것은 사실과 다르다. 和歌를 낭송해 보면 금방 알 수 있듯이 그 속에는 반복되는 실체가 분명히 있다. 구 내부에도 반복의 실체는 있으며 구는 또다시 어떤 형으로 반복됨을 느낄 수 있다. 여기에서는 일본 시의 율격론이 어떠한 발자취를 지니고 오늘에 이르렀는지를 살펴보기로 한다. 그것은 바로 일본 시=음수율이라는 결론이 어떻게 내려지게 되었는지를 알 수 있는 가장 중요한 길이기도 하다.

2. 음수율론의 시도

일본 시 율격론은 7・5조나 5・7조에 이른바 7과 5라는 큰 덩어리만이 아닌, 그것들 내부에도 몇 개의 다른 리듬의 형식이 존재하고

1) 時枝誠記, 『国語学原論』(岩波書店, 1931).

있으며, 그것이 7·5조의 단조로운 움직임에 변화를 주는 역할을 한다는 사실을 인지하면서부터 본격적으로 시작된다. 특히 이러한 움직임은 서양시 운율론의 영향을 받아 7자구와 5자구의 내부에도 7·5조와 5·7조가 다른 것과 같이 서로 성질을 달리하는 어떤 요소, 즉 서양시의 foot <脚>에 해당하는 소단위를 찾으려는 연구로 시작되었다. 이 시기의 연구를 <詩脚>論, <詩脚>說이라고 하는 이유도 여기에 있다.

처음으로 이러한 시도를 한 사람은 山田美妙이다. 그가 일본 시의 율격을 파악한 방법은 두 가지 측면에서인데, 하나는 악센트율로 일본 시를 파악하려 한 것이고 다른 하나는 의미율에 의해 구를 분절하려 한 것이다. 山田美妙가 말한 악센트율[2]이란 바로 장단율로, 장단율에는 2음으로 이루어지는 4종류-단장, 장단, 장장, 단단-와 3음으로 이루어지는 8종류-단단장, 장단단, 장장장, 단단단, 단장단, 장단장, 단장장, 장장단-가 있다고 한다. (예를 들면 カゼ는 <短長一脚>이며 ヤナギ / ノヒト는 <短短長二脚>이다.) 이는 악센트율 시를 모범으로 생각하여 일본 시에도 악센트율을 도입하려 한 데서 온 착오로 이후 그리 주목을 받지 못한 듯하다. 장단율과 병행하여 山田美妙는 의미에 의한 구분절을 시도했는데 이것은 일본 시 율격론자들에게 큰 반향을 불러일으켜 이후의 논의는 거의 여기에 집중되었다고 해도 과언이 아니다. 의미에 의한 구분절[3]을 예로 들어보자. 2음 율격의 <四脚八音>[4]을 예로 들면,

---

2) 山田美妙, 「日本韻律論(七)」《国民之友》, 1892, 23-24면.

3) 山田美妙, 「日本詩韻律論(八)」《国民之友》, 1892.

4) 2음 율격이란 앞에서 언급한 악센트율의 종류로 단장, 장단과 같이 2음으로 이루어지는 것을 말한다.

4와 4 : アキカゼ(4) サムケク(4)
3과 5 : スエノ(3) トリベヤマ(5)
5와 3 : ユフグレニ(5) カヘル(3)

[アキカゼサムケク]는 악센트율로 말하면 2음의 <短長四脚八音> [アキ / カゼ / サム / ケク]이지만 의미상으로 분절할 경우는 [アキカゼ(4) サムケク(4)]와 같이 <四四二脚>이 된다. [スエノトリベヤマ]도 악센트율상에서는 [スエ / ノト / リベ / ヤマ]의 <短長4脚8音>이지만 의미상의 율격으로는 [スエノ(3) トリベヤマ(5)]의 <三五二脚>이 된다. 山田美妙가 말한 장단율이 비록 고저의 착각이었다 할지라도[5] 같은 시행 안에서 두 종류의 다른 율격형을 인정하려한 것은 일본 시 율격론에 여러 가능성을 던져 준 의미있는 현상으로 볼 수 있을 것이다. 앞에서도 말했듯 山田美妙의 의미에 의한 <脚>의 모색은 1890년대의 일본 시 율격론에서 대유행이라 할 만큼 성행했었다. 대표적인 사람으로는 大西祝, 元良勇次郎, 芳賀矢一, 米山保三郎, 岩野泡鳴 등이 있는데, 이들은 나름대로 5음구와 7음구를 의미에 의해 세분화시켜 논의를 전개시켰다. 元良勇次郎[6]은 의미를 기준으로 최소한의 단위까지 세분화시켜 5음구를 2・1・2 등으로 보았고, 芳賀矢一[7]은 이러한 세분화는 너무 복잡하며 운율의 효용성까지 잃어버리게 한다고 비판하면서, 7음구는 4・3 또는 3・4로, 5음구는 2・3 또는 3・2로 한정시켰다. 大西祝[8]의 절충론이 나오기도 했지만 결국 뾰족한 결론은 나지 않았다. 그들의 논의 사이에는 지나친 세분화의 효용성

5) 川本皓嗣, 『日本詩歌の伝統』(岩波書店, 1991), 240면.
6) 元良勇次郎, 「精神物理学(第九回)リズムの事」《哲学会雑誌, 第四冊第四十一号》 1890年 7月.
7) 芳賀矢一, 「日本韻文の形体に就して」《哲学雑誌 第 7巻 64号》, 1894.
8) 大西祝, 「国詩の形式に就いて」(早稲田大学 50号 1895)
______, 『日本近代詩論研究会』《人見丹吉 編》(角川書店, 1972)

에 대한 회의와 단순화에 의해 생기는 무리함에 대한 비판이 끊이지 않았으며, 결국 7음, 5음을 분할해서는 안 된다는 설까지 등장했다.[9] 이 때의 논쟁을 살펴보면 서양시의 foot에 해당되는 <脚>을 찾으려 했다 하지만 사실은 그와 다르다. 의미에 의해 나눠지는 소단위는 서양시의 foot과는 그 개념부터가 달랐던 것이다. 결국 이 때의 율격론은 시의 운율(음악성, 리듬성)에 대한 기초적인 의식이 부족하여 단지 의미만을 기준으로 했기 때문에 공통되는 설득력 있는 결론을 내리기는 어려웠다고 할 수 있다. 의미(구문)만을 근거로 하여 구분된 소단위는 율격 반복의 실체와는 다르다. 당시는 이렇게 의미에 의해 나눠진 소단위를 <脚>이니 <音脚>, <詩脚>이니 했지만 이것은 잘못된 용어일 뿐이다. 이는 초기 한국 시 율격론이 겉으로 드러난 음절수만으로 율격의 본질을 찾으려 했던 것과 통하는 면이 있기도 하다. 한국 시는 일본 시보다 본래 의미상, 구문상의 결속이 강한데, 의미에 의해 구분되는 겉으로 드러난 음절수만으로 율격의 규칙성을 찾으려 한 모순과 한계를 이 당시의 일본 시 율격론에서도 그대로 볼 수 있으니 말이다. 그러한 의미에서 이 때의 율격론, 곧 <시각>론은 초기 음수율론 또는 시도기 음수율론이라 해도 무방할 듯하다.

그러나 이러한 의미에 의한 <각>-잘못된 용어이긴 하지만 당시에 그렇게 썼으므로-의 모색은 초기 율격론으로서 7과 5 내부의 율격을 찾으려 했다는 데서 의의를 찾을 수 있다. 이러한 소단위의 <각>과는 질적으로 다른, 서양시의 foot의 개념을 들여온 <각>, <음보>는 土居光知의 율격론에서 볼 수 있다.

---

9) 이 당시의 <脚>에 대한 논쟁은 川本皓嗣, 『日本詩歌の伝統』(岩波書店, 1991)와 久松潜一, 『日本文学評論史- 詩歌論篇』(至文堂, 1950)의 내용을 참고로 했다.

3. 〈음보율〉론의 도입

<음보>의 개념을 들여와 율격론사에 한 획을 그은 사람은 영문학자 土居光知이다. 1922년 『文學序說』 初版[10]을 낼 때는 <음보>라는 용어 대신 <音脚>, <詩脚>이란 용어를 그대로 사용했지만, 이것은 앞의 소단위로서의 <脚>과는 다른, 서양시의 foot에 해당되는 용어였다.[11] 그 후 그는 1925년 改訂版 『文學序說』에서 <音步>, <詩步>라는 용어를 사용하기 시작했고 1949년 再訂版 『文學序說』에서는 완전히 <음보>로 통일되었다.

그가 밝히고 있듯 「詩形論」은 기존의 음수율론에서 탈피하여 등시성의 <음보>를 찾아내려고 한 것[12]이다. 土居光知는 그전과는 달리 <음보>의 등시성에 율격의 기초를 두는데 5음(5자구)과 7음(7자구) 안에는 2음씩이 묶여서 각각 1<음보>를 이루고 있다는 것이 논의의 핵심을 이루고 있다.

다음 표를 보면[13],

♫ ♫ ♩ ♫ ♫ ♫ ♩ 𝄽 2 2 1 2 , 2 2 1 0
みづ しづ か なる えど がは の
♫ ♫ ♫ ♩ ♫ ♩ ♫ 𝄽 2 2 2 1 , 2 1 2 0
なが れの きし に うま れ いで

이와 같이 기존의 [がれの / きしに]라든가 [ながれ / の / きし / に]와 같은 의미상 문법상의 분절 위에, 또다시 완전히 음율적인 요구

10) 土居光知, 『文学序説』(岩波書店, 1922) (초판).
11) 土居光知, 『文学序説』(岩波書店, 1922), 145면.
12) 土居光知, 『文学序説』(岩波書店, 1949) (改版に際して), 6면.
13) 土居光知, 「詩形論」 『文学序説(再訂版)』(岩波書店, 1977), 155-156면.

에서 [なが / れの / きし / に]와 같이 2음씩 묶인다고 한다. 5음인 [みやこどり]나 [しろすみれ]는 의미상으로는 [みやこ / どり], [しろ / すみれ]와 같이 나눠지지만 실제 율독상에서는 [みや / こ / どり], [しろ / すみ / れ]와 같이 나뉘어진다고 한다. 이렇게 2음씩 묶인다는 사실은 土居光知가 처음 고안해 낸 것은 아니다.『文學序說』보다 3년 전에 나온「리듬론의 新提議」에서 福士幸次郎은 '2음의 고리(二音の環)'설을 주장하면서 일본어는 2음을 기조로 한다는 사실을 밝힌 바 있다.[14] 그러나 福士幸次郎은 2음이 기조를 이룬다는 사실을 밝혔음에도 불구하고 土居光知의 <음보>론을 부정하고 일본 시를 음수율로 보았다.

土居光知의 <음보>론을 뒷받쳐 주는 것은 <기력>설과 강약설이다. <기력>이란 土居光知의 설명으로는 상당히 모호하기는 하나 한꺼번에 발음해 낼 수 있는 힘으로 1<기력>이란 발음기관의 연속적인 1회의 노력을 의미한다고 할 수 있다.[15] 앞에서 본 것과 같이 5음인 [みやこどり]는 [みや / こ / どり]로 분절되는데 2음 내지 1음은 1<기력>으로 발음하나 3음을 1<기력>으로 발음하기는 매우 어렵고 드물다는 것이다. 여기에서 문제가 되는 것은 2음이 1<음보>로 묶일 때 남는 한 글자의 처리이다. 이것을 土居光知는 '제3음'이라고 명명했는데, 예를 들어 [みづ / しづ / か / なる]와 [うま / れ / いで]의 경우 か와 れ의 처리이다. 7음구든 5음구든 기수음이므로 2음씩 묶일 때 한 자가 남는 것은 당연한 일이다. 土居光知는 이러한 '제3음'은 조금 늘려 읽거나 아니면 뒤에 <정음> <휴지>를 두고 앞의 2음과

---

14) 福士幸次郎,「リズム論の新提議」-内容律と外在律に就して(1920)『福士幸次郎著作集 上巻』(津軽書房, 1967).

15) "1음, 2음은 발성 기관의 연속적인 1회의 노력, 즉 1기력(monopressure)으로 발음할 수 있다." 土居光知,『文学序説』(岩波書店, 1977), 154면.

균형을 유지하는 게 보통[16]이라고 밝혔다. 그리고 '제3음'은 음표 ♩로 표시를 했는데 이는 뒤에 川本皓嗣에 의해 비판을 받는다. 모처럼 2음1<음보>(<1음1박>설)를 기초로 했음에도 불구하고 <휴지>의 기능을 정확히 분리시키지 못했다는 것이다.[17] 사실 土居光知는 '제3음'에 대해 다음과 같이 말하고 있다.

> ♩로 표시된 한 자만의 음보는 반드시 다른 이음과 동일한 시간으로 읽을 필요는 없으나 일반적으로 완만하게 읽혀 때로는 뒤에 짧은 정음이 놓여진다. 그리고 이 일음의 음보♩가 칠오의 행말에 오면 길게 숨을 쉬기 때문에 더욱 짧게 발음되는 일도 있다. ♩기호는 이 음률외 시간(Extra-metrical time)을 표시하는 것이다.[18]

<음율외시간>이라는 것은 낭송자가 문제의 1음을 어느 정도 현실적으로 길게 발음하며 또 그 뒤에 어느 정도 쉴 것인가 이 점이 정확하지 않음을 지적하는 말이다. 川本皓嗣의 지적에 의하면 실제로 여기서 확실하지 않는 것은 독자가 한 자(음절) 뒤에서 현실적으로 어느 정도로 음을 늘리고 나머지를 침묵할까 하는 그 경계 위치뿐이며, 그 경계가 어디든 연음과 침묵을 합쳐 1음절과 다르지 않다고 한다. 바꿔 말하면 그 부분 전체를 단순히 1음절(1자분)의 결여 즉 가장 단순하게 <휴지>로 보면 간단[19]하다는 것이다. 이렇게 규칙적인 4박자 7·5조의 리듬에 음율 외의 요소가 들어올 여지는 전혀 없다는 것이 川本皓嗣의 비판이다. 더구나 土居光知의 리듬 도식에는 'れ-'라는 2자(2음절)분의 박이 'れ'로 단 1자(1음절)로 표기되어 있고, 또 음표로

16) 土居光知, 앞의 책, 155면.
17) 川本皓嗣, 앞의 책, 261-262면.
18) 土居光知, 앞의 책, 156면.
19) 川本皓嗣, 『日本詩歌の伝統』(岩波書店, 1991), 262면.

도 자음과 <휴지>의 부분을 구별하지 않고 그냥 」로 표기하고 있으므로 음율상의 단위로서는 자음과 완전히 같은 자격 같은 길이를 지니는 <휴지>의 독립성을 해쳐 그 특수한 기능을 못보고 지나친 결과를 부른 것이라고 한다.[20]

또 하나 기력설과 함께 土居光知의 2음1<음보>설을 받쳐주는 것은 강약설이다. 土居光知에 의하면 [さく / らの / なが / れて]라는 2음씩의 그룹은 각각 1<기력>으로 발음되어 더구나 제1음의 [さ], [ら], [な], [れ] 등에는 강세가 놓인다는 것이다.[21] 土居光知는 이로써 일본 시는 강약율을 기조로 하고 있다고 주장을 하는데 그의 이러한 주장은 일본어에는 고저 악센트에 병행하여 강약 악센트도 있다는 데서 출발을 한다.[22] 그러나 일본어에 강약 악센트가 존재하지 않는다는 것은 주지의 사실이며 이 설은 金田一春彦[23]을 비롯하여 많은 학자들로부터 비판을 받는다.

土居光知의 <음보>론은 기존의 임의적인 의미에만 근거하던 율격론에서 탈피하여 처음으로 기계적인 반복, 리듬이라는 주기적인 원리를 들여와 율격론의 초석을 쌓았다는 데서 큰 의의를 발견할 수 있다. 기존의 <음각>설과 <2음의 고리>설에 영시 <음보>의 영향이 土居光知의 <음보>론을 낳았음은 말할 필요도 없다. 1음 1음의 등시성뿐만이 아니라 <음보>의 등시성에서 출발하여 <휴지>의 존재를 인정하고, 반복의 실체를 2음의 <음보>에서 찾으려 했던 것은 기존의 <음각>설을 뛰어 넘는 연구라고 할 수 있다. 그러나 川本皓嗣의 말처럼 <휴지>에 대한 인식은 있었으나 이를 독립시켜 생각할 여유는 없었

20) 川本皓嗣, 앞의 책, 262면.
21) 土居光知, 앞의 책, 153면.
22) 土居光知, 『日本音声の実験的研究』(岩波書店, 1955).
23) 金田一春彦, 『日本語音韻の研究』(東京堂出版, 1967).

으며 그 기능에 대해서는 별로 인식하지 못한 한계가 있음도 사실이다. <음보>의 등시성을 바탕으로 했으면서도 <휴지>가 들어가는 <음보>에 대해서는 <음보>의 등시성이 꼭 요구되는 것은 아니라는 그의 말은 율격의 등시성과 율독상의 시간을 잘못 이해한 데서 나온다. 일본어는 1음 1음이 등시성을 가진 것으로 2음씩의 <음보>는 계산상 등시성을 지님이 당연하다. 비록 한 자로 되어 있는 <음보>라 할지라도 이는 율격상 앞이나 뒤의 <음보>와 등시성을 지닌다. 실제 개인에 따른 율독상에 있어서는 다소 가감이 있을 수는 있어도 근본적으로 이들이 등시적으로 감지되는 것은 사실이다. 한음 한음이 등시성을 지니지 않는 언어의 시에서 <음보>의 등시성을 요구할 수 없는 것과는 사정이 다르다. 이외에도 강약율은 영시의 영향으로 인해 일본어에도 없는 강약 악센트를 시에 적용시키려 한 것으로 근본적으로 무리가 있다고 할 수 있다.

土居光知의 <음보>설을 계승한 高橋龍雄[24]은 <휴지>의 존재에 대해 확실한 의미를 부여했고, 일본 시 <四拍子論[25]>을 주창했다는 점에서 주목할 만하다. 1음의 <음보>(제3음)를 그대로 둔 土居光知에 비해 高橋龍雄은 <휴지> 전용의 부호(𝄽)를 쓰고 거기에 길이를 두어야 함을 인정했다. <4박자>론은 그가 제시한 음조도에 잘 나타나 있다.

♫ ♫ ♩ ♫ ♫ ♫ ♩ 𝄽
ミヅ シヅ カ ナル エド ガハ ノ

---

24) 高橋竜雄,『国語音調論』(東京中文館書店, 1932).

25) 일본 시 율격론에 박자의 개념을 들여오는 것, 박이라는 용어를 사용하는 것은 무엇보다도 일본어의 성질 -1음 1음이 등시적-에 기인한다. 이후 拍은 일본어, 일본 시에 있어서 중요한 용어로 자리잡으며 <박절>이라는 용어도 여기에서 기인된 것이다.

♫ ♫ ♫ ♩ ♫ ♩ ♫ 𝄽
ナガ レノ キシ ニ ウマ レ イデ (土居案)

이것이 土居光知가 제시한 것인데 土居光知는 1음 1음에 음표를 붙였으나 高橋龍雄은 자기식으로, 4박을 기준으로 하여 다음과 같이 나타내었다.

$\frac{1}{4}$ $\frac{1}{4}$ $\frac{1}{4}$ $\frac{1}{4}$ $\frac{1}{4}$ $\frac{1}{4}$ $\frac{1}{4}$ $\frac{1}{4}$ $\frac{1}{4}$ $\frac{1}{4}$ $\frac{1}{4}$ $\frac{1}{4}$ $\frac{1}{4}$ $\frac{1}{4}$ $\frac{1}{4}$ $\frac{1}{4}$
ミ ヅ シ ヅ / カ - ナ ル / エ ド ガ ハ / ノ - ○ ○
ナ ガ レ ノ / キ シ ニ - / ウ マ レ - / イ デ ○ ○ (1)
み づ し づ / か な る - / え ど が は / の - ○ ○
な が れ の / き し に - / う ま れ い / で - ○ ○ (2)
2/4 2/4 2/4 2/4 2/4 2/4 2/4 2/4[26]

(1)은 土居案을 자신(高橋龍雄)의 음조도로 고친 것이며 (2)는 완전히 자신이 고안한 음조도라고 했다. 土居光知는 8음을 4박자 1<소절>로 보고 한 음을 8분음표로 기록했으나 高橋龍雄은 4음을 4박자 1<소절>로 보고 한 음을 4분의 1박으로 기록했다. 따라서 高橋龍雄에 의하면 7·5의 12자는 4개의 <소절>로 나눠지며, 土居光知에 의하면 7·5조는 각각 1<소절>, 합 2<소절>이 된다. 그러면서도 土居光知의 설과 전혀 다르다고 할 수 없는 것은 위의 표에서도 알 수 있듯이 밑에 2음씩을 묶어 4분의 2라는 표시를 해 둠으로 해서 2음1<음보>의 원칙을 살리고 있기 때문이다. 그러면 高橋龍雄은 왜 8음 대신 4음을 4박 1<소절>로 잡았는가.

<ヨコハマ(横浜)> <シナガハ(品川)>라는 四音語를 발음하는 데 필요

26) 高橋竜雄, 앞의 책, 207면.

> 한 시간을 측정하기 위해 土居光知와 같이 클로노미타를 사용하는 대신 탁상시계를 늘어놓고 그 중에서 발음하는 사음어의 속도가 시계가 4번 똑딱거리는 소리에 맞는 것만을 골라 수백 번도 더 실험해 보았다. 그 결과 크라는 일음은 이분의 일초, ヨコ라는 이음은 일초, ヨコハマ는 이초를 要한다는 사실을 알았다. 즉 二音語는 시간상 사분의 이로 측정되고 그 배인 四音語는 사분의 사로 측정되는 것이다. 또 불교에서 말하는 數息觀-安般(ana-apana)의 상태에서 가장 평정한 호흡으로 시간을 재어 보면 들이 쉬고 내뱉고 쉬는(휴지) 등은 모두 2초를 요한다. 이 호흡상태에 달한 때 발음하지 않고 마음속으로 前記의 四音을 말해 보면 일호흡 2초에 四音語를 다 말하는 게 가장 자연스러운 법칙이다. 그러므로 이러한 사실에서 국어(일본어)의 사음어를 全音으로 보고 일음을 사분의 일로 정할 수 있는 것이다.[27)]

高橋龍雄의 탁상시계나 土居光知의 클로노미터가 그리 큰 차이를 내는 것은 아니다. 문제는 이러한 실험에 의해 4음이 全音이라는 판단을 내리게 되는데 이는 단지 심리에 의한 판단일 뿐 객관적인 판단은 되지 못한다는 사실이다.

이와는 별도로 일본 시 율격론에서 박자의 개념과 박이라는 용어가 중요시되는 것은 당연한 현상이다. 한국어와는 달리 일본어는 1음 1음이 완벽한 등시성을 지니기 때문에 그것이 음악의 박자와 같이 정확성을 띠는 데다가, 운율 자체가 음악성과 밀접한 관련이 있다[28)]는 사실은 율격론에서 박이라는 용어를 더 견고한 위치에 올려놓은 듯하다. 그런데 <박(1박)>이라는 것이 무엇을 뜻하는 것일까. 그것은 한 음절을 지칭하는 것이 아니라 바로 음절이 모여 이루어 내는 기층 단위를 의미한다. 그러므로 土居光知의 2음1<음보>는 곧 '2음1박'이라

---

27) 高橋竜雄, 앞의 책, 161-164면. 拙訳. (내용을 간추려서 번역)

28) 川本皓嗣는 일본 시 4박자론이 음악과의 혼동에서 나온 것이 아니라고 하면서도, 박자란 음악의 전유물도 아니며, 음악의 4박자와 시의 4박자는 전혀 다를 게 없다고 한다(川本皓嗣, 『文学の方法』(東京大学出版会, 1996), 125면).

는 말이 된다. 그런데 高橋龍雄은 그러한 박의 개념과 용어를 사용하면서 자음 한 개 한 개를 각각 4박자의 1박이라고 본 것이다. 그렇다면 1음 1음을 한 <음보>라고 본 것인가. 이 점은 土居光知의 2음1<음보>설을 후퇴시킨 것이라는 비난[29]을 받기도 하지만 그의 음조도에서 2음씩을 한 묶음으로 표시한 것으로 보아 1음이 아닌 2음을 한 <음보>로 본 듯하다. 상당히 애매모호하기는 해도 高橋龍雄이 한 음을 1박으로 본 것은 이 1박이 독립된 자격을 지닌 단위로서의 <음보>를 의미하는 것은 아니었을 것이다. 1음 1음이 한 <음보>가 될 수는 없다. 이와는 좀 궤를 달리 하지만 4음을 한 덩어리로 묶었다는 점은 뒤의 '4음1박'설의 전신이 되는 부분이기도 하다.

두 번째로 高橋龍雄설의 독특한 점은 그가 5음구, 7음구 모두 등시의 <소절>이라 주장하면서 7・5조 뿐만이 아니라 5・7조도 각구 8박으로 봤다는데 있다. 土居光知가 5・7조의 4박에 관해서는 부정적이었음에 비해 高橋龍雄은 5・7조의 음조도를 다음과 같이 나타냈다.

4/4박자 (오칠음어=오칠조)

初句　　　　　　　第二句

¼ ¼ ¼ ¼　¼ ¼ ¼ ¼　¼ ¼ ¼ ¼　¼ ¼ ¼ ¼
や く も た / つ ‐ ○ ○ / い づ も ‐ / や へ が き
つ ま ご み / に ‐ ○ ○ / や へ が き / つ く る ‐
そ の や へ / が き を ‐

八雲立つ　出雲八重垣　妻ごみに　八重垣つくる　その八重垣を[30]

5・7조 和歌의 구조를 5・7 / 5・7 / 7로 나누어 본 것이다. 여기에 대해서는 <휴지>의 위치 문제로 비판이 제기되기도 하고 7・5조

29) 川本皓嗣, 『日本詩歌の伝統』(岩波書店, 1991), 264면.
30) 高橋竜雄, 앞의 책, 190면.

의 7음구와 5음구가 등시라고 해서 거꾸로 5・7조의 5음구와 7음구가 등시적이라 할 수 없다[31]는 비판도 있다.

세 번째로 高橋龍雄의 특이한 점은 土居光知와 같이 중간의 <휴지>를 인정하지 않고 <휴지>를 말미로 돌린다는 사실이다. 위에서 본 음조도에서도 알 수 있듯이 7자, 7음구는 2・2・2・1조로 5자, 5음구는 2・2・1조 환원될 수 있다.

(土居光知)		(高橋龍雄)
<み づ し づ か - な る>	→	<み づ し づ か な る ->
<う ま れ - い で >	→	<う ま れ い で ->

高橋龍雄은 이리한 통일성의 획득이 자기 설의 장점이라고까지 말하고 있지만 이는 장점이라고 하기는 어렵다. 율격의 획일화가 그리 올바른 현상이라고 할 수는 없을 것이며, 또 高橋龍雄이 제시한 율격의 통일성에 얼마나 많은 사람들이 맞춰 낭독할 수 있을지는 의문이다. 시의 율격에서 의미, 구문상의 결속력이 그리 현저하지 않은 일본시에서 이러한 식의 통일성의 도모가 불가능한 것은 아니나 高橋龍雄은 土居光知의 율독이 의미에 지나치게 구애를 받은 데 비해 율격상의 리듬을 살려 읽는 가능성을 제시했을 뿐이라고 보는 게 타당할 듯하다.

別宮貞德[32]은 일본어의 리듬 -사박자 문화론-이라는 부제에서 알 수 있듯이 高橋龍雄과 같이 4박자론을 주장한 사람이다.

ヤクモ○タツ○○　イヅモ○ヤヘガキ
ツマゴメニ○○○　ヤヘガキツクル○

---

31) 松林尚志, 『日本の韻律』(花神社, 1996), 30-31면.
32) 別宮貞徳, 『日本語のリズム-四拍子文化論』(講談社, 1977).

ソノヤヘガキヲ○

4/4 ♪♪♪ ♪♪ ♪♪♪ ♪♪♪♪
ヤクモ タツ | イヅモ ヤヘガキ |

♪♪♪♪♪ ♪♪♪♪♪♪♪
ツマゴメニ | ヤヘガキツクル |

♪♪♪♪♪♪♪
ソノヤヘガキヲ ‖

> 어떤 短歌에서도 우리는 각구에 거의 같은 시간을 두고 읽는다. -중략- 五七五七七이면서 시간적인 길이로 말하면 八八八八八이 된다. 음표를 사용해서 기록하면 위와 같이 되며 이것은 틀림없는 사박자인 것이다. 三十一字라든지 五七五七七이라든지 겉으로 나타나는 수에만 집착하여 사람들은 이것이 短歌의 리듬이라고 생각한다. 五七五七七이라는 수 자체에는 어떤 리듬도 없다. 短歌 형식에 한하지 않고 오칠조든 칠오조든 오음과 칠음의 조합으로 이루어지는 것은 똑같다. 확실히 거기에는 리듬=율동이 있는데 그것은 음악의 사박자이다.[33]

이렇게 보면 高橋龍雄과 같이 4박자론이라고 하면서도 別宮貞德의 4박자론은 실질적으로 高橋龍雄과 같은 게 아니라 土居光知와 맥을 통하고 있음을 알 수 있다. 역시 別宮貞德도 2음이 1박, 1<음보>을 이룬다는 견해이며, 한 글자를 8분음표로 표시하고 있음이 土居光知와 동일하다. 別宮貞德이 高橋龍雄과 일치하는 점은 5·7조도 7·5조와 같은 박자로 본 점이다. 위의 음조도에서 알 수 있듯 和歌 5·7조 역시 5음구가 4박자, 7음구가 4박자로 동등한 박임을 주장하고 있다. 別宮貞德은 더 나아가 5·7조의 和歌는 지금은 위와 같이 읽히지만 옛날에는 그렇지 않았다고 하면서 다음과 같은 음조도를 또 다시 제시한다.

33) 別宮貞德, 앞의 책, 49-50면.

○○ヤクモ○タツ　イヅモ○ヤヘガキ
○○ツマゴメニ○　ヤヘガキツクル○
ソノヤヘガキヲ○

4/4　♪ ♪ ♪　♪ ♪　　　♪ ♪ ♪　♪ ♪ ♪ ♪
ヤ ク モ　タ ツ　|　イ ヅ モ　ヤ ヘ ガ キ　|

♪ ♪ ♪ ♪ ♪　　　♪ ♪ ♪ ♪ ♪ ♪ ♪
ツ マ ゴ メ ニ　|　ヤ ヘ ガ キ ツ ク ル　|

♪ ♪ ♪ ♪ ♪ ♪ ♪
ソ ノ ヤ ヘ ガ キ ヲ ‖

> 옛날에는 지금과 같이 오칠오·칠칠이 아니라 그 성립과정으로 봐도 오칠·오칠·칠로, 의미내용을 보아도 명확하게 「八雲立つ出雲八重垣, 妻ごめに八重垣つくる, その八重垣を」로 나뉜다. 옛날 사람들이 어떻게 읽었는가는 알 수 없으나 의미에 따라 제일구와 제이구, 제삼구와 제사구가 묶이도록 수정하면 그림과 같이 되지는 않았을까.[34]

5·7조를 제1구와 제2구, 제3구와 제4구가 묶일 수 있도록 수정하여 만든 표가 위의 표라고 한다. 결국 5·7조는 5·7조가 시작되기 전에 <휴지>가 1박씩 놓여지게 된다는 것이다. 그렇지 않으면 5음구와 7음구의 연결이 매끄럽지 않기 때문이다. 別宮貞德의 말대로 옛날에 실제로 어떻게 읽었는가에 대해서는 증명할 길이 없지만 구와 구를 연결시키기 위해서 처음부터 쉬고(<휴지>을 넣고) 읽는 것은 무리이다. 맨 처음의 <휴지>는 都都逸과 같이 어떤 특수한 효과를 내기 위한 경우가 아니고서는 성립되기가 힘들다.

이러한 別宮貞德의 4박자론은 일본인이 본성적으로 4박자를 추구하고 있는 데서 원인을 찾아볼 수 있다고 한다. 그리고 3박자가 익숙

34) 別宮貞德, 앞의 책, 50면.

한 다른 민족의 예를 들어가면서 일본인은 아무래도 3박자가 맞지 않는다는 사실을 몇 번이나 강조한다. 여기에서 재미있는 것은 한국인의 3박자에 대한 別宮의 시각이다.

> 한국은 어떤가 주지하다시피 <아리랑>을 비롯해 압도적으로 삼박자가 우위의 나라이나 바로 옆에 있으면서도 한쪽은 압도적인 사박자이며 한쪽은 압도적인 삼박자이다. 같은 동양인이면서 옛날부터 교류도 있었고 외면적으로도 그렇게 다르다고는 생각되지 않음에도 불구하고 왜 리듬 감각은 이렇게 다른 것일까.[35)]

"한국은 압도적으로 삼박자가 우위"라고 한 것은 아리랑이라든지 몇 몇의 詩謠 3박자를 통해 받은 인상이겠지만, 3박자에 전혀 익숙하지 않은 사람에게는 이 3박자가 낯설어 보일 것이다. 뒤이어 別宮貞德은 자신이 3박자에 익숙하지 않아 겪어야 했던 고충을 이야기하면서 이것은 체질의 차이이며 피의 차이라고 한다. 결국 3박자와 4박자의 차이에 대해 그가 내린 해답은 일본은 농경 민족이기 때문에 4박자를 지니며, 한국은 기마 민족이기 때문에 3박자를 지닌다는 것이다.

> 일본인의 사박자 문화는 선조가 농경민족이었기 때문이다. 물론 여기에는 기마(유목)민족은 삼박자였다는 상정이 있다. 나는 고대사, 문화인류학, 민속학, 음악학에는 문외한으로 단 직감으로 말하는 것에 지나지 않으나 이러한 결론을 내린 계기는 한국 민요가 삼박자인 것은 기마민족이었기 때문이 아닌가라는 小泉文夫의 설로 인해서이다. 농경과 사박자에 어떤 관계가 있을 것같은 추측은 예전부터 갖고 있었지만 기마와 농경의 리듬상의 차이도 증명된 것도 아니다. 실제 문제로서 실증은 불가능하겠지만 나에게 있어서 (小泉文夫의 說은) 정말로 어둠속의 한 광명이었다.[36)]

---

35) 別宮貞德, 앞의 책, 174-175면. (拙訳)
36) 別宮貞德, 앞의 책, 191면.

일본의 4박자설, 한국의 3박자설을 논한 것은 그가 한국의 대표적 민요인 아리랑 외에는 접할 기회가 없었기 때문에 생긴 것이다. 그러므로 이는 한국 민요, 한국 시의 한 측면만을 보고 판단한 것에 지나지 않으므로 올바른 이해라 할 수는 없다. 한국의 4박자 문화에 대한 이해가 거의 없음을 봐도 그의 이해가 편협함을 알 수 있다. 이와 같은 別宮貞德의 논의는 구체적, 논리적이지 못하고 직관에 머무르고 있다는 비판을 피할 수는 없겠지만, 어쨌든 그의 목적은 양국의 비교가 아니라 일본인에게 압도적인 4박자 문화를 증명하는 게 목적이었을 것이다. 한국인이 보기에 일본인이 3박자에 익숙하지 못한 것은 이상해 보이며, 일본인에게 있어 한국인의 3박자는 신기하게까지 생각될 수 있다. 필자가 처음 일본 시를 대했을 때는 4박자만 존재한다는 사실이 믿기지 않았으며 이에 비해 일본의 교수는 필자로부터 한국의 3율어 시를 상당수 확인하고 상당히 놀라던 사실은 매우 흥미롭다.[37]

또 土居光知의 <음보>설에 기초를 두면서 시학의 구축을 목표로 한 사람은 荒木亨이다. 그의 주장은 7・5조나 5・7조는 <휴지> 1박이 5음의 끝에 포함되는 四<脚律>이라는 것인데 즉 4<각율>이란 한 <시행>에 4개의 <音脚>을 포함하는 시 형식이라는 뜻이다. 여기서 말하는 <시행>은 구를 의미하며 각 7음구, 5음구는 4개의 <음각>으로 되어 있다는 말이다. 土居光知는 <みづしづかなるえどがはの>와 같이 7음구 4박, 5음구 4박을 합쳐서 1<행>으로 취급한 것을 알 수 있으나, 여기에 대해서 荒木亨은 1구를 4<각률>로 헤아리는 것이 합리적이라면서 7과 5를 분리하고 각각을 따로 1<행>, 4<각>으로 보는 것이다.[38] 이것은 土居光知는 藤村의 신체시 7・5를 1행으로 본 것이며 和歌의 경우와는 형식상으로 조금 사정이 다르다.[39]

---

37) 1998년 9월 早稻田 大学에서 松浦友久 교수와의 談話 중.
38) 荒木亨, 『ものの静寂と充実-詩,ことば,リズム』(朝日出版社, 1974), 113면.

荒木亨은 음악적인 정확함과는 선을 긋는 의미로 결코 4박자라고 하지 않고 四<脚>이라 했지만, 실제로 이 4<각률>은 別宮貞德의 4박자론과 거의 같은 견해에 서 있다고 할 수 있다.

이후로는 川本皓嗣[40]의 주장이 주목할 만하다. 川本皓嗣는 역시 <음보>의 등시성을 기초로 한 율격론을 세우는데, 그 율격론의 핵심은 <휴지>와 함께 율격적 강세에 있다. 和歌를 和歌답게 읽기 위해서는 반드시 구중이나 구말에 <휴지>가 오지 않으면 안 된다. 여기서 <휴지>라는 것은 글자가 읽혀지지 않는 부분을 의미하는 것으로, 실제 상황에서는 읽는 사람이나 분위기에 따라 앞의 말이 길어지기도 하여 드러나는 <停音> 시간에는 차가 있겠지만 등시성의 글자가 포함하는 시간 외의 부분, 즉 글자가 읽혀지지 않는 부분은 <휴지>로 처리된다는 것이다. 낭독자가 이러한 <휴지>를 의식하든 의식하고 있지 않든 머리 속에는 和歌 <휴지>에 대한 일정한 도식-글자가 있는 부분과 없는 부분의 길이에 대한 정확한 관계를 나타내는 일정한 도식-이 있기 마련이라고 한다.

世の中は常にもがもな渚漕ぐあまの小舟の綱手かなしも
よのなかは - - -
つねにもがもな - なぎさ - こぐ- -
あまの - おぶねの つなで - かなしも[41]

이와 같이 5음구와 7음구는 <휴지>를 포함한 8음분의 시간을 요한다. 이는 土居光知 이래로 누누이 강조되어 온 사실이다. 결국 낭독

39) 川本皓嗣, 앞의 책, 276면.
40) 川本皓嗣, 『日本詩歌の伝統』(岩波書店, 1991).
______, 『文学の方法』(東京大学出版会, 1996).
41) 川本皓嗣, 「七五調のリズム論」『文学の方法』(東京大学出版会, 1996), 122면.

할 때에 어느 구든지 같은 길이를 유지하기 위해서, 즉 시간 조절을 위해 길고 짧은 <휴지>로 모자라는 부분을 메우려고 하는 것이다. 川本皓嗣는 이러한 <휴지>를 고정<휴지>와 이동<휴지>로 나누어 설명한다.

> 위의 도식에서 또하나 주목해야 할 것은 오자구의 제일구 <よのなかは>와 제삼구 <なぎさこぐ> 뒤에는 항상 긴 휴지 -적어도 이자분의 휴지가 오게 된다. 시간의 조절이라는 점에서 볼 때 짧은 오자구 뒤에 긴 휴지가 오는 것은 당연하며 여기에는 항상 맨뒤에 이자분의 휴지(<고정휴지>라고 부르기로 하자)가 놓여진다. 예를 들면 よのなかは - - - 와 같이 휴지 3개가 계속해서 올때도 맨 뒤에 오는 이자분 - -이 고정휴지이다. 말할 필요도 없이 음수율에서는 시구의 분절 경계를 표시하는 가장 확실한 방법은 시구 뒤에 휴지를 놓는 것이다. 그러므로 이 이자분의 긴 휴지는 오자구의 경계를 음성적으로 명시하는 역할을 학 있는 것이다. 이와는 별도로 도식에서 금방 알 수 있듯 다섯 개 구 각각 팔자분 중에서 반드시 하나씩 어딘가에 일자분이 휴지가 놓여져 있다. 그리고 그 위치를 보면 같은 오자구에서도 <よのなかは - - ->에서는 이 휴지는 구말(<は> 뒤)에 오는데 비해 <なぎさ - こぐ- ->의 경우에는 이 휴지는 구중(<なぎさ>와 <こぐ>사이)에 온다. 또 칠자구의 경우도 마찬가지로 <つねにもがもな-> あ <あまの-おぶねの>나 <つなで-かなしも>에서는 구중에 온다. 이와 같이 고정휴지와는 달리 구중이나 구말에 다양하게 위치를 바꾸어 올 수 있다는 점이 이 짧은 휴지의 특징이다. 이것을 이동휴지라 부를 수 있다.[42]

결국 1자분의 이동<휴지>는 그 위치에 의해 구 안에서 분절의 경계를 표시해 주는 역할을 하며, 고정<휴지>는 구와 구 분절 즉 구의 경계를 표시해 주는 역할을 한다는 것이다. 그런데 川本皓嗣의 말에 의하면 <휴지>는 등시박의 <음보>를 구성하는 자질이면서 <음보>와 <음보>의 경계를 표시해 주는 역할을 하지만 이것만으로는 부족

---

42) 川本皓嗣, 「七五調のリズム再論-松浦友久氏に答える」《月刊, 言語》(大修館書店, 1997年), 7月号, 123-124면. (拙訳)

하다는 것이다. 왜냐하면 [あまの-おぶねのつなで-かなしも]의 경우, [あまの-おぶねの]라는 7자구와 [つなでかなしも]라는 7자구 사이에는 <휴지>가 오지 않으므로 <휴지>만으로는 이 '7・7'의 경계를 알려 줄 수 없다는 것이다. 즉 7과 7 사이에는 음성상의 표지가 아무 것도 없으므로 <휴지>외에 표지가 될 수 있는 다른 요소를 찾아야 한다는 것이다. 만약 <휴지>만을 분절의 표지로 한다면 위의 和歌 각 구의 음절수는 '5・7・5・7・7'이 아니라 '5・7・5・14'나 '5・7・3・2・3・7・4'로 나뉘어야 하며 결과적으로 이는 和歌의 율격을 제대로 파악한 것이 못된다고 한다.[43)]

그러면 和歌의 율격에서 작용하는 확실한 음성상의 표지는 무엇인가. 이것이 바로 川本皓嗣의 말에 의하면 강약율이다. 그는 土居光知의 <음보>론을 상세히 검토하면서 비록 土居光知의 논의가 자세한 근거를 대지 못한 한계가 있지만 율격의 요인이 되는 강세에 기력이라는 관점을 도입했다는 점을 높이 평가한다. 즉 그의 율격론은 "일본 시의 율격은 박자 리듬이나 운율적 강약 악센트를 빼고서는 말할 수 없다[44)]"는 점을 강조함으로부터 출발한다. 그는 일본 시가 '2음1박'(2음1<음보>), 4박자설이라면 그것을 지탱해 주는 근거(율격 표지)가 있어야 하는데 이것을 해명해 주는 것이 바로 강세라고 주장한다. 음운론적으로 변별적 기능을 갖지 못하는 자질이지만 율격론상에서는 기저 요소로 볼 수 있다는 것이다. 그러나 이러한 강약은 율격 형성의 요소라기보다 율격이 형성된 후 리듬감을 좀 더 살리기 위해 들어가는 보조 수단에 불과하다. 한 <음보>를 이루는 2음 중 앞의 음에 강음이 오므로 2음1<음보>의 경계를 알 수 있으며, 한 구안에 강약이 존재하며 각구의 맨 앞에 강이 옴으로 하여 구와 구의 경계를 알

---

43) 川本皓嗣, 『文学の方法』, 120-129면.
44) 川本皓嗣, 『日本詩歌の伝統』(岩波書店, 1991), 279면.

수 있다고 했지만, 이것은 2음1<음보> 4박자설을 받쳐주는 충분한 근거가 되지 못한다. 여기서 말하는 강약이라는 것은 다분히 상대적인 것으로 2음 건너 강세가 온다는 말은 4음 건너 강세가 온다는 말에 대해 하등의 우위성을 갖지 못한다. 결국 이 강약이라는 것은 율독상에 나타나는 보조 현상에 불과하기 때문이다. 이러한 현상은 일본 시뿐만이 아니라 한국 시에도 그대로 적용될 수 있다.

川本皓嗣는 끝까지 음성적 표지의 제시를 요구하지만 거꾸로 영시의 강약과 같은 확실한 음성적 표지가 없다는 것이 한국 시나 일본 시의 특징이 아닐까 생각한다. 왜 여기에서 끊어 읽어야 하는가에 대한 가장 중요한 답은 호흡에 의한 자연스러운 분절과 그것은 기존의 율격적 관습성과 뗄 수 없는 관계에 있다는 사실에서 찾아야 할 것이다. 오랜 세월 동안 시를 몸에 익혀 그 본질에 배어 나오는 율격적 관습성은 애매모호하기도 하지만 그것으로 적절성이 파악될 수 있다. 이러한 호흡성, 율격적 관습성을 인지하고 난 후, 우리는 그 사이에 존재하는 여러 규칙에 눈을 돌려야 할 것이다. 또 일본 시에서는 2음이 한 <음보>를 이룬다는 사실이 줄곧 강조되고 확고부동한 이론처럼 여겨져 왔지만 정말로 이 2음이 율격적 관습성에 비추어 볼 때 기층 단위가 될 수 있는지, 강약율을 인정할 수도 없는 상황에서 이 기층 단위를 <음보>라고 할 수 있는지를 생각해 봐야 할 것이다. 즉 2음1<음보>라는 것은 <음보>라는 용어부터 잘못된 것이며 2음을 한 기조로 한다는 선행 이론에 묶여 율격적 자연스러움을 무시하는 위험성을 지니고 있다. 또한 대부분의 율독자가 2음을 하나로 묶어 읽기보다는 4음을 하나로 묶어 읽고 있다는 사실도 잊어서는 안될 것이다.

土居光知가 <음보>라는 용어와 개념을 들여온 후 일본 시 율격론에서 <음보>는 아직까지도 계속해서 쓰이고 있다. 비록 강약율을 비판하는 사람이라 하더라도 <음보>라는 용어에 대해서는 별 저항을 느끼지 않고 있다. 그러나 그렇다고 해서 일본 시 율격론이 <음보율>이 되는 것은 아니다. 土居光知나 川本皓嗣가 주장하는 강약율은 일본 시에서 악센트율의 강약율로 성립될 수도 없다. 또한 고저율이나 장단율도 없기 때문에 어떠한 운소 자질의 개입이 없는 일본 시를 <음보율>로 볼 수는 없다. 그럼에도 불구하고 강약율, 고저율, 장단율을 배제하는 율격론자들까지 <음보>라는 용어를 그대로 쓰는 것은 특별한 이론을 전제로 한 것이라고는 볼 수 없다. 다만 <음보>라는 용어만 쓸 뿐 그 내용은 <음보>율과는 다르기 때문이다. 그러므로 정확히 말한다면 일본 시에서 <음보>(foot)라는 용어는 사라져야 할 것이다.

4. 박절적 음수율론의 대두

松浦友久[45]는 일본 시를 순수음수율으로 파악하고 있으며, <음보>라는 용어 대신 리듬의 생동감을 살린다는 의미에서 <拍節[46]>이라는 용어를 사용하고 있다. 그리고 이 때 음수율이란 음절적 음수율이 아니라 拍節的 音數律[47]임을 누누이 강조하고 있다. 음절적 음수율이란 기층 단위를 음절에 두지만 박절적 음수율론에서는 기층 단위를 박절에 둔다. 기층 단위가 음절의 상위 단위임을 인식했음에도 불구하고 그는 음수율을 고집하고 있는 것이다. 이는 음절이 기층 단위가 아니라는 인식이 바로 <음보율>론으로 옮겨지는 잘못된 율격론에 대해 음절적 음수율론과 박절적 음수율론이라는 용어로 그 잘못을 바로 잡고 있다고 할 수 있다. 그 역시 <음보>라는 용어를 완전히 잘못된

---

45) 松浦友久, 『リズムの 美学』(明治書院, 1991).

46) <박절율격(리듬)>은 살아있는 脈拍으로서의 율격이라는 의미에서 사용된 말이다. 松浦友久, 앞의 책, 14면.

47) 松浦友久, 『リズムの 美学』(明治書院, 1991), 12-16면.

용어로 배격하고 있지는 않지만, 앞의 사람들과 다른 점은 먼저 일본 시 율격을 체계 안에서 설명하려 하고 있다는 점이다. 이것은 지극히 당연하고 간단한 이야기이지만 율격을 이해하는 데는 매우 중요하다.

> 운율의 총체로서의「詩型」을 고려할 경우 음수율의 구성단위는 ①音節 ②박절(詩拍) ③詩句 ④詩聯 ⑤詩型 순으로 체계화되어 있다고 볼 수 있다. 그 중에서 가장 기초적인 구성 단위가 되는 ①②③의 상호관계를 중심으로 살펴보면 먼저 일본 시의 주요정형인「五七」「七五」리듬은
> ①一拍=四音(몇음분의 休音을 포함)
> ②一句=二拍=八音(몇음분의 休音을 포함)
> ③一聯=四拍=十六音(몇음분의 休音을 포함)
> 이라는 세 개의 원칙이 기조로 작용하고 있다.48)

이러한 체계성을 바탕으로 하는 松浦友久설의 핵심은 '휴음'에 있으며 2음이 1박이 아니라 4음을 1박으로 보는 데 있다. <音節-拍節-詩句>라는 기본적인 틀을 바탕으로 박절의 등시성을 이루게 하는 것이 음절과 '휴음'49)이라는 사실은 새로울 게 없으나 음절과 휴음의 합 4음이 하나의 박절을 이룬다고 본 것은 기존의 '2음1박'설에 대한 도전이라고 볼 수 있다.

'4음1박'설

1	2
ひさかた	の×××
ひかり×	のどけき
はるのひ	に×××

48) 松浦友久, 앞의 책, 63면. (拙訳)

49) 松浦友久는 기존의 <휴지>라는 용어 대신에 하나의 음 자격을 부여한 휴음이라는 용어를 썼다.

'2음1박'설

1	2	3	4
ひさ	かた	の×	××
ひか	り×	のど	けき
はる	のひ	に×	××[50]

2음을 기조로 하는 일본어를 바탕으로 2음씩의 묶음에 대해 별 비판이 없었으나, 松浦友久는 '2음1박'설에 대해 근본적인 의문을 품었는데 그가 말하는 '4음1박'설의 우위성, '2음1박'설의 단점은 다음과 같다.

> 일본 시의 박절리듬은 사음일박인가 이음일박인가. 이 문제에 대해서는 몇 개의 근거가 있지만 가장 명료하고 확실한 논거로는 -<詩的박절=詩拍>(詩脚, 音步, 頓, 音律單位 등의 유사한 개념을 포함)이라는 것은 그 성질상 전혀 실음(실제로 소리가 울리는 음절)을 포함하지 않는 <무음의 일박>을 <독립되는 일박>으로 유지하기는 곤란하다-라는 점을 지적할 수 있다.[51]

위의 예에서 알 수 있듯이 '2음1박'설의 경우 [ひさ / かた / の× / ××]와 [はる / のひ / に× / ××]라는 5음구의 마지막 박절은 휴음만으로 이루어지는 박절이다. 5음구가 7음구와 같은 길이를 유지하려면 그리고 8음분을 유지하려면 세 개의 <휴지>가 필요한데, 川本皓嗣가 말한 고정<휴지> 맨 뒤에 오는 두 개의 <휴지>는 '2음1박'설에서는 실음이 없으면서도 하나의 박절로 존재해야만 한다. 이러한 난점을 없애주는 설이 '4음1박'설이라는 것이다. 그가 말하는 '4음1박'설의 장점은 이뿐만이 아니다. 여기에 대해서는 뒤에 다시 자세히 논하도록 하겠다.[52]

---

50) 松浦友久, 앞의 책, 27면.
51) 松浦友久, 앞의 책, 25-26면.

'4음1박'설과 더불어 휴음에 대한 그의 견해 역시 주목할 만하다. 5음구든 7음구든 8음분으로 길이를 같게 하기 위해, 즉 등시성의 유지를 위해 휴음이 필요하다는 것은 기존의 논의와 다를 바가 없다. 그의 논의에서 주목할 것은 휴음의 역할과 체계이다. 일본 시의 휴음의 역할은 리듬에 변화를 주는 것으로 5·7조, 7·5조의 리듬감의 차이도 이 휴음에 의해 나타난다고 한다. 그의 말에 의하면 박중의 휴음이라는 것은 박은 있어도 음이 없는, 즉 박의 흐름 자체는 있으면서 중요한 음의 흐름이 부분적으로 끊어진 <유박무음(有拍無音)>의 현상[53]이다. 이것이 어떻게 작용하는가.

> 휴음 때문에 중간에 끊어진 부분이 있어 이른바 <리듬의 진공> 상태가 생기게 되는데 이 진공은 물리적인 진공이면서 생리적인, 심리적인 진공으로 당연히 그것을 메우려는 에너지를 필요로 한다. 이 에너지야말로 <오음구>나 <칠음구>에 갖추어진 탄력미(유동감, 리듬감)의 실태이다. <사음구>나 <팔음구>에 이러한 탄력미가 없는 것은 메워야 할 구말의 진공(휴음)이 없기 때문이다.[54]

이렇게 생각해 볼 때 휴음이 많으면 많을수록 리듬적 진공의 용량이 커져 그것을 메우려는 에너지도 커지게 된다. 여기에서 에너지는 당연 율격미, 시로서의 탄력미를 의미하는 것이며 결국 휴음이 시의 탄력미를 좌우한다는 결론이 내려지게 된다. 이러한 휴음은 '4음1박'설과 밀접한 관련을 갖고 있는데 '4음1박'설을 바탕으로 한 휴음은 또 다음과 같은 체계를 갖고 있다고 한다.

---

52) 본고, Ⅲ. 율격 단위의 비교, 3. 기층 단위.
53) 松浦友久, 앞의 책, 36면.
54) 松浦友久, 『万葉集という名の双関語』(大修館書店, 1995), 155-156면.

무휴음박　**ひさかた**　の×××
일휴음박　**ひかり**×　のどけき
이휴음박　ひとは×　**いさ**××　(의미를 우선시 할 때)
삼휴음박　**ひとはい**　さ×××　(율격을 우선시 할 때)

강약율을 완전히 배제하고 휴음에 논의의 핵심을 두는 松浦友久설은 한 마디로 단순명쾌한 율격론이라는 점에서 뛰어나다[55]는 평을 받는다. 구체적인 논의에서는 비판의 여지가 있지만 '4음1박'설과 휴음의 역할, 체계는 하나의 공적이라 하지 않을 수 없다.

일본 시 율격론사를 훑어 볼 때 초기 음수율론-초기 <시각>론-에서 출발하여 <음보율>론 그리고 박절적 음수율론의 흐름은 한국 시 율격론사와 그리 다를 바가 없다. 土居光知의 <음보>론 이후, 일본 시 율격론은 <음보>라는 용어가 빠지지 않고 등장하지만, 이는 껍질만 <음보>일 뿐 실체는 그와 다르다. 여기서 말하는 <음보>라는 것이 영시의 <음보>와 다름은 두말할 나위 없다. 일본 시의 율격이 강약율이든 고저율이든, 장단율이든, 어느 것에도 속하지 않으며 더구나 음절의 수에 크게 구애받는다는 점에서 일본 시의 기층 단위에 <음보>라는 용어는 맞지 않으며 '일본 시=<음보율>'도 성립될 수 없다. 土居光知는 서양시의 <음보>와 같이 등시성을 지니면서 반복의 실체인 <음보>를 찾아내긴 했지만, 이는 서양시의 <음보>와는 그 성질을 달리하며 단지 이러한 등시성을 지닌 반복적 성질은 기층 단위의 성질로 이해되어야 한다. 기층 단위가 등시성을 지니고 반복된다고 해서 다 <음보율>이 되는 것은 아니기 때문이다. 더구나 일본 시 율격의 기조를 이루는 것은 음절이며 음절, 음절의 수야말로 율격 형성에 지배적인 역할을 한다. 土居光知는 비록 자신의 이론이 음수율

---

55) 川本皓嗣, 「七五調のリズム再論-松浦友久氏に答える」, 93면.

과는 전혀 다르다고 밝혔지만[56], 그의 강약율이 성립되지 않는 이상 그의 이론이 <음보율>이라고 할 수 없을 뿐더러, 상세한 논의에서는 계속해서 음절의 수가 논의되고 있는 것만 봐도 음수율을 배제하고는 그의 논의는 지속될 수 없음을 알 수 있다. 이는 다른 학자에게서도 마찬가지 현상이다. 이제는 더 이상 <음보>로는 설명할 수 없는 일본 시 율격을 계속 <음보율>론으로 고집할 게 아니다. 율격의 다층성 안에서 기층 단위는 박절로, 그리고 이 기층 단위가 형성되는 데 관계하는 중요한 요소로서의 음절을 고려할 때 이것이 바로 박절적 음수율로 설명되는 것이 아닌가 한다. 그러므로 곧 박절적 음수율은 음수율을 이름에 지나지 않는다.

5. 맺음말

지금까지의 율격론사에 드러난 논의를 바탕으로 우리는 다음과 같은 일본 시의 율격적 특징을 얻어낼 수 있을 것 같다.

첫째, 율격 형성에서 음절이 가장 중요한 요소로 작용한다.

둘째, 기조 단위(음절)-기층 단위(박절)-기본 단위(구)가 체계적으로 존재한다.

셋째, 기층 단위는 철저한 등시성을 지니지만 <음보>로 설명될 수는 없다. 일본 시에서 <음보>의 개념은 배제되어야 한다. 이 경우는 한국 시에서와 마찬가지다. 일본 시 기층 단위의 성격을 가장 잘 대변해 주는 용어는 <음보>가 아니라 박절이다.

넷째, 율격 형성에는 음절, 휴음과 휴헐이 작용하고 있으며 휴음은 매우 중요한 역할을 한다. 이 말은 거꾸로 말해 음절수의 중요성을

56) 土居光知, 『文学序説』(岩波書店, 1949), 改版に際して, 6면.

말해 준다고 할 수 있다. 휴음의 수에 따라 율격적 성질이 달라지는데, 이는 곧 음절의 수에 따라 구의 율격 유형이 결정되며 그 성질이 달라지기 때문이다. 일본 시의 율격이 음수율로 설명되어야 할 이유는 바로 여기에 있다. "일본 시의 실작과 이론에 있어서 진실로 필수불가결한 것은 '음수율'뿐[57]"이라는 松浦友久의 말도 이러한 의미에서이다.

다섯째, 음절의 중요성과 더불어 7과 5라는 고정된 자수의 존재이다. 일본 시의 <음보>론에 너무 집착 내지 오해한 나머지, 7·5조니 5·7조니 하는 음수율이 허상이 아닐까, 하는 생각은 잘못된 것이다.

57) 松浦友久, 『日本詩歌のリズム構造』《月刊 言語》(大修館書店, 1996年 12月号), 117면.

韓·日 詩 律格論 展開의 異同

1. 들어가는 말

한·일 시 율격론의 사적 전개를 살펴보면서 그간 한·일 시의 율격 비교론이 막연한 이해에 머물렀음을 볼 수 있었다. 하지만 한·일의 율격론이 어떻게 전개되어 왔는가를 살펴보면 그동안의 율격에 대한 고민스러운 부분들을 여러 각도에서 해결하려는 노력을 엿볼 수 있기 때문에 얻어낼 수 있는 결과물은 상당히 크다고 생각된다. 비록 처음에는 다른 나라 시의 율격론에 힘입어 전개되었다 하더라도 여러 시행착오를 거치는 동안 한·일 시 율격론은 자국시의 율격적 본질을 드러내는 방향으로 전개됨을 볼 수 있었다. 비록 한·일 시 율격론이 율격적 본질을 다 드러내주는 완벽한 이론에 도달했다고는 할 수 없으나, 적어도 자국시의 율격적 성질에 가장 접근하는 율격 유형을 드러내는 데는 성공했다고도 볼 수 있다.

한·일 시 율격론 전개를 더듬어 보면서 놀라운 사실은 둘 다 음수율론의 시도 → <음보율>론의 도입 → 음수율론의 재귀라는 흐름이 인정된다는 것이다. 한·일 시 율격론사에 보이는 이러한 공통된 사적 전개는 한 나라가 한 나라의 율격론을 좇아 형성된 흐름이 결코 아니다. 한국 시의 경우 개명기 이후의 율격론이 비록 일본의 음수율론의 영향을 입기도 했고 <음보율>론의 도입에 있어서도 서양시 율격론과 일본 시 율격론의 영향이 없었던 것은 아니지만 이러한 흐름은 한국 시에 대한 자각을 바탕으로 한 발전적 전개라 할 수 있다. 일본 시의 경우도 처음에는 영시의 영향을 지대하게 입었지만 그 후로는 일본 시에 대한 자각을 바탕으로 자국시에 맞는 율격론의 정립에 노력한 바 위와 같은 율격론의 흐름을 볼 수 있게 된 것이다.

2. 율격론사

1) 시도기 음수율론

한국 시의 경우, 개명기 이후의 음수율론은 5음, 7음 등의 고정된 음절수로 구성되어 있는 일본 시에 영향을 받아 한국 시에서도 고정된 음절수를 찾으려는 노력을 보였는데 당시 일인 학자들의 한국 시 연구도 이러한 경향이었다. 그러나 일본 시와는 달리 율격 단위에서 고정된 음절수를 찾을 수 없음에도 불구하고 고정된 음절수로 율격을 파악하려 하여 율격 파악의 난조 현상을 빚을 수밖에 없었다. 한편, 明治시대의 일본 시 율격론은 영시의 foot, <각>에 해당하는 율격 단위를 찾으려는 데서 시작되었지만 사실상 의미율에 의한 분절에 머물러 <음보율>론이 아니라 음수율론의 시도라 볼 수 있다. 한 구를 의미상의 분절에 의해 2・3조니 3・4조니 했지만 여기에서 어떤 율격적 의의를 발견하지 못하고 한국의 시도기 음수율론과 같이 율격 파악의 난조 현상을 빚고 말았다. 양국의 시도기 음수율론은 각기 출발은 달랐지만 운율, 율격에 대한 기초적인 이해에서 출발해, 음절수로써 율격을 가늠하려 했다는 점과 율격 단위를 분절함에 있어 율격적인 근거를 제시하지 못하고 율격 파악의 난조 현상을 빚은 점은 동일하다. 일본 시의 경우, 율격의 등시성에 대한 인식이 부족했던 점과 의미에 지나치게 치중한 점이 시도기 율격론의 단점이 될 것이며 한국 시의 경우 고정된 자수율을 보이지 않음에도 불구하고 고정된 자수율을 찾으려 했던 점이 큰 잘못이라 할 수 있을 것이다.

2) 〈음보율〉론의 도입

일본 시의 경우 <음보율>론은 土居光知에 의해 시작된다고 할 수 있는데, 등시성의 개념이 확고해지면서 한 구를 네 등분으로 나누어 2음을 1<음보>로 보게 되었다. 土居光知는 <음보>의 도입과 더불어 일본 시를 강약율로 파악했고 이는 많은 학자들에 의해 부정되지만 아직까지도 川本皓嗣는 일본 시를 강약율의 시로 보고 있다. 相良守次는 강약을 측정하는 기계를 도입해 엄청난 통계 자료를 바탕으로 강약율을 입증하려 하고 있으나 강약을 변별적 자질로 갖지 않는 일본어에서 일본 시가 강약율의 시라고 하기는 무리이다. 이 점에 있어서는 고저율, 장단율도 마찬가지다. 한국 시 율격론에서의 <음보율>의 등장은 정병욱에 의해서이다. 음수율론에 대한 반박은 <음보율>론으로 이어져, 한국 시를 강약율, 장단율, 고저율 중 어느 하나로 규정해 보려 했으나 결과는 만족스럽지 못했다. 서양시의 foot에 해당되는 음보는 본디 운소 자질의 충형 대립에 의해 성립되는 율격 단위이다. 음수율론이 부정된 후, <음보율>론으로 대체된 한・일 양국 시의 율격론이 지니는 근본적인 문제는 양국 시 어느 쪽에서도 운소 자질의 충형 대립을 볼 수 없다는 것이다. 이러한 단점을 극복하고자 한국 시 율격론에서는 강약, 고저, 장단 등의 운소 자질은 제외한 채 단지 등시성만을 율격 형성의 자질로 인정하려 하는 쪽으로 돌아섰다. 일본 시의 경우 역시 운소 자질에 대한 논의보다 단지 구를 구성하는 율격 단위가 지니는 등시성에만 초점을 맞추어 이를 <음보>라 했다. 그러나 운소 자질의 충형 대립을 인정하지 않는 율격 단위는 더 이상

<음보>일 수 없으며 이러한 시의 율격은 더 이상 <음보율>일 수 없다. 결국 <음보율>론을 통해 율격에 대한 개념이 더 확고해지고 율격론이 발전한 것은 인정이 되나 <음보율>로써는 양국 시의 율격을 설명해 낼 수 없었다고 볼 수 있다.

(3) 음수율론의 재귀

<음보율>론을 통해 다시 얻은 중요한 획득물은 율격에 대한 개념이 확고해진 것과 함께, 율격 형성에 가장 중요한 요소로 작용하는 것은 무엇인가 하는 문제이다. <음보율>론을 통해 우리가 알 수 있었던 사실은 바로 양국 시 모두 율격 형성에 가장 중요한 요소로 작용하는 것은 운소 자질이 아닌 바로 음절이라는 사실이다. 이러한 사실로 인해 양국 시 율격론은 다시 음수율론으로 돌아가지 않을 수 없었으며 이는 마땅한 결과로 생각된다. 시도기의 음수율론이 양국 시 율격에 근본적으로 맞지 않는 게 아니라 율격에 대한 이해가 부족했고 방법상의 잘못이 있었다는 사실이 인지되었다고도 할 수 있을 것이다. 음수율론의 재귀와 더불어 인식해야 할 가장 중요한 사실은 율격의 다층성이다. 한국 시의 율격 형성에 가장 중요하게 작용하는 음절은 바로 구를 형성하는 요소가 아니며, 음절은 시어를 형성하고 시어는 율어를 형성해 내며 율어는 다시 구를 형성해 내게 된다. 그리고 한국 시에서 다양하게 보이는 음절수는 음절의 중요성을 반감시키는 것이 아니라 오히려 한국 시의 율격미적 특징을 드러내는 것으로 볼 수 있으며, 이는 "한도내적 유동 자수율"로 충분히 설명될 수 있는 것이다. 일본 시의 경우 역시 음절은 율격을 형성하는 가장 중요한 요소이며 음절은 박절을 형성하고 박절은 구를 형성해 내게 된다. 박절이 철저한 등시성을 지닌 것이라고는 하나 이는 <음보>가 아니며

일본 시는 <음보율>이 아닌 음수율의 시가 된다. 이것이 바로 박절적 음수율론이다. 이렇듯 율격론사를 더듬어 보더라도 양국 시 율격은 결론적으로 음수율론으로 이어질 수밖에 없음을 볼 수 있었다. 물론 같은 음수율론이라 하더라도 거기에는 차이점도 많이 존재함은 당연한 사실이다.

3. 양국 시 율격의 공통점

지금까지의 율격론의 사적 전개를 통해 얻을 수 있는 양국 시 율격의 공통점을 정리해 보면 다음과 같다.

첫째, 음절이 중요한 위상을 차지하고 있다는 점을 들 수 있다. 양국 시 율격론사를 더듬어 볼 때 아무리 <음보>라는 개념을 들여와도 음절이 무시될 수 없었던 것도 다 이러한 음절의 중요성 때문이다. 그러므로 음절율을 도외시하고는 양국 시의 율격론은 성립될 수 없으며, 동시에 음절수는 율격론에서 매우 중요하게 다뤄져야 한다. 이러한 점에서 양국 시의 율격을 음수율이라 규정지을 수 있다.

둘째, 음절 외에 휴음이 율격 형성에 중요한 역할을 한다. 휴음은 리듬성을 살리는 요소로 그 유무, 수, 위치에 따라 율격미를 달리하게 한다. 휴음이 율격 형성에 관여하는 내적 구성 요소라고 한다면 각 율격 단위를 분절해 주는 표지, 즉 경계 표지는 휴헐로 설명될 수 있다.

셋째, 기조 단위-기층 단위-기본 단위의 존재이다. 기본 단위는 구이며, 기층 단위는 율어, 박절이고 기조 단위는 음절이다. 기층 단위는 <음보>로 대표될 수는 없다. 양국 시의 기층 단위는 운소 자질의 층형 대립에 의해 이루어지는 <음보>와는 성격을 달리하는 것이므로 <음보>는 양국 시 율격론에서 배제되어야 한다.

넷째, 강약, 고저, 장단, 등의 운소 자질은 율격 형성의 주요 요소가 될 수 없다. 일본에서는 강약율을, 한국에서는 고저율을, 실험을 통한 자료로 입증하려 했으나 이는 율격 형성의 요소가 아닌 율독의 한 현상으로밖에 볼 수가 없으며 더구나 강약이나 고저가 그 언어의 변별적 자질이 아니라는 사실도 문제가 된다. 장단은 한국어의 변별적 자질로 인정될 수도 있으나 한국 시에서 장단의 대립이 보이는 것은 아니었다. 일본 시는 1음 1음이 철저한 등시성을 지니므로 장단의 대립은 찾아볼 수가 없다.

4. 양국 시 율격의 차이점

차이점을 언급해 보면 다음과 같다.

첫째, 음절이 율격 형성에 가장 중요한 요소로 작용하고 음절과 함께 휴음이 기층 단위를 형성함은 동일하나 양국 시의 음절은 그 성질이 완전히 같을 수가 없다. 우선 일본 시의 음절은 철저한 등시성을 지님에 비해 한국 시는 그렇지 못하며 음절이 형성되는 구조도 다르다. 그리고 휴음 역시 일본 시의 휴음은 대등성을 유지하는 기능보다 율격미를 강조하는 기능이 크지만 한국 시의 휴음은 율격미에 관여하기 보다 대등성을 유지하는 기능이 크다.

둘째, 한국 시에서는 시어가 기저 단위로 인정됨에 비해 일본 시에서는 그렇지 않다. 그러나 이는 정도의 차이에 불과하므로 일본 시의 시어가 기저 단위로 인정될 수 없다고 보는 것은 아니다. 한국 시의 경우 역시 시어가 율격 형성에 직접적으로 참여하는 것은 아니며 이 점에 있어서 일본 시의 시어도 마찬가지다. 그러나 일본 시의 율격 형성에서 시어는 한국 시의 경우보다 훨씬 무시되는 경우가 보임은 사실이다.

셋째, 기층 단위의 성질상 일본 시는 등시성을 지니는 반면 한국 시는 그렇지 않다. 이는 일본어의 1음 1음이 완전한 등시성을 지니는 데 반해 한국어의 성질은 그렇지 않다는데 기인한다. 그러나 율격의 등시성이란 정확한 시간적 개념이 아니라 심리적 기초로서 등가적인 것으로 느낄 만한 범주를 의미하므로 실제 율격적 논의에서 크게 차이를 내는 것은 아니다.

넷째, 일본 시는 구를 이루는 자수가 고정(7과 5)되어 있지만 한국 시는 고정되어 있지 않다. 단 양국 시 모두 기층 단위를 이루는 음절수는 유동적이다. 그러나 기층 단위가 모여 이루어 내는 구를 기준으로 보았을 때 총 음절수에 있어 일본 시의 음절수는 고정적이며 한국 시의 음절수는 유동적으로 나타나는 가운데 상・하한상의 한도가 있다.

5. 맺음말

이렇게 간단히 공통점과 차이점을 언급해 보았지만 이 속에는 수없이 많은 논의가 잠재되어 있다. 여기서 한・일 시 비교 율격론은 새로운 출발점을 확인할 수 있다. 한・일 시의 율격이 음수율이라는 사실은 양국 시 율격 비교에 있어서 객관적 기반을 확립시켜 준다. 그리고 한국 시든 일본 시든 율격은 계층성을 지니므로 각 계층적 율격 단위의 비교가 가능하며 이는 바로 율격 체계의 비교를 의미하기도 한다. 각 율격 단위의 비교에서 한・일 시 율격의 공통점과 차이점이 보다 구체적으로 드러날 것으로 생각한다.

Ⅱ

韓·日 詩의 律格

앞 장에서 율격론의 사적 전개를 살펴보면서 한·일 시의 율격이 모두 음수율임을 강조해 왔다. 율격을 형성하는 중요 요소가 음절이며, 음절의 수가 율격형을 결정하고 율격미를 형성해 내는 데 지배적인 역할을 한다. 그러나 아무리 음수율의 시라 하더라도 음절만으로 율격의 실상을 설명해 낼 수는 없다. 율격의 형성에는 음절뿐만이 아니라 그 외의 요소가 함께 관여하고 있음을 고려해야 한다. 그리고 무엇보다 중요한 것은 율격의 실상이 바로 율격의 계층성을 바탕으로 하여 파악되지 않으면 안 된다는 사실이다.

앞에서도 언급한 바와 같이 한국 시의 율격은 기조 단위부터, 기저 단위, 기층 단위, 기본 단위가 층을 이루어 형성되어 있다. 각 계층 단위가 큰 체계 속에서 층위별로 파악되지 않는 이상, 율격의 실상이 드러나기 힘든 것은 지극히 당연하면서도 매우 중요한 사실이다. 율격의 계층성은 다음과 같은 구도로 설명될 수 있다.

기본 단위 · · · · · · · · · · 구
기층 단위 · · · · · · · · · · 율어(척사)
기저 단위 · · · · · · · · · · 시어(단어)
기조 단위 · · · · · · · · · · 율음(음절)[1)]

한편 일본 시의 율격 역시 계층성을 띠고 있음은 한국 시의 경우와 동일하다. 단 차이가 있다면 기저 단위로서의 시어인데, 일본 시 율격론에서는 이 시어가 율격 단위로 인정되고 있지 않다.

---

1) 율격을 계층적인 구조로 보고 각 율격 단위를 인식하는 데는 홍재휴, 『韓國古詩律格硏究』(태학사, 1983)의 도움을 입는 바 크다. 한·일 시 율격 단위의 비교에 있어서 한국 시의 계층적 율격 단위는 홍재휴의 앞의 책에서 제시된 율격 단위의 모형을 그대로 취하고자 한다.

기본 단위 · · · · · · · · · · 구
기층 단위 · · · · · · · · · · 박절
기조 단위 · · · · · · · · · · 음절[2)]

위에서 보다시피 한·일 시 율격 단위의 차이는 기저 단위의 성립 유무이다. 한국 시에서도 시어는 율격을 형성하는 데 직접적으로 관여하지는 않는다. 하지만 간접적인 율격 단위로서의 구실이 인정되므로 시어를 기저 단위로 보는 것은 타당하다 할 것이다. 한편 일본 시에서 시어는 율격 단위로서의 성립이 거부되고 있음을 볼 수 있는데 이는 일본 시 율격에서는 의미의 결속력이 지극히 미약하기 때문이라고 볼 수 있다. 하지만 일본 시에서의 시어가 율격 형성에 전혀 관여하지 않는 것은 아니다. 다만 일본 시의 시어도 한국 시의 경우와 같이 간접적으로 관여하고 있지만 그 정도가 한국 시보다 훨씬 적다고 볼 수 있다. 그러므로 이러한 정도의 차이를 두고 율격 단위로서 인정을 하지 않아야 하는지에 대해서는 재고의 여지가 있다 할 것이다.

기저 단위의 성립 유무에 차이가 있다고는 하나 계층적 율격 단위의 비교의 틀은 기조 단위, 기저 단위, 기층 단위, 기본 단위를 모두 살핌이 마땅하리라 생각한다. 한국 시와 일본 시의 기조, 기층, 기본 단위를 살핌은 물론 기저 단위까지 살핌으로 인해 이것이 어떠한 차이로 인해 한국 시에서는 중요시될 수 있으며 일본 시에서는 중요시되고 있지 않은가에 대해서도 아울러 살필 수 있기 때문이다.

음수율 시로서 한·일 시의 기조 단위를 이루는 것은 율음(음절)이다. 음절이 바탕이 되지 않는 시는 없겠지만 음수율의 시에서 음절의

---

2) 일본 시의 경우도 시어를 기저 단위로 인정하는 편이 그 율격상의 특질을 더 잘 밝힐 수 있으리라 생각하지만 본고에서는 일본 시의 계층적 율격 단위에 있어서는 松浦友久, 『リズムの 美学』(明治書院, 1991)에서 제시된 율격 단위 모형을 그대로 취하고자 한다.

중요성은 두말할 나위 없다.

기저 단위로서의 시어(단어)는 율격을 형성하는 데 직접적으로 크게 작용하지는 않는다. 특히 율격에 있어서 의미상의 결속력, 다시 말해 단어의 결속력이 크게 요구되지 않는 일본 시는 이러한 기저 단위의 설정을 부정하게 된다. 그러나 그렇다고 하여 일본 시에서 의미상의 간섭, 결속력이 전혀 없다고는 할 수 없다. 율격 형성에 있어 간접적으로 관여하고 있다는 점에서 일본 시와 한국 시의 시어가 지니는 율격 구성상의 위상은 동일하며 다만 그 정도에 있어서 차이를 드러낼 뿐이다.

휴헐에 의해 나눠지는 율어, 박절은 바로 기층 단위가 된다. 이 기층 단위는 일본 시에 있어서는 등시성과 반복성을 지니지만 한국 시에서는 대등성과 반복성을 지니게 되는 근소한 차이를 갖게 된다. 양국 시의 율격론에서 기층 단위는 매우 중요한 위상을 차지한다. 기층단위는 음절율에서 한도내적 유동성을 가지는데 이러한 현상은 양국시가 일치된다.

마지막으로 기층 단위가 모여 형성해 내는 구는 바로 시의 형태를 이루는 기본 단위가 되며 율격 파악의 기준이 된다. 구의 율격적 성질은 율어(박절)의 성격과 밀접한 관련이 있으며 율어(박절)가 모여 이루어내는 구의 율격적 성질은 바로 시의 율격적 성질을 말해 준다. 그러나 이러한 구가 율격 형성의 기본 단위이며 율격 파악의 기준이 된다고 해서 한 구만을 가지고 그 시의 율격적 성질을 전부 가늠할 수는 없다. 구는 마땅히 반복의 기준이 되지만 한국 시에서는 이것이 항상 똑같은 길이로 반복되지 않을 수도 있기 때문이다. 이는 일본 시의 경우에 있어서도 같은 현상이라 할 수 있다.

基調 單位

1. 기조 단위의 특질

음절은 시 형태를 이루는 기조로서의 최하위 단위이다. 음절을 문법적 용어라 한다면 율격적 용어로서의 기조 단위는 율음, 내지 율자가 더 정확한 용어가 될 것이다. 왜냐하면 율격의 최하위 단위로서의 기조 단위의 성질상, 그것은 단순한 음소의 결합이나 음소 자체가 아니라 율성-율독상 율성-을 지녔다는 점 때문이다.[1] 그러므로 여기서의 음절이라 함은 곧 문법적인 음절을 의미함이 아니라 율격적인 음절 곧 율음, 율자를 의미한다고 보아야 한다. 이러한 사실은 시의 율격을 하향적으로 분석해 보면 금방 알 수 있다. 하향적으로 분석해 보면 이미 구체적으로 부착된 음질과 단어가 계층적으로 분화되면서 원래 보유하였던 시적 율성을 유지하고 있다는 것이다. 그리하여 율음(율자, 음절)은 음의 장단과 강약, 고저 등의 음색(질)이 부착되어 있는 것으로 간주되기 때문에 어의적 요소가 개재된 상태라고 볼 수 있는 것이다.[2]

한국 시든 일본 시든 율격을 논함에 있어 음절을 제외하고 논함은 불가능하다. 시도기 음수율론의 무원칙한 운용 방법의 결함에 대하여 음절은 율격론에서 도외시되기도 했으나, 음절을 제외하고 율격을 논

1) 홍재휴, 앞의 책, 51-52면.
2) 홍재휴, 앞의 책, 52면.

한다는 것은 일반 율격론으로 보나 개별 율격론으로 보나 타당하지 않은 일이다. 음절은 시 형성에 있어 직접 재료가 된다. 음절이 없이는 시가 형성될 수 없으므로 음절은 모든 시의 일차적인 재료가 된다고 할 수 있다. 그러나 문제는 음절의 관여도, 즉 중요도에 달려있다. 순수하게 음절로만 이루어져 음절수가 율격 형성에 지배적인 역할을 하는 시가 있는 반면 음절에 다른 요소가 관여하여 이루어지는 시도 있다. 음절 외에 다른 요소가 율격 형성에 관여한다고 인정되는 시 중에서도 음절이 중요한 역할을 하는 시가 있는 반면, 음절 외의 다른 요소가 율격 형성에 보다 중요한 작용을 하는 시도 있다.

> 음절은 사실상 거의 모든 언어를 막론하고 율격의 기저 자질로 설정되고 있으며 또 그렇게 인식되어 왔다. 율격의 재료는 음절이며 음절 없이는 어떠한 율격도 존립할 수 없다는 고대 그리이스 시대 롱기누스 Longinus의 지적 이래 지금에 이르기까지 율격에 있어서 음절의 중요성은 음절율syllabic meter만이 아니라 모든 복합율격 체계에서도 충분히 인식되고 있는 것이다.[3)]

음절이 어떠한 언어를 막론하고 기조 단위로 인정될 수 있음에도 불구하고 이른바 <음보율>론에서는 음절의 중요성이 무시되어 왔다. 그들은 음절의 수에는 관계없이 <음보>의 등장성이 율격적 특질을 해명해 낼 수 있는 길이라고 믿었기 때문이다. 한국의 경우 음절의 중요성을 무시하는 경향은 시도기 자수율론의 운용 방법상의 결함에 대한 반발로 더욱 확산, 심화되었다고 볼 수 있다. 시도기 자수율론에서는 자수를 헤아려 <기본> 또는 <표준> 음수율이라는 것을 설정하고 고정된 음절의 율격적 정형을 찾으려고 노력했지만 결과는 수고에 비해 너무 보잘 것이 없었다. 한국 시는 고정된 음절수로는 설명될

---

3) 성기옥, 『한국 시가 율격의 이론』(새문사, 1986), 86면.

수 없었기 때문에 이러한 노력은 헛수고로 돌아갈 수밖에 없었다. 그러나 음절수에 의한 율격론을 극복할 것처럼 보이는 <음보율>론에서도 음절율에 대한 논의는 끊이지 않았다. 이는 바로 음절의 위상을 애써 부정하려 했지만 결국 음절의 중요성을 인정하는 반증이라 하지 않을 수 없다.

조동일은 자수율론에서 <음보>론으로의 전환을 꾀하면서도 자신의 논의 안에서는 <음보>를 이루는 자수, 기준 음절수에 대한 논의를 중요하게 인식했다.[4] 이러한 경향은 김대행의 논의에서도 보인다. 율독상의 율적 변화에서 우리가 확인할 수 있는 것으로 네 가지를 들고 있는데 마지막의 논의에 주목해 보자.

> 넷째, 율적 요소에 의한 변화는 그 음보의 음절수에 크게 관계된다는 점을 들 수 있을 것이다.[5]

결국 <음보>의 음절수가 율격적 성질을 좌우하는 데 크게 관계한다는 말은 음절수가 율격상 중요한 역할을 담당하고 있다는 사실, 즉 율격 형성에 직접적으로 관여하고 있다는 사실을 의미한다. 이에 성기옥도 다음과 같이 한국 시에 드러나는 음절의 중요성을 말하고 있다.

> 음절의 율격적 위치를 무시하는 여러 선행 이론과는 달리 필자(성기옥)에게는 오히려 우리 시가의 작품 자료가 보여주는 율격적 규칙성이 음절의 규칙적 성향과 상당히 깊은 관련성을 드러내고 있는 것으로 파악된다. 18세기 전후부터 문자로 정착된 우리의 전통 시가-주로 가사, 시조 등-나 19세기 이후부터 채록되기 시작한 여러 민요들과 전통 율격을 계승한 현대시에서 볼 때, 기층 단위의 율격적 특성을 직관해 낼 수 있는 주된 단서가 음절임을 우리는 부인할 수 없을 것이다.[6]

---

4) 조동일, 『한국 민요의 전통과 시가율격』(지식산업사, 1996), 225면.
5) 김대행, 『한국 시가구조연구』(삼영사, 1976), 36면.

시도기 자수율론이 부딪혔던 한계는 주지하다시피 율격론의 正論을 설정하지 아니한 상태에서 섣불리 내세운 음절율의 율격적 불규칙성이다. 불규칙적으로 나타나는 음절수에 고정된 기준 자수율을 적용시키려 한 것이 잘못이었다. 그러나 뒤집어 생각해 보면 성기옥의 말대로 한국 시에 음절의 규칙적인 성향이 아예 없었더라면 이러한 자수율은 애초부터 적용되지 않았을 것이다. 또한 한국 시에는 불규칙적인 듯한 음절율 가운데서 음절의 규칙성을 발견할 수 있다. 음절이 율격 형성에 중요한 요소로 관여하면서도, 음절율에서 불규칙성을 나타내는 듯한 것은 그 가운데서 어떤 원리가 작용하고 있기 때문인데 이것은 한국 시의 율격적 특색이라 할 수 있을 것이다. 바로 이 점이 밝혀져야 할 것이지 외면적 음절의 불규칙성으로 인해 음절의 중요성마저 외면당해서는 안 된다. 한국 시에 나타나는 음절의 불규칙성은 오히려 다양한 변화의 가능성을 지닌 한국 시의 율격적 장점으로 파악될 수 있다.

일본 시의 경우는 한국 시의 경우와는 좀 사정이 다르다. 시도기 음수율론에서는 물론이고, 그것을 부정한 土居光知의 <음보>론이 나온 후에도, 음절, 음절수의 중요성에 대해서는 의심의 여지가 없었다. 사실 <음보>라는 용어를 계속 쓰면서도, 어느 모로 보나 일본 시는 음절적인 요소, 음수율적인 요소가 강하고 고정적이었기 때문에, 그들의 논의 속에는 항상 음절수에 따른 율격성이 관심의 초점이 되어 왔다. 2음이 모여 1<음보>(박)를 이룸과 상관없이, 음절수에 따른 시연의 구조, 한 구를 형성하는 5음과 7음의 음절수, 박절을 이루는 음절수는 土居光知의 <음보>론은 물론 그 이후에서도 매우 중요하게 다뤄진다. 대표적인 <음보>론자인 土居光知와 川本皓嗣의 논의

6) 성기옥, 앞의 책, 86-87면.

를 보면,

♫ ♫ ♩ ♫ ♫ ♫ ♩ 𝄽 2212, 2210
みづ しづ か なる えど がは の
♫ ♫ ♫ ♩ ♫ ♩ ♫ 𝄽 2221, 2120
なが れの きし に うま れ いで [7]

여기서 2・2・1・2, 2・2・1・0 등의 음절수 표시는 2음씩이 1<음보>를 이룬다는 것을 보여줌과 동시에, 1음만으로 이루어지는 <음보>, 즉 '제3음'[8]의 위치와 역할을 함께 보여 준다고 할 수 있다. '제3음'이 존재하고 이것이 중요한 의미를 지닌다는 것은 바로 음절과 음절수의 중요성을 의미함에 다름 아니다. 또 7・5조와 5・7조를 언급한 외에, 8・7조, 7・6조, 7・5조를 언급한 항에서는 이렇게 음절수가 달라지는 이유와 그에 따른 율격성이 함께 논의되어 있다. 이런 점으로 보아 土居光知 역시 음절의 중요성을 늘 인식하고 있었다는 것을 알 수 있다.

> 예를 들어 「三四」 또는 「二三」이라는 구분절을 지닌 7자구나 5자구는 각각의 리듬 형태를 통해, 독특한 인상을 만들어낸다. 그러나 그러한 구조의 개성에 관해서 구체적으로 상세히 언급하기는 어렵고 독단에 빠지기 쉬워 상당히 위험하다. -중략- 그러나 개개의 시구에 어떤 운율을 쓸 것인가. 또 어떤 것과 결합시킬 것인가. 그 선택이나 배합이 작품의 성패를 결정하는 것은 사실이다. 특히 「조화」를 중시하는 和歌의 경우는 두말할 필요도 없다.
>
> 완전하지 못한 1음과 휴지가 구말에 오는 「四三」이나 「四一」과, 구중에 오는 「三四」나 「三二」의 인상의 차이에 관해 泡鳴, 土居 相良의 의

7) 土居光知, 『文学序説』(岩波書店, 1977), 155-156면.
8) 土居光知, 앞의 책.

> 견은 거의 일치하고 있다. -중략-
> 또 시대별로 볼 때 『萬葉集』의 短歌 下句(七七)에는 「흐름」과 같은 연속적인 「四三, 四三」이 많다. 『古今集』下句에는 조용하며 차분한 「四三, 三四」가 훨씬 많으며, 또 『新古今集』에는 「감상적이며 불안정한 情調」를 지닌 「五二[9)]」가 훨씬 눈에 띈다.[10)]

2음1<음보>를 주장하면서도 이와는 별도로 4·3조, 4·1조, 3·4조의 음수율을 논하고 있음을 알 수 있다. 川本皓嗣 등은 이러한 음수율에 따른 패턴을 기계적인 운율 패턴과는 별도로 파악하고 있다. 그리고 여기서 이들이 주장하는 4·3이나 4·1, 4·3은 상당 부분 의미에 의한 간섭이 작용하는 의미 율격이라 할 수 있다. 물론 이것이 음절수가 엄밀하고 고정적인 율격형을 만들어 내는 것은 아니지만 넓은 안목에서 본다면 4·3조, 4·1조, 3·4조 등도 각기의 율격형이라 할 수도 있다.

기조 단위가 음절이라고 해서 단순히 음절만으로 기조 단위가 다 설명되는 것은 아니다. 기조 단위는 음절이지만 음절 외에도 음절에 상당하는 다른 율격 요소가 있기 때문이다. 律字(음절)를 기조 단위로 본 홍재휴는 음절을 고려하지 않는 <음보율>론의 잘못과 시도기 자수율론의 잘못을 지적하면서 한국어와 서구어의 차이, 한·일 시 자수율의 차이를 다음과 같이 밝힌 바 있다.

> 固有詩의 律格은 律字를 基調로 하고 있으므로 律格론은 律字에서

9) 일본 시에서 '五二', '5·2조'라는 것은 휴음의 위치가 제6음 자리에 오는 구 <○○○○○×○○>를 말한다. '5·2조'란 의미상의 1차적인 구 분절의 경우를 이름이며 '5·2조'라고 하여 박절을 이루는 음절수의 상한을 4음을 넘어선 5음으로 보는 것은 아니다. 이는 '2음1박'에서 보면 <2·2·1·2조>가 되며 '4음1박'에서 보면 <4·3조>가 된다.

10) 川本皓嗣, 『日本詩歌の伝統』(岩波書店, 1991), 297-299면. (拙訳)

> 비롯되어야 한다. 字數律論을 적용하려는 까닭도 여기에 있으며 따라서 <音步>律論을 배제하려는 까닭도 여기에 있다. <音步>律論이 <音步>를 구성하는 율자를 고려하지 않는 것은 마치 西歐詩의 <foot> 單位에서 構成字母音을 크게 고려하지 않는 것과 같으나 이것은 國語와 西歐語의 造語的 特質의 差異를 고려하지 않는 데서 온 결과라 할 수 있다.[11)]

<음보율>과는 달리 한국 시에서는 한국어의 특질상 음절이 고려되지 않을 수 없다는 것이다.

여기에 또 하나의 중요한 사실을 들자면 휴음이란 존재다. 휴음이란 실제 겉으로 드러나는 음은 아니지만 음의 자격을 지니는 것으로, 실제 겉으로 드러나는 음, 즉 실음에 대한 휴음을 의미한다. 율격 기조 단위로서의 음절을 가만히 보면 겉으로 드러나는 음절만이 아니라, 거기에는 숨어 있는 음절, 겉으로는 드러나지 않지만 그 기능을 충분히 감당해 내는 휴음이 존재해 있다는 사실을 알 수 있다. 겉으로 드러나는 음절을 실음이라 한다면 실제의 음은 없지만 그와 같은 구실을 하는 그러한 기능을 담당해 내는 음은 휴음이라 할 수 있다. 시의 율격을 살아있는 리듬이라 볼 때 휴음은 실음 못지 않게 중요한 구실을 하며 시의 율격을 형성해 나간다.

꿈아 — 　 둔겨온다 　 님의 방의 　 둔겨온냐
어엿분— 　 우리님이 　 안자더냐 　 누어더냐 (시조, 미상)

금년이— 　 이상하야 　 동천의— 　 무설하니
성명하신 　 우리주상 　 근심이— 　 과도하샤 (가사, 喜雪歌)

山川に風のかけたるしがらみは流れもあへぬ紅葉なりけり
(和歌, 春道列樹)

11) 홍재휴, 앞의 책, 13면.

やまがわ　に———
かぜの—　かけたる
しがらみ　は———
ながれも　あへぬ—
もみぢ—　なりけり

여기에서 각 기층 단위를 대등적인 것으로 만들어 주고 있는 것이 휴음이다. 비록 음절수는 다르게 구성되어 있지만, 각 율어, 박절 단위가 대등적인 것으로 인식되는 것은 빈 공간을 채워주는 휴음의 역할 때문이다. 그러므로 휴음은 단순히 없는 게 아니라 실제 소리만 없을 뿐 하나의 음 구실을 톡톡히 해낸다고 할 수 있다. 특히 일본 시에서는 1음 1음이 등시성을 지니므로 이러한 휴음도 음절로서 인식할 때 그 등시성이 인정되므로 헤아리기가 매우 쉽다. 그렇다고 해서 휴음이라는 용어가 일본 시에만 적용되는 것은 아니다. 한국 시는 비록 음절 하나하나가 일본 시와 같이 철저한 등시성을 지니지는 않지만 대등성이라는 측면에서 이 용어는 그대로 적용될 수 있다. 휴음에 해당하는 용어로 <정음>[12]이 있지만 이 부분에서 율격의 흐름 자체가 멎는 것은 아니기 때문에 <정음>-소리의 멈춤-이라는 용어는 적절하지가 않다. 이 점은 <휴지>도 마찬가지다.

그러면 휴음은 장음과는 어떤 관계에 있는 것인가. 장음 내지는 장음화 현상은 음절 자체가 지니고 있는 율성으로서의 장음과 율격 단위 말에 나타나는 즉 단위를 이루는 끝 음절의 장음화 현상으로 나누어 볼 수 있다. 음절 자체가 지닌 장음의 율성에 대해서는 시어의 율성에서 자세히 다루기로 하고 여기서는 흔히 다루어 지는 율격 단위의 말미에 일어나는 장음화 현상에 대해 알아보기로 하자. 한국 시든 일

12) 성기옥, 앞의 책, 95-99면.

본 시든 기층 단위를 이루는 끝 음절이 장음화되는 현상은 율격 형성 요소로서의 장음이라기보다 휴음의 한 변이 현상으로 봄이 타당하다.

> 音律外時間이라는 것은 낭송자가 문제의 일음을 현실적으로 어느 정도의 길이로 발음하고 또 그 뒤에 어느 정도 쉴 것인가 그 점이 불확정적인 사실을 가리키는 것이다. 그러나 실제로 여기서 확실하지 않은 것은 독자가 한 자 뒤에서 현실적으로 어느 정도 음을 늘리고 나머지를 침묵할까 그 경계위치 뿐이다. 그리고 그 경계가 어디서 오든 연음과 침묵을 합쳐 일자분이 놓인 것과 다르지 않다. 바꿔 말하면 그 부분 전체를 단순히 자음의 결여 또는 가장 단순하게 휴지로 보면 간단하다.13)

> 和歌를 和歌답게 읽을 때는 그냥 책읽기의 경우와는 어떤 차이가 있는가. 금방 알겠지만 「よのなかは」 뒤에는 긴 「休止」가 놓이게 된다. 단 休止라 했지만 거기에서 금방 발음이 정지되는 것은 아니고 음을 연장시키는 것을 포함한다. 결국 「よのなかは」가 발음된 뒤 끝의 「wa」의 모음 「a」가 연장되고 그 후 잠시, 발음이 정지되는 것이 보통이다. 어쨌든 그러한 字가 읽히지 않는 부분 전체를 휴지라고 부르는 것이다.14)

여기서 말하는 <휴지>는 휴음과 동일한 의미로 쓰인 용어이다. 川本皓嗣는 土居光知의 <음율외시간>을 반박하면서, 그가 율격을 논하면서 음율외라고 인식했기 때문에 <휴지>의 독립성을 간과했다고 했다. 그리고 그 부분은 가장 간단히 <휴지>(휴음)로 볼 수 있다는 것이다. <휴지>(휴음)라는 것은 실제로 율독이 어떻게 되느냐와는 상관없이, 글자, 음절이 없는 부분을 채우는 것으로 이해되고 있다.

> 「휴음」은 "박의 흐름" 그 자체는 있으면서 박중의 일부분에 있어서 "음의 흐름"만이 끊어지는 상태, 즉 「"박"은 있어도 "음"이 없다」는 상태

---

13) 川本皓嗣, 『日本詩歌の伝統』(岩波書店, 1991), 262면.
14) 川本皓嗣, 『文学の方法』(東京大学出版会, 1996), 121면.

이다.[15]

> 운율상의 효과면에서 볼 때 구말에 반박(일자분)의 휴음이 있다는 것은 ①(리듬의 전체적인 흐름은 그대로 둔 채) 음성의 흐름을, 구말의 일자(반박)분만을 끊든지 ②아니면 거꾸로, 일자(반박)분만큼 늘리든지-이러한 두 가지의 표현을 가능하게 한다. 默讀이든, 音讀이든 그것은 읽는 사람에게 달려 있는 두 가지 가능성이다.[16]

松浦友久 역시 휴음이 묵독과 음독을 포함한다고 보았는데 묵독과 음독의 차이는 단지 "읽는 사람에게 달려 있는 두 가지 가능성"으로 표현상에 나타나는 변이 현상이다.

> 「휴음」이 가끔 「연장」으로서 인식, 표현되는 것은 정말로 이 때문(휴음의 효과)이다. 「휴음」(휴지, 리듬적 진공)이 있기 때문에 그 표현의 變相으로서 「연장」이 생기는 것이지 「휴음」이 생기는 것은 아니다.[17]

> 「어느 정도 음을 늘리고 나머지를 침묵할까 그 경계 위치는 불확실하지만 그 경계가 어디서 오든 연음과 침묵을 합쳐 일자분이 놓인 것과 다르지 않으므로」
> 「「よのなかは」가 발음된 뒤 끝의 「wa」의 모음 「a」가 연장되고 그 후 잠시 발음이 정지되는 것이 보통이다.」

리듬적 진공의 표현 양상의 하나로 연장(박절말 음절의 장음화)이 생겨날 수 있다는 것이다. 연장은 휴음의 變相에 불과하므로 음이 없는 부분은 휴음이라는 용어로 대치될 수 있다는 것이다. 이러한 논리는 비록 일본 시에 관한 논의이지만 한국 시의 경우에도 그대로 적용될 수 있으리라 생각한다.

---

15) 松浦友久, 『リズムの美学』(明治書院, 1991), 37면.
16) 松浦友久, 앞의 책, 175면.
17) 松浦友久, 앞의 책, 37면.

한편 휴음과는 별도로 율어(박절)와 율어(박절)의 경계를 지워주는 휴헐[18]의 개념은 분리되어야 한다. 휴헐은 기층 단위를 형성하는 데 관여하는 요소가 아니라 단지 기층 단위와 기층 단위가 분리되는 경계를 지워주는 요소로 규정되는데, 경계 표지로서의 휴헐의 설정은 매우 중요하다. 다음과 같은 일본 시를 예로 들어보자.

(1) わが庵は都のたつみしかぞ住む世をうぢ山と人はいふなり

(和歌, 喜撰法師)

わがいほ　　は
みやこの　　たつみ
しかぞ　　すむ
よをうぢ　　やまと
ひとは　　いふなり

(2) これやこの行くも歸るも別れては知るも知らぬも逢坂の關

(和歌, 蟬丸)

これや　　この
ゆくも　　かへるも
わかれて　　は
しるも　　しらぬも
あふさか　　のせき

여기에서 [わがいほは]와 [やこのたつみ]를 나눠지게 하는 것은 [わがいほは] 뒤에 긴 휴음이 오기 때문이며, [ひとは]와 [いふなり]가 나눠지는 것도 [ひとは] 뒤에 휴음이 오기 때문이다. 위 (1)시구는 모두 말미에 휴음을 가지므로 구와 구의 분절을 쉽게 알 수 있다. 그러나

18) 휴헐이라는 용어는 홍재휴가 사용한 용어이다. 홍재휴는 휴헐의 개념을 율격 형성 자질로서의 휴음과 경계 자질로서의 휴헐을 포괄하는 것으로 보고 있으나, 필자는 율격 형성에 관여하는 것은 휴음으로 경계만을 나타내주는 것은 휴헐로 규정하고 있다.

(2)의 [ゆも×かへるも]와 [わかれては×××] 사이, [しるも×しらぬも]와 [あふさかのせき×] 사이에는 휴음이 오지 않으면서도 하나의 구와 구로 분리가 된다. 이 때 휴음이 없지만 나눠질 수 있는 것은 휴헐의 역할이다. 이는 한국 시의 경우도 마찬가지다.

우흡고도　분통ᄒᆞ다　무국지민　되단말가
우흡고도　분통하다　이친거국　ᄒᆞ단말가 (가사 분통가)

4음절 율어가 네 번씩 반복된 4율어구인 위 시가 자연스럽게 율어 구분이 되는 것은 그 사이에 휴헐이 오기 때문이다. 이 때의 휴헐도 위 일본 시의 경우의 휴헐과 같이 경계 표지이다. 그러므로 반드시 경계 표지는 독립적으로 논의될 필요가 있다.

2. 기조 단위의 유형

1) 음절

음절은 곧 드러나는 음을 이르는 것으로 이는 곧 실음(實音)이라고 할 수 있다. 율격의 기조 단위로 성립되는 음절은 사실상 나라마다 조금씩 다른 의미를 지니고 있다. 한국인이 한국어에서 음절을 인식해 내는 것은 매우 쉽다. [江/湖/에/ 病/이/ 깁/퍼]의 경우와 같이, 한국어는 각각의 음운을 음절 단위로 모아 쓰게 되어 있으므로 한 눈에 음절이 드러나게 된다.

우리가 알고 있는 영시의 음절(syllable) 역시 음운의 결합으로 이루어지지만 한국어의 음절처럼 겉으로 드러나는 경계는 없다. 그래서 한국인이 영어의 음절을 구분하는 것은 약간의 지식을 필요로 한다.

an/i/mal, ques/tion

위와 같이 하나의 단어, 시어가 음절상으로는 각기 3음절, 2음절로 나뉘는 것과 같다. 일본어의 경우는 カナ 글자 하나 하나가 음절에 해당된다.[19] カナ는 그 자체가 음운의 결합으로 구성되어 있다. (예를 들면 カ는 /ka/로 자음과 모음의 결합이다.) 그러므로 일본어에서 음절의 구분 역시 쉽다고 할 수 있다.

ふ/る/い/け/や

위와 같이 언뜻 봐서도 영어와는 큰 차이가 있음을 알 수 있다. 한국어와 일본어의 음절을 보면 둘다 글자 하나 하나가 음절에 해당하는 음절 문자이기 때문에 겉으로 보기에는 큰 차이가 없는 듯도 보인다. 하지만 사실상 이들 언어의 음절에는 상당한 차이가 있다.

engineer - 엔지니어 - エンジニア
olympic - 올림픽 - オリンピック

영어의 engineer는 영어에서는 3음절에 해당하지만 한국어에서는 4음절, 일본어에서는 5음절을 이루게 된다. olympic은 영어나 한국어에서는 3음절임이나 일본어에서는 5음절을 이룬다. 이러한 현상은 바로 그 언어의 특질이 다르기 때문에[20] 일어나는 현상이다. 영어는 차치하고 한국어와 일본어가 이렇게 차이를 드러내는 이유를 살펴보자.

---

19) 그런 의미에서 여기에서 말하는 일본어의 음절은 syllable의 개념이 아니라 차라리 mora에 가깝다고 할 수 있다.

20) 언어의 특질적 차이에 관한 내용은 허웅, 『국어 음운학』(샘문화사, 1985) 116면을 참고로 했다.

첫째로 들 수 있는 것이 음절을 이루는 구조적인 차이가 될 것이다. 음절은 음운의 결합으로 이루어지는데 그 결합에 있어서 한국어와 일본어는 상당한 차이가 있다.

<한국어의 경우>
①모음 단독[21] (아)
②자음+모음 (가)
③모음+자음 (악)
④모음+자음+자음 (앍)
⑤자음+모음+자음 (학)
⑥자음+모음+자음+자음 (삶)

위와 같이 보음 단독으로 음질을 형성하는 것부터 시작해 비교적 다양한 형이 가능하다. 그 중에서 특히 일본어와 차이가 있는 것은 ③④⑤⑥의 자음으로 끝나는 음절형(폐음절형)들이다. 이렇게 자음으로 끝나는 음절형이 일본어에는 없기 때문이다.

<일본어의 경우>
①자음+모음

일본어의 음절은 カナ 한 자가 바로 한 음절이 되며, カナ 50음도의 각 음은 기본적으로 자음+모음의 구조이다. 예를 들어 か행의 /か,き,く,け,こ/는 /ka, ki, ku, ke, ko/이므로 자음과 모음의 결합이며 あ행의 /あ,い,う,え,お/는 모음만이지만 앞에 자음 음소가 생략된 것으로 보기 때문이다.[22] 어쨌든 이와 같이 일본어의 음절형에는 자음으

21) '아'와 같은 것도 모음 단독의 음절이 아니라 자음+모음의 구조에서 자음이 생략된 것으로 보아 한국어의 경우 모음 단독으로 음절을 이루지 않는다는 견해도 있다.

로 끝나는 즉 폐음절이 존재하지 않는다. 이러한 차이로 인해 비슷한 소리가 이어지는 음절이라 할지라도 음절의 수는 다르게 나타나는 것이다.

둘째, 위와 관련하여 한국어에서 /n, m, l/ 따위의 음은 그 자체로서 한 단위가 될 수 없다. 이는 전부 앞 음절에 속하여 버린다. 한국어, 한국 시에 나타나는 주격 조사 /ㅣ/라든가 일본어의 촉음과 같이 앞말에 첨가되어 쓰이는 사잇소리나 그 외 한자어 뒤의 /ㅅ, ㄱ, ㄴ, ㄷ…, / 등의 경우가 이에 해당된다.

위 試場ㅅ 景 긔 엇더하니잇고 (경기체시, 한림별곡)
노피 현 燈ㅅ불 다호라 (여시, 동동)
가마귀 검다ᄒᆞ고 白鷺ㅣ야 웃지마라 (시조, 이직)
勸進之 日에 平生ㄱ뜯 몯 일우시니 (용비어천가)
仙界ㄴ가 佛界ㄴ가 人間이 아니로다 (도가, 어부사시사)

한국 시의 음수율적 파악이 난조 현상을 빚은 이유 중의 하나는 기조 단위로서의 음절에 대한 인식이 제대로 되어 있지 않았기 때문이다. 여기에 대한 확실한 규정이 없이는 율격 파악은 난조 현상을 벗어날 수가 없다. 위의 예에서 볼 수 있듯 앞말에 첨가되어 쓰이는 소리들이 때로는 한 음절로 인정되기도 하고 때로는 무시되기도 했기 때문에 율격 파악에 일관성을 유지하기 어려웠다. 이것이 일본의 경우라면 하나의 음절로 자격을 부여받을 가능성이 많지만 한국어에서는 하나의 음절로 인정하지 않는다. 그러므로 이런 것들은 음절수의 계산에 포함되지 않는다. 그러나 일본어에서는 이런 음들이 모두 한 음절씩의 자격을 갖고 있다.

---

22) 김공칠, 『日本語音韻論』(學文社, 1983), 99면.

わんわん　おまわりさん
しまった
とうきょう

예를 들어 [さくら]는 'さ', 'く', 'ら'가 틀림없이 각 1음절을 이룬다. [わんわん], [おまわりさん], [しまった], [しょうり]는 한국어의 경우라면 [왕왕], [오마와리상], [시맛다], [쇼우리] 등으로 각기 2음절, 5음절, 3음절, 3음절을 이루게 된다. ん(撥音), っ(촉음), ゃゅょ(拗音) 등은 한국어에서는 그 자체가 독립된 단위로서의 자격을 얻지 못한다. 즉 하나의 음절로 인정받지 못하고 앞의 음절에 포함되어 버리고 만다. 그러나 일본어에서 ん(撥音), っ(촉음), ゃゅょ(拗音) 등은 다른 カナ 1음과 똑같은 자격을 인정받고 있다. 그러니까 굳이 발음을 한국어로 써 본다면 [와앙와앙], [오마와리사앙], [시마아따], [시요우리]가 되는 것이다.

人去て行灯きえて桐一葉 (俳句, 小林一茶)
ひとさって
あんどんきえて
きりひとつ

5·7·5의 俳句이다. っ나 ん같은 것도 하나의 음절로 인정되어 구를 이루는 음절수로 계산된다. 여기에는 실제 발음에 있어서도 그것이 다른 음절과 똑같은 시간적 길이를 지니고 있다는 사실이 충분한 근거로 작용하고 있다 하겠다. 이는 拗音인 ゃゅょ의 경우도 마찬가지다. 한국 시에서 이러한 음들이 음절로 인정받지 못하는 것은 한국 시에서는 이러한 음들이 하나의 단위를 이룰 만큼 독립적인 시간적인 길이를 유지하지 못하는 점이 큰 이유가 될 것이다. 한국어, 한

국 시에서 이러한 음들이 지니는 음가나 시간적인 길이가 전혀 무시되는 것은 아니지만, 대체로 앞에 붙여 읽게 되면서 그것이 지니는 시간적 길이도 지극히 짧아지기 때문에 한 음절의 단위로 인정되기에는 부족하다 할 것이다.

셋째, 일본어와 한국어의 음절의 특질적 차이는 등시성에도 있다. 일본어의 음절은 모두가 똑같은 시간적 길이를 가진다. 川上蓁[23]는 "일본어의 발음은 메트로놈의 맥박과 같이 원칙적으로 等間隔에 의해 규제된다"고 했다. 그는 각 음(음절)이 지니는 시간적인 길이는 그 발음에 필요한 시간만을 의미하는 게 아니라 발음과 발음 사이의 틈도 포함하는 것으로, 일본어의 促音'っ'음과 같이 숨을 들이쉬고 소리를 내지 않는 것도 역시 한 단위의 음(음절)으로서 동등한 길이를 갖고 있다고 한다. 단 일상 회화에서는 撥音, 促音 등이 충분한 길이를 지니지 못한 채 발음되는 수가 있으나 그렇다고 해서 한 음 한 음이 명확한 길이를 갖고 있지 않다고 할 수는 없으며 천천히 정확하게 발음해 보면 그것들도 충분히 1음분의 길이를 갖고 있으며 발음하는 사람도 각음을 가능한 등시적으로 발음하려는 것을 알 수 있다고 한다. 그러니까 어떤 음이든 그것이 ん(撥音), っ(촉음), ゃゅょ(拗音)라 할지라도 충분히 1음절의 길이를 갖고 있으며 발음하는 사람도 각음을 가능한 등시적으로 발음하려 한다는 것이다.[24] 그러므로 [オリンピック]는 [サクラ]의 배에 해당되는 길이를 가지게 된다. 그러나 한국어의 음절은 모두가 같은 시간적 길이를 지닌다고 할 수는 없다. 한국어에는 장단이 변별적인 자질로 작용하므로 시에서의 음절의 길이도 각기 다를 수 있기 때문이다.

---

23) 川上蓁.
坂野信彦, 『七五調の謎をとく』(大修館書店, 1996), 14면에서 재인용.

24) 坂野信彦, 『七五調の謎をとく』(大修館書店, 1996), 12-16면.

사실상 음절의 개념이 다르다는 것, 즉 율격 기조 단위로서의 음절이 각 나라의 시에 서로 다르게 나타나는 현상은 비교 문학적 견지에서 볼 때 불편한 일이다. 그래서 金田一春彦[25]은 이러한 율격 단위의 이름을 새로이 정해 이를 <拍>이라 했다. 그리스어에서는 율격의 단위가 mora이므로 이것이 곧 박이고, 영어나 독일어에서는 이른바 syllable이 박이며 인도어에서는 matra, 일본어에서는 かな 하나 하나가 박이라고 한다. 그렇다면 한국어의 박은 글자(음절) 하나 하나를 가리키게 될 것이다. 율격의 기조 단위를 박이라고 한다면 용어상의 혼란에서 벗어나 통일성을 갖춘다는 장점이 있기는 하지만 박은 본래 음악적 용어로 정확한 시간적 의미를 지니고 있다. 일본어와 같이 かな 하나 하나가 등시적인 언어에서는 박의 개념이 어울릴지 모르나 한국어, 한국 시와 같이 시간적인 길이가 일정치 않을 경우는 박의 개념은 그리 합당하다고 볼 수 없다.

2) 휴음

실제 겉으로 드러나는 음절은 아니지만 음절분의 기능을 지니는 휴음은 음수율의 시에서는 무시할 수 없는 존재이다. 앞에서도 언급했지만 휴음이라 할지라도 그곳에서 리듬이 완전히 정지되는 것은 아니다. 휴음은 음절이 없어 비어 있는 부분이지만 오히려 그 수나 위치에 따라 율격미가 달라지는 등 음절 못지 않게 중요한 기능을 한다.

① 한국 시의 휴음

한국 시에서는 휴음이 반드시 필요한 존재라고 하기는 어려우나 전

25) 金田一春彦, 『日本語音韻の研究』(東京堂出版, 1967), 74-75면.

체 시를 완벽히 실음만으로 형성해 내기란 어렵다. 같은 시 내에서는 음절수의 다양성을 보이기 마련이며 음절수의 다양성이 희박할수록 그런 시들은 아무래도 단조로운 율격이라는 인상에서 벗어나기 어렵게 된다.

섯돌며	쒸는 소릐	십리의	자자시니
3	4	3	4
들을 제는	우레러니	보니는	눈이로다 (가사, 관동별곡)
4	4	3	4

겉으로 보이는 음절수가 동일하지 않은 시이다. 그러나 [섯돌며]나 [십리의], [보니는]이 다른 율어보다 한 음절이 적은 3음절로 되었다고 하여 이들이 다른 율어와 이질적으로 느껴지지는 않는다. 우리는 이 시의 각 율어들을 대등적 위상으로 인식하기 때문이다. 이렇게 여기에서 대등적 위상을 가능하게 해 주는 요소가 휴음이다.

휴음에 관한 논의를 살펴 보자. 김대행은 휴음에 대해 다음과 같이 말했는데, 그가 말하는 율적 변화에서 확인할 수 있는 네 가지 사항 중 두 번째에 주목해 보면,

> 둘째, 음보의 등장성은 대체로 4mora 정도를 기준치로 하는데 때로는 발음지속시간이 아닌 휴지에 의해서도 성취된다는 점

이라는 것이다. 첫 번째 사항이 율독은 한 <음보>를 발음하는 시간을 같게 하려는 노력으로 이루어진다는 점이며, 두 번째가 등장성을 이루는 데 <휴지>가 관여한다는 것이다. 그리고 앞에서 언급한 바와 같이, 각 율어의 마지막 음절에서 일어나는 율적 관습에 의한 장음화는 휴음의 하나라 볼 수 있다.

홍재휴는 휴헐이라는 말로 휴음과 휴헐을 아우르고 있는데 이 때의 휴헐은 '呼氣의 休歇'로 율독자의 관습과 관계가 깊다. 율어와 율어의 사이에는 휴헐이 개재되어 구단위를 이루게 되는데, 휴헐은 소, 중, 대휴헐이 개재되어 그 양이 일정치 않다고 한다.[26] 이 때 소휴헐은 한 율어 내에 개입되는 휴헐을 의미하며, 중휴헐은 율어와 율어 사이, 대휴헐은 구와 구 사이, 首(章)와 수 사이의 휴헐이다.

> 율독의 부자연성을 극복할 수 있는 대안은 율격적 장음을 인정하면서도 장음의 실현으로는 부적절하게 보이는 위치에 또 다른 자질을 설정하는 일이다. 이를 우리는 장음과 동일한 언어학적 기능을 가지면서도 그 표상 형태가 다른 '정음'으로 가정해 볼 수 있다. 이는 율격적 장음이 실세로 소리내어 실현되는 형태를 취하는 데 비하여 默音의 상태로 실현되는 장음과 다른 표상 형태의 음길이를 가진 것으로 보이는 자질이다.[27]

성기옥 역시 <정음>이라는 용어로 휴음의 역할을 논하고 있는데, 정음을 장음(+장음)과는 다른 표상 형태의 음길이를 가진 것으로 보아 <-장음>이라 했다. 그러나 필자는 이미 율격 단위의 말음절에서 일어나는 장음화현상으로서의 <+장음>은 물론, <-장음>, <정음>은 모두 휴음이라 한 바 있다.

이러한 휴음은 음절과 어우러져 다른 율어와의 대등적 관계를 유지시켜 준다. 음절수가 다름에도 불구하고 우리가 대등적으로 느낄 수 있는 이유는 휴음 때문이다.

> 시절이 하 수상하니 올동말동 하여라
> ① 시절이 / 하 수상하니 / 올동말동 / 하여라
> ② 시절이

26) 홍재휴, 앞의 책, 67면.
27) 성기옥, 앞의 책, 92-99면.

하 / 수상하니 / 올동말동 / 하여라

종래의 논의대로라면 ①과 같이 율어 구분이 될 것이다. 그러나 여기의 [하] 뒤에는 휴음이 오기 마련이다. [하]는 비록 한 글자이지만 그 비중으로 보아 여기서는 다른 음절수의 율어만큼의 길이를 갖게 된다. 그러니까 사실상 1음절인 [하]이지만 뒤의 [수상하니]나 [올동말동]과 대등한 위상을 지닌다고 볼 수 있다. 이렇게 1음절인 [하]가 뒤에 오는 4음절 내지 3음절의 율어와 대등한 위상을 가질 수 있는 것은 바로 휴음의 작용 때문이다. 종래에는 이 [하]가 지닌 휴음을 무시하고 [하]를 [수상하니]에 붙여버려 [시절이 / 하수상하니 / 올동말동 / 하여라]로 율격 단위 설정을 했다. 이는 한국 시의 1율어는 4음을 넘지 못하는데 굳이 [하수상하니]로 4음절을 넘겨 무리를 가져온 것이며, [하]의 비중을 무시하여 율격미를 해친 율독이라 하지 않을 수 없다. 한국 시로서의 율격미를 충분히 살리려면 이 [하] 뒤에 오는 휴음은 충분히 인정되어야 할 것이다.[28]

또한 다음의 예에서,

어져	내일이야	그릴 줄을	모로드냐	(시조, 황진이)
아마도	녈 구름	근쳐의	머믈세라	(가사, 관동별곡)
님	싱각노라	좀든 젹이	업셰라	(시조, 김민순)
一片	光輝예	팔방이	다 붉거다	(가사, 명월음)

위의 1음절, 2음절, 3음절, 4음절로 구성된 4율어구의 율어들이 각각 다른 율어들과 대등적 위상을 이룰 수 있는 것은 휴음의 적극적인

28) 필자와의 담화에서 홍재휴는 종래의 <시조 종장 3. 5. 4. 3>설은 시 형태의 율격 구성상 착란을 일으킨 것으로 이렇게 되면 위의 예의 경우처럼 '하'가 지닌 어휘상의 장음마저 박탈하는 기현상을 빚어낼 수밖에 없다고 비판했다.

개입에 의한 것이다.

② 일본 시의 휴음

초기 일본 시 율격론(<음각>설-초기 음수율)에서는 서양시의 foot에 해당되는 단위를 찾는다고 하면서도 실제로는 foot과는 전혀 거리가 먼 단지 의미상의 묶음들만 나누어 이를 <각(脚)>이라 했다. 이때는 휴음의 존재도 명확하지 않았다. 그러나 율격에서 반복의 실체를 찾는 일이 본격적으로 시작되면서 일본 시의 휴음은 실음 못지 않게 중요한 구실을 한다는 것이 밝혀졌다. 이에 대해 연구의 발판을 제공한 사람은 福士幸次郎이다. 그는 "3음절은 반드시 2음과 1음으로 구분되는데 거기에 일본어의 미묘한 특질을 볼 수 있는 열쇠가 있다[29]"고 했다. 이 말은 2음씩 묶이는 2음의 고리설에 대한 연장으로 언제나 2음+2음이 되어야 하므로 3음절은 2음+1음으로 두 개로 나뉘어져야 한다는 말이다. 뒤의 1음 역시 2음의 고리에 속한다는 것은 결국 1음 뒤에 휴음이 올 것을 암시해 준 것이라 할 수 있다. 이후에 土居光知[30]는 정확한 등시박의 <음보>론을 들여와 이른바 '제3음' 뒤에 오는 휴음(그의 말대로는 <휴지>)을 상정하기에 이르렀다. 土居光知가 말한 '제3음' 뒤의 <정음>, <음율외시간>, <휴지> 등은 그야말로 일본 시의 휴음을 인식한 것으로 휴음은 율격의 반복적 실체를 규명하는 데 없어서는 안될 중요한 것이다. 이를 이어 高橋龍雄[31]은 휴음을 완전히 자음과 같은 자격을 지닌 것으로 인정하기에 이른다. 휴음이 없이는 반복적 실체를 찾기는 불가능하며, 이 말은 거꾸로 휴

29) 福士幸次郎, 「リズム論の新提議」『福士幸次郎著作集, 上巻』(津軽書房, 1967), 364면.

30) 土居光知, 『文学序説』岩波書店.

31) 高橋竜雄, 『国語音調論』(東京中文館書店, 1932).

음이 없이는 일본 시가 이루어지지 않는다는 것과 같다. 일본어의 운율법을 간단히 정리해 보려고 한 荒木亨[32]은 7과 5라는 기수의 필연성을 2음씩 연결의 단조로움과 변화에의 요구라는 관점에서 설명한다. 그의 말대로라면 2음의 고리가 무한으로 계속되면 당연 단조로움에 빠져 율독자나 청자 모두가 피로를 느끼게 되므로, 때로 이 2음 연속이 1음에 의해 단절됨이 필요하다는 것이다. 7・5조, 5・7조는 그러한 <휴지>를 포함함으로 인해 시적 리듬을 최선의 방법으로 실현한 형식이라고 한다.

일본 시의 한 구는 8음분으로 이루어지나 이는 반드시 휴음을 포함해야 하며 음절수가 8. 8. 8. 8.로 계속되는 시는 존재하지 않는다. 일본 시는 대부분 5음과 7음이 주를 이루게 되는데 그 원인도 이 휴음에서 찾을 수가 있다. 결국 휴음이 없이는 시가 이루어지지 않으며 휴음은 시에서 중요한 구실을 한다는 것이다.

天の原ふりさけ見れば春日なる三笠の山に出でし月かも

(和歌, 安倍仲麿)

和歌를 和歌답게 읽으려면 반드시 '5・7・5・7・7'의 음수로 끊어 읽게 된다. 그렇게 되면 [あまのはら] 뒤에는 긴 휴음이 들어감을 알 수 있다. [ら] 뒤는 발음이 정지된 후 필요한 몇 음 분을 쉬게 되는데, 이 때 글자가 읽혀지지 않는 부분이 휴음이 된다.[33] 和歌 각구(7음구나 5음구)의 뒤나 중간에는 대체로 길고 짧은 휴음이 오게 된다.

위의 和歌를 휴음을 포함시켜 도식화해 보면 다음과 같다.

---

32) 荒木亨, 『ものの静寂と充実-詩、ことば、リズム』(朝日出版社, 1974).

33) 川本皓嗣, 『文学の方法』(東京大学出版会, 1996), 121면.

あまのはら×××
ふりさけみれば×
かすが×なる××
みかさのやまに×
いでし×つきかも
×：휴음분

5음, 7음이라는 음절수만이 아니라 몇 개의 휴음을 포함하여 각구가 8음분으로 나뉨을 알 수 있다. 이렇게 5음구도 7음구도 휴음을 포함한 합계 8자분이 같은 형을 반복하고 있는 것이다.

和歌의 경우, 제1구(초구)의 5음구 맨 마지막에 반드시 긴 휴음이 오는가에 대해서는 아직 논의의 여지가 있다. 실제로 『古今集』 이후의 근대 和歌는 5음구 뒤에 긴 휴음을 두는 게 예사지만, 萬葉 시대에서 제1구인 5음구의 율독은 어떠했는지 알 수가 없다. 그래서 別宮貞德은 긴 휴음을 앞으로 돌리기도 했지만[34] 시의 첫머리에 휴음을 둔다는 것은 몇몇의 골계미를 자아내는 시를 제외하고는 상정하기 어려운 일이다.

결국 和歌에서는 음절수만이 아니라, 휴음의 수나 위치도 실음과 같은 자격으로 운율에 관여하고 있으며 각각의 휴음은 각각의 실음과 완전히 같은 길이를 유지하고 있음을 알 수 있다. 이는 일본어와 같이 표준적으로 모든 음절의 길이가 같이 발음되는 等時拍의 언어이기 때문에 정확한 휴음분을 측정하는 게 가능하며 따라서 철저한 등시성도 유지될 수 있는 것으로 보인다.[35]

이러한 휴음은 그 수나 위치에 따라 율격적 효과를 달리하게 되는

34) 別宮貞德, 『日本語のリズム-四拍子文化論』(講談社, 1977), 50면.
35) 川本皓嗣, 『文学の方法』, 東京大学出版部, 1996. 이 책에서 川本皓嗣는 한국어도 같은 류로 파악하고 있다.

데 휴음의 효과를 수와 위치로 나누어서 살펴보기로 하겠다.[36]

㉠ 휴음의 수

앞에서 휴음은 필수적이며 휴음이 없으면 시적 율격미-탄력미, 긴장감-를 감지할 수 없다고 했다. 이렇듯 휴음이 있고 없음은 시가 시일 수 있느냐 없느냐에 관계되는 것으로 한 구 안에는 휴음이 적어도 하나씩은 존재하게 된다. 구를 이루는 박절은 휴음이 있을 수도 있고 없을 수도 있는데, 휴음을 가지지 않는 박절이라 할지라도 바로 뒤의 박절이나 바로 앞의 박절, 즉 같이 구를 이루는 박절에는 반드시 휴음이 있음이 원칙이다. 여기서도 박절 내에 휴음이 있느냐 없느냐는 율격미에 있어 명확한 차이를 드러낸다. 휴음이 없는 박절은 정지적인 느낌을 주고 휴음이 있는 박절은 활동적인 느낌을 준다. 그러나 휴음이 너무 많아 버리면 때로 뒤에 오는 박절과의 연결이 어려워지기 때문에 오히려 차분한 정지성을 강조할 경우도 있다. 휴음은 그 유무만이 아니라 수에 따라서도 상당히 다른 효과를 지닌다. 지금까지의 일본 시 율격론에서는 대부분 2음씩을 한 박절로 보아 왔으나 4음씩을 한 박절로 묶는 것이 훨씬 타당하다. 4음을 1박절로 보면 휴음의 성질도 한결 잘 드러나게 된다.

ひさかた の×××	무휴음박절
ひかり× のどけき	1 휴음박절
はるの× ひに××	2 휴음박절
はるのひ に×××	3 휴음박절

36) 휴음의 수와 위치에 따른 율격 효과에 관해서는 松浦友久, 『万葉集という名の双関語』(大修館書店, 1995), 『リズムの 美学』(明治書院, 1991)을 참고로 하였다.

여기서 [ひさかた], [ひかり×], [ひに××], [に×××]와 같이 한 박절 안에는 무휴음에서 3휴음까지 네 종류의 휴음이 체계적으로 존재함을 알 수 있다.

이를 바탕으로 표현 감각의 차이를 살펴보면,

《무휴음박절》
ひさかたの光のどけき春のひに
しづここ ろ×なく はなの× ちるらむ (和歌, 紀友則)

《1휴음박절》
陸奥のしのぶもぢずり誰ゆゑに
みだれ× そめにし われなら なくに×

《2휴음박절》
ふるいけや
かはづ× とびこむ みづの× おと×× (俳句, 松尾芭蕉)

《3휴음박절》
ふるいけや
かはづ× とびこむ みづのお と×××

短歌(和歌)의 결구와 俳句의 결구를 예로 들어 보았다. 이 경우 휴음의 수가 많으면 많을수록 시적 율격으로서의 표현 감각이 유동성을 띠어 결구말의 탄력미는 좋아진다. 반대로 휴음의 수가 적어지면 표현 감각은 정지적으로 되어 차분한 느낌을 준다. 이런 관점에서 볼 때 휴음이 없는 시, 즉 실음 8음분으로 계속되는 시가 성립되기 어렵다는 사실은 자명하다. 휴음이 없으면 시의 생명인 율격적 탄력미가 없어지기 때문에 휴음이 없는 시는 시로서 성립되기 어려운 것이다.

㉡ 휴음의 위치

휴음은 수에 따라서 율격적 효과가 달라지지만 같은 수의 휴음이라도 그 위치에 따라서도 율격적 효과가 달라진다. 다음의 예를 보자.

陸奥のしのぶもぢずり誰ゆゑに
みだれ× そめにし われなら なくに×

人はいさ心も知らずふるさとは
はなぞ× むかしの かににほ ひ×ける

휴음이 똑같이 하나이지만 이것이 구중에 오느냐 구말에 오느냐에 따라 표현 감각은 현저하게 달라진다. 휴음이 결구 마지막에 놓여진 [われなら / なくに×]가 좀 더 유동성과 탄력성을 띰에 비해, 휴음이 한 박절 중간에 놓여진 [かににほ / ひ×ける]는 같은 1휴음 박절이면서도 1수를 끝내는 완전한 정지적인 차분한 느낌을 자아내고 있다. 특히 읽는 사람에 따라 [かににほ / ひける×]로 읽게 되면 정지적인 차분한 느낌보다는 유동적이며 탄력적인 느낌을 주게 된다. 다음으로는 구중, 구말이 아니라 句頭에 휴음이 올 경우를 살펴보자. 구두의 휴음은 구중, 구말의 휴음 못지 않게 중요한 효과를 지니고 있다.

ぬいだまんまである白足袋の そこが寂しい宵になる(今井敏夫, 都都逸)

×ぬいだ　まんまで
あるしろ　たびの×
×そこが　さびしい
よいにな　る×××

위는 '7・7・7・5' 구성의 都都逸[37] 작품이다. [ぬいだまんまで]와

[そこがさびしい]는 각각 구두에 휴음을 두고 [×ぬいだまんまで], [×そこがさびしい]로 읽힌다. 처음 시작부터 한 음을 휴음으로 처리하고 읽게 되는데, 이렇게 되면 익살스럽고 해학적인 가벼움이 생김을 알 수 있다. 都都逸 작품의 특징은 재미있고 가벼운 익살, 해학에 있는데 이 특징은 구두 휴음과 밀접한 관련이 있다. 이 때 구두에 휴음을 두지 않고 구중이나 구말에 휴음을 둔다면 그 효과는 엄청나게 달라진다. 가령 [ぬいだ×まんまで], [そこが×さびしい]로 읽을 경우에는 구중에 휴음이 들어가고 구말에 휴음이 없기 때문에 앞에서 밝힌 바와 같이 차분하고 정적인 느낌을 주게 되며 [ぬいだまんまで×], [そこがさびしい×]로 읽을 경우에는 구말에 휴음이 와 구중에 올 경우보다는 탄력미가 더 있지만 구두 휴음의 경우와 같은 가벼움, 익살스러움, 해학은 찾아보기 힘들다. 반대로 다음과 같은 王朝 和歌를 구두에 휴음을 넣어 읽어보자.

(1)
あはぢし　ま×××
かよふ×　ちどりの
なくこゑ　に×××
いくよ×　ねざめぬ
すまの×　せきもり (金葉集, 王朝 和歌)

(2)
あはぢし　ま×××
×かよふ　ちどりの
なくこゑ　に×××
×いくよ　ねざめぬ
すまの×　せきもり

37) 江戸時代 후기에 江戸를 중심으로 퍼진 대표적 俗謠로 7・7・7・5조형.

(1)은 和歌를 정식대로 읽은 것이고 (2)는 제2구와 제4구를 구두에 휴음을 넣어 읽은 경우이다. 위는 和歌 중에도 고상하고 전아한 왕조 和歌이다. 이러한 왕조 和歌를 구두에 휴음을 넣어 읽어 버리면 都都逸과 같이 익살스러운 맛이 생겨 왕조 和歌로서의 고상하고 전아한 맛은 없어지게 된다. 이와 같이 일본 시에서 율격의 필수 구성 요소인 휴음은 수와 위치 등을 척도로 하여 정연한 상호 보완적 체계를 이루고 있으며 그 효과도 다름을 알 수 있다. 이는 곧 휴음이 그만큼 일본 시의 율격 형성에 깊이 관여하고 있음을 단적으로 드러내 준다. 음절의 수가 율격 형성에 지배적으로 관여하듯 휴음의 수 또한 그에 못지 않게 율격 형성에 관여하고 율격미를 자아내게 되는 것이다.

3. 기조 단위 율격의 異同

한·일 시에서 기조 단위를 이루는 음절은 율격 형성에 있어 가장 중요한 요소이다. 한국 시든 일본 시든 음절을 제외하고 율격을 논함은 불가능하다. 한국 시의 기조 단위인 음절은 음운이 모여 이루는 글자 하나 하나를 가리키며 일본 시의 기조 단위인 음절은 カナ 하나 하나를 가리킨다. 한국 시와 일본 시의 기조 단위로서의 음절적 개념은 같지 않다. 이는 그 언어적 특질이 다르기 때문인데, 일본 시의 음절이 철저한 등시성을 지님에 비해 한국 시의 음절은 그렇지 않으며 음절을 이루는 구조도 다르다. 그리고 일본 시에서 한 음절로 인정되는 것-促音, 拗音, 撥音 등-이 한국 시에서는 인정되지 않는 것도 있다. 음절이 모여 상위 단위인 기저 단위, 기층 단위를 이루지만 율격 형성에는 겉으로 드러나는 음절 외에 음절이 없는 부분에 해당되는 휴음도 한 몫을 하고 있다. 이 때 휴음은 시로서의 탄력미를 증가시

키는 역할을 하게 되는데 그 수와 위치에 따라 율격적 효과는 현저히 달라진다. 한국 시의 휴음은 율격미에 관계한다는 점에서는 동일하나 일본 시만큼 두드러지는 역할을 하지는 않는다. 이러한 차이는 바로 일본 시의 율격형이 단순한 데 원인을 찾아 볼 수 있다. 일본 시는 율격 형성의 기본 단위인 구는 2박절구 즉 두 개의 박절로 형성되며 그 외의 유형은 상정될 수 없다. 단지 구를 이루는 음절수로 보았을 때 5음구와 7음구 두 유형이 존재하게 된다. 이렇게 지극히 한정된 형이고 보니 당연 단조롭고 지루하지 않을 수 없다. 그러한 단조로움과 지루함에서 벗어나려는 노력이 바로 휴음의 활용이 아닌가 한다. 휴음의 유무, 많고 적음, 위치 등을 최대한 활용하여 거기에서 나오는 율격미의 차이를 최대한 강조하는 것, 이것이 바로 일본 和歌, 俳句의 자구책인지도 모른다. 그리고 이러한 휴음을 통한 자구책을 가능하도록 한 것은 바로 등시성이다. 한 자 한 자가 모두 등시적이므로 휴음의 수에 따른 효과 역시 두드러지게 나타날 수밖에 없다. 반면 한국 시의 경우는 이와는 다르다. 한국 시는 구의 유형이 1율어구부터 4율어구까지 있다. 그리고 각 율어는 최하 1음부터 최고 4음까지 허용하므로 결국 한국 시는 엄청난 유형을 포용하는 셈이다. 그러므로 특별히 단조로움에서 탈피할 필요도 없다. 더구나 한 음절 한 음절의 등시성이 명확하지 않기 때문에 특히 휴음의 수나 위치에 의해 크게 구애받기도 어렵다. 이러한 이유로 한국 시 역시 휴음에 따라 율격적 효과에 차이가 있기는 하지만 한국 시에서 휴음은 율격적 효과를 내기보다 각 율어간의 대등성을 유지하는 데 관계하게 된다.

基底 單位

1. 기저 단위의 특질

한국 시에서 시어(단어)는 음절의 상위 단위이며 율어의 하위 단위로, 시의 율격을 구성하는 기저 단위가 된다. 한국 시에서도 얼핏 보면 시어는 율격 단위로서는 별 의의를 가지지 않는 것처럼 보이기도 한다. 왜냐하면 시어는 시어 단독으로나 또는 결합에 의해 새로운 차원의 율격 단위인 율어를 구성하게 되는 요소에 불과하기 때문이다.[1)] 그러나 율격 형성에 직접적으로 관여하지는 않아도 상위 단위인 율어를 형성하는 데 간접적으로 관여하기 때문에 간접적인 율격 단위로서의 구실을 하는 셈이다. 한편 앞에서도 살핀 바 있지만 일본 시에서의 시어 역시 율격 형성에 직접적으로 관여하는 것은 아니며 간접적인 구실밖에 하지 못한다. 더구나 일본 시에서의 시어는 한국 시에서의 시어보다 그 구실이 떨어지기 때문에 일본 시 율격론에서는 시어를 율격 단위로 설정하는 것조차 꺼리는 경향을 볼 수 있게 되는 것이다.

이러한 결과는 양국 시의 시어의 특질적 차이에 말미암는 것으로

---

1) 홍재휴, 『韓國古詩律格研究』(태학사, 1983), 59면.
이러한 현상은 實辭와 虛辭를 통한 통사론적 율격 단위의 설정 이론에서 명확히 드러나고 있는데, 본고에서는 실사와 허사를 통한 통사론적 율격 단위의 설정에 대한 언급은 논외로 한다.

한국 시에서의 시어는 원칙적으로 그 내부에 휴헐이 개입됨을 꺼리는 경향이 있다. 복합어의 경우 시어 내에 휴헐이 개재되는 일도 허다하지만 조사나 어미가 붙어 한 단어 내의 결속력을 억지로 깨는 경우가 생긴다면 이는 오히려 율격미를 떨어뜨리는 결과를 가져오게 한다. 그러므로 시의 기저 단위인 단어 곧 시어의 선택은 상위 단위인 기층 단위의 율격 구성에 대한 성패를 좌우한다[2]고 할 수 있다.

有斐	君子들아	낙대 하나	빌려사라	
蘆花	깁픈 속애	明月淸風	벗이 되야	
님재업산	風月	江山애	절로절로	늘그리라

(가사, 누항사)

[有斐君子들아]는 [有斐君子]에 접사와 조사 [들아]가 붙어 6음절이 되면서 [有斐]가 한 율어, [君子들아]가 한 율어를 이루게 되어, 한 단어인 [有斐君子]가 [有斐]와 [君子]로 나뉘어졌다. [風月江山애] 역시 [風月江山]이라는 복합어에 [애]라는 조사가 붙어 5음절이 되면서 시어가 나뉘어진 예이다. 그런데 이 경우는 이렇게 시어가 나뉘어지면서 한 구가 5율어로 되어 전체적인 4율어구의 율격 구조에서 어긋나게 된다.

이러한 현상을 和歌에서 살펴보면,

逢ひ見ての後の心にくらぶれば昔は物を思はざりけり

(和歌, 權中納言敦忠)

(1)

あひ　　みての

のちの　　こころに

---

2) 홍재휴, 앞의 책, 59면.

くら　　　ぶれば
むかしは　ものを
おもは　　ざりけり

(2)
あひみて　の
のちのこ　ころに
くらぶれ　ば
むかしは　ものを
おもはざ　りけり

(1)은 시어내의 결속력을 깨뜨리지 않으려고 한 율독(의미 율격을 중시한 율독)이며, (2)는 시어에 구속받기 보다는 리듬성을 강조한 율독(운율 율격을 중시)이다. 아니 시어의 의미적 결속력은 완전히 무시하는 새로운 차원의 율격이라고도 말할 수 있을 것이다. 여기에서 문제가 되는 것은 [あひみて / の]와 [くら / ぶれば]이다. [あひみての]는 [あひ]와 [みて]의 복합어에 [の]라는 조사가 붙은 형이다. 한국 시의 경우라면 위의 예에서 보았듯이 복합어에 조사가 붙은 형에 휴헐이 개재되어야 한다면 이는 반드시 복합어 사이에 개재될 것이나-[風月 / 江山애]- 일본 시에서는 반드시 그런 것은 아니다. 한국 시의 경우와 같이 의미를 중요시한다면 [あひみての]는 [あひみて / の]가 아니라 [あひ / みての]로 분절되어야 하나 일본 시에서는 이를 허용하지 않는다. 5음구는 제2박절에 고정 휴음이 둘 와야 하나 [あひ / みての]로 분절되면 제1박절에 휴음이 둘 오고 제2박절에는 하나밖에 오지 않게 되기 때문에 율격상으로도 파탄을 가져오게 된다. 또 [くらぶれば]는 한 단어로 단지 뒤에 어미가 붙어 5음절이 된 것이다. [くらぶ]라는 단일어에 [れば]라는 어미가 붙었는데, 한국 시에서 이렇듯 한 단어 내에 휴헐이 어쩔 수 없이 개재되어야 할 경우가 있다면 이

는 당연히 어간과 어미 사이에 와야지 뒤에 오는 어미 내에 개재되지는 않는다. 그러나 일본 시의 경우는 양쪽이 다 가능하다. [くらぶれば]는 의미 율격에 따라서는 [くらぶ / れば]가 될 것이며, 운율 율격에 따라서는 [くらぶれ / ば]가 된다. 한편 [くらぶれ / ば]는 [くらぶ / れば]보다 훨씬 긴장감, 생동감이 있다. 왜냐하면 휴음의 위치가 다르기 때문이다.

[くらぶれ / ば] → [くらぶれ / ば×××]
[くらぶ / れば] → [くらぶ× / れば××]

앞장에서 휴음의 위치에 따른 율격미를 언급했듯이 [くらぶれ / ば]의 경우는 휴음이 맨 뒤에 3음이 오는 반면 [くらぶ / れば]는 3음의 휴음이 있기는 하지만 이것이 나뉘어져 맨 뒤에는 두 개밖에 오지 않는다. 3휴음이 한꺼번에 뒤로 몰리면 리듬적 진공[3]의 용량이 커지므로 긴장감과 탄력성이 강해진다. 그런 의미에서 [くらぶれ / ば×××]가 [くらぶ× / れば××]보다 리듬성이 강한 것은 당연하다. 그런데 이 경우 어떻게 한 시어 내에 의미와는 상관없는 기계적인 운율에 의한 분절이 가능한 것일까. 즉 운율 율격에 따라 [くらぶれ / ば]가 허용된다는 것은 무엇을 의미하는가. 이것이 바로 일본 시의 특성이다. 일본 시가 의미에 의한 간섭을 전혀 받지 않는 것은 아니지만, 의미의 간섭과는 별도로 이와는 상관없는 기계적인 운율 패턴인 운율 율격도 존재한다는 것이다. 그렇기 때문에 한국인의 시각으로는 잘 이해하기 힘든 [くらぶれ / ば]와 같은 분절이 가능하게 되는 것이다. 한국 시의 경우도 운율 율격과 의미 율격이 존재하기는 하나 한국 시

---

3) 松浦友久, 『万葉集という名の双関語』(大修館書店, 1995), 『リズムの美学』(明治書院, 1991).

는 의미의 간섭, 의미, 구문의 결속력이 일본 시에 비해 매우 크다. 그러므로 휴헐, 휴음은 구문상의 경계(그것이 어떠한 경계라도 좋다)에 오지 전혀 경계가 보이지 않는 부분에는 들어갈 수 없다. 한 단어 안에 휴헐이 와 두 개의 율어로 나뉘어질 경우가 있다 하더라도 한국 시에서는 이것이 반드시 바람직한 현상이라고만은 볼 수 없게 된다. 일본 시의 경우는 운율 율격이 매우 강하게 작용하므로 율격 구성상 큰 무리가 없다고 할 수 있지만 한국 시의 경우는 율격미가 떨어질 수도 있기 때문이다.

吹くからに秋の草木のしをるればむべ山風をあらしといふらむ
(和歌, 文屋康秀)

(1)
ふく　　　からに
あきの　　くさきの
しをるれ　ば
むべ　　　やまかぜを
あらしと　いふらむ

(2)
ふくから　に
あきの　　くさきの
しをるれ　ば
むべやま　かぜを
あらしと　いふらむ

위에서도 (1)의 [ふく / からに]로 분절될 수 없음은 [あひみて / の]의 경우와 마찬가지다. [あきのくさきの]와 [しをるれば]는 (1), (2) 어느 쪽이든 가능하긴 하나 리듬성을 강조하려면 (2)로 분절하는 것이 효과적이다. 이외 또 문제가 되는 것은 [むべやまかぜを]이다. [む

べやまかぜを]의 경우를 보면 [むべ]는 [아, 그래서] 내지는 [과연, 정말로] 등의 의미를 지닌 감탄사이다. 그리고 그 뒤에 오는 [やまかぜ]는 山風 산바람으로 하나의 단어(복합어)이다.

むべやまかぜを
과연 산 바람을

시어를 중심으로 그 의미를 살려 읽는다면,

むべ　　　やまかぜを
과연　　　산(의)바람을

위와 같이 될 것이다. 그러나 그렇게 되면 [やまかぜを]가 5음절이 되어 버리고 만다. 특별히 이 부분이 '자넘김(字余り)'을 의도적으로 이용한 부분이 아닌 이상 5음절이 허용될 이유는 없다. 이를 4음을 기준으로 끊어 읽는다면 (운율 율격) 다음과 같이 될 것이다.

むべやま　　かぜを
과연 산(의)　바람을

한국 시의 경우 이러한 분절은 바람직하지 않다. 어쩔 수 없는 경우라 할지라도 율격미가 떨어지는 것은 당연하다. [やまかぜ]라는 복합어 사이에 휴헐이 개입될 수 있어도 [やま(산)]와 [かぜ(바람)]의 결속력은 [むべ(과연)]와 [やま(산)]의 결속력과는 비교할 수 없을 만큼 매우 강하기 때문이다.

이러한 사실로 미루어 볼 때 한국 시의 시어는 일본 시의 시어보다 그 내적 결속력이 훨씬 강하다고 할 수 있다. 이 말은 환언하면 한국 시나 일본 시가 모두 의미 율격과 운율 율격을 지니고 있지만 한국 시는 의미 율격이 따르지 않는 운율 율격을 상정하기 어려운 반면, 일본 시의 운율 율격은 의미 율격에는 크게 구애를 받지 않는 경우가 많다는 것이다.

또 시어의 문제에서 반드시 살펴야 할 중요한 사항으로는 시어의 율성 문제가 있다. 이 문제에 관해서는 장을 달리해서 살펴보고자 한다.

2. 시어의 율성

시어의 율성은 단어의 성질 즉 해당 언어의 특질과 밀접한 관련이 있다. 시어의 율성을 좌우하려면 먼저 그것이 그 언어 내에서 변별적인 기능을 가져야 함은 두말할 나위가 없다.

> 율격 단위의 기저 요소는 반드시 그 언어체계에서 음운론적으로 변별적 기능이 있는 요소라야 한다는 점이다. 중국의 성조, 영어의 강세(stress), 그리이스어와 라틴어의 장단같은 것이 모두 그러하다. 바꾸어 말해서 음운론적으로 변별적 기능을 갖지 못한 것은 율격 단위의 기저요소가 되지 못한다.[4]

그러므로 시어의 율성은 해당 언어가 지니고 있는 특질을 중심으로 살펴야 하는데 정병욱[5]은 각 민족의 운율의 분할 방법을 대별하면 그 언어의 특질에 따라 장단율, 강약율, 고저율, 음수율로 나눌 수 있다고 했다. 이는 초기 유형론으로 받아들일 수 있는데 유형론은 별도

---

4) 김대행, 『한국 시가구조연구』(삼영사, 1976), 27면.

5) 정병욱, 『고시가운율론서설』《최현배화갑기념논문집》, 1954.

_____, 『한국고전시가론(증보판)』(신구문화사, 1983).

로 하고, 여기서는 우선 논의에 필요한 장단율, 강약율, 고저율에 대해 살펴보고자 한다. 흔히 강약과 고저를 악센트라 하는데, 악센트는 원래 라틴어 accentum에서 온 것으로 음성 연쇄에 있어서 다른 부분과 대조하여 볼 때 특히 강조되어 발음되는 특성[6]을 가리킨다. 악센트가 그 언어에서 의의를 가지려면 이것이 사회적 관습으로 결정되어 있어야 하는데 강약에 의한 것을 강세 악센트(stress accent) 또는 강약율이라 하며, 고저에 의한 것을 고저 악센트(pitch) 또는 고저율이라 한다. 이러한 악센트와는 달리 장단의 대립이 의미를 구별하고 운율에 관계되는 것이 바로 장단율이다. 이들의 공통점은 음절에 각기 그 요소가 배치되어 어휘 내에서 대립 현상을 일으킨다는 점이다. 그러나 모든 언어가 강약율, 고저율, 장단율 중 어느 하나를 지니는 것은 아니다. 이 중 어느 것도 지니지 않는 언어-일본 仙台 방언, 인도네시아어-가 있나 하면, 한 가지에만 관계하지 않고 양쪽의 성질을 다 지니는 언어-스웨덴어, 중국 북경어-도 있다.[7] 또 한 언어 내에서도 방언에 따라 차이가 있기도 하다.

그런데 또 하나의 문제는 단어의 성질이 그대로 시어의 성질로 이어지는 것은 아니라는 사실이다. 강약율, 고저율, 장단율이 시어의 율성을 좌우하려면 먼저 그것이 그 언어 내에서 변별적인 기능을 가져야 하지만, 아무리 이것들이 그 언어의 특질이라 인정된다 하더라도 반드시 시어의 율성을 좌우한다고 할 수는 없다. 언어의 특질과 시어의 율성은 밀접한 관련이 있지만 그 둘이 반드시 일치해서 나타나는 것은 아니기 때문이다. 그리고 설사 율격 형성에 관계한다 하더라도 이러한 율성의 측정은 실제로 매우 어렵다.

여기서 또 한 가지 덧붙여 언급해 둘 것은 이러한 강약, 고저, 장단

6) 『두산세계대백과사전』 「악센트」항(두산출판사, 1999).
7) 中条 修, 『日本語の音韻とアクセント』(勁草書房, 1989), 93면.

이 언어, 더 정확히 말해 단어가 지니는 음성적 특질이기는 하지만, 이것이 시의 율격을 형성하는 요소로 쓰인다는 것은 단순히 시어 차원에서 그렇다는 것은 아니다. 예를 들어, 강과 약의 대립이 나타나는 것은 음절과 음절이 결합된 한 단어, 시어일 수도 있지만, 시에서의 강약율은 단어, 시어가 아닌 한 <음보> 내에서의 일이다. 또 한 <음보> 내에서 강약의 대립이 있다고 해도 그것만으로는 아무런 의미를 지니지 못하며 같은 패턴이 반복될 때 율격성을 지니게 되므로 결국은 구를 기준으로 율격을 파악해야만 이러한 율성이 파악될 수 있다. 이는 고저율이나 장단율의 경우에서도 마찬가지다. 그럼에도 불구하고 이러한 율성을 기저 단위로서의 시어 차원에서 다루는 첫째 이유는 이러한 시어의 율성이 기본적으로 언어 어휘의 특질을 벗어나서 논의될 수는 없기 때문이며, 또 다른 이유는 논의의 편의를 도모해서이다. 그러므로 시어의 율성을 논하면서 이는 기저 단위 차원의 논의를 넘어설 수도 있음을 미리 밝혀 둔다.

1) 강약

주지하다시피 영어는 강세 언어이다. 강약의 대립에 따라 단어의 의미가 달라진다.

INcrese - inCRESE	REcord - reCORD
PERmit - perMIT	PROduce - proDUCE
EXpert - exPERT	FREquent - freQUENT (대문자:강세)

같은 단어이지만 강세의 위치에 따라 엄연히 의미가 달라진다. 이러한 언어적 특질은 시의 율격에도 그대로 반영된다. 시의 율격에 관여하는 강약의 패턴에 따라 다음과 같이 나눌 수 있다.

1. 약강 (Iambus-Iambic)

   appear, improve, destroy

2. 강약 (Trochee-Trochaic)

   happy tender useful

3. 약약강 (Anapaest-Anapaestic)

   disappear underneath

4. 강약약 (Dactyl -Dactylic)

   happily wanderer

물론 이외에도 약강약이라든지 강약강 등, 몇 개의 유형이 더 있지만 주조를 형성하는 것은 약강, 강약, 약약강, 강약약이다. 영시는 이와 같은 강약의 대립이 한 <음보>를 형성하는데, 이것이 연속적으로 반복된다. 즉 이러한 강약의 주기적인 반복에 의하여 특정의 율격이 형성되는 것이다. 그러므로 영시는 강음과 약음의 결합 순서와 그 수에 의해 다른 모양의 시형이 만들어지게 된다. 약강 율격을 지닌 시를 예로 들어 보면,

The curfew tolls the knell of parting day
The lowing herd wind slowly o'er the lea

위는 약강이 주기적으로 반복되며, 한 행은 5<음보>로 구성되므로 <약강 5보격>의 시가 된다. 그러면 한·일 시에 있어서 강약율은 어떤 의미를 지니고 있을까.

한·일 시를 막론하고 강세는 율격론사에서 무시할 수 없을 만큼 비중을 두고 논의되어 왔다. 그러나 한국 시와 일본 시에서 논해진 강약 악센트라는 것은 영시의 강약율과는 차원을 달리한다.

먼저 한국 시의 경우를 보자. 한국 시에 강약율을 적용시킨 사람은 정병욱이다. 정병욱은 동서양을 막론하고 고대에 있어서 문학은 항상 음악의 제약 아래에 성립할 수 있었고, 따라서 양자는 불가분리의 관련 속에 있으며, 음악의 소절이 지닌 악센트는 곧 시 운율을 형성하는 언어 자체의 악센트와 상관된다고 하면서 다음과 같은 결론을 내렸다.

> 우리들의 고유 음악에서 3박자 계의 "강약약"형인 악센트를 찾아볼 수 있다는 사실과, 국어 자체의 성격이 제1음절에 stress acctent를 부여한다는 사실은 음악과 시가 운율과의 관련 관계에서 볼 때 당연히 부합하여야 할 귀결이 아닐 수 없을 것으로 본다.
>
> 국어의 특징적 성격 및 음악과 시가 운율과의 관련을 종합하여 관찰한 결과, 국문학 시가 운율의 근본적 원리 즉 pierson이 말하는 연속하는 시간의 시간적 등장성을 역학적으로 부동하게 하는 힘으로서의 rhythm을 강약율에서 찾아야 한다는 원리를 얻을 수 있다는 결론으로 도달한다.[8)]

음악의 악율과 문학의 시율이 동일시 될 수 없음은 여러 번 강조해 온 바다. 고유 음악에서 3박자계의 '강약약'형인 악센트를 찾아볼 수 있다는 사실에서 한국 시의 율격을 강약율로 보는 것은 타당한 근거라고 할 수 없으며, 국어 자체의 성격이 제1음절에 강세 악센트를 부여한다는 사실 역시 영시의 악센트율과는 다른 율독의 한 현상에 불과한 것이다. 정병욱이 음악과 시의 관련성에 기반을 둠에 비해, 이능우는 인간의 생리, 심리적 현상에 근거하면서 강약율에 접근하지만 심리적 현상에 근거하는 강약을 율격 형성에 고정적으로 관여하는 요소로 보기는 어렵다.

정병욱과 이능우를 비판하면서도 강약을 기저 자질로 잡은 김동준

---

8) 정병욱, 앞의 책, 23-24면.

의 논의를 보자. 그의 결론은 다음과 같다.

> ㉠ 음보율로 본 한 국시가의 운율체계는 2음보격과 3음보격의 두 흐름이 있다.
> ㉡ 2음보격은 '강+약'형이고 3음보격은 '강+약+약'형이다.
> ㉢ stress accent는 제1음절에 놓인다.
> ㉣ '운'과 '율'은 동시적 상보적 관계에 있으므로 분리하여 생각할 수 없다.
> ㉤ '운'과 '율'의 관계, 음보와 음보, 음보와 시행, 시행과 시련은 상호 자재의 관계에 있다.
> ㉥ 현대 자유시(비연시)라 할지라도 시형의 자유성이 운율의 완전타기를 의미하는 것으로 보아서는 안 된다.[9]

김동준은 한국 시에 있어서도 韻을 도외시하고서는 운율의 본질이나 특성을 설명할 수 없다고 한다. 그리고 4<음보>격을 두지 않는 것은 이것이 2<음보>격의 배수라는 데 이유가 있다. 정병욱이 4<음보>를 '강+약+약+약'으로 본 데 비해, 김동준은 2<음보>구가 '강+약'이듯 배수가 되는 4<음보>구는 '강+약+강+약'이 된다고 본다. 4<음보>구를 2<음보>구의 배수로만 이해하는 것은 잘못이다. 4<음보>구는 뒤에 구를 다루면서도 언급하겠지만 2<음보>구와는 차원이 다른 별개의 것으로 보아야 한다. 4<음보>구가 '강+약+강+약'으로 율독이 된다고 하는 것은 2<음보>구가 '강+약'으로 율독되기 때문은 아니다. 그러나 4<음보>구가 2<음보>구의 배수가 아니라고 해서 정병욱의 말대로 '강+약+약+약'이라는 것도 아니다. 4<음보>구는 대체로 '강+약+강+약'으로 율독될 수도 있고, 만약 강과 약의 중간인 중강(또는 중약)이 있다면 4율어구는 '강+약+중강+약'이 될 수도 있고 또 '강+약+약+약'을 틀렸다고 할 이유도 없다. 정병욱, 이능우의 강약율은 예창

9) 김동준, 『한국 시가의 원형이론』(진명문화사, 1996), 133면.

해와 김홍규에 의해 정당한 비판[10]을 받은 바 있고, 이러한 강약율에 대한 비판은 김동준의 경우에도 예외가 될 수는 없다.

이러한 강약율과는 달리 시에서 강세 현상이 있음을 인정하는 사람으로는 조동일과 김대행, 성기옥이 있다. 이들의 논의는 세부적 논의에서는 틀리긴 하지만 적어도 한국 시에서 강약이라는 운소 자질의 충형 대립을 부정하고 있음은 공통적이다. 조동일의 강세는 음성적 강음과는 구별되는 율격적 강음이라는 것으로, 이는 강약율일 수는 없고 단지 율격적 토막의 시작을 나타내는 데 지나지 않는 것이라고 한다. 한국 시가 강약율로 설명될 수 없는 이유는 다음과 같다.

> 시가의 율격이 강약율일 수 있기 위해서는 강약격이 약강격과 함께 대립적으로 존재해야 하는데 강약만 보이고 약강은 보이지 않는다. 그렇다면 이러한 율격에서의 강음은 율격적 토막의 시작을 나타내는 데 지나지 않는다고 하는 편이 온당한 설명이다.[11]

위의 논의에서 보이듯 한국 시는 강약율로 논해질 수 없다. 조동일이 말한 강음은 율격적 토막의 시작을 나타내는 기능을 하는 것으로 이는 율격 형성에 관여하는 요소는 아니다.

성기옥 역시 이 강세를 율격 자질로 인정하지는 않는다.[12] 그는 한국어에서의 강세가 이른바 존즈(D. Jones)가 말하는 억양(intonation) 차원에서의 강도(prominence)와 비슷한 자질이라는 파악 아래, "시에서의 강세가 율격 자질로 설정될 만큼 고정적 현상이 아닌 율동적 자질로 파악해 두고자 한다"는 잠정적인 결론을 내린다. 그가 말하는

---

10) 예창해, 「한국 시가운율의 구조연구」 <성대문학 19집>(성균관대 국문학회, 1976). 김홍규, 「한국 시가율격의 이론1」 《민족문화연구, 13호》(고대민족문화연구소, 1978).

11) 조동일, 『한국 민요의 전통과 시가율격』(지식산업사, 1996), 219면.

12) 성기옥, 『한국 시가 율격의 이론』(새문사, 1986), 126-128면.

강세는 구성 자질로서의 강약이 주는 역학적 대립 기능에 의한 관여보다 율격 단위를 분할하고 그 경계를 표지화하는 대조의 기능에 의한 것, 즉 율격 <휴지>, 휴헐과 같은 경계표지의 기능으로 보여진다. 그리고 이 강세는 조동일의 경우 각 율격적 <토막>의 첫 음절에 온데 비해 <행>이나 반<행>의 첫 음절에 기저하는 것으로 되어 있다.

> 강세현상은 그것이 구성자질로서의 강약이 주는 역학적 대립 기능에 의한 관여보다 율격 단위를 분할하고 그 경계를 표지화하는 대조의 기능에 의한 것으로 보여진다. 다시 말해서 율격 휴지와 같은 경계 표지의 기능을 강세 또한 지니고 있는 것으로 보여지는 것이다.[13]

이러한 강세는 보통 때는 잘 구별이 되지 않는 것으로 율독을 의식하고 의도적으로 리듬을 살려서 읽을 때 드러나는 것이다. 그러므로 이러한 강세라면 <행>의 첫 음절이나 반<행>의 첫 음절에만 오는 게 아니라 조동일의 말처럼 율격적 토막(율어)의 첫 음절에도 오지 않는다는 법은 없다.

김대행의 강세는 조금 성질을 달리한다. 김대행 역시 율격 형성에 관여하는 강약율을 논한 것은 아니며 단지 강세의 현상을 말했을 뿐인데, 그의 강세는 장단과 밀접한 관계를 지니는 강세이다.

> 그렇다면 지금까지의 論議에서 우리 詩歌의 律的 基底는 長短으로서 그 長短은 音步의 等長性에 寄與한다는 점, 等長인 音步가 二音步씩 對應 連疊함으로써 規則性을 보인다는 점, 그 두 音步 사이에는 相對的인 强弱이 賦與되어 第一音步의 末尾가 强하게 第二音步의 語頭가 强하게 發音되는 /약강/강약//의 규칙성이 있다는 점 이상 세 가지를 韓國詩歌의 律格 特質로 말할 수 있을 것이다.[14]

---

13) 성기옥, 앞의 책, 127면.
14) 김대행, 앞의 책, 41면.

> 强音化 현상은 音韻論的으로도 無關한 것이 아니어서 長音은 대체로 强하게 발음된다는 현상에 비추어 설명될 수 있을 것이다. -중략- 그러나 여기서 强調할 것은 이같은 强弱의 交替가 週期的으로 주어진다고 하더라도 그것은 어디까지나 相對的인 것일 뿐 音韻的, 統辭的 資質은 아니라는 점이다. 우리 國語에 存在하는 辨別的 韻素가 분명하지 못한 관계로 이같은 相對的 强弱의 변화를 두어 어느 정도 律的 性格에 접근시켜 간 것이 아닌가 생각한다.[15)]

<이음보대응연첩>에 따른 강약은 좀 독특하다. 앞서 조동일이 말한 강세, 즉 율격적 <휴지>에 의해서 구분되는 율격적 <토막>에 나타나는 강세는 첫소리에 강세가 오는데, 김대행의 강세는 <이음보대응연첩>의 규칙에 따른 상대적인 강약으로 앞 <음보>의 끝소리와 뒤 <음보>의 첫소리에 상대적인 강세가 주어진다. 예를 들어 조동일의 경우라면 <잔들고 / 혼자안자 / 먼뫼흘 / 바라보니>의 강세가 주어지는 점은 다음과 같다.

잔들고 / 혼자안자 / 먼뫼흘 / 바라보니

이것이 성기옥의 강세를 적용시키면 다음과 같다.

잔들고　혼자안자 / 먼뫼흘　바라보니

그러나 김대행의 강약설에 의해 강세를 두면 <이음보대응연첩>에 따른 강약은 다음과 같이 표시된다.

15) 김대행, 앞의 책, 40-41면.

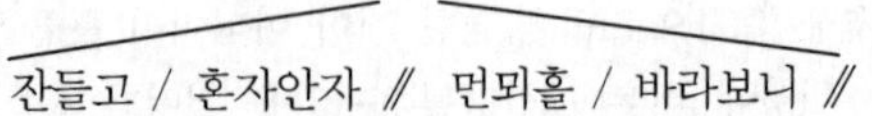

잔들고 / 혼자안자 ∥ 먼뫼흘 / 바라보니 ∥

조동일의 강세는 율격적 토막의 첫부분에 놓여지는 것으로 어느 율독에서든지 강세를 의식하거나 분절을 의식해서 읽을 경우에는 그 첫부분이 강하게 읽혀진다는 의미에서 쉽게 납득할 수 있다. 성기옥의 경우는 <행>이나 반<행>의 첫음절에 오지만 조동일과 크게 다르다고 할 수는 없다. 이에 비해 김대행의 강세는 3음절로 된 것이 장음화하고 장음은 대체로 강하게 발음되기 때문에 나타나는 강세라고 한다. 그렇지만 장음화로 인해 어말에 강세가 놓여진다고 한다면 아무리 <이음보대응연첩>을 상정하더라도 앞의 <음보>가 장음화하지 않는, 예를 들어 순음절수가 4·4조인 시는 어떻게 설명되는가.

심술부린　소년들아　높은사랑　모여앉아
흙을잔뜩　한단말이　만리풍을　쉬였으니
이목구비　반드랍고　오장육부　흔들린다 (가사, 春遊歌)

이러한 4·4조의 가사는 장음화될 여지가 없다. 의미상으로는 <이음보대응연첩>을 이룬다고 할지라도 여기에는 장음화의 여지가 없으므로, 앞<음보>의 어말에 강세가 놓여야 할 이유도 없다. 그리고 위의 [잔들고 / 혼자안자 ∥ 먼뫼흘 / 바라보니 ∥]의 율독에서 실제로 [고], [혼], [흘], [바]와 같은 위치에 강세가 오는지, 또 이것을 다른 구에 적용시켜 규칙적으로 주어진다고 할 수 있는지 의문이다. 김대행의 말대로 강약은 상대적인 것일뿐 음운적, 통사적 자질은 아니다.

한국 시에 있어 강약, 강세는 이것이 율독상에 나타나는 것은 틀림이 없지만 율격을 형성하는 주요 요소로 작용하지는 않는다. 무엇보다도 강약은 음운론적으로도 변별 자질이 아니다. 이 점에 있어서는 일본 시도 마찬가지다. 일본어 역시 강약율을 지니지 않는 언어이나 일본 시에는 율독상 강약이 나타나므로 율격론사에서 강약에 관한 논의는 끊이지 않고 있다.

일본 시에 있어서 강약율론은 土居光知에서 볼 수 있다. 그는 일본어가 2음을 기조로 한다는 사실을 발판으로 2음1<음보>설을 주장했는데, 이 2음1<음보>설을 또 다른 측면에서 받혀주는 것이 강약설이다. 土居光知에 의하면 [さく / らの / なが / れて]라는 2음씩의 그룹은 각각 1<기력>으로 발음되며 제1음의 [さ], [ら], [な], [れ] 등에는 강세가 놓인다는 것이다.[16] 土居光知는 그의 논의에서 일본어가 강약 악센트를 지닌 언어라는 점을 전제[17]로 하고 있기 때문에 일본 시를 강약율의 시로 보는 데 별 주저함이 없다. 그 후 강약설은 湯山淸이나 今井通郎, 態代信助, 相良守次 등으로 이어지는데, 이들의 논의는 일본어 자체를 강약 악센트어로 본다기보다 율독상의 강약을 발판으로 하는 연구라 할 수 있다. 특히 相良守次는 '해머가 달린 박절기'나 여러 음성 기록 장치 등을 이용한 각종 실험을 토대로 강약율을 주장했는데 특이한 점은 그가 이러한 리듬 현상을 어디까지나 심리적인 사실로 본다는 것이다.[18] 그래서 그의 연구는 단순한 측정 자료만이 아니라 피험자의 내성과 관찰에도 크게 비중을 두고 있다.

> 운문으로 읽는 태도와 산문으로 읽는 태도는 다르다. 그리고 운문으로서 리듬을 느끼고 읽으려면 역시 文 중에 강세를 회귀적으로 느껴야 하며, 거기에 군별적인 경향이 없고서는 리듬화는 생길 수 없다. 운문적으로 읽는다고 한다면 가락을 찾으려는 태도를 지니게 되어, 강세를 느끼고 또 군별화함에 민감하게 되지 않으면 안 된다.[19]

16) 土居光知, 『文学序説』(岩波書店, 1977), 153면.
17) 土居光知, 『日本音声の実験的研究』, 岩波書店, 1955.
18) 相良守次, 『日本詩歌のリズム』<心理学叢書第一巻>(教育研究会, 1931), 1-3면.

군별화란 율격의 단위를 말한다. 이러한 율격의 단위, 군별화를 인지케 하는 것은 주관적으로 느끼는 강세라고 한다. 그러므로 심리적인 강세가 바탕이 되지 않으면 相良守次가 말하는 운문 즉 시의 율격은 상정되기조차 힘들다. 相良守次의 기계에 의한 실험 결과가 얼마나 객관적인 것일까에 대한 의문은 물론이며, 모든 해석이 심리설에 기초를 두고 있는 한, 相良守次의 강약설은 학문적, 논리적인 강약율이 될 수는 없다.

계속되는 논의 중에서 강약율에 대한 종합적이며 구체적인 논의는 川本皓嗣를 통해 알 수 있다. 그의 논리는 일본 시의 율격이 박자 리듬이나 운율적 강약 악센트를 빼고서는 말할 수 없다는 점을 강조함[20]으로부터 출발한다. 그는 일본 시가 '2음1박'(2음1<음보>), <4박자>라면 그것을 지탱해주는 근거(율격 표지)가 있어야 하는데 이것을 해명해 주는 것이 바로 강세라고 주장한다.[21] 荒木亨을 비롯한 다른 사람들의 <음보>설이 비판을 받는 이유는 왜 2음씩을 한 단위로 보느냐에 대한 해명을 못하기 때문이며, 이것은 강약율이 아니고서는 설명이 안 된다는 게 그의 주장이다.

> 그러면 왜 이음씩 묶여지는 것일까. 이음 뒤의 경계는 어째서 알 수 있는 것일까 그것은 제일구의 <よの/なか/は-/-->를 강하게 읽으면 よ와 な와 は는 강하게 되고 그 뒤의 の나 か, 휴지-는 약하게 되기 때문이다. 이렇게 여덟 자의 제일, 삼, 오, 칠자의 강세가 표지가 되어 팔자가 각각 이자씩 분절되는 것이다.[22]

19) 相良守次, 앞의 책, 427면. (拙訳)
20) 川本皓嗣, 『日本詩歌の伝統』(岩波書店, 1991), 279면.
21) 川本皓嗣, 『日本詩歌の伝統』, 267-279면.
22) 川本皓嗣, 『文学の方法』(東京大学出版会, 1996), 126면.

이러한 강세에 의해 2음씩의 분절이 가능하며, 또 강약율은 7・5조 전반에 적용되는데 예를 들어 보면 다음과 같다.

よの / なか / は× / ××

つね / にも / がも / な×

なぎ / さ× / こぐ / ××

あま / の× / おぶ / ねの

つな / で× / かな / しも[23]

2음의 박이 네 개씩 모여 7・5조가 각각 <4박자>를 이루는데 위와 같이 강, 약, 중강, 약이라는 <4박자> 운율적 강세가 나타난다는 것이다. 土居光知는 <음보>의 개념을 도입하면서 서양시의 강약율을 그대로 일본 시에 적용해, 결국 일본어에는 고저 악센트와 같이 강약 악센트도 존재한다고 하여 많은 비판을 받았었다. 그러나 川本皓嗣의 논리는 다르다. 川本皓嗣는 일본 시에 있어서 강약율을 주장하면서도 일본어에 강약악센트가 있다고는 하지 않는다. 그러면서도 강약율을 주장할 수 있는 근거는 무엇일까.

> 강약악센트에 의해 증명되는 이음일박의 리듬 원리를 일본어 일반에 적용시킬 필요는 없다. 음보라는 土居光知의 용어 자체가 실은 운율론의 專用語임을 잊어서는 안 된다. 교과서를 일제히 큰 소리로 낭송하거나 또는 손을 치고 발을 굴려 시구를 읽는 것은 자연적인 것이기는커녕 주기적인 리듬을 극도로 의식하여 그것을 크게 과장한 극히 특수한 발음방법이다. 小泉文夫는 이러한 자음이 두 자씩 묶이는 현상에 관해 '일본어의 일

23) 川本皓嗣, 앞의 책, 124-125면.

> 상적인 발음 중에 벌써 나타나 그것이 노래로 되면 한층 현저해지는 경향이라고 서술했다. -중략- 보다 정확히 말하면 강약악센트에 의한 이음일 박은 시든 산문이든 주기적인 리듬이 의식될 경우에 벌써 잠재하고 있으나 그 리듬 자체가 강하게 전면으로 나오는 것같은 낭송의 장에서 비로소 그것이 현재화된다. 그리고 일음 건너 오는 강세를 운율적 강약악센트라고 부를 수 있다.[24)]

川本皓嗣가 강약율을 '운율적 강약악센트'라고 한 것은 일본어에는 강약악센트가 없다는 사실과 운율이 극도로 의식되는 곳에서만 표면화된다는 사실과 밀접한 관련이 있다. 더구나 "운율의 기본은 귀로 감지할 수 있는 확실한 형, 규칙적으로 반복되는 음성상의 표지"라면서 "7·5조의 운율을 박이니 <박자>니 하면서 음의 강약을 전혀 문제시하지 않는 것은 감지할 수 있는 표지의 반복이라는 운율의 정의를 충족시키지 못하는 것"이라고 비판한다.[25)]

川本皓嗣의 고민은 <음보>와 <음보>를 가르는, 구와 구를 가르는 경계 표지로 확실한 음성적 표지를 찾으려는 데 있었다. 무슨 근거로 율격 단위의 경계를 지울 것인가, 확실한 표지가 없지 않은가 하는 점이다. 이러한 고민은 영시와 같이 강약율을 지니지도 않고, 고대 희랍시와 같이 장단율을 지니는 것도 아니며, 그렇다고 고저율도 아닌, 운소 자질의 대립을 볼 수 없는 시의 공통된 고민일 수 있다. 이는 川本皓嗣뿐만이 아니라 한국 시, 일본 시를 막론하고 율격론의 고민이 되어 왔던 문제이다. 川本皓嗣는 비록 일본어가 강약율을 지

---

24) 川本皓嗣, 『日本詩歌の伝統』(岩波書店, 1991), 255면.

25) 川本皓嗣는 1998년 11월 동경대학(東京大学)에서 있었던 필자와의 질의 응답에서 한국 시도 아직 확실히 단정할 수 없지만, 휴헐이나 <휴지>, 장음의 개입 등으로는 율격을 설명할 수 없으며, 거기에는 확실히 분절될 수 있는 표지가 있어야 하는데 그 표지는 역시 강세가 아니고서는 설명될 수 없을 것이라고 했다.

니는 언어는 아니지만 강약율이 아니고서는 도저히 이 음성적 표지를 찾을 수가 없다고 한다. 그러나 문제는 간단하지 않다. 그가 말한 강·약·중강·약의 강세 패턴이라는 것이 율격론에서 얼마나 의미를 지닐 수 있을까. 실제 예를 들면서 강세를 확인해 보자. 강세에도 질적인 차이가 있음을 고려해서 상정할 수 있는 강세를 표시해 보면 다음과 같다.

<일본 시의 경우>

(1)
▼　　▼　　▼
よの / なか / は× / ××
▼　　▼　　▼
つね / にも / がも / な×

(2)
▼▼　　　　▼
よの / なか / は× / ××
▼▼　　　　▼
つね / にも / がも / な×

(3)
▼　　　　▼　　　　　　　▼　　　　▼
よの / なか / は× / ×× → よのなか / は×××
▼　　　　▼　　　　　　　▼　　　　▼
つね / にも / がも / な× → つねにも / がもな×

(4)
▼
よのなかは×××
▼
つねにもがもな×

(1)은 각 <음보>의 첫 음절에 강세가 옴을 표시한 것이다. 강세가 기준이 될 때 일본 시는 2음이 1<음보>가 된다는 川本皓嗣의 말을 고려해 2음씩을 나누고 앞음절에 강세를 두었다. (2)는 구를 단위로 했을 경우로 강세의 질적인 차이를 고려한 것이다. 표가 없는 부분은 약이므로 결국 강·약·중강·약(川本皓嗣)이 될 것이다. (3)은 강세

의 질적인 차도 제외하고 강음만 살린 것이다. 그렇게 되면 반구의 첫 음절에 오는 강세만 남는다.[26] (4)는 구에 오는 두 개의 강세 중 보다 강한 강세만 살린 것이다. 사실 위의 (1), (2), (3), (4) 중 (1)과 (2)는 川本皓嗣의 설과 일치한다. 2음씩의 묶음에서 앞에 강세가 놓이고(1) 이것이 구에서는 (2)와 같이 나타난다고 할 수 있다. (3)과 (4)는 필자가 임의로 상정해 둔 것이다. (1)과 (2)가 존재할 수 있다면 (3)과 (4)도 틀렸다고 할 수는 없다. 이것은 무엇을 의미하는가. 곧 이러한 질적인 차이(강도)에 의해 드러나는 강세는 너무나 임의적인 것이라는 사실이다. 결국 相良守次의 말대로 '그렇게 읽으려는 의식'을 갖지 않는 한 강세는 드러나기 어렵다. 그러므로 어느 것이 맞다고 하기도 어렵게 되는 것이다. 이러한 강세는 '2음1박'설, 2음1<음보>설을 받쳐주기는커녕 (3)과 같이 4음이 1박절임-'4음1박'설-을 반증하는 근거가 될 수도 있는 것이다. 이는 한국 시의 경우도 마찬가지다.

<한국 시의 경우>

(1) 잔들고 / 혼자안자 / 먼뫼홀 / 바라보니 /

(2) 잔들고 혼자안자 / 먼뫼홀 바라보니 /

(3) 잔들고 혼자안자 / 먼뫼홀 바라보니 /

(4) 잔들고 혼자안자 먼뫼홀 바라보니 /

---

26) 여기서도 알 수 있듯이 川本皓嗣는 한 <음보>를 이루는 2음 중 앞의 음에 강음이 오므로 2음1<음보>씩의 경계를 알 수 있으며, 한 구안에 강약이 존재하며 각구의 맨 앞에 강이 옴으로 하여 구와 구의 경계를 알 수 있다고 했지만, 이것은 <2음1음보, 4박자설>을 받쳐주는 충분한 근거가 되지 못한다. 여기서 말하는 강약이라는 것은 다분히 상대적인 것으로 2음 건너 강세가 온다는 말은 4음 건너 강세가 온다는 말에 대해 하등의 우위성을 갖지 못한다.

川本皓嗣의 말대로라면 강세는 일본 시와 한국 시에 모두 해당된다. 이렇게 보면 한국 시에서든 일본 시에서든 강세는 율격 단위가 시작되는 첫 음절에 오기 때문에 그 기능은 율격 단위의 시작을 알려준다고 할 수 있겠다. 그러나 음운론적으로 변별적 기능을 갖지 못하는 자질이지만 율격론상에서는 율격 형성의 요소로 볼 수 있다는 川本皓嗣의 기본적인 시각은 잘못된 것이다. 음운론적으로 의의를 가지지 않는 이상 더 이상의 논의는 불가능하다. 실제로 강세는 위에서 본 바와 같이 각 율격 단위의 첫음절에 오며 경계 표시 자질로서의 기능을 하는 것처럼 보이지만, 이는 어디까지나 율독을 전제로 하여 의도적으로 의식해서 읽지 않으면 드러나지 않는 현상일 뿐이다. 율격 단위의 첫 음절에 강세가 오는 것은 보편적 현상이라고 말할 수도 있지만 꼭 강세를 두지 않더라도 율격이 형성되지 않는 것은 아니다. 강세로 인해 율격 단위가 경계지워진다기보다 특성상 율격 단위의 첫 음절에 들어가는 것뿐이다. 그러므로 강세는 일본 시든 한국 시든 시의 율격미를 더 살리기 위한 보조물로, 이것은 "調律상의 보조적 현상"에 불과하다고 보아야 할 것이다.

2) 고저

고저가 언어 내에서 변별성을 지니면서 시에서도 율성을 지녀 율격 형성에 관여하는 것이 바로 중국어, 한시이다. 중국어의 고저율(平仄)은 주지하다시피 시의 율격을 형성해 내는 중요한 법칙이다. 5언시와 7언시를 예로 들어 평측을 도표로 표시해 보면, (○는 平, ·는 仄)

<5언시>

○ ○ · · ○ (평-측형, 平起式)

・・○○・ (측-평형, 仄起式)

<7언시>
・・○○・・○ (측-평형, 측기식)
○○・・○○・ (평-측형, 평기식)

물론 위의 구는 어디까지나 典型적인 것으로 예외가 많음도 사실이다. 그러나 이러한 평측은 몇 가지 법칙을 지니고 있으며-예를 들어 5언시의 경우, 제2자와 제4자는 평측이 반대가 되어야 한다(二四不同)라든가, 뒤 3자가 평평평, 측측측이 되어서는 안 된다라든가, 측평측과 같이 평자가 측자 사이에 끼어 있어서는 안 된다는 등의 금기 - 한시 율격을 이루는 중요한 요소임은 두말할 나위도 없다.

중국어와 함께 일본어 역시 고저 악센트(pitch accent)어임은 잘 알려진 사실이다. 고저에 의해 뜻을 분화하는 기능에서는 언어에 따라 고, 중, 저의 3단 조직 또는 중국어와 같이 제1성-제4성 조직으로 나뉘기도 하는데, 일본어의 경우는 고와 저의 구별만으로 충분한 2단 조직이다.[27] 동음이의어를 예로 들어 보자.

雨(あめ) - 飴(あめ)
朝(あさ) - 麻(あさ)
新新黨(しんしんとう) - 新進黨(しんしんとう),
秋田縣(あきたけん) - 秋田犬(あきたけん)
4年生(よねんせい) - 4年制(よねんせい),
試驗官(しけんかん) - 試驗管(しけんかん)
滿腹時(まんぷくじ) - 万福寺(まんぷくじ)[28]

---

27) 金公七, 『日本語音韻論』(学文社, 1983), 85-86면.
28) 窪薗晴夫・太田聡, 『音韻構造とアクセント』(研究出版社, 1998), 11면.

이외에도 고저의 대립이 의미를 변별하는 경우는 매우 많다. 일단 고저가 언어 내에서 변별적인 자질이 되므로 일본 시가 고저율의 시일 가능성은 그만큼 높다. 그런데 문제는 이러한 고저의 대립을 지닌 단어가 시어로서 얼마나 그 성질을 드러내는가에 있다. 일본 시 고저율에 대한 시험은 山田美妙에서 시작되어 여러 연구자에게서 볼 수 있다. 그러나 山田美妙는 장단과 고저, 강약 등을 제대로 구별하지 않아 논리적인 고증이라고 보기는 어렵다. 일본 시 고저율의 가능성을 시험하면서 川本皓嗣는 다음과 같은 예를 들고 있다.

(1) まちに棲むねこは
ひかる眼を伏せて
やみに地を這うか

(2) あきの夜半のあらし過ぎて
屋根をうつはおち葉ばかり[29]

위의 예 (1)은 영시 <약강4보격>의 약강 대신 저고를 넣어 일본 시 <저고4보격>을 상정해 본 것이며, (2)는 <고저저4보격>을 상정해 본 것이다. 이러한 실험시, 일본 시 고저율시에 대한 그의 견해는 "창작이라기보다는 오히려 퍼즐에 가까운 놀이로 인식된다[30]"는 것이다. 억지로 평측에 끼워 맞추거나 몇 가지 유형의 실험을 하더라도 너무 어색해 시로 성립되기는 지극히 어렵다. 그리고 기존의 시에서도 이러한 고저의 대립이 드러나는 시는 없다. 그렇다면 일본 시의 경우는

29) 川本皓嗣, 앞의 책, 232-233면.
30) 川本皓嗣, 앞의 책, 233면.

중국의 한시와는 달리 고저 악센트가 그 역할을 해 내지 못한다고 볼 수 밖에 없다. 고저율이 일본 시의 율격 형성에 관여하고 있다면 시에서 고저의 대립이 규칙적으로 나타나지 않으면 안되며 거기에는 일정한 법칙도 생기기 마련이나 일본 시에서는 이러한 고저에 의한 규칙성이나 법칙은 찾아 볼 수가 없다. 어휘는 고저 악센트를 지니고 있으나 시에서는 이것이 율격 형성에 하등의 역할을 하지 못하며 이것이 시에 의도적으로 쓰이는 예도 찾아 보기 힘들다.

한국 시의 고저율은 김석연과 황희영의 연구에서 그 가능성이 논해진 바 있다. 이들은 공통적인 방법론으로 음성학적 측정 기기를 사용했는데 김석연은 sono-graph를, 황희영은 mino-gram을 사용하였다. 율격이 리듬의 일이고 보니 낭독과 관련이 깊고 사람의 귀로는 그 객관적인 판단이 매우 어려운데 여기에 정확성과 객관성을 무기로 하는 기계는 매우 효과적인 것일지도 모른다.

> sono-graph의 실험 결과가 국어를 高低 액센트의 言語로 특징지어 준 이상 앞으로 强弱律의 운율 낭독법이란 있을 수 없음을 지적하여야 되겠다. 따라서 한국어나 한국 시가에 있어서의 代表的 억양법을 高低律이라 인정하지 않을 수 없을뿐더러 또 한 가지 지적하지 않을 수 없는 點은 이 高低律과 頭韻과의 사이에 깊은 關聯性이 있다는 것이다.[31)]

기계에 의한 실험 결과, 음의 고저가 객관적으로 증명되었으므로 한국 시가 고저율의 시로 인정되지 않을 수 없다고 하지만 여기에 운의 문제는 논외로 하더라도 김홍규가 지적하였듯이 큰 맹점이 있다. 실험 결과 나타난 음의 고저가 해당 언어의 원칙의 일부로 규정되는 초개인적인 사실인지, 아니면 그러한 의의를 가지지 않는 우연적이며

31) 김석연, 「素月詩의 韻・律 分析」 <서울대학교교양과정부논문집, 인문・사회과학편 제1집>, 1969, 138면.

잉여적인 사실인지는 판명할 수 없다는 것이다. 모든 음운적 자질이 음성학적 실험기기에 포착될 수 있다는 것은 승인할 수 있지만 음성학적 실험기기에 나타나는 모든 물리적 음성현상이 음운적 실체성을 가지리라고 주장하기는 불가능하다. "똑같은 자료를 가지고 고저의 차이가 드러나지 않게 읽든, 강하게 드러나도록 읽든, 다른 형태의 고저를 부여하여 읽든 자연스러운 언어 감각이나 율격이 파괴된다고 볼 수 없다는 것[32]"은 이러한 측정기기의 결과가 개인적인 낭독 차원의 것을 넘어서기는 어렵다는 사실과 동일하다.

> 고저는 성대진동의 수에 따라 일정한 시간의 진동수에 정비례하여 결정되지만 이것도 성별 연령에 따라 다를 수도 있고 동일한 사람이라도 경우에 따라 달라질 수도 있다. 악율의 음율도 이 고저에 의하여 생기는 것이다. 고유시의 시어에도 고저가 관용성을 띠는 것도 있지만 그것만으로 고유시의 율격을 율할 수는 없다.[33]

또 한국 시의 율격이 고저율에서 형성되는 것이라면 먼저 한국어가 고저율이라는 언어적 특질을 지니고 있어야 한다. 오늘날 고저의 대립에 따른 의미 변별이 없는 이상 한국어를 고저 악센트의 언어라 할 수는 없다. 비록 몇몇 단어에서 고저가 관용성을 띠는 경우-말(言, 馬 등)도 있기는 하지만, 이것으로 한국어를 고저 악센트의 언어라 규정하기는 어렵다. 더구나 이러한 고저가 시어의 율성 문제에 있어서는 개인의 기분에 따른 율독이 아닌 율격 형성에 관여한다고는 더더욱 할 수 없다. 그리고 중세 한국어가 성조 언어였다는 사실도 어느 정도 인정되고 있는 듯하나 이 문제에 대해서도 보다 깊은 연구가 필요하다고 생각한다.

---

32) 김흥규, 「한국 시가율격의 이론1」, 109면.
33) 홍재휴, 앞의 책, 58면.

3) 장단

장단의 대립을 언어적 특질로 가지며 이것이 시의 율격에 관여하는 언어는 고대 그리스어, 라틴어, 인도의 산스크리트어 등이라고 한다. 특히 그리스어[34]는 장단의 대립뿐만이 아니라 고저 악센트도 지니지만 이 고저 악센트는 시에서 어떤 율성도 지니지 못하며 장단만이 복잡하게 얽혀 율격을 형성한다. 1장음절(-)은 2단음절(⌣ ⌣)과 같은 길이이며 단음의 표시는 반드시 필요한 것은 아니지만 둘이 대립될 때는 표시하게 된다. 한 행을 구성하는 2음절 이상의 덩어리를 pous (foot에 해당)라 하는데 그 유형을 들어보면 다음과 같다.

⌣ - (단장격 iamb, iambus)	pater (아버지)
- ⌣ (장단격 trochee)	trokhos (자동차)
- - (장장격 spondee)	theke (상자)
- ⌣ ⌣ (장단단격 dactyl)	ouranos (하늘)
⌣ ⌣ - (단단장격 anapaest)	basileus (왕)

실제 시를 예로 들어보자.

andra moi / ennepe / Mousa, po / lutropon / hos mala / polla //
- ⌣ ⌣ / - ⌣ ⌣ / - ⌣ ⌣ / - ⌣ ⌣ / - ⌣ ⌣ / - ⌣ //[35]

위는 호메로스의 서사시에 쓰인 장단단격으로 맨 뒤의 장단을 제외하고는 모두 장단단격으로 되어 있다.

---

34) 그리스어, 그리스시에 관한 운율론은 다음 책을 참고했다.
水谷智洋, 『古典ギリシア語初歩』(岩波書店, 1990).
風間喜代, 『ラテン語とギリシア語』(三省堂, 1998).
M. Amoros, 『ギリシア語の学び方』(南窓社, 1985).

35) 風間喜代, 『ラテン語とギリシア語』(三省堂, 1998), 186면의 예를 재인용.

그러면 한국어에서 장단은 어떠한 의미를 지닐까. 한국어에서 장단은 변별성을 지닌다. 흔히 우리가 알고 있듯 다음과 같은 예는 음성적 길이에 따라 의미가 달라진다.

① 배(梨)를 먹고 싶다.
② 배(舟)를 타고 싶다.

①②의 [배]는 같은 1음절어로 길이에 차이가 없다고 할 수 있지만 아래 ③의 [배]는 다르다.

③ 이것은 저것의 배(倍)나 된다.

③의 배(倍)가 ① ②의 배(梨, 舟)보다 장음이라는 사실은 한국어에 익숙한 사람이라면 누구나 아는 사실이다. 이러한 현상은 한자어에 많은데 다른 예를 좀 더 들어보자.

근:간(近刊)-근간(根幹)
구:제(舊制)-구제(驅除)
고:위(故違)하다-고위(孤危)하다.
고:원(故園)-고원(雇員)
구:적(舊蹟)-구적(寇賊)
구:조(救助)-구조(構造)
귀:화(鬼火)-귀화(歸化)
난:국(亂國)-난국(難國)
남:상(濫觴)-남상(男相)
사:절(使節)-사절(斜截)
단:식(斷食)-단식(單式)
노:농(老農)-노농(勞農)
대:상(代償)-대상(隊商)
도:장(道場)-도장(圖章)
동:기(動機)-동기(冬期)
만:사(萬事)-만사(輓詞)
면:모(面貌)-면모(綿毛)
반:포(反哺)-반포(頒布)
병:(病)-병(瓶)

(긴소리는 글자 오른 편에 [:]표로 나타낸다.)36)

---

36) 허웅, 『국어음운학』(샘문화사, 1985), 249면의 예를 발췌하여 제시하였다.

이러한 예는 엄청나게 많아 헤아릴 수 없는 정도이다. 물론 그렇다고 해서 장단율이 한국어에 지배적으로 존재한다고 할 수 있는 것은 아니지만, 위의 예만 보더라도 한국어에서 장단율을 무시할 수는 없을 것이다.

이렇듯 한국어의 장단은 음운론적으로 변별 기능을 가지기 때문에 율격 형성에 관여할 가능성은 매우 높다. 하지만 언어적으로 변별적인 기능을 가진다고 해서 그것이 무조건 율격을 형성하는 요인이 되는 것은 아니므로 한국어의 장단율이 시의 율격 형성에 관여하는가는 신중히 살펴야 한다. 정광은 이런 시각에서 한국 시에서의 장단율의 존재를 증명하고자 했는데,

> 사ㄴ에는 /꼬ㅊ피네/꼬치피네
> 가ㄹ보ㅁ/여름업시/꼬치피네 (/는 colon, -는 장음표시)
> 이것을 그 음절의 모라 수로 따져 보면
> 2 1½ 1 2½ / 2 1½ 1 2½ / 2 1½ 1 2½
> 2 1½ 1 2½ / 2 1½ 1 2½ / 2 1½ 1 2½
> 와 같다. 이것은 결과적으로 長音節과 短音節이 規則的으로 交替하여 韻律效果를 갖게 하며, 4個의 長短 對 短長이 對立되는 colon이 세 번 反復되어 한 句節을 形成한다. 즉, 한 句節의 音節數는 12이고 모라가 21個이며 long base와 short base가 交替한 colon이 3번 反復되는 것이다.[37]

그러나 이 논의에는 문제가 있다. 우선 장음과 단음으로 표시된 음절이 국어의 언어 원칙상 확연하게 구별되는 규정적 사항이 아니라 발화상의 우연한 결과일 수 있다는 점[38]이 지적될 수 있다. 그러므로

37) 정광, 「한국 시가의 운율 연구 시론」《응용언어학, 7권, 2호》 서울대어학연구소, 161면.

38) 김흥규, 앞의 논문, 111면.

이를 바탕으로 '장·단·단·장'의 율격형이 존재한다고 한 것도 자연히 논리력을 상실하게 된다.

한국 시에는 장단의 대립적 기능이 나타나지는 않는다. 그리스시에 보이는 장단격, 단장격, 단장장격 등은 찾아볼 수 없다. 그러므로 한국 시는 장단율의 시가 아니라고 단정지을 수 있다. 일본어, 일본 시 역시 장단의 대립은 볼 수가 없다. 1음1음이 등시적인 언어이므로 장단은 생각할 수가 없다. 실제 발화상에는 장단의 개입이 있기도 하지만, 그것은 음성적인 발화의 한 양상일 뿐 그 이상은 아니다. 일본 시에 있어서의 장단은 山田美妙에 의해 시도된 바 있지만, 이는 고저와 혼돈한 것으로 川本皓嗣에 의해 비판받은 바 있다.[39] 이렇게 볼 때 한국 시든 일본 시든 장단율과는 거리가 먼 시임을 알 수 있지만 양국 시에서 율격 단위 말음절에서 나타나는 음절적 장음화 현상은 모두 볼 수 있다. 하지만 단위말의 음절적 장음화 현상으로 장단율을 논하는 것은 착오일 뿐이다. 율격 단위의 음절말에서 일어나는 장음화 현상은 필자가 이미 언급한 휴음의 한 변상으로 파악되어야 한다.

3. 기저 단위 율격의 異同

한국 시 율격의 기저 단위는 시어이다. 시어는 율격 형성에 직접적으로 관여하지는 않아도 간접적인 율격 단위로서의 구실을 한다. 일본 시의 시어도 율격 형성에 직접적으로 관여하지는 않아도 간접적인 율격 단위로서의 구실을 한다는 점에서는 한국 시와 동일하다. 그러나 정도의 차이로 말미암아 일본 시 율격론에서는 시어를 율격 단위로 인정하는 데 회의적임을 볼 수 있다. 한국 시와 일본 시의 시어는

---

39) 川本皓嗣, 앞의 책, 240면.

매우 다른 성질을 갖고 있는데 우선 한국 시의 시어는 원칙적으로 그 내부에 휴헐이 옴을 꺼리지만 일본 시의 경우는 반드시 그렇지는 않다. 율격에서 의미 율격과 운율 율격을 상정해 볼 때, 한국 시의 경우는 의미 율격에서 완전히 자유로운 운율 율격을 상정하기 어려운 반면, 일본 시의 경우는 의미 율격과는 완전히 별도의 기계적인 운율 패턴인 운율 율격이 가능하기 때문이다. 그러므로 한 시어라 할지라도 그 사이에 휴헐이 와 기층 단위인 박절로 갈라지는 경우도 생긴다. 이는 일본어 자체의 성격이 철저한 등시성에 기반을 두고 있다는 사실과 무관한 것 같지는 않다. 이러한 사실은 율격에 있어서도 철저한 등시성으로 연결되어 등시성이 지켜지는 기계적인 운율 율격을 만들어낸다. 그러므로 운율 율격이 우선시 됨으로 인해 의미가 무시되더라도 충분히 율격을 생성해 낼 수 있게 된다. 그리고 양국 시의 시어의 율성에 관해서는 강약율, 고저율, 장단율에 대해 양국 다 그 가능성이 시험되었으나 시에서 그러한 운소 자질의 대립을 찾을 수는 없었다. 일본에서는 土居光知를 비롯해, 相良守次가 기계를 이용해 강약율을 증명하려 했고 川本皓嗣는 아직까지도 강약율을 제외하고는 일본 시를 논할 수 없다고 하지만, 강약이 일본어에서 변별적인 자질이 아닌 이상 일본 시에서의 강약율은 성립되기 힘들다. 이 점은 한국 시도 마찬가지다. 강약율의 이론적 근거가 될 것 같은 相良守次의 실험도 심리적 요인에 의한 강약으로 아무런 객관적인 근거를 제공해 주지는 못했다. 한국에서는 김석연과 황희영이 기계로 고저율을 증명하려 했지만 고저율 역시 언어의 변별 자질이 아님과 동시에 그들의 연구는 타당성이 부족한 이론임이 밝혀졌다. 그리고 고저율을 지닌 일본어라 할지라도 일본 시에는 고저율이 나타나지 않는다. 한국어에 장단이 변별적인 자질이므로 한국 시가 장단율로 설명될 가능성이 실험되었으나, 한국 시를 장단율로 설명할 수는 없었다. 특히 등시성이 명확한 일본 시는 장단율과는 거리가 멀다. 이렇게 볼 때 한국 시와 일본 시는 강약율이든, 고저율이든, 장단율이든, 어디에도 해당되지 않는다는 사실은 의심의 여지가 없게 되는 것이다.

基層 單位

1. 기층 단위의 특질

1) 기층 단위의 성립

한국 시든 일본 시든, 시도기 음수율론에서는 음절이 기층 단위라 생각되었으나, <음보율>론이 도입되면서 율격의 기층 단위는 음절이 아닌 그 상위 단위라고 생각하게 되었다. 이는 구 내에서 반복되는 율격적 실체를 찾은 셈이며 이로 인해 율격의 본질이 제대로 파악될 가능성이 열렸다고도 볼 수 있다. 이 점이 바로 율격론사에서 <음보>론의 도입과 함께 얻은 귀중한 획득물이 될 것이다. 양국 시의 기층 단위를 이루는 것은 음절이 아니라 음절의 상위 단위이며 이는 또 시어의 상위 단위이기도 하다. 이 기층 단위는 앞에서도 말했듯이 음절이 모여 이루어지며 구 내에서 반복된다. 이렇게 본다면 논리상 일견 모순이 있다는 비판을 받을지도 모르겠다. 왜냐하면 필자는 지금까지 한국 시와 일본 시가 모두 음수율의 시임을 강조해 왔기 때문이다. 음수율의 시라 하면서 그 기층 단위는 음절이 아니라는 것이다. 그러나 이러한 사실은 모순되지 않는다. 음수율 시의 기층 단위는 음절이고 <음보율> 시의 기층 단위는 <음보>라는 생각은 잘못된 것에 불과하다. 음수율의 시에서도 음절의 상위 단위는 기층 단위가 될 수 있으며 단지 그것은 <음보>가 아닐 뿐이다. 음수율의 기층 단위를

<음보>로 착각하면서부터 한국 시와 일본 시는 율격의 본질과는 어긋나는 <음보율>의 시로 이해되고 말았던 것이다.

이와 같은 착오가 일어났던 것은 율격의 다층성을 제대로 파악하지 못한데서 비롯되었다고 볼 수 있다. 율격의 다층성은 비단 특정의 시에만 적용되는 것이 아니라 대부분의 시에 적용된다고 볼 수 있을 듯하다. 그러므로 기층 단위-소위 중간 단위- 역시 대부분의 시에서 설정 가능한 것이며 율격의 실체를 파악하는 데 중요한 역할을 함은 두말할 여지가 없다.

한국 시의 기층 단위는 종래 <음보>라고 가장 많이 일컬어졌으며 그 전에는 <律脚>이니 <詩脚>이니 하는 용어도 있었다. <율각>, <시각>, <음보> 등의 용이는 일본에서 서양시의 foot에 대응되는 용어로 쓴 譯語이다. 그러나 아무리 고정적 형식과 규칙적 순환의 형태를 띤다 하더라도 <음보>가 될 수 없음은 누누이 강조해 온 바다. 그래서 이러한 기층 단위를 <토막>이라든가 <마디>, 율어(척사) 등으로 일컫기도 하는 것이다. 어쨌든 이러한 한국 시의 기층 단위는 규칙성과 반복성을 띠며 이는 일본 시의 경우도 마찬가지다. 지금까지 한국인-일본을 제외한 다른 외국인에게 있어서도 마찬가지이다-에게 있어서 일본 시는 철저한 음수율의 시로 음절과 구 사이의 중간 단위의 존재는 별 의의가 없으며 이것이 기층 단위로서 인정될 필요는 없는 것처럼 인식되어 왔지만, 일본 시 역시 구와 음절 사이에는 중간 단위가 존재하며 이 중간 단위는 철저한 등시성을 띠며 반복된다.

한국 시와 일본 시의 중간 단위가 기층 단위로서의 자격을 획득한다고 해서 이것이 <음보>이며, <음보율>이라는 것은 잘못된 인식에서 나온 결과일 뿐이다. 한국 시와 일본 시는 기조, 기저 단위의 상위 단위이며 기본 단위의 하위인 기층 단위를 가지며, 이 기층 단위는 구 내에서 반복의 실체가 된다. 그리고 그것은 <음보>가 아니라 한국 시의 율어 단위이며 일본 시의 박절 단위이다. 그리고 반복의 실체인 기층 단위가 성립된다고 해서 한국 시와 일본 시가 음수율의 시라는 사실이 부정될 수는 없다.

2) 용어의 辨釋

한국 시나 일본 시의 중간 단위는 기층 단위로서 충분한 자격을 인정받을 수 있으며 그것은 음절, 시어가 아니라 그 상위 단위라 했다. 율격론사를 통해 볼 때 기층 단위의 인식은 <음보율>론의 도입으로 율격이 반복의 실체임을 인식하게 되면서부터다. 그런데 문제는 기층 단위가 곧 <음보>로 이해되었다는 데 있다. 용어는 그 자체가 어떤 성격을 내포하고 있으므로 용어가 지닌 개념과 실제로 쓰이는 대상은 일치해야 한다. 그러나 여기에는 양국 모두 상당한 문제점이 내포되어 있다.

한국 시의 율격론사가 시도기 음수율론에서 <음보율>론(복합<음보율>론-단순<음보율>론), 회귀론(음수율론)으로 진행되면서 얻어낸 가장 큰 산물은 역시 기층 단위의 인식이라는 데 있다. 시도기 음수율론에서는 음절이 기층 단위라 생각했고 음절수로서 그 율격적 정형성을 측정해 낼 수 있다고 믿었으나 한국 시의 음절수의 유동성에 부딪혀 논의는 더 이상 진전될 수 없었다. 정병욱은 <음보>론을 들여와 한국 시 율격의 기층 단위는 음절이 아니라 <음보>이며 율격의 구성이 등시성의 원리에 의함을 주장하였는데, 그가 주장한 <음보> 규정을 살펴 보면 다음과 같다.

> ① 시가 운율의 기본 단위인 음보(foot)는 "시간적으로 등장하여야 한다."
> ② 우리 시가에 있어서 그 음보는 "고악보의 삼대강 팔정간을 기본 단

위로 하는 음악의 소절 가운데 배치된 가사에 해당하는 것이다.
③ 그리고 그 음보는 '강약약(dacty1)'형의 accent pattern으로 성립된다.[1]

강약율, 등장성을 지니며 음악의 <소절>에 해당하는 것이 <음보>이다. 앞에서도 말했듯이 <음보>를 음악의 <소절>에 상응하는 가사로 규정한 것은 문제가 있지만 한국 시가 강약율을 지닌다면 한국 시의 기층 단위를 <음보>로 봐도 큰 무리는 없을 것이다. 정병욱의 논리에서는 일단 ②와 ③이 문제가 된다. 그리고 이 <음보>를 기본 단위로 본다는 것도 ①을 통해 알 수 있다. 이 때의 기본 단위라는 말은 최소 단위를 의미한다.

이능우는 정병욱의 <음보>와는 달리 그보다 작은 단위를 상정하고 있다. 그는 한국 시를 이중 조직의 구조로 파악하면서 <율각>이라는 용어를 쓰고 있다.

> 우리 韓國語 律文의 metrics構成은 二重組織으로 되어 있는 바를 가려 볼 수 있는 것이다. -중략- 最初엔 리듬의 原理에 좇아 二音節씩이 한 個 單位로 이루며 나간다<第一次 結束> 韓國語로써 된 行에 있어 內容을 不關한다면 이 第一次結束이 곧 foot(律脚)가 될 수 있다. 그러나 文學이기 때문에, 여기 意味의 客觀이 不關될 수 없기 때문에, 이 (第一次 結束의 foot)에 不滿을 느끼게 되었던 것이다. 그리하여 우리 律文의 境遇에 있어서는 다음 段落의 結束을 곧 <第二次結束>을 생각 아니하지 못하게 되는 것이다. 이 段階에서의 結束 즉 <第二次 結束>을 정히 筆者는 우리 韓國語 律文의 律脚이라고 보자는 것이다.[2]

이중조직설이란 등시적인 음절들이 분합하는 요인이 이중이라는

---

1) 예창해, 「한국 시가운율의 구조연구」 <성대문학 19집>(성균관대 국문학회, 1976), 105면에서 재인용.
2) 이능우, 『古詩歌論攷』(宣明文化社, 1966), 237면.

것이다. 첫째 요인은 의미를 막론하고 리드미컬하게만 보족하려는 생리이며, 둘째 요인은 문구들을 의미적으로 보족하려는 의식 즉 의미의 객관이다. 둘째 요인에서 <저율각>이 이루어지고, 첫째 요인에서 <본율각>이 이루어진다고 한다. 이 <율각>이라는 용어 역시 일본 율격론에서 쓰던 용어(서양시의 foot에 해당)이며 <음보>와 큰 차이를 갖고 있지는 않다. 그런데 이러한 <율각>, <음보>가 이중으로 나뉘어진다는 것은 바람직한 논리가 아니다. 이능우가 <저율각>과 <본율각>을 나눈 것은 한국어와 전혀 상관이 없다고는 할 수 없지만, 다분히 일본 시 율격론에서 <2음기조>설, <2음고리>설의 영향을 받은 듯하며 당시 일본 시의 2음1<음보>설도 고려에 있었던 것 같다. 결국 <본율각>을 기본 단위라 했지만 이 때의 기본 단위란 최소 단위를 의미하는 것으로 이러한 최소 단위가 이중으로 나뉠 수 있다는 것도 무리이며 이능우가 말하는 <본율각>을 최소 단위로 보는 것도 무리다. 그리고 이것이 곧 서양의 foot과 같은 단위가 될 수는 없다. 한편 김석연은 고저율을 주장하면서, "음보를 둘로 쪼개 놓은 결과와 같은 氣絶(breath unit)이 우리 시가의 기본 단위"라고 했다.

> 우리 詩 리듬의 기본단위는 音步를 둘로 쪼개 놓은 결과와 같은 氣絶이라는 breath unit에서 그 基調를 찾을 수 있음을 보았다.
>
> 等長性의 리듬 감각이 氣絶이란 단위로 형태화하여 한국어의 基調를 이루고 있는 것이라 할 것인즉 詩歌韻律의 基本單位인 metre(韻律)를 이 氣絶에서 잡아야 함은 그 실험결과가 명시해 주고 있다.3)

여기서 말하는 기본 단위 역시 최소 단위를 의미함이 틀림없다. <기절(breath unit)>은 土居光知가 말한 <氣力>과 동일한 의미이다. 당

---

3) 김석연, 「시조율성의 과학적 연구」《아세아 연구 32집》, 1968, 1-9면.

시 土居光知는 일본 시에서 1<기력>으로 발음할 수 있는 것을 1<음보>로 보았지만 한국 시에서는 그것이 <음보>가 될 수 없다. 결국 <기절>은 한국 시의 <음보>를 둘로 쪼개 놓은 것과 같으므로 이것이 운율의 기본 단위라 한 것이다. 그러나 고저율을 주장하는 김석연이 기준 단위로 <음보>가 아닌 <氣絶>을 내세운 것은 잘못이다. 또 그의 논리의 근거가 되는 sono-graph 실험 결과의 한계는 여러 차례 지적되어온 게 사실이다. 이와 관련하여 고저율을 주장한 황희영의 <음보> 규정을 보면 그는 규칙적으로 반복되는 고저를 기준으로 <음보>를 설정했음을 알 수 있다.

˘ – | – ˘ | ˘´ – ˘
na bo gi ga jək jə wə
∘ ˘ ˘ | – ˘ ˘
g a ʃil tæ e nwn
– ˘ ˘ | ∘ – ˘ | ˘ – | – ˘ | – ˘ ˘
ma: rəp ʃi go: i bo næ dwri urida[4)]

고저의 대립에 의해 <음보>를 규정함은 영시의 <음보>가 강약의 대립에 의해 규정됨과 동일하다. 그러나 여기에는 예창해의 비판처럼 고저의 패턴이라 제시된 것이 그 규칙성을 찾기가 힘들며 실제 제시된 <음보>는 등시성을 지닌다고 할 수도 없는 것이다. 그러므로 황희영이 주장한 고저율은 물론이거니와 <음보>의 규정도 한국 시에는 맞지 않음을 알 수 있다.

이후 조동일은 <휴지>에 의해서 구분된 문법적 토막이 일정한 수로 연속되어 되풀이 될 때 그것을 <음보> 또는 <율격적 토막>[5)]이라고 했으며, 예창해는 등시적인 회귀반복의 기본 단위를 <음보>[6)]라

4) 황희영, 『운율연구』(형설출판사, 1969), 156-157면.
5) 조동일, 『한국 민요의 전통과 시가율격』(지식산업사, 1996), 221면.

고 했다. 조동일이 말한 <음보>, <토막>이나 예창해의 <음보>는 기본적으로 그 성질을 같이 하며, 예창해의 기본 단위 또한 앞에서와 같이 최소 단위를 의미한다. 이후의 연구를 보아도 대부분 <음보>에 해당하는 것은 <휴지>(휴헐)에 의해 구분되며 등시성을 지니는 반복의 단위라는 점에서는 일치를 보인다. 이것이 바로 기층 단위의 실체이다. 여기서 문제는 두 가지이다. 하나는 이것이 기본 단위이냐라는 것이고, 또 하나는 이것이 <음보>이냐라는 것이다. 정확히 말해 기층 단위와 기본 단위는 엄밀히 구분되어야 한다. 대부분의 논의에서는 기본 단위를 최소 단위로 인식하고 다른 단위와의 차별적인 구분은 하지 않았다. 하지만 율격의 본질을 파악하기 위해서는 그 다층성, 층위성을 인식하지 않으면 안 된다는 것은 이미 언급한 바와 같다. 율격 형성의 단위는 기조 단위부터 기저 단위, 기층 단위, 기본 단위의 계층성을 지니고 있다. 이렇게 볼 때 휴헐에 의해 구분되며 등시성을 지니는 반복의 단위는 바로 기층 단위이지 율격 형성의 기본 단위와는 다르다. 그리고 물론 이것은 최소 단위도 아니다. 율격 형성의 기본 단위는 구이다. 둘째, 이러한 기층 단위는 한국 시에서 <음보>가 될 수 없다. 여러 논의에서 우위성을 획득한 용어는 단연 <음보>이다. 그러나 서양의 foot을 번역한 <음보>라는 용어로는 한국 시의 특성을 잘 설명할 수 없다.

> 音步가 等長性을 형성한다는 것은 强弱律이건 高低律이건 長短律이건 어느 경우나 基本的으로 갖춰져야 하는 要素다. 따라서 音步律이란 特質은 韓國 詩歌만의 特質일 수도 없고, 또 音步律이란 用語를 쓸 수 있을는지조차 의심스럽다.
>
> 音步律이란 用語가 成立되자면 音步間에 어떤 對立的 交替의 規則

6) 예창해, 앞의 논문, 110면.

이 있어야 할 것이다. 律이란 바로 그런 屬性을 前提로 하는 것이니까. 그럼에도 巷間에 音步律이란 用語가 많이 쓰이므로 여기서 그대로 仍用하지만 이는 바른 用語는 아닐 것이다.[7)]

한국 시가 강약, 고저, 장단으로는 설명될 수 없다는 사실과 <음보>라는 용어에 대한 바른 이해에 힘입어, 한국 시에 쓰이는 <음보>, <음보율>이라는 용어의 부적절성이 지적되었다. 이는 <음보>라는 용어가 포함하고 있는 의미와 한국 시는 맞지 않음에서 비롯된 것이다.

從來에는 이와 類似한 律格 單位를 <句> <語節> <詩脚> 또는 <音步> 等이란 用語를 써 왔다. 近來에는 <音步>란 용어가 자주 쓰이는 듯하나 이것은 <foot>의 日譯語를 仍用한 것이라 볼 수 있다. 그렇다 하여 이 譯語의 使用이 못마땅하기에 앞서 原語인 <foot>의 韻律 單位가 결코 固有詩의 이와 같은 律格 單位와 一致하지 않으므로 오히려 이를 理解하는 데 잘못을 가져올 우려가 있기 때문이다.[8)]

foot의 율격 단위와 한국 시의 율격 단위가 일치하지 않으므로 foot의 譯語인 <음보>를 가져다 쓰는 것은 잘못이라는 것이다. <음보>는 그 개념상 음절의 수보다는 다른 율적 요소가 우선시된다. 한국 시의 율격 단위는 이와는 달라 음절이 가장 중요한 율적 요소로 음절의 수가 율격형을 결정하게 된다.

이러한 비판에 이어 조창환도 매우 논리적으로 <음보>의 부적절성에 대해 논한 바 있다.

음보율의 대원칙은 균등한 발화 시간이나 음량에 따른 규칙적 반복을 전제로 한 것이어서 foot이라는 서양 용어나 이를 번역한 음보니 보격이

7) 김대행, 『한국 시가구조연구』(삼영사, 1976), 38면.
8) 홍재휴, 『韓國古詩律格硏究』(태학사, 1983), 63면.

니 하는 용어 자체가 이 개념에 근거한 것이다. 다만 그것을 변별하는 자질로서 표시된 음절의 수에만 의존하지 않고 설정된 기준 음량을 구성하는 음절수에 상당한 폭의 여유를 줄 수 있음이 사실이다. 그렇다 하더라도 음보의 보격적 규칙성 안에서 허용될 수 있는 음량의 진폭에는 한계가 있어야 할 것이다. 그렇지 않다면 이미 음보라는 용어를 적용할 수 있는 한계를 넘어선 것이어서 이를 감당할 만한 새로운 개념의 용어가 채택되어야 한다.

-중략- 이처럼 규칙적으로 불규칙한 음보의 질서라면 이미 음보의 개념으로 설명하기에는 부담스러운 현상이 아닌가 한다. 음보라는 용어는 평음보를 지칭함이 원칙일 터인데 한 율행의 네 단락에서 평음보는 한 번 나타날 뿐이고 평음보보다 모자라는 소음보가 두 번, 이보다 넘치는 과음보가 한 번 나타나서 전체적으로 불균등한 진행을 보인다면 이 사실을 설명함에 굳이 음보 개념에 묶일 필요가 있을까 하는 것이다.[9]

한국 시의 율격 논의가 많은 벽에 부딪히게 된 것도 어쩌면 <음보>라는 용어에 갇혀 논리상 벗어날 수 없었기 때문인지도 모른다.

영시와 같은 강약률의 복합 음절 율격이 아닌 이른바 순수 음수율의 율격 체계에서는 음보가 있을 수 없다. 왜냐하면 음절군을 구분하는 기준으로서 음운의 이차적 특징-예컨대 강약, 고저 따위와 같은 자극이 없어서 그 음절 수를 동일한 단위로 분절할 수 없기 때문이다. 설령 음절수의 반복이 휴지나 기타에 의해 호흡단위breath group로 분절된다 하더라도 엄밀한 객관성을 갖기가 힘들다.[10]

오세영은 한국 시를 순수 음수율의 시로 파악하고 순수 음수율의 시에서는 <음보>의 개념이 맞지 않으므로 배격하자고 했다. 순수 음수율이란 로츠가 말한 <순수 음절 율격>[11]을 말하는 것이다. 오세영

9) 조창환, 『한국 현대시의 운율론적 연구』(일지사, 1986), 35-37면.
10) 오세영, 『한국근대문학론과 근대시』(민음사, 1996), 67면.
11) John Lotz, 「Elements of Versification」 W.K.Wimsatt 『Versifucation』 Major Language Types(New york University, 1972).

이 한국 시를 순수 음수율로 본 것은 한국 시의 율격이 다만 음절수의 규칙에 의해서 만들어진다고 봤기 때문이다.

그렇다면 <음보>가 아니라면 어떤 용어가 적절한 것인가.

> 이상의 설명에서 율격적 토막이라고 한 것이 '음보'이다. '율격적 토막'이라는 말을 그대로 쓰거나 이 말을 줄여서 '토막'이라고 하는 것이 바람직한 용어 사용일 것 같은데, 아직은 '음보'라는 용어를 널리 사용하고 있으므로 당분간 이 관례를 따르기로 하자.[12)]

> 척사는 통사상 비문법적인 특수한 율격단위라 할 수 있다. 그러므로 붙일만한 문법적인 용어가 없기 때문에 새로운 용어를 마련한 것이다. 마치 율격상의 시어가 통사상 시의 내적 구성에 절대적인 기능을 하지만 율격상으로는 간접직 기능밖에 할 수 없듯이 통사상의 척사는 율격상 율어로서의 절대적인 기능을 하나 통사상으로는 그 기능이 크지 못하다는 것이다. 그래서 율어와 척사는 오히려 율격상의 용어로 통용될 만하다.[13)]

> 마디라는 우리말은 일정한 간격으로 맺고 끊는 단락을 의미하는 동시에 비슷한 간격으로 분단된 하나씩에 붙이는 명칭이다. 비슷한 간격이 둘 이상 되풀이 될 때 그 하나씩을 '마디'라고 한다. 아울러 악곡의 구성에서 리듬은 반드시 몇 개의 '小節'로 나눠어지는데 이 소절에 해당하는 우리말이 '마디'이다. 그런데 우리의 관심사는 율격 분단의 마디이므로 이를 '율격 마디'라고 칭하면 적당할 것이다. '율격 마디'는 두 단어의 복합어이므로 줄여서 '율마디'라고 하자, 따라서 한 '율행'은 몇 개의 '율마디'로 나뉘어진다.[14)]

음보의 개념이 없는 음수율의 율격 체계라 하더라도 거기에는 분명 낭독의 어떤 단위 혹은 매듭은 있게 마련이다. 왜냐하면 -특히 긴 시행의 경우 시의 한 행을 단번에 낭독할 수는 없을 것이기 때문이다. 필자는 그것을 로츠John Lotz의 견해와 같이 <마디 colon>라 부르고자 한다. 로츠

12) 조동일, 앞의 책, 219면.
13) 홍재휴, 앞의 책, 14면.
14) 조창환, 앞의 책, 43면.

는 음절 단위 이상, 시행 단위 이내, 즉 통사론적 차원에서 율격적 단위를 구성하는 요소로 문장, 마디 그리고 단어의 세 가지를 들었는데, 마디란 간단히 <응집력 cohesion이 있는 단어군>으로 정의된다.[15)]

조동일은 <율격적 토막>, 또는 <토막>이라는 용어를, 홍재휴는 척사(율어)라는 용어를, 조창환은 <율마디>, 오세영은 <마디>를 사용하기를 주장했다. <토막>이든, 율어든, <마디(율마디)>든 이러한 용어들은 <음보>라는 용어가 지니는 거부감(규격성과 강제성)에서는 어느 정도 벗어날 수 있다. <토막>이나 <마디>는 한국 시의 율격 단위를 <음보>로 설명하는 것보다는 훨씬 적합하며 논리적으로 정당하게 설명해 낼 수 있다. 그러나 이들 용어가 다 같은 의미를 지니는 것은 아니다. 우선 <토막>은 큰 덩어리를 자른 동강이라는 말로 음악적 용어로는 한토막(도막)형식, 두도막(도막)형식의 토막(도막)에서의 토막으로도 쓰인다. 마디 역시 원래 말이나 노래 곡조의 한 동가리라는 의미로 음악의 악보에서는 세로줄로 구분된 작은 부분을 말한다. 오세영의 <마디>는 로츠의 colon이란 의미에서 음악 악보에서의 마디와는 성질을 달리한다. 음악 악보에서의 마디는 어느 마디나 같은 박자수임에 비해 colon은 단지 통사적 응집성으로 맺어진 덩어리를 말하기 때문에 등시박과는 상관이 없다. 어쨌든 <마디>든 <토막>이든 <음보>와는 다른 한국 시의 중간 단위의 성질을 대표하려는 용어로 특히 순한국어라는 데도 의의가 있긴 하나 필자는 음악과는 분리된 좀 더 문학적 용어의 필요성을 느낀다. 오세영의 마디 역시 아무리 음악적 용어와는 다르다고 하나 <마디> 자체로는 한국 시의 기층 단위로서의 성질을 다 나타내 주기는 힘들기 때문이다. 척사는 문법적 용어이며 율어는 율격적 용어로[16)] 설정된 것인데, 특히 율어는 음악

15) 오세영, 앞의 책, 68면.

적 용어와는 구별이 되는 문학적 용어로 쓰일 수 있으며 율격 단위로서의 한국 시의 기층 단위를 잘 대변해 줄 것으로 생각한다. 그래서 필자는 한국 시의 기층 단위를 율어라는 용어로 써 왔으며 앞으로는 율격론에서도 <음보>라는 용어보다 율어가 대용어로 쓸 수 있게 되리라 생각한다.

일본 시의 경우 역시 한국 시의 경우와 크게 다르지 않다. 시도기 음수율론은 7・5조나 5・7조는 7과 5라는 구 단위의 율격뿐만이 아니라 구 내부에 몇 개로 나뉘어지는 율격 단위가 존재하리라는 생각에서 출발했다. 이 때 율격의 기층 단위는 당연히 음절이라 생각했다. 그러면서 福士幸次郎의 2음의 고리설[17]이 발표되면서 율격의 기층 단위는 1음절, 1음절이 아니라 2음씩의 묶임이라는 인식이 싹텄고, 土居光知[18]의 <음보>론이 도입되면서 율격의 기층 단위는 <음보>라는 인식이 자리잡게 되었다. 물론 일본어는 1음1음이 등시성을 지니므로 음절을 등시성을 지니는 반복의 단위로 볼 수도 있지만, 土居光知의 <음보>론은 율격의 가초를 1음의 등시성이 아니라 <음보>의 등시성으로 보려했다는 점에서 높이 평가된다. 즉 일본어 한 자 한 자의 등시성 논의에서 벗어나 계층 단위로서의 <음보>의 등시성을 지적한 데서 학문적 공적을 부여받기도 하는 것이다. 이후 <음보>론은 급속도로 퍼져 나갔고 土居光知는 <기력>설과 강약율을 바탕으로 하는 <음보>설을 폈지만 강약율이 부정된 뒤에도 2음1<음보>설은 일본 시 율격론의 주류를 이뤄 왔다. <음보> 이외 <脚>, <音脚>, <律脚> 등의 용어도 있지만 이들은 전부 서양시의 foot의 역어라 할

16) 홍재휴, 앞의 책.

17) 福士幸次郎,「リズム論の新提議」-内容律と外在律に就して, 1920,《福士幸次郎著作集, 上巻》(津軽書房, 1967).

18) 土居光知 詩形論.

수 있으므로 개념도 foot에서 벗어날 수 없다. 어쨌든 율격의 다층성을 생각해 볼 때, 이렇게 <음보>로 인식된 것이 율격 형성의 기층 단위임은 두말할 필요가 없다. 1음1음의 등시적인 반복, 즉 음절을 기층 단위로 인식하는 데서 벗어나 음절을 상위 단위로 인식하게 된 것은 일본 시 율격론사를 돌이켜 볼 때 크나큰 산물이 아닐 수 없다.

그러나 일본 시에서 이러한 기층 단위가 <음보>가 될 수 없음은 한국 시의 경우와 마찬가지다. 일본 시의 기층 단위 역시 서양시의 <음보>와는 성격을 달리한다. 일본 시의 기층 단위는 강약율, 고저율, 장단율 그 어느 것도 지니지 않는다. 그럼에도 불구하고 <음보>라는 용어가 많이 쓰이는 것은 단순히 등시성을 의식해서이지 그 이상이 아니다. 특별히 <음보>를 부정하지는 않지만 일본어의 특질-등시성의 언어-에서 음악적인 시간 개념을 들여와 기층 단위를 '박절(또는 詩拍)'이라고 하는 사람도 상당히 있다. 어학적인 의미에서는 일본어의 한 음이 1박에 해당[19]하지만 율격적인 의미로 쓰일 때는 기층 단위가 바로 박, 박절이 된다. 박이라든가 박절이라는 용어는 한 음 한 음이 등시성을 지니는 일본어의 특질에서 말미암는 것이다. 일본어는 기본적으로 글자 한자가 1음에 상당하는데 일본어의 음은 어느 것이나 같은 존재감을 가지고 있음[20]은 앞에서 언급한 바다. 促音(っ음)이나 拗音(や,ゆ,よ음), 撥音(ん음)에 대한 논란이 없었던 것은 아니지만 이것들도 다른 음들과 마찬가지로 하나의 동등한 자격을 지닌다고 보는 게 보편적이다.

---

19) 金田一春彦, 『日本語音韻の研究』(東京堂出版, 1967), 75면.

20) 坂野信彦, 『七五調の謎をとく』(大修館書店, 1996), 13면.
金田一春彦, 『日本語音韻の研究』(東京堂出版, 1967), 75면. "日本語の一つ一つの拍は同じ長さで発音される傾向が著しいことはよく言われるとおりである." 川上蓁, 『日本語のリズム原理』 "日本語の発音は, 脈拍やメトロノ-ムの刻みのような, 原則として等間隔の拍節によって規制される."

각음의 시간적 길이는 발음에 필요한 시간을 의미하는 것이 아니다. 발음과 발음 사이의 시간을 모두 포함한 길이이다. 촉음인 っ음과 같이 대체로 숨을 멈추고 소리를 내지 않는 것도 역시 한 단위의 음으로 동등한 길이를 지닌다고 본다. 예를 들어 <鳥取縣とっとりけん>은 <と ー と り け ん>와 같이 소리를 내지않는 촉음부분을 포함하여 여섯 단위의 등시적인 음을 이루고 있다. 요음이나 발음도 발음에 필요한 시간은 상당히 다르나 발화에 있어서는 양자는 동등한 시간을 두고 발화됨을 알 수 있다.[21]

이렇게 1음1음이 등시성을 지니며, 일본어의 발화는 2음을 기조로 함이 정설이다. 한 음 한 음이 등시성을 지니며 장단율이나 고저율, 강약률도 인정하지 않는 일본어에서는 1음이 모여 이루어내는 2음이든, 4음이든 등시적 단위를 이루어냄은 지극히 당연한 사실이다. 그러므로 여기에 박이라는 용어가 가능하며 등시적인 2음, 내지 4음에는 박절이라는 용어가 가능해진다. 그리하여 박절은 일본 시의 리듬감을 가장 잘 드러내 주는 말이라고 하는 사람도 있다.[22] 그러나 박절이라는 용어가 <음보>라는 용어의 단점을 보완하고 일본 시의 특성을 잘 나타내 주는 말임에는 틀림없으나, 松林尙志[23]의 말처럼 문학적 용어는 음악적 용어와 분리됨이 바람직한 듯하다. 때로는 어쩔 수 없이 같을 경우도 있겠지만 박이라는 것은 음악에서의 정확한 시간 개념에서 나온 박자 개념을 뜻하는 것으로 아무리 등시박의 언어이면서 등시성을 지닌 일본 시라 할지라도 박절이라는 음악적 개념을 그대로 문학적 용어로 가져오는 것은 바람직하지 못하다는 것이다. 음악과 문학은 공통점이 있으나 시율과 악율의 단위가 꼭 일치하는 것은 아니기 때문이다. 이 점에 있어서는 좀 더 연구가 필요하다 하겠다.

한국 시와 일본 시의 기층 단위는 그 성격상 공통 용어를 사용하기

21) 坂野信彦, 앞의 책, 14면.
22) 松浦友久.
23) 松林尙志, 『日本の韻律』(花神社, 1996).

는 무리가 있는 듯 하다. 한국어는 1음 1음이 완전한 등시박을 형성하고 있다고 보기 어려우며 당연 단위를 이루는 몇 음절에 있어서도 이것이 반드시 철저한 등시성을 요구하는 것은 아니다. 그러므로 철저한 등시성, 정확한 박자 개념을 지니는 박절이라는 용어는 한국 시의 기층 단위로 사용될 수 없다. 또한 율어라는 용어가 일본 시의 기층 단위를 가리키게 된다면 또 일본 시의 기층 단위의 철저한 등시성을 제대로 드러내지 못할 소지가 있다. 지금까지의 논의로 볼 때 한국 시의 기층 단위에 가장 알맞은 용어는 율어이며, 일본 시에 박절이 가장 적당하다 하겠으나 여기에는 아직도 고찰의 여지가 남아 있음은 이미 언급한 바다. 더 이상의 논의는 뒤로 미루고 본고에서는 한국 시의 기층 단위는 율어, 일본 시의 기층 단위는 박절이라는 용어를 사용하였다.

3) 휴헐에 의한 기층 단위의 구분

기층 단위는 1음을 하한선으로, 4음을 상한선으로 하여 이루어진다는 점에서 한・일 시는 동일하다. 이러한 율어를 다른 율어와 구분해 주는 것은 바로 휴헐이다. 율어 앞뒤에 휴헐이 와 다른 율어와 구분이 된다.

휴헐의 위치는 주로 율격의 관습성을 근거로 하여 자연스럽게 분할되는 곳일 수도 있고, 율격의 규칙성을 근거로 하여 분할된 단위들 사이의 등가 관계-대등적 관계-가 형성되고 있는지 어떤지를 살펴서 그 적절성 여부를 판정해 낼 수도 있다.[24] 휴헐은 아무렇게나 놓여지는 게 아니라 시 안에서의 통일성과 규칙성을 바탕으로 하여 놓여지게 되는데, 결국 율격적으로 의미있는 휴헐은 구 뒤에 오는 구말 휴

24) 성기옥, 앞의 책, 74면.

헐과 율어 뒤에 오는 율어말 휴헐로 한정된다. 구말 휴헐과 율어말 휴헐은 각각 구와 구의 경계를 알리고 율어와 율어의 경계를 알려 준다. 휴헐에 의해서 우리는 율격의 단위를 분할할 수 있는데, 이러한 분할은 통사적 휴헐을 기초로 하나 반드시 그와 일치하는 것은 아니다. 시에서의 휴헐은 통사적 문법적 휴헐을 벗어나서 율격적 논리에 의해서도 설명될 수 있는 차원에서 파악되어야 한다. 그러므로 시의 휴헐은 곧 율격적 휴헐이라 할 수 있다. 원칙적으로 율격적 휴헐은 한 율어 내에는 들어가지 않는다. 한 율어 내에 들어가는 휴헐은 율격적 휴헐이 아니므로 율격 논의에서는 제외되며 이것은 한 율어 내에서 율격 형성에 관여하는 휴음과는 구별된다.[25)]

엇던　　디날 손이　　星山의　　머믈며셔
棲霞堂　　息影亭　　主人아　　내말 듯소 (가사, 성산별곡)

문법적으로 볼 때 [디날]과 [손이]라든지 [내말]과 [듯소] 사이에는 작은 휴헐이 들어갈 수도 있다. 그러나 이러한 통사상 문법상의 휴헐이 모두 율격적으로 의미를 지니는 것이 아니다. 율격적 휴헐은 문법적 휴헐을 근거로 삼지만 문법적 휴헐이 그대로 율격적 휴헐이 되는 것은 아니기 때문이다. 율격적 휴헐은 휴헐에 의해서 구분된 율어가 다른 율어들과 대등적 위상을 지니고 반복성을 지닐 때 비로소 인정된다.

25) 홍재휴는 필자가 말하는 휴헐과 휴음의 개념을 아울러 휴헐이라 하면서 율어 내에 들어가는 휴헐을 微歇(소휴헐)이라 했다. 이 때, 율어 내에 개입되는 휴헐은 필자의 용어로 볼 때 휴음에 해당된다. 홍재휴, 앞의 책, 67면.

ふるいけやかはずとびこむみずのおと (俳句, 松尾芭蕉)

① ふる / いけ / や / かはず / とび / こむ / みず / の / おと
② ふる / いけ / や / かは / ず / とび / こむ / みず / の / おと
③ ふるいけ / や / かはずと / びこむ / みずのお / と
④ ふる / いけや / かはず / とびこむ / みずの / おと

①은 문법상의 휴헐을 둔 것이며 ②는 문법상의 휴헐을 바탕으로 일본어가 2음을 기조로 한다는 사실을 염두에 두어 2음씩 묶으려고 한 것이다. ③은 2음씩을 묶은 것이 아니라 4음씩을 묶어 그 사이 사이에 휴헐을 둔 것이며, ④는 의미상의 휴헐로 분절한 것이다. 그렇다면 어떠한 휴헐이 가장 율격적 휴헐이라고 볼 수 있는 것인가. 문법상의 휴헐만을 고려한 ①의 경우는 당연 율격적 휴헐과는 거리가 있게 된다. 다음 ②와 ③을 비교할 경우, ②보다 ③의 방식이 율격적으로 의의가 있다고 볼 수 있는데 그 이유는 율독자의 호흡과 긴밀하게 연관이 된다. ②의 방식으로는 사실상 휴헐을 전부 의식해서 율독하기는 힘들다. 아무리 일본어가 2음이 기조라 할지라도 사실 율독상에 2음마다 휴헐을 넣는 것은 율독자의 호흡이 이를 허락하지 않기 때문이다. 그러면 ③과 ④의 경우는 어떠한가. ③과 ④는 모두 한 박절이 4음으로 이루어진다는 '4음1박'설에 기초를 둔 율독으로 ③은 운율 율격을 우선시 한 반면 ④는 의미 율격을 우선시 한 경우임을 알 수 있다. 그러므로 ③과 ④는 율격적 휴헐로 인정될 수 있다.

한국 시든 일본 시든 율격적 휴헐이 통사상, 문법상의 지배를 받는 것은 사실이나 일본 시의 경우는 이러한 제약이 훨씬 적다. 일본 시에는 문법상의 지배를 받는 율격적 휴헐이 있는 반면 이와는 별도로 리듬성만을 강조하여 운율 율격에 의해 놓여지는 휴헐도 있기 때문이다. 마지막 [みずのおと]가 문법상 휴헐로는 [みずの / おと]로 되어 이것을 바탕으로 한 율격적 휴헐 역시 [みずの / おと]가 되지만 이 [みずのおと]는 문법상의 휴헐과는 상관없이 4음을 우선적으로 읽어 [みずのお / と]로 나눠질 수도 있다. 이렇게 되면 의미보다는 운율을 중시하는 율격을 낳게 되는데, 비록 일률적으로 모든 일본 시를 이렇게 읽는 것은 불가능하다고 할 수 있을지 모르지만 문법의 간섭을 완전히 도외시하는 운율상의 율격이 있음도 사실이다. 일본 시는 한국 시에 비해 등시성에 철저하고 훨씬 박자 감각에 맞으며 단순하기 때문에 의미에는 비록 흐트러짐이 있는 운율 율격으로 율독하더라도 큰 무리는 없다.

그런데 같은 율격적 휴헐이라 하더라도 휴헐의 크기에는 차이가 있다.

어리고 / 성권 梅花 / 너를 밋지 / 아녓더니 /

위에서 보면 율격적 휴헐은 네 군데에 들어간다. 실제로 휴헐은 경계를 나타내 주는 자질이므로 크기를 측정할 수는 없으나 휴헐의 크기가 다르다는 것은 쉽게 알 수 있다. 조동일은 율격의 표준적 규칙을 언급하면서 <휴지>의 크기에 대해 논한 바 있고[26], 이어 성기옥도 이러한 휴헐이 크기에 따라 체계화될 수 있음을 밝힌 바 있다.[27] 구와 구 사이에 오는 구말 휴헐은 대휴헐이며, 4율어구의 제2율어와 제3율어 사이에 오는 휴헐은 중간 휴헐이며, 율어와 율어 사이에 오는 율어말 휴헐은 소휴헐이라 할 수 있다. 결국 율격적 휴헐로는 율어와 율어 사이, 구와 구 사이에 놓여지는 율어말 휴헐, 구말 휴헐이 있으며 한국 시의 경우 중간 휴헐이 존재하기도 한고 볼 수 있다. 이렇게 보았을 때 휴헐의 크기는 당연 구말 휴헐 ≧ 중간 휴헐 > 율어

26) 조동일, 김흥규, 「한국 시가율격의 이론1」, 114면.
27) 성기옥, 앞의 책, 78-84면.

말 휴헐로 될 것이다.

1) 긔 자리예 ①/ 나도 자라 ② / 가리라 ③ // (麗詩 쌍화점)

2) 紅塵에 ① / 뭇친 분네 ②// 이내 生涯 ③/ 엇더ᄒᆞᆫ고 ④//
　넷 사룸 ① / 風流롤 ② // 미촐가 ③ / 못미촐가 ④//(가사, 상춘곡)

1)의 ①, ②는 율어말 휴헐이며 ③은 구말 휴헐로 1)에는 중간 휴헐이 없다. 그러나 4율어구를 이루는 2)의 경우 ①, ③은 율어말 휴헐, ④는 구와 구를 분할하는 구말 휴헐, ②는 중간 휴헐이다. ①과 ③은 율어말 휴헐로 질량이 같으나, ②는 ①③과는 다른, 보다 여유가 있는 휴헐로 이것이 바로 중간 휴헐이다. 반면 일본 시에서는 중간 휴헐을 인정할 수는 없다. 4음을 박절로 하는 일본 시에서는 한 구가 2박절로 되어 있으므로 중간 휴헐은 존재하지 않는다.[28] 그러므로 일본 시의 율격 휴헐로는 구말 휴헐과 박절말 휴헐이 있다고 할 수 있다.

あたたか / き××× //
ひかりは / あれど× //
のにみつ / る××× //
かおりも / しらず× // (島崎藤村, 千曲川旅情の歌)
박절말 휴헐　구말 휴헐

이러한 휴헐은 경계 표지로 단순히 경계만을 표시해 주므로 율격을 형성하는 데 탄력성이나 음악성을 주는 것은 아니다. 그러나 휴헐은

28) 일본 시에서 1박절을 몇 음으로 할 것인가에 대해서는 두 가지 학설이 있다. 2음을 1박절로 할 경우 중간 휴헐(구중 휴헐)의 설정은 필수이나, 율격적 흐름을 고려할 때 필자는 '4음1박'설이 타당하다고 생각하며 따라서 일본 시에서 중간 휴헐은 존재하지 않는다고 본다.

때로 그 위치에 따른 유동성을 가지는 데 이는 율격적 효과와 깊은 관련이 있다. 휴헐에 의해 구분되는 기층 단위는 유동성을 지닐 수 있다. 이는 곧 휴헐의 유동성이라는 말로 바꿀 수도 있는데, 위치에 따른 휴헐의 유동성은 율격적 효과와 깊이 관련된다. 그러므로 휴헐의 유동성은 간과해서는 안될 중요한 사항이다. 한 구에 몇 개의 휴헐이 오느냐는 그 시 나름이며 휴헐의 위치에 대해서는 반드시 정해진 자리에 와야 한다는 법칙은 없다.

天邊의 / 떠는 구름 / 瑞石을 / 집을 사마/
나는 둧 / 드는 양이 / 주인과 / 엇더훈고 / (가사, 성산별곡)

삿갓 / 빗기 쓰고 / 누역으로 / 오슬 삼아 / (가사, 성산별곡)

와 같은 시는 누가 읽든지 휴헐의 위치가 일정하다. 그러나

① 니미 / 나롤 훈마 / 니즈시니 / 잇가 /
② 니미 나롤 / 훈마 / 니즈시니 / 잇가 / (여시, 정과정)

이와 같이 ①로 읽을 수도 있고 ②로 읽을 수도 있다. ①로 읽든 ②로 읽든 이는 율독자의 자유이다. 위와 같은 경우에는 율독상 어느 시어에 역점을 두고 읽는가에 따라 율어의 구성도 달라질 수 있으며 음수율도 달라질 뿐 아니라 의미의 해석에도 묘한 차이를 느끼게 하므로 감상상에도 영향을 줄 수 있다.[29] 이와 같이 앞 구와의 조화를 위해서든지 특별히 의미를 강조하려는 의도에서든지 휴헐은 다르게 놓일 수도 있게 된다. 이러한 두 차원의 율격이 공존하면서 생기는 긴장관계야말로 율격의 실상이라고 할 수 있다.[30]

29) 홍재휴, 앞의 책, 71면.

시를 낭독할 때 휴헐을 어디에 넣을 것인가는 개인의 주관성에 따른다고 볼 수 있다. 휴헐이 반드시 어디에 놓여야 한다는 법칙은 없기 때문이다. 그러나 율격의 구성원리를 도외시할 수는 없으므로 시가 시답기 위해서는 대부분이 공감하는 율독 즉 휴헐의 위치는 있기 마련이다. 그런데 어떤 경우에는 또다른 율격의 효과를 자아내기 위해 창작자가 처음부터 기대되는 휴헐의 위치에 휴헐을 넣는 게 아니라 이와는 다르게 휴헐을 넣는 경우도 있다. 휴헐의 유동성에 따른 율독의 주관성과 그 효과는 일본 시에도 마찬가지로 일어난다. 萬葉시대의 5·7조가 7·5조로 이행된 후, 7·5조는 사람들에게 매우 친숙하여 독자는 일본 시 대부분을 7·5조로 읽어낸다.[31] 먼저 머리 속에 일본 시는 7·5조의 시라는 생각이 자리잡혀 있기 때문에 주저 없이 운율 율격 7·5조로 읽어내려 가는 것이다. 물론 시 역시 7·5조이기 때문에 무리는 없다. 그러나 이렇게 미리 인식되어 버린 운율 율격이란 점을 이용해 새로운 율격적 효과가 나타난다는 사실은 매우 흥미롭다. 일본 시에서 독자가 흔히 기대하는 원래의 율격은 운율 율격이라 할 수 있다. 그런데 시는 또한 의미 표출 언어이기 때문에 의미상, 개념상의 리듬을 갖추고 있는데 이러한 율격을 의미 율격[32]이라 부를 수 있다. 작가는 시작에 있어 의도적으로 의미 율격과 운율 율격을 일치시키지 않을 때가 있는데, 그것은 그러한 불일치가 가져오는 율격적 효과를 기대해서이다.

---

30) 조동일, 앞의 책, 224면.

31) 『万葉集』에는 5·7조의 和歌가 많이 보이나 『古今集』 이후에는 7·5조가 대부분을 차지하며 현대의 독자들도 5·7조에는 익숙하지 않고 7·5조에 매우 익숙하기 때문에 和歌를 읽을 때는 7·5조로 읽으려는 경향이 강하다.

32) 운율 율격을 顕在 율격이라하고, 의미 율격을 内在 律格이라 하기도 한다. 鷹羽狩行, 『リズム-破調と字余り』(学灯社, 1988).

海暮れて鴨の聲ほのかに白し(俳句, 松尾芭蕉)

(1) うみ くれ て× ××
かも の× こゑ ××
ほの かに しろ し×

(2) うみ くれ て× ××
かも の× こゑ ほの
かに しろ し× ××

(1)은 의미 율격을 우선하여 읽어 '5 · 5 · 7'이 되었으며, (2)는 의미는 무시하고 俳句의 기본 리듬만을 의식해서 읽은 '5 · 7 · 5'의 운율 율격이라 할 수 있다. (1)에서는 흔히 기대하고 있는 '5 · 7 · 5'에서 벗어나므로 독자는 율격상의 변화를 느끼게 되는데, 이것이 작지 芭蕉가 의도한 율격상의 변상[33]이다. 의미 율격과 운율 율격을 일치시키지 아니함으로 해서 얻는 일종의 효과이다. 이러한 효과는 양율격이 일치된 통상의 작품에서는 얻기 어려운 율격적 굴절이라고도 할 수 있다. 중요한 점은 '5 · 7 · 5'음이라는 정형 율격이 안정된 대전제로서 존재하고 있기 때문에 더욱 작자는 안정된 이 율격의 변화('5 · 5 · 7'음)를 즐김이 가능하다는 점이다. 대부분의 시에 있어서 운율 율격과 의미 율격은 기본적으로 일치하고 있다고 할 수 있다. 그러나 시인에 따라 의도적으로 시적 율격의 변화를 위해 운율 율격과 의미 율격을 다르게 표현하는 경우도 적지 않다.

이와 같이 시에 있어서 율독의 주관성은 배제할 수 없을 듯하다. 그렇다고 하여 모든 경우에 다 율독의 주관성이 인정되는 것은 아니지만 어디에 역점을 두는가에 따라 실제 율독은 달라질 수 있으며 율독 효과도 달라진다. 이것은 운율 율격과 의미 율격의 불일치가 불러

---

33) 松浦友久, 『リズムの美学』, 16-17면.

일으키는 효과 때문이다. 이 효과는 두 개의 율격 사이에 충돌이 생겨 거기에 일종의 긴장이 감돌기 때문에 생기는 것이다. 율독하는 사람은 기존에 알고 있는 운율 율격과는 충돌되는 의미 율격을 느끼게 되어 어떻게 낭독하는 게 좋을지 당황하게 되고 거기서 긴장감이 생기게 되는 것이다. 작자는 미리 의도적으로 이러한 불일치를 이용할 수 있으며 자칫 지루해지기 쉬운 율격에 변화를 주어 보다 탄력미 있는 시로 발전시킬 수 있다.

또 다음과 같은 경우에 주목해 보면,

春風にふき出し笑ふ花も哉 (俳句, 松尾芭蕉)
はるかぜ　に　　(의미 율격 : はる / かぜに)
ふきだし　わらふ
はなもが　な

밑줄 친 부분에 주목을 해 보자. 먼저 俳句 제1구인 [はるかぜに]는 어디에 휴헐을 넣어야 할 것인가 당연히 의미를 중심으로 율독하면 [はる / かぜに]가 되고 운율을 중심으로 율독하면 [はる / かぜに]가 된다. 그런데 여기에서 재미있는 현상은 일본인에 있어서 운율 율격 [はるかぜ / に]가 허용됨에 비해, 한국인에게 있어서는 이러한 운율 율격이 이해되기 힘들다. 복합어에 조사가 붙어 그것이 두 개의 단위로 나눠져야 한다면 복합어가 둘로 나눠지지 1음절의 조사 앞에 휴헐이 와 1음절의 조사가 한 기층 단위를 형성하는 예는 찾아보기 힘들다. 한국인의 정서에 맞는 율독은 의미 율격에 의한 [はる / かぜに]의 율독이며 [はるかぜ / に]식의 율독은 전혀 익숙하지 않은 잘못된 율독인 것처럼 느껴지기까지 한다. 비슷한 예를 한국 시에서 찾아보면,

古園　花竹들아　우리를　웃지마라

林泉 舊約이야 니즌 적이 업건마는
聖恩이
至重 ᄒᆞ시니 갑고가려 ᄒᆞ노라 (시조, 미상)

위 시조에서 밑줄친 부분 [古園花竹들아]와 [林泉舊約이야]는 총 6음절로 중간에 휴헐이 들어가 2율어로 나뉘어져야 한다. 어디에 휴헐이 들어가야 할 것인가는 거의 명확하다. 당연히 [故園]과 [花竹] 사이, [林泉]과 [舊約] 사이에 들어가 위 예에서 밝힌 바와 같이 율독이 될 것이다. 그런데 이것을 일본인의 율독(의미 율격이 아닌 운율 율격 중심으로)방식으로 읽을 경우에는 [古園花竹 / 들아], [林泉舊約 / 이야]가 되지만, 이것은 한국인의 호흡과 정서에 맞지 않는 율독이 되고 만다. 조사 앞에 휴헐이 와서 조사만-특히 1음절의 조사일 경우는 더 거부감이 있음-으로 한 율어를 구성한다는 것이 한국인으로서는 이해하기 힘든 일이다. 그러나 일본인들의 일본 시 율독에서는 이러한 현상이 비일비재하다. 결론적으로 한국 시에서는 의미 율격이 우선시된다고 한다면 일본 시에서는 운율 율격이 우선시 된다고도 볼 수 있다. 이것이 양국 정서의 차이이며 시에 대한 율독감의 차이가 아닐까 한다.

2. 기층 단위의 유형

1) 분류의 기준

기층 단위의 유형으로는 어떤 것이 있는가. 한국 시와 일본 시는 음절을 기조 단위로 하는 음수율의 시다. 기저 단위로서의 시어는 율격 형성에 간접적으로 관여하나 기조 자질인 음절은 율격 형성에 직접적으로 관여하므로 음절의 수에 따라 율격이 크게 달라진다. 기층 단위 역시 이러한 음절로 이루어지므로 음절수에 따라 기층 단위의 유형을 살펴볼 수 있다. 음절수만으로 기층 단위의 유형을 분류해 보면 한국 시든 일본 시든 기층 단위는 1음부터 4음까지 존재하며 각 단위 율격은 각각 고유의 성질을 가지고 있다는 사실을 알 수 있다.

2) 유형과 특징

① 한국 시의 경우

종래 기층 단위를 이루는 음절의 수에 대해서는 많은 논의가 있었다. 시도기 음수율론에서는 물론이고 <음보>론이 들어오고 나서도 기층 단위를 이루는 음절의 수는 늘 관심의 대상이 되어 왔다. 그것은 학자마다 설을 달리하는데, 그 하한선은 1음절 내지 2음절이며 상한선은 4음절에서 9음절까지 다양하다. 사실 율어를 이루는 음절수의 상한선은 호흡의 균형에서 이루어지는 휴헐로 정함이 당연하다.

> 律語의 上限字數는 4律字이며 下限字數는 1律字라 할 수 있다. -중략- 固有詩의 基層을 이루는 隻辭 곧 律語의 律格 單位는 口誦律讀에 의한 休歇로써 分截된다고 볼 수 있다. 이것은 우리의 生理的 現象에서 오는 呼氣의 單位라고도 할 수 있다. 그러므로 隻辭의 字數律은 이러한 限度內에서는 自律的으로 구성될 수 있다는 것이다. 이러한 관점에서 본다면 <過音節>이나 <太過音節>이란 隻辭單位의 設定은 不可能하다는 것이다. 그러므로 5, 6律字가 隻辭單位로 設定될 수 없다는 것은 그러한 休歇의 分截單位를 超過하기 때문이다.[34)]

이와 같은 말대로 율어는 생리적 현상에서 오는 호흡의 단위이다.

---

34) 홍재휴, 앞의 책, 38면.

그러므로 <과음절>이니 <태과음절>이니 하는 것은 바로 율어의 상한선을 무리하게 잡았음을 인정하는 말이며 이 자체가 율어를 구성하는 음절수가 될 수 없음을 의미한다. 이러한 의미에서 율어를 이루는 음절수는 1음절에서 4음절까지이며 5음절 이상은 하나의 율어로 묶일 수 없다. 성기옥은 5음절을 율어 구성의 최상한 음절수로 하고 있는데 한국 시의 기층 단위가 5음격<음보>로 한정될 수 있는 논리적 근거를 다음과 같이 제시하고 있다.

> 첫째, 우리 국어의 조어 및 통사 구조상 5음절어보다 큰 단어가 잘 발견되지 않는다는 어학적인 요인, 둘째, 한 호기군의 발화량이 5모라 이상 넘기기 어렵다는 생리적 요인, 셋째, 단기기억에 의존한 시간적 통합의 범위 역시 5모라를 넘기가 어렵다는 심리학적 요인이 그것이다.[35)]

그리고 5음격<음보>와 6음격<음보>의 차이를 언급하면서 5음격<음보>가 한국 시에서 율격적으로 양식화된 구조적 안정성을 획득하고 있다[36)]고 하고 있다. 그러면서도 정작 각론에 들어가서는 다분히 상반된 논의를 편다.

> <5음2보격>
>
> 5음격 음보가 대부분 두 단위로 분할할 수 있는 내적휴지를 동반하고 있기 때문에 5음2보격은 다분히 3음4보격적 속성을 내포하고 있는 2보격이라는 특색을 보이고 있는 것이다.
>
> <5음3보격>
>
> 이 양식 역시 3보격으로서의 율동적 자연스러움을 조성해 낼 수 있는 여건은 가지고 있지 않다. -중략- 5음 3보격에는 3보격적 속성과 비 3보격적 속성이 함께 뒤얽혀 있다. 이는 5음 3보격이 보이는 양식으로서의

35) 성기옥, 앞의 책, 135-136면.
36) 성기옥, 앞의 책, 135면.

율격적 개성이 아니라 아직까지 양식으로서의 성격이 제자리를 잡지 못하고 있음을 드러내는 증거들로 보아야 할 것이다.

<5음4보격>

이 양식이 4보격으로서의 율동적 자연스러움을 얻어 내기가 힘드리라는 것은 앞에서 살핀 5음2보격이나 5음3보격의 율격적 특성에 비추어 쉽사리 짚어낼 수 있을 것이다. -중략- 이런 까닭으로 5음4보격에는 양식으로서 그 성격이 확고히 정립되어 있다고 보기 어려운 점들이 몇가지 눈에 띠기도 한다.37)

5음2<보격>에서 5음4<보격>까지 공통되는 점은 5음이 나뉠 수 있다는 점, 율동적으로 자연스럽지 못하다는 점, 그리고 양식으로서 확고히 정립되어 있지 못하다는 점이다. 이렇게 볼 때 5음절의 기층 단위가 계속 존재 의의를 유지할 수 있을까. 위에서 제시된 한국 시의 기층 단위가 5음격<음보>로 한정될 수 있는 논리적 근거는 그대로 4음격으로 바뀌어야 할 것이며, 5음격<음보>가 한국 시에서 율격적으로 양식화된 구조적 안정성을 획득하고 있다는 말도 4음격으로 바뀌어야 할 것이다. 한국 시의 기층 단위로서의 율어는 성기옥이 제시한 "음보로 한정될 수 있는 논리적 근거"로 보아서도 4음절을 그 상한으로 봐야 함이 틀림없다. 그러면 1음절에 대해서는 어떠한가. 1음절은 당연히 율어로서의 자격을 부여받을 수 있다. 앞이나 뒤에 3음절 이하의 율어가 올 경우에는 같이 합쳐져 버리지만 앞뒤로 4음절의 율어가 올 경우에는 분리되어야 한 율어로 인정될 수 있다.

유덕하신 님 여히아와 지이다 (여시, 정석가)
긔 잔 ᄃᆡ ᄀᆞ티 덥거츠니 업다 (여시, 만전춘)

37) 성기옥, 앞의 책, 181-229면.

위의 예와 같이 1음절로 된 율어를 독립시키지 않고 앞이나 뒤에 붙여 버리면 율독에 무리가 오게 되고 그러한 율독은 율격미를 해치게 됨은 말할 필요도 없다. 이로 율어를 이루는 음절수의 상한이 4음절임과 동시에 하한은 1음절임을 확인할 수 있다.

㉠ 단음율어

단음율어는 실음 하나만으로 이루어진 율어이다. 단음율어는 뒤에 4음율어가 와야 성립될 수 있다.[38] 그렇지 않으면 연결되는 말에 흡수되어 버리기 때문이다. 뒤에 4음율어가 옴에도 불구하고 단음율어를 단독으로 인정하지 않고 앞이나 뒤에 포함시켜 버리는 율독은 잘못된 것이다. 앞뒤에 4음율어가 왔을 경우에는 무리하게 포함시키기보다는 단음율어로 인정해 주어 시의 율격성을 살리는 게 옳다.

<u>이</u>	다ᄉᆞᆺ밧긔	ᄯᅩ 더ᄒᆞ야	무엇ᄒᆞ리	(시조, 윤선도)
<u>셴</u>	하나비를	하ᄂᆞᆯ히	브리시니	(용비어천가)
겨신 고ᄃᆡ	<u>가</u>	비최여나	보리라	(시조, 정철)
<u>ᄂᆞᆷ</u>	괴려하여	녯벗 말고	엇디라	(시조, 정철)
<u>이</u>	ᄒᆞ날아릐	사ᄅᆞᆷ일이	어려왜라	(시조, 주의직)

즉 [이], [셴], [가], [ᄂᆞᆷ]은 비록 1음절이지만 실제 율격의 길이는 한 율어를 형성함에 부족함이 없다. 휴음의 작용이 비록 단음이지만 율어로서 손색이 없도록 해 주는 것이다. 그러므로 이러한 단음율어는 다른 음절율의 율어와 동등한 율어로 인정해 줘야 한다. 동일 질량을 가진 율어가 반복되어 구를 형성하는 게 보통이지만 단음율어는 그렇지 않다. 한국 시에서는 이 단음율어가 때에 따라 옆의 다른 율어들

38) 홍재휴, 앞의 책, 68면.

과 같은 양을 유지하지는 못하더라도 상관이 없다. 한국어는 등시, 등량의 언어가 아니며 한국 시의 율어 역시 등시, 등량의 율어는 아니며, 단음율어는 휴음과 장음에 의해 대등성을 유지하게 되기 때문이다. 그러나 [쏘 더ᄒᆞ야]의 쏘는 한 율어로 성립될 수가 없다. 뒤에 [더ᄒᆞ야]가 3음절어 이므로 [쏘]는 [더ᄒᆞ야]와 더불어 한 율어를 형성하게 된다. 단 앞의 율어가 3음 이하의 경우임에도 불구하고 단음율어가 성립되는 경우는 위의 설명과 같이 단음율어가 뒤의 율어를 수식하거나 한정하는 경우가 바로 그것이다. 그러나 이 때도 뒤에 오는 율어는 4음절일 때만 성립될 수 있으므로 예외적인 현상은 아니다. 단 뒤에 오는 율어가 4음율어가 아닌데도 단음율어가 성립될 수 있는 경우도 있는데 이는 단음율어가 4율어구의 제2율어자리에 오는 경우가 해당될 수 있다. 4율어구의 제2율어와 제3율어 사이에는 중간 휴헐이 오게 되는데 이 때 둘 사이의 의미적 연관성마저 희박할 경우는 제3율어가 3음 이하의 율어라 할지라도 제2율어는 단음만으로도 율어를 형성할 수 있다.

또 위의 예에서 볼 수 있듯 이러한 단음율어는 조사 단독으로라든가 허사만으로 성립되기는 힘들다. 한국 시의 단음율어에는 부사를 많이 볼 수 있으며 이밖에 체언이나 용언의 관형형 등도 볼 수 있으며 위치에 따른 큰 제약은 볼 수 없다.

㉡ 2음율어

실음 2음으로 이루어지는 율어는 그리 어렵지 않게 볼 수 있다. 앞뒤로 단음이 오거나 동음 2음이 올 경우는 합쳐져 버리지만 3음 이상이 오면 반드시 분리된다.[39]

39) 홍재휴, 앞의 책, 70면.

① <u>ᄎᆞ라리</u>　<u>보내지말고</u>　남은 졍을　펴리라 (시조, 김홍도)
↓
② ᄎᆞ라리
<u>보내지</u>　<u>말고</u>　남은 졍을　펴리라

① <u>어즈버</u>　<u>天上白玉京을</u>　밋쳐 본가　ᄒᆞ노라 (시조, 임의직)
↓
② <u>어즈버</u>
<u>天上</u>　<u>白玉京을</u>　밋쳐 본가　ᄒᆞ노라

①과 ②의 차이는 매우 크다. [ᄎᆞ라리]나 [어즈버]는 차치하고 [보내지말고]와 [天上白玉京을]만 두고 보았을 때도 ①과 같이 [보내지말고]의 5음절, [천상백옥경을]의 6음절을 한꺼번에 낭독하는 것은 호흡상 무리일 뿐만 아니라 이 시가 갖추어야 할 구 형식을 제대로 살리지 못하는 기형적 율격이 되고 만다. 율격 단위인 율어가 호흡에 의해 나눠진다는 점을 생각할 때 5음절, 6음절이 성립될 수 없음은 위의 예만 봐도 알 수 있다. 5, 6음절을 2음과 3음 또는 2음과 4음으로 나누어 율독한 ②와 비교 해 볼 때 어느 쪽이 시의 율격성을 올바로 드러내는가는 쉽게 알 수 있을 것이다.

긴힛ᄯᅳᆫ	그츠리	<u>잇가</u>		(여시 서경별곡)
<u>누릿</u>	가온ᄃᆡ	<u>나곤</u>		(여시, 동동)
어름우희	댓닙자리	<u>보아</u>		(여시, 만전춘)
東海ㅅ ᄀᆞᅀᅵ	<u>져재</u>	ᄌᆞᄒᆞ니		(용비어천가)
<u>벗을</u>	사괼딘던	有信케	사괴리라	(시조, 박인로)
<u>간밤</u>	오던 비에	압내헤	믈지거다	(시조, 유숭)
조심ᄒᆞᆯ	<u>거시</u>	말ᄉᆞᆷ인가	ᄒᆞ노라	(시조, 김상용)
자네 어이	그리하야	<u>아니</u>	오던고	(가사, 황계사)
<u>水面</u>	風이야	긋칠 줄	모르ᄂᆞᆫ가	(가사, 면앙정가)
<u>너러</u>	ᄉᆞ양ᄒᆞ며	닷토리	뉘 이시리	(가사, 매호별곡)

綽約　　仙娥와　　嬋姸　　玉髮이　(가사, 관서별곡)

2음율어가 다른 율어와 대등성을 유지하는 이유는 바로 휴음의 작용에 있다. 2음절어를 3음절 이상의 율어에 붙여 버린다면 이는 한국시에 작용하는 휴음을 무시하는 결과를 낳고 시의 율격성을 깨뜨리게 된다. 그러므로 종래의 이른바 시조 <종장 제2구>에서도 5음절어 이상을 <過音節>로 보기보다는 그 사이에 휴헐을 넣어 읽는 것이 훨씬 합리적임을 알 수 있다.

ⓒ 3음율어

3음절로 이루어지는 율어의 예는 매우 많이 볼 수 있다. 앞이나 뒤에 1음절어가 올 때는 합쳐져 버리지만 2음절 이상이 올 경우에는 반드시 분리된다.

엇그제　　점었더니　　하마 어이　　다 늘것다 (가사, 규원가)
3　　4　　4　　4

내 니믈　　그리ᄉᆞ와　　우니다니 (여시, 정과정)
3　　4　　4

위의 예에서 보이듯 3음절어 [엇그제]는 단독으로 율어를 형성할 수 있다. 그러나 [늘것다]는 단독으로 율어를 형성하지 않고 앞의 [다]와 합하여 [다 늘것다]의 4음절어로 하나의 율어를 형성하게 된다. 이는 앞에 온 [다]가 1음절어이기 때문이다. 그리고 [내 니믈]의 [내]와 [니믈]이 각기 다른 율어를 형성하지 않고 합쳐져서 하나의 율어를 형성하는 것은 1음절어와 2음절어가 연결될 때 이것이 각기 독립될 수 없기 때문이다.

德이여	福이라	ᄒᆞᄂᆞᆯ		(여시, 동동)
3	3	2		
볍새	촘새ᄂᆞᆫ	못내 즐겨	ᄒᆞᄂᆞ다	(시조, 신흠)
2	3	4	3	
네 뜯를	아라	홈ᄭᅴ 늙ᄌᆞ	왓노라	(시조, 강복중)
3	2	4	3	

위의 예에서 [볍새]와 [촘새ᄂᆞᆫ]은 각기 하나의 율어를 형성하게 된다. [볍새 촘새ᄂᆞᆫ]을 하나의 율어로 묶어서는 뒤의 율어와의 대등성을 해명할 수 없으며, 기층 단위의 율격이 호흡에 따른 휴헐에 의해 분절된다고 했을 때 이것이 자연스러운 호흡에 따른 분절이라고 보기는 무리이기 때문이다. 그러므로 5음절 이상은 반드시 분리되어야 함을 알 수 있다. 또 '3음절+3음절'도 분리되어야 하며 '4음절+3음절', '3음절+4음절'이 분리되어야 함도 당연하다.

이와 같은 3음율어는 여러 구 유형에서 볼 수 있으며, 위치에 따른 제약도 받지 않아 매우 흔히 볼 수 있다. 이러한 이유로 종래 <기준> 율격으로 다루어지기도 했는데 이와 관련된 논의를 살펴보자.

> 3律字型 隻辭는 固有詩에서 頻度 높게 쓰인 類型이다. 統計上으로 보아 이러한 類型의 隻辭는 麗詩와 景幾體에서 많이 쓰인 類型이며 朝鮮朝에서는 時調나 歌辭의 隻句에서 많이 쓰여진 隻辭單位다. 뿐만 아니라 4律字型의 隻辭와 함께 固有詩의 主軸을 이루는 隻辭類型이라고 할 수 있다. 그래서 흔히 이 3律字型과 4律字型의 隻辭를 <基本> 또는 <基準>律格으로 設定한 경우를 보아왔다. 이러한 隻辭의 字數律을 中心으로 그 過不足에 의하여 <過音節 foot>과 <缺音節 foot>을 設定하기도 하였다. 그러나 隻辭는 國語의 造語的 特性에 의하여 自然스럽게 구성되며 그것은 休歇에 의하여 分截되는 律格單位이다. 그러므로 字數律에 대한 意圖的 作爲律을 設定할 수는 없을 듯하다. 여기에 3律字型의 隻辭를 設定하려는 것도 自然스러운 律格現象이지 人爲的 作爲에 의한 <基準>이나 <基本>律은 아니다. ---중략--- 다만 隻辭類型의 多

頻度 現象이라고 說明할 수 밖에 없다.[40)]

실음 3음의 율어는 한국 시에서 매우 많이 볼 수 있다. 그래서 종래 이를 <기준>이니 <기본>이니 했지만 단지 빈도가 높다고 해서 <기준>이나 <기본>이 될 수는 없다. 다만 위의 설명과 같이 다빈도 현상의 하나라고 봄이 타당할 것이다. 3음을 <기준>이나 <기본>적인 율격 현상으로 본다면 그 외는 이러한 <기준>이나 <기본>에서 어긋난다는 이야기가 된다.

㉣ 4음율어

한 율어를 구성하는 음절수로서 4음은 최상한이다. 5음절어는 분절성을 내포하고 있는 속성[41)]상 2+3(3+2), 내지는 1+4(4+1)으로 분절되어야 하며 6음절어, 7음절어는 두말할 나위 없다.

센 하나비롤 하놀히 브리시니 (용비어천가)
1 4 3 4
늘고 병든 몸을 주사로 보닉실식 (가사, 선상탄)
2 4 3 4

위에서 보듯 [센 하나비롤]이 [센]과 [하나비롤]로 분절되어야 함과 [늘고 병든 몸을]이 [늘고]와 [병든 몸을]로 분절됨은 한국 시의 율어 단위에서 4음절어 이상은 허용할 수 없기 때문이다. 그리고 [병든]과 [몸을]이 합쳐져 [병든 몸을]로 하나의 율어를 형성함은 2음절과 2음절의 연속은 분리될 수 없기 때문이며 [보닉실]과 [식]도 3음절과 1음절로 연결되므로 합쳐져 [보닉실식]이라는 4음율어를 형성하게 된다. 4

40) 홍재휴, 앞의 책, 71-72면.
41) 성기옥, 『한국 시가 율격의 이론』(새문사, 1986), 135면.

음율어는 어떠한 구의 유형에도 나타나며 자리에 있어서도 제한을 받지 않는 등, 그 예는 흔히 볼 수 있다. 다음은 실음 4음만으로 형성된 시이다.

龜首 잡아　　獻馘하고　　都統잡아　　數罪한이
盤石갓흔　　우리 帝國　　너게 贖貢　　ᄒᆞ단말가
錦繡江山　　이 地方이　　너의 차디　　되단 말가
縫掖章甫　　三代衣冠　　斷髮文身　　當탄말가 (가사, 분통가)

위 시는 작품 전반에 걸쳐 실음 4음으로 된 율어의 비율이 90%를 넘어선다. 실음 4음이 율어를 이루니 매우 안정적이다. 그러나 이 시는 계속되는 실음 4음의 연속된 율어이다 보니 지루하고 단조로운 느낌을 주지 않을 수 없다. 반면 1음, 2음, 3음율어와 어우러져 한 구를 이루는 경우는 상황이 다르다.

하　　罔極하니　　알월 말삼　　업세다　(시조, 강복중)

江湖애　　병이 깁퍼　　竹林의　　누엇더니
關東　　八百里에　　方面을　　맛디시니 (가사, 관동별곡)

같은 4율어구이면서 2음율어 [關東], 3음율어 [江湖애], [竹林의], [方面을]이 있어 단조롭거나 지루함과는 거리가 멀다. 이와 같이 실음 4음의 율어로만 구성된 구는 휴음이 작용하기 어렵기 때문에 그것들이 형성하는 율격적 탄력미를 덜 가져 단조롭게 된다. 한국 시에 흔히 나타나는 4음율어를 <기본>이니 <기준>율격이니 할 수는 없음은 3음율어와 마찬가지며 4음율어는 3음율어와 아울러 높은 빈도수를 나타낸다고 볼 수 있을 것이다.

② 일본 시의 경우

앞에서 일본 시의 박절 유형은 한국 시와 같이 단음에서 4음까지 나눌 수 있다고 했다. 그러나 종래에는 음절수의 상한을 2음으로 보아 상한을 2음으로 하는 사람도 많이 있다. 이 점은 일본 시의 율격론으로서도 비교시학 율격론으로서도 아주 중요하다. 기존의 논의는 대부분 2음을 1박절로 보는 '2음1박'설의 견지이나 松浦友久는 4음을 1박절로 보는 '4음1박'설을 주장하고 있다.

'2음1박'설에 의하면 2음이 묶이어 한 박절을 이루고 4박절이 묶이어 한 구를 이루게 된다.

人はいさ心も知らず古里は花ぞ昔の香ににほひける (和歌 紀貫之)

ひと　はい　さ×　××　…　구
1박 2박　3박 4박　…　박절
ここ　ろも　しら　ず×
ふる　さと　は×　××
はな　ぞむ　かし　の×
かに　にほ　ひけ　る×

이와 같이 음절을 기조로, 박절을 기층으로 하는 율격이 형성된다.

1박절=2음(휴음을 포함)
1구=4박절=8음(휴음포함)

또 5음구=4박절, 7음구=4박절이 됨을 볼 수 있다. 사실상 '2음1박'설은 1921년 福士幸次郎이 제기한 <二音一環>설[42]에서 출발한다고 볼 수 있다. 이후 2음절의 결합이 일본어의 중요한 특질이라는 점과

42) 福士幸次郎, 「リズム論の新提議」.

함께 土居光知의 <음보>설[43]이 대두되었고, 2음이 1<음보>를 이룬다는 주장이 거의 정설화되다시피 했다. 2음이 1<음보>를 이룬다는 것은 <음보>를 박절이라는 용어로 바꾸어도 그대로 적용되어 2음이 1박절을 이룬다는 사실에는 별 이의가 없었다. 일본어가 2음을 기조로 한다는 사실로 인해 '2음1박'설은 별로 의심의 여지가 없이 받아들여져 왔던 것이다. 그러나 최근 여기에 반기를 든 사람이 松浦友久이다. 그 전에 高橋龍雄은 土居光知의 2음1<음보>설에 반기를 들었다고 할 수는 없지만, '4음1박절'의 가능성을 제시한 적이 있었다.[44] 高橋龍雄은 자신의 설이 土居光知와 다르다고 하면서 '4음1박'설을 내세우면서도 한편으로는 '2음1박'도 인정해 그 주장이 크게 드러나지는 않았으나, 松浦友久[45]는 '2음1박'설을 완전히 배격하고 '4음1박'설로의 전환을 주장했다. 일본 시 박절을 이루는 음절수의 상한을 2음으로 볼 것인가, 4음으로 볼 것인가. 우선 松浦友久의 주장-'4음1박'의 타당성-부터 살펴보자.

첫째, '2음1박'설은 시적 율격론에 필요한 논리성이라는 점에서 아주 큰 모순이 있다고 한다. 그 모순은 여러 면에서 나타나는데 가장 두드러진 모순점으로는 무음의 박절(실음이 전혀 없는 박절)이 생긴다는 점이다.

戀すてふ我が名はまだき立ちにけり人知れずこそ思ひそめしか

(和歌, 壬生忠見)

こひ　すて　ふ×　<u>××</u>
わが　なは　まだ　き×

43) 土居光知, 『文学序説』.

44) 高橋竜雄, 『国語音調論』(東京中文館書店, 1932).

45) 松浦友久, 『中国詩歌原論 - 比較詩学の主題に即して』(大修館書店, 1986), 180-186면.

たち　にけ　り×　××
ひと　しれ　ずこ　そ×
おも　ひそ　めし　か×

한 번 읽어 알 수 있듯이 5음구의 제4박절은 실음이 없는 무음만의 박절이 되어버림을 알 수 있다. 특히 첫구의 [こひ / すて / ふ× / ××] 구에는 <1구4박>이라는 율격의 흐름이 아직 형성되어 있지 않았기 때문에 구말에 무음의 제4박절을 지속하기는 어렵다. 때문에 악보의 휴음 부호(또는 연장 부호)와 같은 인위적인 부호를 더하지 않는 이상 첫구는 3박절로 끝나버릴 가능성이 크다. 또 제2구(결구)도 제1구(4박절)의 흐름을 따르면 4박자가 되지만, 제1구(3박절)의 흐름을 따르면 3박자로 되어 俳句가 본래 갖추고 있는 율격의 흐름이 재현되기 어렵다. 이것을 '4음1박'으로 읽으면,

こひすて　ふ×××
わがなは　まだき×
たちにけ　り×××
ひとしれ　ずこそ×
おもひそ　めしか×

이와 같이 되어 무음의 박절은 사라진다. 예를 들어 첫구(제1구)의 [ふ×××]도 앞의 [こひすて]라는 4음박절의 흐름이 벌써 형성되어 있기 때문에 그에 따라 [り×××]도 같이 '4음1박'의 흐름으로서 자연히 이어지게 된다.[46]

둘째, '4음1박'설의 또 다른 장점은 율격의 체계성을 보다 적절하게

46) 松浦友久, 「日本詩歌のリズム構造 -二音一拍カ四音一拍カ」, 月刊言語 12月号, 1996. 필자가 요약 제시.

파악할 수 있는 점이다. 이 점에 관해서는 먼저 '휴음'의 본질을 정확하게 이해해 두는 것이 필요하다.

蓬萊の山まつりせむ老の春 (俳句, 与謝蕪村)
ほうらい　の×××
やままつ　り×せむ
おいの×　はる××

'×'표는 휴음 부분이다. 따라서 거기에는 일종의 리듬적 진공이 생겨 그것을 메우려는 에너지가 생긴다. 이것이 바로 리듬을 활성화시켜 율격적 탄력성을 내는 휴음이다. 그래서 휴음은 리듬 활성화의 "磁場이며 급소[47]"라 할 수 있다. 앞장에서 살핀 바 있듯 휴음은 유무, 수, 위치에 의해 일본 시의 율격감을 결정적으로 좌우한다. 4음1박'설에 의하면 휴음의 체계성이 잘 드러난다.

鶯や東よりくる庵の春 (俳句, 正岡子規)

うぐいす	や×××	무휴음박절
ひがし×	よりくる	1 휴음박절
いおの×	はる××	2 휴음박절
うぐいす	や×××	3 휴음박절

이와 같이 '4음1박'설에 의하면 각 박절에 0휴음부터 3휴음까지 체계적으로 존재함을 알 수 있으며, 이는 다시 율격적 효과에 의해,

무휴음박절 = 완전정지율
1 휴음박절 = 준정지율

47) 松浦友久, 『万葉集という名の双関語』(大修館書店, 1995), 157면.
______, 『リズムの美学』(明治書院, 1991), 36-37면.

2 휴음박절 = 준유동율
3 휴음박절 = 완전유동율[48]

위와 같이 체계화될 수 있다.

셋째, 다음은 리듬감의 차이에서도 '4음1박'설의 타당성을 알 수 있다.

世の中は常にもがもな渚漕ぐあまの小舟の綱手かなしも
(和歌, 鎌倉右大臣)

'2음1박'설

1박	2박	3박	4박	
よの	なか	は×	××	
つね	にも	がも	な×	
なぎ	さ×	こぐ	××	
あま	の×	おぶ	ねの	
つな	で×	かな	しも	(×는 휴음)

'4음1박'설

1박	2박
よのなか	は×××
つねにも	がもな×
なぎさ×	こぐ××
あまの×	おぶねの
つなで×	かなしも

양자를 선입관 없이 묵독, 율독할 경우 일본 시를 몸에 익힌 사람이라면 '2음1박'설의 박절 단위가 너무 작다는 것과, 그 때문에 和歌의 온화, 유려한 율격의 흐름과는 이질적인 성급하고 끊어지는 리듬이 생김을 느낄 것이다. 이에 비해 '4음1박'설로는 박절 단위의 크기가 적당하며 율독에서도 和歌에 상응하는 온화, 유려한 율격의 흐름

48) 松浦友久, 『リズムの美学』(明治書院, 1991), 32면.

이 잘 나타남을 알 수 있다.

넷째, 마지막으로 일본어의 음성적 표출 단위를 고려할 때 4음이 하나로 묶이기 쉽다는 것이 '4음1박'설을 받혀 주는 좋은 증거이다. 新語, 略語, 疊語 등에 4음이 대부분을 차지하고 있음은 '4음1박'설의 타당성을 그대로 입증해 준다.[49]

반면 '2음1박'설을 고수하는 川本皓嗣는 첫째, 일본 시의 박절을 나누는 기준은 강약밖에 없으며, 강약을 기준으로 박절을 나누면 '2음1박'이 된다는 점, 둘째, <무음1박>은 모순점이 아니라 비교시학적으로 봐도 보편성을 가진다는 점 등으로 '2음1박'설의 타당성을 주장한다. 그리고 松浦友久에 대한 비판으로, 첫째, 松浦友久가 주장한 '4음1박'설에는 4음을 한꺼번에 묶을 수 있는 음성적인 기준이 없다고 한다. 이것이 바로 그가 말하는 '2음1박'의 첫째 근거가 되는 강약율에 기반을 둔 '2음1박'설의 타당성이다. 그는 영시와 같은 강약악센트에 의해 박절을 나누지 않는 한, '4음'이라는 많은 음절이 "하나의 율격 기층단위"로 묶이기 어렵다고 한다. "운율론의 기초"는 "운율적 강약악센트"가 외적 기준으로 존재하지 않으면 안되는데, '4음1박'설에는 그러한 외적 기준이 없다는 것이다.

강	약	중강	약
▽▽		▽	
よの /	なか /	は× /	××//
▽▽		▽	
つね /	にも /	がも /	な×//
▽▽		▽	
なぎ /	さ× /	こぐ /	××//
▽▽		▽	
あま /	の× /	おぶ /	ねの//

49) 松浦友久, 「日本詩歌のリズム構造(続)-川本皓嗣氏に答える」, 月刊言語 4月号, 1998.

▽▽　　　　　　　　▽
つな　/　で×　/　かな　/　しも〃
(▽▽=강박, ▽=중강박, 무표=약박)

즉 '2음1박'설은 위와 같은 형으로 각구의 제1박절 첫음절에 '강'이 오며, 제3박절의 첫음절에 '중강'이 와 이것으로 박절을 나누게 되므로[50] 이 때의 강약악센트가 "음성적인 외적 기준"이 된다는 것이다.[51]

둘째, '2음1박'설의 비판점이었던 무음의 박절에 대해 川本皓嗣는 이것이 비판점이 될 수 없다고 주장한다. 왜냐하면 <무음1박>의 존재는 운율의 보편적 현상의 하나이므로 <무음1박>의 존재가 '2음1박'설의 자기모순은 아니라는 것이다.[52]

아직까지 '2음1박'설은 통설로, '4음1박'설은 신설로 대립[53]되고 있지만 '2음1박'설의 비논리성을 발견할 수 있다. 무음이 1박을 이루는 현상이 운율의 보편적 현상일지도 의문이며 강약악센트도 타당성이 결여 되어 있다. 강약악센트가 박절을 가르는 외적기준이 된다고 했지만 이것은 '2음1박절'의 제1음을 강하게 읽으면-심리적 사실- 제2음은 약하게 된다는 사실을 논거로 하고 있다. 그렇다면 제1음을 강하게 읽지 않으면 제2음은 약하게 되지 않으므로 객관적인 논거는 될

---

50) 예를 들어 제1구의 [よの/なか/は×/××〃]를 강하게 읽으면 [よ], [な], [は]가 강하게 되며 바로 다음의 [の], [か], <휴지> [××]는 약하게 된다.

51) 川本皓嗣, 「七五調のリズム再論-松浦友久氏に答える」, 月刊言語, 大修館書店, 1997年 7月号.

52) 川本皓嗣, 앞의 논문.

53) 松浦友久, 万葉集という名の双関語 「Ⅲ.リズムの個性」, 1995.
川本皓嗣, 「七五調のリズム論」, 文学の方法, 1996.
松浦友久, 「日本詩歌のリズム構造」, 月刊言語, 1996.12.
川本皓嗣, 「七五調のリズム再論」-松浦友久氏に答える.
＿＿＿＿, 月刊言語, 大修館書店, 1997.7.
松浦友久, 「日本詩歌のリズム構造(続)」-川本皓嗣氏に答える.
＿＿＿＿, 月刊言語, 大修館書店, 1998.4.

수 없다. 이 논리는 '4음1박'설에 따르더라도 똑같이 적용된다. '4음1박절'의 제1음을 강하게 읽으면 제2음 이하는 약하게 된다.

▽▽　　　　　▽
よのなか　/　は×××〃
▽▽　　　　　▽
つねにも　/　がもな×〃
▽▽　　　　　▽
なぎさ×　/　こぐ××〃
▽▽　　　　　▽
あまの×　/　おぶねの〃
▽▽　　　　　▽
つなで×　/　かなしも〃　(▽▽=강박, ▽=중강박, 무표=약박)

위와 같이 川本皓嗣가 말한 '음성적인 외적 기준'이 관찰되므로 '4음1박'설 비판의 논거는 되지 않는다. 즉 '2음1박'의 '외적기준'은 주관적인 기준에 불과하며 객관적인 논거는 되지 않는다. 무엇보다 강약악센트설의 근본적인 문제점은 영미시(보다 넓게 말하면 게르만시, 러시아시, 아랍시 등)의 운율에 보이는 "운율적 강약악센트"를 강약악센트를 기조로 하지 않는 일본 시에 적용시키려 한 방법론의 부적절성에 있다.[54] 그러므로 일본 시의 박절은 4음을 1박절로 하고 있음을 알 수 있다. 和歌와 俳句 등 모든 시가 4음박절로 되어 있는데 작품을 들어 박절 구분을 해보면 다음과 같다.

<和歌>
あらざらむこの世のほかの思ひ出にいまひとたびの逢ふこともがな
(和歌, 和泉式部)

あらざら　　む×××
このよの　　ほかの×

54) 松浦友久, 『日本詩歌のリズム構造』, 月刊言語 大修館書店, 1996年 12月号.
＿＿＿＿, 『日本詩歌のリズム構造(続)』, 月刊言語, 大修館書店, 1998年 4月号.

おもひで　　に×××
いまひと　　たびの×
あふこと　　もがな×

<俳句>
萱町や裏へまはれば清廉（俳句, 正岡子規）
かやまち　　や×××
うらへま　　はれば×
あおすだ　　れ×××

1박절=4음(휴음 포함)
1구=2박절=8음(휴음 포함)

위와 같이 한 구가 휴음을 포함한 8음분으로 되어 있으며, 이는 두 개의 박절로 나뉘므로 4음씩 묶어 하나의 박절을 이뤄낸다. 이렇게 볼 때 일본 시 박절을 구성하는 음절수(실음)는 1음에서 4음까지 존재하므로 박절의 유형은 1음박절부터 4음박절까지 분류할 수 있다.

㉠ 단음박절

단음박절은 실음이 하나, 휴음이 셋이 올 경우에 생긴다. 일본 시의 단음박절을 자세히 보면 이는 주로 조사의 경우가 많음을 알 수 있다. 그리고 그것은 아무데나 오는 게 아니라 그 자리가 매우 한정적으로 반드시 5음구의 제2박절 자리라야 한다.

住の江の岸に寄る波よるさへや夢の通ひ路人目よくらむ
（和歌, 藤原敏行朝臣）

すみのえ　　の×××
きしによ　　るなみ×

よるさへ　<u>や×××</u>
ゆめのか　よひぢ×
ひとめよ　くらむ×

夏の夜はまだ宵ながら明けぬるを雲のいづくに月宿るらむ
(和歌, 清原深養夫)

なつのよ　<u>は×××</u>
まだよひ　ながら×
あけぬる　<u>を×××</u>
くもの×　いづくに
つきやど　るらむ×

단음박절은 제1박절의 자리에는 올 수가 없다. 두 개의 박절이 모여 한 구를 이루는 일본 시에는 앞의 박절에 단음박절이 오면 앞의 박절이 휴음을 세 개나 지니게 되어 시의 흐름이 깨져버리기 때문이다. 일본 시에서 휴음은 바로 리듬감을 만들어내는 중요한 요소이다. 그러므로 휴음의 수는 곧 리듬의 크기를 말해 주는 것으로 1음박절은 휴음을 세 개나 지니게 되므로 자연 그 리듬성 탄력성도 매우 크다는 사실을 알 수 있다.

그런데 이러한 일본 시의 단음박절을 가만히 보면 한국 시의 단음율어와는 그 성질이 매우 다름을 알 수 있다. 우선 위치에 있어서 일본 시의 단음박절은 제2율어 자리, 즉 구의 맨 뒤에 오지만 한국 시의 경우 단음율어는 제1, 2, 3, 4율어 자리에 다 올 수 있으나 흔히 볼 수 있는 것은 제1율어 자리와 제3율어로 구의 맨 앞, 또는 중간이라 할 수 있다. 맨 뒤에 오는 경우가 없다고는 할 수 없으나 그 예는 지극히 드물다. 일본 시의 단음박절은 의미를 무시한 운율 율격에 의한 율독에서 볼 수 있는데, 한국 시에서는 조사 단독으로라든가 시어의 끝음절이 앞의 음절과 분리되어 그 단독으로 단음율어를 형성하는 경우가 없으며, 부사가 많이 쓰이고 그밖에 체언이나 용언의 관형형이 쓰임에 비해 일본 시에서는 대부분이 조사이며 또 시어의 끝음절이 단독으로 분리되어 단음박절을 이루기도 한다.

ⓛ 2음박절

2음박절은 실음이 둘, 휴음이 둘로 이루어진다. 단음박절에서 4음박절 중 2음박절은 가장 드물게 나타난다. 2음박절은 율독에 따라 굳이 그렇게 읽지 않으면 인정하기 어렵다.

今はただ思ひ絶えなむとばかりを人づてならでいふよしもがな

(和歌, 左京大夫道雅)

いまは×　<u>ただ××</u>　(또는 운율 율격 いまはた / <u>だ×××</u>)
おもひ×　たえなむ
とばかり　を×××
ひとづて　ならで×
いふよし　もがな×

夏の月ごゆより出て赤坂や (俳句, 芭蕉)

なつの×　<u>つき××</u>　(또는 운율 율격 なつのつ / <u>き×××</u>)
ごゆより　いでて×
あかさか　や××

[<u>ただ××</u>]의 2음박절은 [(いまはた)だ×××]와 같이 단음박절로 읽힐 수도 있으며, [つき<u>××</u>]는 [(なつのつ)き×××]와 같이 단음박절로 읽힐 수도 있다. [いまはた / だ], [なつのつ / き]로 분절하는 것은 의미는 무시한 채 리듬성만을 강조한 율격으로 이를 운율 율격이라 할 수 있다. 반면 [いまは / ただ]나 [なつの / つき]로 분절하는 것은 [いまは]와 [ただ], [なつの]와 [つき]라는 의미를 살리기 위한 율독,

즉 의미 율격이라 할 수 있다. 2음박절은 운율 율격에서는 잘 나타나지 않으며 의미 율격으로 읽을 경우에 많이 나타나는 현상으로 의도적으로 율독하지 않으면 잘 생성되기 어렵다고 할 수 있다. 게다가 자리의 한정성도 있어 언제나 5음구의 제2박절 자리에 오는데, 휴음을 세 개 지니는 5음구라 할지라도 고정 휴음 두 개가 이 제2박절에 있어 제1박절에는 많아야 1개의 휴음밖에 허용되지 않기 때문이다. 이러한 점도 한국 시의 2음율어와 비교해 본다면 매우 한정적인 것이 그 특징임을 알 수 있다. 한국 시의 2음율어는 단지 앞 뒤 율어의 음절수에 따라 성립 여부가 결정되기는 하나 일단 성립되면 그 자리에는 크게 구애받지 않는다. 2음박절은 3음박절보다는 가벼운 느낌을 주지만 단음박절보다는 무거운 느낌을 준다.

㉢ 3음박절

3음박절은 뒤에 오는 4음박절과 함께 매우 다양하게 나타난다.

春の夜の夢ばかりなる手枕にかひなく立たむ名こそ惜しけれ

(和歌, 周防內侍)

はるの×　　よの××
ゆめばか　　りなる×
たまくら　　に×××
かひなく　　たたむ×
なこそ×　　をしけれ

汐浜を反故にして飛ぶ𪀚かな (俳句, 小林一茶)

しほはま　　を×××
ほごにし　　てとぶ×
ちどり×　　かな××

우선 위의 예에서도 볼 수 있듯이 3음박절은 5음구든 7음구든 어디든 나타나며 제1박절이든 제2박절이든 어디서든지 볼 수 있다. 단음박절이나 2음박절과 같이 자리의 제한을 받지 않는다고 할 수 있다. 3음박절은 실음 셋과 휴음 하나로 이루어지는데, 휴음의 위치에 따라 여러 종류가 있으며 각 효과도 다르다. 위에서 든 예는 모두 휴음이 마지막에 오는 경우이나 다음은 휴음이 첫머리에 오는 경우이다.[55]

ぬいだまんまである白足袋のそこが寂しい宵になる

(今井敏夫, 現代 都都逸의 작품)

×ぬいだ　まんまで
あるしろ　たびの×
×そこが　さびしい
よいにな　る×××

[×ぬいだ]와 [×そこが]는 휴음이 머리에 오는 都都逸의 예이다. 이 외에도 휴음이 박절의 중간에 오는 경우도 있다.

久方の光のどけき春の日にしづ心なく花の散るらむ (和歌, 紀友則)
ひさかた　の×××
ひかりの　どけき×
はるのひ　に×××
しづここ　ろ×なく (또는 しづここ / ろなく×)
はなの×　ちるらむ

[しづこころなく]는 물론 [しづここ / ろなく×]로 읽을 수도 있으나, 운율 율격보다 의미 율격을 강조하고 싶을 때는 [しづここ / ろ×

55) 한국 시에서는 휴음이 율어 단위의 첫머리에 오는 현상은 생각할 수 없다. 이는 일본 시의 경우에 한정된다고 볼 수 있다.

なく]로 율독된다. 이 경우는 한 박절의 중간에 휴음이 온 예이다. 3음박절에 있는 한 개의 휴음은 상당한 영향력을 발휘한다. 휴음이 하나이므로 발랄한 느낌을 주며 시로서의 율격미를 최대한 강조할 수 있다. 거기다가 휴음의 위치에 따른 3음박절의 하위 분류가 가능한 것은 일본 시의 큰 특징이라 할 수 있다. 한국 시의 3음율어도 위치에 구애받지 않으며 그 예도 다양하지만 일본 시의 경우처럼 맨 앞에 휴음이 오는 예는 상정하기 어려우며 휴음의 위치에 따라 율격미의 차이를 논하기도 매우 어렵다.

㉣ 4음박절

4음박절은 휴음이 하나도 없는 실음만으로 된 박절을 말한다. 4음박절은 5음구든 7음구든 다 올 수 있는데, 5음구에서는 반드시 제1박절에 오게 되고 7음구에서는 제1박절이든 제2박절이든 제한 없이 올 수 있다.

みかの原わきて流るるいづみ川いつ見きとてか戀しかるらむ

(和歌, 中納言兼輔)

みかのは　ら×××
わきてな　がるる×　(또는 わきて× / ながるる)
いづみが　は×××
いつみき　とてか×
こひしか　るらむ×　(또는 こひし× / かるらむ)

世の中よ道こそなけれ思ひ入る山の奥には鹿ぞ鳴くなる

(和歌, 皇太后宮大夫俊成)

よのなか　よ×××
みちこそ　なけれ×
おもひ×　いる××
やまの×　おくには

しかぞ×　　なくなる

그러나 일본 시에서 4음박절은 실음만으로 된 박절이므로 율동미를 지니지 못한다. 그러므로 주로 제1박절에 오게 되며 이것이 휴음이 있는 박절로 연결되어 율동미를 얻게 되어 시로 성립이 된다. 제2박절에 4음박절이 오면 안정감을 만들어내어 시를 종결시키는 구실을 하게 된다. 그러므로 시를 끝내는 경우가 아니면 제2박절 자리에 좀처럼 4음박절은 쓰이지 않는다. 휴음을 지니지 않는 4음박절의 특성상 4음박절 만으로 형성되는 일본 시는 존재하지 않는다. 한국 시의 경우는 4음율어 만으로도 충분히 시를 형성해 낼 수 있지만 일본 시는 그렇지 않다. 4음박절과 연결되는 또 다른 박절은 휴음을 지니게 마련이다. 한 구만을 두고 볼 때는 4음박절이 연결되는 예도 있으나 이러한 구는 그 리듬감이 현저히 떨어지며 인접한 구에서까지 휴음을 볼 수 없다면 시로 성립될 수 없게 된다.

3. 기층 단위 율격의 異同

기층 단위인 율어, 박절은 율격의 단위화 과정에서 매우 중요한 위상을 차지하는 율격 단위이다. 한국 시든, 일본 시든 <음보>가 기층 단위를 대변해 줄 수 없음은 이미 보아온 바다. 한국 시의 기층 단위는 율어로, 일본 시의 기층 단위는 박절로 대변된다. 일본 시의 기층 단위는 철저한 등시성을 지니는 반면 한국 시의 기층 단위의 등시성은 철저하지는 않다. 이러한 기층 단위는 호흡에 의한 휴헐로 경계지어 지는데 기층 단위를 이루는 요소는 음절과 휴음이다.

율격의 기층 단위인 율어, 박절의 유형은 음절의 수에 따라 나눠

볼 수 있다. 음절수에 따른 기층 단위의 유형은 한국 시든 일본 시든 단음에서 4음까지 자유롭게 분류될 수 있다. 특히 일본 시의 단음박절에서 4음박절 까지는 각각 휴음의 수에 따라 두드러지는 율격적 차이를 느낄 수 있다. 이 휴음은 실음과 똑같은 질량을 가져 수나 위치에 따라 엄청나게 다른 효과를 발휘한다. 이것으로 인해 일본 시는 단음박절에서 4음박절 까지가 각기 특색 있는 박절 유형으로 인정될 수 있다. 한편 한국 시의 휴음은 율격미를 더해 주는 기능, 즉 휴음의 수에 따른 차별화 기능이 주가 되기보다는 각 율어의 질량을 대등하게 해주는 기능이 강하다고 할 수 있다. 그러나 일본 시만큼은 아니지만 한국 시의 경우 역시 단음율어에서 4음율어까지 분류되는 유형은 각각 율격미가 다르며 이를 무시해서는 안 된다. 이 때의 율격미는 물론 실음과 휴음의 조화가 만들어냄이 틀림이 없다. 한국 시의 실음과 휴음은 일본 시의 그것과 같이 완전한 등시성을 지니지는 않더라도 등가적 범주화의 원리에 의해 인식되는 범위 내에서 각각의 기능을 한다. 비록 휴음과 장음이 일본 시의 휴음만큼 시의 율격을 다양화시키고 변화를 가져오지는 않지만 나름대로 한국 시의 율격을 다양화시키는 기능을 함에는 틀림이 없다.

基本 單位

1. 기본 단위의 특질

1) 기본 단위의 성립

구는 율격 구성상 시의 형태를 이루는 기본 단위이며, 내용상의 짜임으로 보아도 한 시의 시상을 엮는 기본 단위[1]이다. 그러한 의미에서 구는 작품 자료의 시적 형상화에 율격적으로 관여하는 하나의 자립 가능한 최소의 기능 단위[2]이며, 율격 단위상으로 볼 때 아래로 기층 단위, 기저 단위, 기조 단위를 두는 최상위 단위라 할 수 있다.

시의 형태를 이루는 기본 단위로서의 구는 곧 시의 율격을 파악하는 기준이 되기도 한다. 즉 시형을 이루는 기본 단위인 동시에 율격 파악의 기준 단위가 되는 것이다. 율격은 반복의 실체이므로 이 기본 단위는 반복성을 지님이 당연하다. 만약 그 반복의 단위가 율격의 실상을 가장 잘 드러내 줄 수 있다면 이것이 그대로 기준 단위로 성립될 수 있을 것이다. 율격을 파악함에 있어 무엇을 기준으로 삼느냐에 따라 율격의 모습은 달라질 수 있으므로 율격을 제대로 파악하기 위해서는 올바른 율격 단위가 설정되어야 한다.

우선 시에서 반복의 단위가 되는 것부터 다시 살펴보자. 흔히 <음

---

1) 홍재휴, 『韓国古詩律格研究』(태학사, 1983), 14면.
2) 성기옥, 『한국 시가 율격의 이론』(새문사, 1986), 131면.

보율>의 시에서는 반복의 단위-최소 단위-는 <음보>이며, 음수율의 시에서 반복의 단위는 구라고 보는 경향이 있다. 그리고 이러한 반복의 단위가 기본 단위라는 용어로 쓰이는 일도 허다하다. 영시에서는 약강이면 약강, 강약이면 강약의 foot이 동질적으로 반복되기 때문에 foot는 반복의 실체가 된다. 하지만 <음보율>의 시에서도 <음보>의 상위 단위인 구 역시 반복 단위가 될 수 있음도 사실이다. 한편 음수율에서는 운소 자질에 따른 층형 대립의 반복을 찾을 수가 없기 때문에 <음보>를 상정할 수는 없고, 구를 이루는 음절수에서 율격적 규칙, 반복의 실체를 찾을 수는 있다. 그러나 그렇다고 하여 구를 최소 반복의 단위로 보아야 하는 것은 아니다. 한국 시와 일본 시의 경우에 있어서도 기층 단위인 율어와 박절은 율격적인 최소 반복의 단위로 인정될 수 있다. 물론 음절적 반복도 있으나 거기에는 어떠한 율격적 의의를 둘 수 없으므로 음절을 최소 반복의 단위로 보기보다는 기층 단위를 율격상의 최소 반복의 단위로 봄이 타당할 것이다. 특히 일본 시의 기층 단위는 철저한 등시성을 지니며 반복된다. 한국 시의 경우 이 중간 단위는 철저한 등시성을 지니는 것은 아니지만 반복의 단위가 될 수 있다. 이렇게 되면 이른바 <음보율>은 반복의 단위를 <음보>에 두고 음수율은 구에 둔다는 구분은 수정되어야 할 것이다. 어쨌든 기층 단위에서 찾은 이 반복의 단위를 우리는 기준 단위로 볼 수 있는가. 그러나 율격 파악의 기준은 이 기층 단위가 아니라 그 상위에 있는 구이다. 영시와 같은 <음보율>에서도 율격 파악의 기준은 <음보>가 아니라 구일 확률이 높다. 어떤 경우가 더 율격의 본모습을 제대로 보여주느냐가 문제이다. 율격을 <음보> 단위의 반복으로 파악하고 보면 거기에는 반복의 율격적 의의가 거의 발견될 수 없기 때문이다. 거기에는 반복 현상이 일으키는 어떤 구조적 긴장이나 반복의 내재적 다양성이 배제된, 단순한 박절기로서의 획일성만 보여줄 뿐이다[3]. 영시에 있어서도 약강이든, 강약이든, 약약강이든 모든 시는 foot을 이루는 강세(stress)의 종류를 밝힌 후 반드시 몇 <보격>인지를 밝히게 된다. 이 때 몇 <보격>이라는 것이 foot이 이루어내는 구(행, Line)에 해당된다. 영시(<음보율>)도 구(Line)를 기준으로 파악한다면 그 하위의 <음보>와 상위의 연, 등 여러 율격 단위를 체계적으로 파악할 수 있으며, 이러한 구 기준은 <음보율>의 영시와 음수율의 시인 한국 시, 일본 시의 율격 파악 기준에도 해당이 될 수 있다. 즉 율격 파악의 기준은 기층 단위가 아니라 기본 단위에서 찾아야 하며 이는 음수율 시에만 해당되는 것이 아니라 <음보율> 시에도 해당되는 보편적인 사실인 것이다.

> 율격에 있어 반복의 기준 단위는 음보가 아니라 이 음보들의 바로 다음 상부 구조인 행이어야 한다. 행을 기준단위로 설정하면 음보로 파악할 때 제기되었던 위의 모순이 그대로 불식된다.
>
> 첫째, 율격 일반론적인 보편성을 지닌다. 어느 유형의 율격체계이든 행의 체계가 율격단위로 설정되지 않는 예는 없다. 음보가 율격적 의의를 지니지 못하는 음절율에 있어서도 음절이라는 기저자질의 바로 다음 상부구조는 행이며 이 행이 반복의 최소단위인 것이다.
>
> 둘째, 행 단위의 반복 구조는 율격의 다층성을 포괄할 수 있는 충분한 설명력을 지니고 있다. 우선 행 내에서의 내재적 다양성이 충분히 설명될 수 있다. 영시나 독일시 또는 그리이스 및 라틴시의 율격에서처럼 음보 설정이 용인되는 율격체계에서는 음보의 성질, 크기나 수에 따른 다양한 구조화에 따라 행 내에서의 다양성이 조성된다. 음보 설정이 필요치 않은 불란서시에서도 행 내에서 가변적인 율동단위가 형성됨으로써 그 다양성이 보전될 수 있다.
>
> 셋째, 행을 넘어서서 파악되는 체계에 있어서도 행은 바로 다음 상부 단위인 연의 모든 특성을 결정하는 중심 단위로서 작용한다. 모든 연의 형식적 특성은 행의 유형, 행의 수에 따라 결정되기 때문이다.

---

3) 성기옥, 앞의 책, 32면.

> 그러므로 율격적 반복의 기준 단위는 행이며, 음보는 단지 특정 유형의 율격에서 행을 구성하는 기층단위에 불과하다.[4]

성기옥의 논의에서 <음보> 개념이 빠져야 한다는 것은 앞에서 다룬 바 있고, <음보>를 기준 단위로 보지 않고 <행>(구)을 기준 단위로 봐야한다는 점은 필자의 생각과 일치한다. 그러나 구는 반복의 최소 단위는 아니다. <음보>가 율격적 의의를 지니지 못하는 음수율의 시에 있어서도 음절의 상위 단위는 구가 아니며 그 사이에 기층 단위가 있음은 밝힌 바이다. 그리고 한국 시와 일본 시에서는 이것이 반복의 최소 단위가 된다. 율격 파악의 기준이 되는 구는 그 시의 율격적 특성을 모두 포함하고 있으며 그럼으로 해서 정형시의 경우 시의 형태를 이루는 기본 단위가 될 수 있는 것이다.

그런데 시의 형태를 이루는 기본 단위로서의 구는 어떠한 성질을 가지고 있을까. 구는 그 시가 정형시일 수 있는 열쇠를 쥐고 있다. 그러한 의미에서 정형시가 정형시일 수 있는 이유는 바로 이 기본 단위로서의 구의 율격성에 있다. 구는 그 자체로 정형성을 지님과 동시에 반복성을 지니고 있다. 그러나 반복성을 지닌다는 말이 반드시 길이가 같다거나 똑같은 율격만을 의미하는 것은 아니다. 한 시를 이루는 구는 첫구부터 끝구까지 동일한 형태-율성이나 길이에서-를 지닐 수도 있지만 반드시 그런 것은 아니다. 조동일도 시의 <행>이 정형시형을 이루기 위해서는 원칙적으로 길이가 같아야-<음보율>로 말하면 <음보>수가 같다-한다[5]고 했는데 이러한 생각은 잘못된 것이다. 특히 한국 시나 일본 시에 관해서는 더욱 그러하다. 물론 원칙적으로 구가 지닌 율성과 그 길이가 같다면 이는 두말할 나위 없이 정형시를

---

4) 성기옥, 앞의 책, 32면.

5) 조동일, 『한국 민요의 전통과 시가율격』(지식산업사, 1996), 234면.

이루는 훌륭한 요소라 할 수 있지만, 구의 길이가 다르다고 해서 거기에는 구의 반복성이 없고 정형시가 아니라고는 할 수 없다. 한국의 수많은 정형시가 다 구의 길이가 같지는 않다. 사뇌시나 여시, 경기체시 시조 등 많은 정형시가 <동일한 구의 길이라는 원칙>과는 거리가 멀다. 구의 길이가 동일해야 한다는 원칙을 어겼으므로 지금까지 정형시로 간주해 오던 한국 시를 다 비정형으로 간주해야 하는가. 그것은 그렇지 않다. 구의 길이가 같고 다르다는 것이 시를 정형과 비정형으로 가르는 기준은 되지 않기 때문이다.

> 적어도 固有詩의 律格에 있어서는 <시의 행>이 다른 것끼리 나열되어도 그 詩의 形態的 構造上으로 보아 統一된 詩形式을 갖추고 있을 때 그것은 儼然한 <정형시형>을 이루었다고 할 수 있다. 翰林別曲의 章(首)單位를 分析해 보면 明若觀火한 事實이다. --중략-- 그러므로 固有詩의 경우에 있어서는 章(首)을 單位로 한 句-행의 개념과 대등한-의 排鋪가 어떻게 規則的으로 이루어졌는가에 따라 定型과 非定型이 論議될 수 있는 것이므로 句는 詩를 結構하는 直接單位이지만 이것이 詩形態의 定型과 非定型을 規定지우는 絶對的 條件일 수는 없다는 것이다.[6]

<음보율>을 가지는 영시에서는 구의 길이가 같아야 함을 원칙으로 한다. 이러한 서양의 시론, 원칙이 한국 시에 그대로 통용되는 것은 아니다. 비록 겉으로 드러나는 길이에 있어서는 차이가 있을 수 있으나, 이는 정형시를 가르는 기준도 될 수 없고 반복성이 없다는 증거도 될 수 없다. 왜냐하면 겉으로 드러나는 길이는 다르나 각 구는 대등적인 위상을 충분히 지니고 있기 때문이다.

阿邪也 ————

6) 홍재휴, 앞의 책, 251면.

吾良遺知攴賜尺等焉 (사뇌시, 禱千手觀音歌)

孔夫子 닉오심은 하늘이 입을 빌어
어득흔 人事를 의리로 붉키신이
엇덧타 ——————————
天地人 三字는 至重至大 흐도다 (시조, 김수장)

단율어구 [엇덧타]는 길이에 있어 단연 다른 구보다 짧다. 단율어구의 길이는 비록 다른 2, 3, 4율어구의 1율어에 해당하지만, 2, 3, 4율어구와 대등한 위상을 지니고 있다. 단율어구는 개음절어로 되었으므로 율독, 낭독, 가창에 있어서도 다른 구 유형과 같은 대등성을 확보할 수 있기 때문이다. 그러므로 한 구로 성립되기에 손색이 없다. 이는 일본 시에서도 마찬가지다. 대표적인 정형시 和歌를 예로 들어 보자.

村雨の露もまだひぬ槇の葉に霧たちのぼる秋の夕暮(和歌, 寂蓮法師)

むらさめの——
つゆもまだひぬ
まきのはに——
きりたちのぼる
あきのゆふぐれ

'5・7・5・7・7'의 음수율로 된 和歌이다. 일본이 자랑하는 대표적인 정형시인 和歌에 겉으로 보이는 <구의 길이가 같아야 하는 원칙>은 찾아볼 수 없다. 단지 5음절 구가 2개, 7음절 구가 3개일 뿐이다. 그렇다면 구의 반복성이 없다고 해야 하는가. 그렇지는 않다. 한국어의 척구가 개음절어로 되어 충분한 음량을 확보하는 것과 같이, 일본어에는 폐음절어가 없고 모두 개음절어이므로 비록 음절수가 적다 하더라도 충분한 음량을 유지하여 다른 구와의 대등성을 유지하고 있다고 할 수 있다. 그러므로 한국 시나 일본 시가 구의 길이가 다르다고 해서 반복성이 없다고 하는 것은 잘못이다. 기층 단위가 비록 다른 음절수로 구성된다 하더라고 우리는 이를 대등적인 것으로 인식하듯, 이는 기본 단위인 구에 있어서도 마찬가지다. 비록 서로 다른 길이를 지닌 구라 하더라도 정형시를 이루는 각 구는 대등적인 위상을 지니고 있다. 和歌를 정형시라고 하는 것은 길이가 다른 구들의 모임이지만 시의 형태적 구조상으로 보아 통일된 시 형식을 지니는 것뿐만이 아니라 각 구는 대등적인 위상을 지녀 2박절구로 반복되고 있다고 할 수 있다.

2) 용어의 辨釋

그러면 여기서 좀 뒤바뀐 느낌이 없잖아 있지만 구라는 용어에 대해 좀 더 자세히 살필 필요가 있을 듯하다. 여기서의 구는 현대시에 있어서의 <행>이 되겠지만 구와 행이 일치하는 것은 아니다. 정형성을 띠는 구는 행일 수 있으나 모든 행이 다 구가 되는 것은 아니다. 율격 연구사를 돌이켜 보면 이런 저런 용어가 임의대로 사용되어 왔음을 알 수 있다. 특히 한국 시의 율격 단위의 명칭은 많은 혼선을 빚어왔던 게 사실이다. 율격 단위에 대한 일관된 기준이 설정되지 못했고 그에 따른 명칭도 뚜렷이 설정되지 못했었다. 이렇게 혼란이 온 이유는 구에 대한 우리의 인식이 일관되지 않은 데 있다. 일반적인 어학적 용어로서의 구는 둘 이상의 낱말이 모여 이루는 말의 마디, 도막을 의미[7]하지만, 문학적 용어로서의 구는 조금 다르다. 구라는 용어가 한국 시의 율격 단위로 쓰여진 것은 균여전에서 사뇌시의 율격을 말한 <三句六名>의 구에서 찾아볼 수 있으나 아직도 <三句六

7) 한글학회 큰사전.

名>에 대한 풀이는 분분한 실정이다. 그러나 한편 이와는 별도로 학계에서는 시의 구성과 형태를 논하면서 율격 단위의 명칭에 관심을 가진 듯한데 그 용어의 쓰임이 매우 혼란스럽다. 사뇌체를 <4구체>, <8구체>, <10구체>로 분류[8]하는가 하면, 시조를 <6구> <8구>[9] <12구>[10] 등으로, 가사체의 경우는 4율어가 연결된 율격 단위를 구라 하는가 하면, 2율어가 연결된 율격 단위를 <구>라고 하기도 했다. 이렇게 보면 공통된 기준이 없이 용어가 쓰이고 있음을 금방 알 수 있다. 먼저 사뇌시를 <4구체>니, <8구체>니, <10구체>니 하는 것은 구가 현대시의 <행>에 해당되는 것으로 시를 이루는 기본 단위로 사용된 것이다. 그러나 시조의 경우를 보면 이와는 다르다. 시조는 주지하다시피 句에 해당하는 용어로는 <章>을 써 왔으며 편구에 해당되는 2율어를 오히려 <구>라 해왔다. 더 큰 문제는 시조에 한해 볼 때에도 구의 개념이 일정한 기준이 있지 않다는 것이다. 2율어를 묶어 <구>라 하지만 학자에 따라서는 1율어를 구로 보아 시조는 <12구>라 하는 사람도 있었다. 같은 시를 두고서 구의 개념이 일정하지 않으니 <12구>니, <6구>니, <8구>니 하게 된 것이다. 그리고 連章型 시에 있어서 한 首를 의미하는 章을 <구> 단위어로 썼던 것이다. 가사를 보면 4율어를 일컬어 구라 하기도 하고 2율어를 일컬어 구라 하기도 했는데, 2율어를 일컬어 구라 한 것은 시조의 2율어를 구라한 것과 관계가 있는 듯 하다. 또 그런가 하면 같은 학자라도 시조의 구와 가사의 구를 일관성 없이 쓰는 경우도 종종 본다.

일본의 경우 문학적 용어로서의 구의 쓰임은 대체로 두 가지로 정리할 수 있다. 언어학적 용어로서의 구는 한국과 같이 문장의 한 단

---

8) 小倉進平, 『郷歌及び吏読の研究』 近沢商店印刷部, 1929.
9) 이병기, 「律格과 時調」(동아일보, 1928년 11월 28일-12월 1일).
10) 李殷相, 「時調 短型芻議」(동아일보, 1928년 4월 18일-25일).

락-두세 낱말이 모여 이루어짐-을 의미[11]한다. 반면 문학적 용어로서의 구는 첫째, 시 형태를 이루는 기본 단위, 율격 파악의 기준 단위와 일치하는 구이며, 둘째, 俳句나 連歌, 俳諧 등의 작품을 일컫는 구이다. 和歌의 경우 구는 전자의 의미로만 쓰여 5음 또는 7음을 가리켜 구라 한다. 그러므로 和歌는 다섯 개의 구로 되어 있으며, 처음 구를 제1구라 하고 순서대로 제2구, 제3구, 제4구, 마지막은 제5구 또는 結句라고 한다. 俳句의 구도 5음 또는 7음을 가리켜 제1구, 제2구, 제3구라고 한다. 그러나 俳句나 俳諧 連歌 등의 경우는 구 자체가 작품의 단위를 의미하기도 한다. 그래서 句集이라고 하면 俳句 작품집을 가리키게 된다. 구의 사용은 사실상 이 두 가지로 쓰이지만, 율격 단위로서의 구는 전자의 구로 통일되어 있다고도 할 수 있다. 물론 근대 이후 자유시-散律詩[12]-에 있어서는 구보다 <행>의 쓰임이 지배적이다.

용어의 정리를 위해 구가 어떤 의미를 지니고 있는지 문헌을 통해 살펴보자.

> 句란 字를 聯하여 章의 一小節을 이르는 것을 칭하는 것으로 옛날에는 言이라 했다. 句라는 명칭은 秦漢 이후에 시작되었다.
> <詩, 周南 關雎, 疏>
> 句則古者謂之爲言, 云云, 秦漢以來, 衆儒各爲訓詁乃有句稱
> <文心雕龍, 章句>
> 因字而生句, 積句而成章[13]

---

11) 日本国語大辞典, 小学館, 1999.

12) 홍재휴, 『知塘褋識』, 대구효성가톨릭대학출판부, 1998.
散律詩는 이른바 '자유시'라는 용어를 대신한 말이다. 한국시의 정형시가 定律인 데 대해 내재된 율이 규칙적 반복을 이루지 않는 비정형시를 일컬어 산율시라 하였다.

13) 日本, 大漢和辭典, 1999.

위의 기록을 보면 예로부터 구는 장, 수를 이루는 기본 단위였음을 알 수 있다. 옛날에는 言이라 했다는 기록으로 보아 중국 시의 5언구, 7언구의 쓰임도 이러한 의미에서 쓰였을 것이다. 구가 모여 장(수)을 이루었으니 이 장은 하나의 작품 단위 내지는 현대시의 연에 해당할 것이다. 여기서도 우리는 구와 장의 명칭을 구분할 수 있으니 율격 파악의 기준 단위는 구이며, 구가 이루는 시적 형태는 首, 章이라는 말로 칭할 수 있음을 확인할 수 있다. 이를 바탕으로 한국 시의 경우 구는,

<麗詩>

돌하	노피곰	도ᄃᆞ샤		1구
어긔야	머리곰	비취	오시라	2구 (정읍사)

<시조>

五百年	都邑地를	匹馬로	도라드니	1구
山川은	依舊ᄒᆞ되	人傑은	간듸 업다	2구 (길재)

<가사>

江湖애	病이 깁펴	竹林의	누엇더니	1구
關東	八百里에	方面을	맛디시니	2구
어와	聖恩이야	가디록	罔極ᄒᆞ다.	3구(관동별곡)

……

이와 같이 규정할 수 있다.

일본 시의 율격 기준이 되는 구는 비록 양적인 면에서 한국 시의 구와 차이가 느껴지기도 하나, 용어, 개념에 있어 일치한다. '5·7·5·7·7'로 이루어져 있는 和歌는 총 5句의 句를 가지게 되고, '5·7·5'로 이루어져 있는 俳句는 3句의 句를 가지게 된다.

人はいさ心も知らず古里は花ぞ昔の香ににほひける (和歌, 紀貫之)

ひとはいさ・・・・・・・5 (1구)
こころもしらず・・・・・7 (2구)
ふるさとは・・・・・・・5 (3구)
はなぞむかしの・・・・・7 (4구)
かににほひける・・・・・7 (5구)

古池や蛙とび込む水の音 (俳句, 芭蕉)
ふるいけや・・・・・・・5 (1구)
かはずとびこむ・・・・・7 (2구)
みずのおと・・・・・・・5 (3구)

그러나 근대 신체시의 7・5조에서의 구는 이와 조금 다르다. 和歌나 俳句의 7・5조, 5・7조는 의미의 연결에 의해 5・7조니 7・5조를 나누는데, 여기서의 구는 5음이 한 구, 7음이 한 구로 위와 같이 和歌는 5개의 구, 俳句는 3개의 구를 가지지만 신체시 7・5조의 경우는 다르다. 신체시는 明治維新의 개막, 근대화로의 전환과 더불어 歐美문물의 급속한 영향 아래에서 생겨난 문학으로 비록 7・5조라는 과거의 정형이 남아 있기는 하지만 한 마디로 과거의 정형에서 벗어나고자 한 시라고 할 수 있다. 그러므로 신체시는 구라기보다 <행>이라는 용어를 쓰며, 이 <행>의 길이도 서구시의 길이의 영향으로 7・5조를 한 <행>으로 인식한다. 더구나 신체시의 7・5조라는 것은 和歌나 俳句와 같이 7・5조가 한 번 내지 두 번 나오는 것이 아니라, 7・5의 연속이므로 7・5를 한 행으로 보는 데는 무리가 없었을 것이다. 반면 和歌나 俳句의 구는 5자 5음이 한 구, 7자 7음이 한 구를 이룬다. 그러나 5음구나 7음구는 모두 4음절1박절, 2박절1구로 율독되는 등시성을 띠게 된다.

2. 기본 단위의 유형

1) 분류의 기준

시의 형태를 이루는 기본 단위이며 율격 파악의 기준이 되는 구는 기층 단위인 율어, 박절로 구성이 되므로 먼저 율어 내지는 박절의 수에 의해 분류될 수 있다.

우선 한국 시를 살펴보면, 한 구를 이루는 율어의 수는 최소 1율어에서 최고 4율어까지이다. 그러므로 한국 시의 구는 단율어구에서 4율어구까지 유형화될 수 있다. 고유시에서는 단율어구가 엄연히 존재하는데 사뇌시의 '嗟辭'가 대표적인 예가 된다. 물론 1율어로 된 구가 계속 반복될 리는 없으며 이는 한국 고유시의 율격적 특성[14]으로 이해되어야 한다. 5율어 이상의 구는 고유시에 있어서 정형성을 띠지 못하는 복합격구[15]로 다뤄진다. 단율어구는 흔하지는 않지만 시형을 이루는 중요한 구로 자리잡아 정형성을 띠는 반면, 5율어구, 6율어구…… 등은 시에서 정형성을 띠지 못한다.

<단율어구>
阿耶
普賢叱心音阿于波　　(사뇌시, 總結无盡歌)

아희야
그물　　더져라　　날 보내려　　ᄒᆞ노라 (시조, 미상)

언제야
天下ᄅᆞᆯ　　헤쳐　　이 兵塵을　　씨스려뇨 (가사, 용사음)

---

14) 홍재휴, 앞의 책.
15) 홍재휴, 앞의 책, 219-233면.

<2율어구>

두껍아　집지어라
황제야　물길어라 (민요, 강원지방)

<3율어구>

大洞江　너븐디　몰라셔
빈내여　노혼다　샤공아 (여시, 서경별곡)

<4율어구>

홍진애　뭇친 분네　이 내 생애　엇더흔고
녯 사름　풍류를　미출가　뭇미출가 (가사, 상춘곡)

한편 일본 시에 있어서는 어떠한가. 한국 시의 구가 1, 2, 3, 4율어구의 네 가지 유형의 존재를 인정함에 비해 일본 시는 그렇지 아니하다. 일본 시에서 박절로 이루어지는 구의 유형은 하나밖에 없다. 이런 점에서 한국 시는 일본 시보다 훨씬 다양한 정형을 지니고 있다고 할 수 있다. 일본 시는 다양성을 인정하지 않는다. 1구는 8음분으로 되어 있고 이 8음분은 2박절로 나뉠 수 있으며 그 외의 1박절구라든지 3박절구 이상은 존재하지 않는다.

嘆けとて月やは物を思はするかこち顔なるわが涙かな

なげけと　て・・・・・・・・・・・구
つきやは　ものを・・・・・・・・구
おもはす　る・・・・・・・・・・・구
かこち　がほなる・・・・・・・구
わがなみ　だかな・・・・・・・・구

菴の夜や棚搜しする蚉 (俳句, 小林一茶)

いほのよ　や・・・・・・・・・・・구

たなさが　しする・・・・・・・・・・구
きりぎり　す・・・・・・・・・・・・구

이와 같이 구는 하위 단위인 박절의 수를 기준으로 나뉠 수 있지만 이것만으로는 양국 시의 구를 제대로 파악했다고 볼 수 없다. 앞에서 한·일 시 공히 음수율의 시임을 보았듯이 음수율의 시로서 구에 나타나는 음절수는 바로 율격 유형과 직접 관련이 된다. 이는 음절의 수에 의해 분류되었던 기층 단위가 그대로 구 단위에서도 그 성격을 드러내기 때문이다. 구에 나타나는 음절수로 본다면 두 가지 차원에서 파악하는 것이 가능함을 알 수 있다. 하나는 구에 나타나는 총 음절수로 구를 파악하는 것이요, 또 하나는 율어를 이루는 음절수의 연결로 구를 파악하는 것이다. 여기에도 한·일 시는 차이를 드러내게 되는데 우선 전자로 보면 한국 시는 유동적인 음절수를 보임에 비해, 일본 시는 5음과 7음이라는 고정적인 음절수를 보인다. 구를 이루는 총음절수로 볼 때 일본 시의 5음과 7음은 매우 중요한 의미를 지닌다. 이는 그대로 일본 시의 구 유형이 되는데 일본 시의 구는 2박절구로서보다 5음구와 7음구로 그 성질을 더 잘 드러낸다고 할 수 있다. 그리고 이러한 5음구와 7음구는 또다시 각 박절을 이루는 음절의 수로 분류될 수 있다. 반면 한국 시는 구를 이루는 총음절수로 볼 때 그 진폭이 매우 크다. 또 한국 시의 구는 단율어구에서 4율어구까지 네 가지 유형으로 분류됨을 보았는데 각 구는 율어를 이루는 음절수의 연결로 다시 유형 분류해 볼 수 있다.

율격 파악의 기본이 되는 것이 구인 만큼 구를 통해 율격의 실제 모습이 가장 많이 드러날 수 있다. 실제로 기조 단위나 기저 단위, 기층 단위는 단독으로 율격적 기능을 수행할 수 없고 항상 구 내에서 구조적 관계에 따라 그 기능적 의의가 구체화되지만 구는 그렇지 않기 때문이다. 이러한 의미에서 한·일 시 구의 비교야말로 두 나라 시의 공통점과 차이점을 가장 극명히 보여줄 수 있다. 왜냐하면 율격의 기본 단위가 구이며 율격의 미적 효과나 시적 기능에 관련된 모든 실질적인 율격론적 논의가 구를 중심으로, 구 내에서 이루어지는 구조적 양상의 검토를 중심으로 수행[16]되기 때문이다.

2) 유형과 특징

① 한국 시의 경우

한국 시의 구는 최저 1율어로 이루어지는 구로부터 최고 4율어로 이루어지는 구까지 모두 네 가지가 존재한다. 이 때 1율어로 이루어지는 구를 단율어구라 하는데, 단율어구부터 4율어구까지 각 양식은 나름대로의 특징을 갖고 있다. 또 앞에서 언급한 바와 같이 구를 이루는 총음절수는 한도내적이나 매우 다양하게 나타나며 율어를 이루는 음절수의 연결로 분류해 볼 수도 있다. 사실 한국 시는 율어의 수에 의한 구의 유형만 해도 네 가지이며 이것이 각각 다양한 음절수를 포용하고 있기 때문에 유형 분류가 간단한 것은 아니다. 그러나 각 율어를 이루는 음절수가 중요했듯 율어를 이루는 음절수의 연결 역시 구의 율격에 영향을 주기 때문에 이러한 유형도 무시되어서는 안 된다.

㉠ 단율어구-척구

ⓐ 단율어구의 형성

구를 이루는 율어는 적어도 2개 이상이 모여 이룸이 당연하나 한국

16) 성기옥, 앞의 책, 140면.

시의 경우 아주 특이한 경우로 단율어구가 존재한다. 단율어구-척구-는 일종의 파격적인 특수격구이다.

> 單隻辭格句는 일종의 特殊格句로 이를 줄여 隻句라 하고자 하는데 이 隻句의 形成은 이미 新羅의 儒理王代에 지어졌다는 兜率歌의 「嗟辭」에서 그 연원을 찾을 수 있을 듯하다. 이것은 우리의 風流樂과 더불어 그 始源이 오래라 할 수 있다. -중략- 이러한 嗟辭를 固有詩의 詩的形態面이나 內容面에서 하나의 挿入된 嘆辭로 看做하여 古詩의 樂律單位라는 가벼운 처리를 하는 것은 固有詩의 形式과 內容을 파악하는데 큰 잘못을 犯하는 結果가 될 듯하다. 그리고 固有詩의 傳統的 形態를 살피는 데도 이 隻句는 重要한 意義를 가지고 있는 것이니 高麗의 詩에 이르러서도 「아으」나 「위」와 같은 形式으로 繼承된 것도 있고 「아소님하」와 같이 4律字型의 형태로 變容된 것도 있다. 朝鮮의 固有詩에 있어서는 이 時期에 盛行을 본 時調나 歌辭 등에서 主로 3律字型의 有意語로 構成된 隻句形式이 그 특징을 보이고 있다. -중략- 이 隻句는 固有詩의 形態的 特徵 가운데도 가장 두드러진 것이다. 이것은 固有詩가 創案한 句形式의 하나라 할 수 있으므로 詩的 形態나 律格을 定立하는 데 重要한 意義를 가지는 것이라고 할 수 있다.[17]

여기서 '파격'이라든지 '특수 격구'라는 것은 구의 길이가 다른 구에 비해 현저하게 짧다는 데서 나온 것이다. 그러나 그렇다고 해서 다른 구에 비해 중요성이 적다거나 중량감이 없는 것은 아니다. 비록 단율어의 구이지만 다른 구-2율어구, 3율어구, 4율어구-와 대등한 자격을 지님은 두말할 나위 없다. 그런데 중요한 사실은 이러한 척구가 한국시 정형시를 통시적으로 관찰해 볼 때 여러 시 형태에 공통적으로 보인다는 사실이다. 사뇌시뿐만이 아니라 여러 장르에서 척구는 공통적으로 발견된다.

---

17) 홍재휴, 앞의 책, 146-154면.

<사뇌시>

阿邪也

吾良遺知支賜尸等焉 (禱千手觀音歌)

<麗詩>

아으

熱病大神의 發願이 샷다 (處容歌)

아소 님하

도람 드르샤 괴오쇼셔 (정과정)

<경기체시>

위

날조차 몃부니 잇고 (한림별곡)

<시조>

우리ᄂᆞᆫ

천성을 직희여 삼긴대로 ᄒᆞ리라 (변계량)

<棹歌>

풍월ᄋᆞᆯ

벗즐ᄉᆞ마 이ᄆᆞᄋᆞᆷ 길너보쟈 ᄒᆞ노라 (蔡瀗, 石門亭九曲棹歌)

셜월이

셔봉의　　넘도록　　숑창을　　비겨 잇쟈 (어부사시사)

<가사>

아모타

백년　　행락이　　이만ᄒᆞᆫ돌 엇지ᄒᆞ리 (상춘곡)

각시님

ᄃᆞ이야 ᄏᆞ니와 구준 비나 되쇼셔 (속미인곡)

그 밧긔

남은 일이야 삼긴 ᄃᆡ로 살렷노라(누항사)

지금까지는 韓國詩論史에서는 사뇌시의 척구-'차사'(종래 <낙구>)-에 대한 논의를 제외하고는 이에 대한 논의를 잘 찾아볼 수 없다. 위의 예를 살펴보면 척구는 兜率歌의 嗟辭에서 시작하여 한국 시에 통시적으로 줄곧 나타남을 알 수 있다. 그렇다면 척구는 "한국 固有詩의 중요한 類型的 特徵"이 아닐 수 없으며, 척구가 지니는 위상은 가볍지 아니하다 할 수 있을 것이다. 그런데 이러한 척구설에 대해 학계에서 가장 문제가 되고 있는 것은 시조의 척구설이다. 시조 척구설은 이른바 시조 <종장 제1구>와 결구에 관한 문제인데, 이 문제는 상식화되어 버리다시피한 이른바 <3・5・4・3>이라는 시조의 <종장>설과는 그 관점이 다르다. 그러면 먼저 시조 척구설과 그에 대한 반론은 어떠한지 살펴보자.

> 詞腦體에서 形成된 隻句法은 時調의 隻句法으로 繼承되어 時調의 第3句-終章 第1句-로 定着되었다. --중략-- 從來의 時調形態論에서도 이 隻句-終章 第1句-의 機能에 對한 重要性을 强調해 온 바이지만 詩的 形態上으로는 다른 正格句와 같은 資格을 부여하지 않았기 때문에 그 存在意義와 特性을 올바르게 파악할 수 없었다. 따라서 時調의 形態 把握에도 상당한 違錯을 가져오는 結果가 되었다고 할 수 있다. 뿐만 아니라 그러한 時調形態論은 時調의 創作面에도 크게 영향한 바 되어 形態의 萎靡를 초래하게 하였고, 內容의 萎縮을 가져온 結果가 되었으니 이러한 現象은 時調의 올바른 계승과 創作을 爲해서도 크게 反省되어야 할 것으로 본다. 그러므로 時調의 隻句는 時調의 內容 및 形式上으로 보아 獨立된 句單位로 看做하여 다른 第 1, 2, 4句인 正格句와 對等한 資格을 부여하고 그 特殊한 機能的 價値를 認定해 주어야 한다.[18]

이와 같이 시조 제3구의 단율어는 한 구로 인정하여 척구로 독립시

18) 홍재휴,『時調句文論攷』(一潮閣, 1978), 107면.
_____,『한국고시율격연구』, 187면.

켜야 한다는 것이다. 제3구의 단율어가 척구로 독립이 되면 이에 따라 자연 제4구가 생기게 된다. 종래 이른바 <종장>의 두 번째 율격 단위가 두 개의 율어로 분리되어 새로운 제4구의 제1, 2율어를 이루게 되어 제3구는 척구가 되고 이른바 <종장> 제2구는 2율어로 분리되면서 제1, 2, 3, 4율어가 4율어구가 되어 결구인 제4구를 이루게 된다.

종래의 이른바 <3장 6구>설에 의한 분장 표기를 보이면 다음과 같다.

<초장>	興亡이	有數하니	滿月臺도	秋草ㅣ로다
<중장>	五百年	王業이	牧笛에	부쳐시니
<종장>	夕陽에	지나는 객이	눈물계워	ᄒᆞᄃᆞ라

(시조, 원천석)

그러나 위와 같은 <초, 중, 종>의 3<장(행)>을 척구를 분리하여 표기해 보면 다음과 같다.

제1구 :	興亡이	有數하니	滿月臺도	秋草ㅣ로다
제2구 :	五百年	王業이	牧笛에	부쳐시니
제3구 :	**夕陽에**			
제4구 :	지나는	객이	눈물계워	ᄒᆞᄃᆞ라

종래 시조를 <초장, 중장, 종장>의 <3章>으로 나누고 <종장>의 두 번째 율격 단위를 <過音節>이니 <太過音節[19]>이니 한 것과는 다른 견해이다. 시조의 척구를 독립구로 인정하면, 종래 <과음절>, <태과음절>이니 하는 말은 그 존재 의의를 상실하게 된다. 이러한 척구는 시조가 갖추어야 할 필수적 율격 형태라 할 수 있으니,

---

19) 이능우, 『古詩歌論攷』(宣明文化社, 1966).
김홍규, 「평시조 종장의 율격, 통사적 정형과 그 기능」 <月巖박성의박사환력기념논총>(고려대학교국어국문학회, 1977).

가마귀 검다 ᄒᆞ고 백로ㅣ야 웃지 마라
것치 거믄들 속조차 거믈소냐
<u>아마도</u>
것 희고 속 검을 ᄉᆞᆫ 너ᄲᅮᆫ인가 ᄒᆞ노라 (이직)

가마귀 눈비 마자 희ᄂᆞᆫ 듯 검노ᄆᆡ라
야광 명월이 밤인들 어두오랴
<u>님향한</u>
일편 단심이야 고칠 줄이 이시랴 (박팽년)

어와 버힐시고 낙낙당송 버힐시고
녀근덧 두던들 동냥지 되리러니
<u>어즈버</u>
녕낭이 기울거든 므서ᄉᆞ로 바티려뇨(정철)

紅塵을 다 ᄯᅥᆯ치고 竹杖芒鞋 집고 신고
玄琴을 두러메고 洞天으로 드러가니
<u>어듸셔</u>
ᄧᅡᆨ일ᄒᆞᆫ 鶴唳聲이 구름 밧긔 들닌다 (김성기)

그런데 이 척구설을 일면 타당하다고 하면서도, 일면적인 타당성만 받아들이자며 문제를 제기한 조동일의 견해를 살펴보자.

> 이렇게 보면 종래의 음보율이 종장의 제2음보를 설명하기 위해서 애썼던 수고를 하지 않아도 된다는 편리한 점이 있다. 종장의 제1음보를 한 행으로 한 '척사'만으로 한 구를 이룬다고 하여 '척구'라고 부르면 척구의 특수성만 별도로 설명하는 과제만 남고 제4구라고 한 종장의 나머지 부분은 제1구라고 한 초장이나, 제2구라고 한 중장과 다름없는 것으로 설명된다. 위에서 필자도 시조의 종장은 4행으로 끝나는 시의 제3, 4행에 해당하는 비중을 가진 것이라고 했는데 홍재휴는 이러한 사실을 '척구'의 설정으로 더욱 명확하게 분석했다고 할 수 있다.[20]

> 어쨌든 시의 행이 정형시형을 이루기 위해서는 원칙적으로 길이가 같아야 할 것인데, 이러한 원칙을 파괴한 것이 무리한 처사이다. 길이가 같다는 것은 음보율로 말한다면 음보수가 같다는 말이다. 시조는 각 행이 모두 4음보로 이루어져 있으므로 4음보격이라고 했고 4음보격이라는 사실은 시조가 정형시형이라고 인정되는 데 필요한 요건이다. 음보수가 4음보 4음보 1음보 4음보라고 하면 중간에 들어 있는 1음보 때문에 시조가 4음보격이라고 할 수 없을 뿐만 아니라 1음보행의 지나친 특수성 때문에 시조는 안정감을 가질 수 없다고 할 수 있는데 이러한 견해는 우리가 시조에서 쉽사리 느끼고 또한 오랫동안 널리 인정되어 온 안정감과 어긋난다. 뿐만 아니라 홍재휴가 말한 척구, 즉 독립해서 한 행을 이루는 음보는 작품에 따라서 인정될 수 있는 경우도 있고 인정될 수 없는 경우도 있다.[21]

위에서 조동일이 지적한 문제점은 두 가지로 집약된다. 첫째는 시의 행이 정형시형을 이루기 위해서는 길이가 같아야 한다는 원칙에서 어긋난다는 것과, 둘째는 척구가 인정될 수 있는 경우도 있고 인정될 수 없는 경우도 있다는 것이다. 조동일이 말한 첫 번째 원칙에 관해서는 앞에서 논의한 바[22]가 있어 여기서는 특별한 언급은 피한다. 다만 강조해 둘 것은 이것은 영시의 원칙은 될 수 있어도 한국 시의 원칙은 될 수 없다는 것이다. 그리고 "음보수가 4음보, 4음보, 1음보, 4음보라 하면 1음보행의 지나친 특수성 때문에 시조는 안정감을 가질 수 없다" 했는데 <1음보행> 척구가 다른 구에 비해 특수구로 다뤄지는 것은 사실이지만, 이것이 시의 안정감을 깬다거나 율격을 파괴하는 것과는 거리가 멀다. 비록 단율어구이기는 하지만 척구는 다른 구에 대응되는 무게를 충분히 지니고 있으므로 안정감에는 지장을 주지 않는다. 두 번째 이유로, 척구가 인정될 수 없는 시조에 관해 다음과

---

20) 조동일, 앞의 책, 234면.
21) 조동일, 앞의 책, 234-235면.
22) 앞장 1)기본 단위의 특질을 참고하기 바란다.

같은 예를 들고 있다.

(가) 내버디 몃치나하니 수석과 송죽이라
동산의 ᄃᆞᆯ오르니 긔더옥 반갑고야
두어라
이다ᄉᆞᆺ 박긔 또더ᄒᆞ야 머엇ᄒᆞ리

(나) 님의 얼골을 그려 벼맛희 브쳐두고
안ᄌᆞ며 닐며 ᄆᆞᆫ지며 니른말이
져님아
말이나 하렴은 내안둘디 업세라

(다) ᄃᆞᆯ이야 님본다ᄒᆞ니 님보ᄂᆞᆫᄃᆞᆯ 보려ᄒᆞ고
동장을 반만열고 월출을 기ᄃᆞ리니
눈물이
비오듯 ᄒᆞ니 ᄃᆞᆯ이조차 어두어라

(라) 오ᄂᆞᆯ도 다새거다 호ᄆᆡ메고 가쟈ᄉᆞ라
내논 다ᄆᆡ여든 네논졈 ᄆᆡ어주마
올길헤
뽕 빠다가 누에먹겨 보쟈ᄉᆞ라[23]

(가)에서는 [두어라]가 독립된 <행>을 이룰 만하지만 (나) (다) (라)에서는 [져님아], [눈물이], [올길헤]는 독립된 <행>을 이룰 수 없다는 것이다. 그런데 조동일이 [두어라], [져님아], [눈물이], [올길헤]를 각각 독립된 <행>, 척구로 인정할 수 있다 없다고 하는 기준은 바로 통사론적 구조에서이다. 척구로 성립되기 어렵다고 한 [져님아], [눈물이], [올길헤]가 척구가 되기 위해서는 (가)의 [두어라]처럼 의미상으로도 독립된 종결형의 율어라야 한다는 것이다. <종장>의 첫 율

23) 조동일, 앞의 책, 235면.

어와 뒤에 오는 율어가 밀접한 관련-의미적, 통사적으로-을 가지는 데도 첫 율어를 억지로 분리시켜 독립된 구로 만들면 뒤에 오는 구는 기형적인 구가 된다는 것이다. 여기서 기형적인 구라는 것 역시 의미, 통사 구조적 차원에서 그렇다는 것이다. 그러나 엄연히 율격이라는 것이 의미, 통사적 구조와 무관한 것은 아니나, 통사적 기준으로 율격을 파악하는 것은 잘못된 일이 아닐 수 없다.[24] 조동일은 통사적 기준으로 척구를 인정할 수 있는 것(가)을 정격이라 하고 없는 것(나, 다, 라)을 변격이라 하거나, 이와 유사한 개념을 사용해서 합리화를 꾀한다면 그것은 결코 바람직한 일이 아니라[25]고 했는데 물론 그러한 의미에서 (나), (다), (라)가 변격이 될 수는 없다.

통사적으로 볼 때 척구(시조 제3구)와 뒤의 구가 연결되는 현상은 척구의 성격이 초기와는 다르게 변천해 간 것으로 볼 수 있다.

> 原來는 隻句가 獨立된 것이었으나 점차로 連結語로 變移되어온 痕迹을 보여주는 것이라 생각할 수 있기 때문이다. 이러한 현상은 通時的으로 보아 隻句의 獨立的 形態가 退化된 흔적을 보이는 듯하나 機能的 發展을 意味하는 것이기도 하다. 그러나 律格上으로는 儼然히 存在하는 單位形式임에는 틀림이 없다.[26]

원래 척구가 독립된 것이었다는 것은 사뇌시의 嗟辭를 봐도 잘 알 수 있다. 사뇌시에서의 차사 곧 척구는 통사적으로도 독립된 것이며 이는 시조에서도 많은 예를 찾을 수 있다. 그러나 후기로 오면서 점차 통사적으로 연결형을 보이기도 하고 무척구현상이 일어나기도 하는데 이는 한국 시 척구에 대한 詩學이 없었기 때문으로 설명될 수

24) 홍재휴, 앞의 책, 250-253면.
25) 조동일, 앞의 책, 235-236면.
26) 홍재휴, 앞의 책, 253면.

있다. 특히 사뇌시의 척구가 개음절로 되어 있고 시조의 많은 척구가 개음절로 되어 있다는 사실도 이와 다르지 않다. 개음절의 척구는 후기로 오면서 폐음절화되어 뒤의 구와 연결성을 지니게 되는데 이 또한 척구의 형태가 변이된 흔적이라고 볼 수 있다. 그렇다고 하여 척구의 존재가 부정되는 것은 아니다.

시조 척구설을 부정하기 위해 위에 제시된 예를 엄밀히 살펴보면 예시 작품 자체가 척구를 설명해 내는 데는 부적절함을 알 수 있다. (라)의 경우는 아예 척구가 결여된 시조를 예로 든 것일 뿐이다. (라)의 예시처럼 [올길헤]를 척구로 간주한다면 제4구인 結句가 3율어구가 되어버려 정격시조의 율격 구성에서 벗어나게 된다. 그러므로 예시 자료의 잘못된 선택이라 할 수 있다. 현전하는 시조에는 척구가 결여된 작품이 없지 아니하다. 그러한 것은 정철의 작품에서뿐만 아니라 이현보의 漁父短歌 제3장에서도 발견할 수 있으니 이러한 무척구 현상에 대해서는 이것이 시조의 율격적 결구에 있어서 척구가 필수 요건이 아님을 보여주는 근거라고 하기 이전에, 과연 그가 척구를 의도적으로 제외시켰는지 아니면 판본의 제작 과정에서 빠진 것인지가 면밀히 검토되지 않으면 안 된다.[27]

그런데 시조의 시적 형태의 결구에 있어서 척구가 필수적이었다는 사실을 뒷받침해 주는 중요한 단서를 棹歌체 시[28]인 윤선도의 漁父四時詞[29]에서 찾을 수 있다. 어부사시사는 총 40章으로 되어 있는데 그 중 척구는 冬詞 第10章인 結章에만 보인다. 이를 보이면 다음과

---

27) 홍재휴,「李聾巖의「漁父短歌」闕句考」<안동문화 제13집>, 1991.

28) 棹歌체 시란 고유시에 있어서 장형시의 일종으로 분장형식을 취하는 형식적 특징과 함께 내용이 漁父의 생활을 노래한 데 그 특징을 가지며 비교적 장형의 형태를 띠는 연장체의 시를 의미한다. 홍재휴, 앞의 책, 198면.

29) 홍재휴,『韓國古詩形態硏究』(東亞大學校, 1981)과『尹孤山詩硏究』(새문사, 1991).

같다.

> 셜월이
> 셔봉의 넘도록 숑창을 비겨 잇쟈[30]

그런데 중요한 것은 어부사시사의 다른 각 장이 여러 시조집으로 옮겨지는 과정에서 척구가 모두 첨가되었다는 사실이다. 그 보기는 다음과 같다.

<原詩>

압개예	안개것고	뒷뫼희	ᄒᆡ비췬다
ᄇᆡ떠라	ᄇᆡ떠라		
밤믈은	거의디고	낫믈이	미러온다
至菊悤	至菊悤	於思臥	
江村	온갓고지	먼비치	더옥됴타

<改作詩>

압ᄂᆡ에	안ᄀᆡ것고	뒷뫼에	ᄒᆡ빗친다
밤믈은	거의지고	낫믈이	미러온다
江村에			
온갓곳이	먼빗치	더욱	조홰라 (樂學拾零)[31]

위와 같이 어부사시사를 시조의 형식으로 만들기 위해서는 우선 斂句-ᄇᆡ떠라 ᄇᆡ떠라, 至菊悤 至菊悤 於思臥-를 없애고 율격상 척구-江村에-를 설정하기 위하여 율격 단위로서의 율어를 보충했음을 알 수 있다. 이처럼 무엇보다 중요한 것은 시조의 형식을 갖추기 위해

---

30) 홍재휴, 『韓國古詩律格硏究』, 201면에서 재인용.

31) 홍재휴, 『尹孤山詩硏究』, 265-266면에서 재인용. 필자가 표기 방식을 조금 달리했음.

척구를 보완하였다는 사실이다. 더욱이 時調詩化 과정에서 새로운 율어를 가져와 척구를 더하여 시조의 결사를 이루고 있는 예를 보이면 다음과 같다.

아희야 // 낙대ᄂᆞᆫ 쥐여잇다 濁酒甁 시럿ᄂᆞ냐 (春2-樂學拾零)

두어라 // 압뫼히 지나가고 뒷뫼히 나아온다 (春3-樂學拾零)

죠쾌라 // 濯纓歌에 흥이난이 곡이좃차 니즐노다 (春5-海東歌謠)

엇더타 // 삼공을 불를소냐 만사ᄅᆞᆯ 싱각ᄒᆞ랴 (夏2-樂學拾零)

어즙어 // 北浦 南江이 어ᄃᆡ안이 죠흐리 (夏3-海東歌謠)

술취코 // 인산을 도라보니 머도록 더욱죠타 (秋2-樂學拾零)

어ᄃᆡ셔 // 무단ᄒᆞᆫ 된ᄇᆞ람이 힝혀안이 불어올ᄭᅡ (冬5-海東歌謠)

위와 같은 사실들로 미루어볼 때 시조에 척구가 수반되어야 한다는 사실은 필수적임을 알 수 있으며, 또한 한국 시의 이와 같은 전통적인 척구법의 존재 양식은 부정할 수 없음을 알 수 있다.

ⓑ 단율어구의 율조 유형

우선 단율어구, 곧 척구는 1음절형에서 4음절형까지 다양하게 나타난다. 각각의 예를 들면 다음과 같다.

위

詩場ㅅ景 긔 엇더 ᄒᆞ니잇고 (경기체시, 한림별곡)

阿耶

普賢叱心音阿于波 (사뇌시, 總結无盡歌)

아마도

것 희고 속 검을 슨 너ᄲᅮᆫ인가 ᄒᆞ노라 (시조, 이직)

각시님
잔 가득 부으시고 훈시름 이즈소셔 (가사, 별사미인곡)

아소 님하
도람 드르샤 괴오쇼셔 (여시, 정과정)

오라난 듸
업건마난 興 다 ᄒᆞ면 갈가 ᄒᆞ노라 (시조, 기정진)

단율어구를 이루는 음절수는 1음절에서 4음절로 다양하지만, 음수율(율어율)상으로는 3음절형이 다빈도를 이루고 있다. 시대적으로 초기의 것일수록 개음절형이 많음을 발견할 수 있으며, 시조, 가사에 와서는 폐음절형이 나타나고 있음을 볼 수 있다. 이와 같은 현상은 시대의 흐름에 따라 복잡해진 감정을 표현하려는 데서 빚어진 척구 형태의 변모로 볼 수 있다.

ⓛ 2율어구

ⓐ 2율어구의 형성

2율어구는 두 개의 율어가 한 구를 이루는 경우인데, 上代의 詩謠인 공무도하가나 황조가, 구지가, 풍요, 민요 등에서 찾아볼 수 있다.

> 2隻辭格句의 句形式은 이미 上代의 詩謠에서 發見할 수 있으니 固有詩史上 原初的인 句形式을 보여주는 것이라 할 수 있다. 그러므로 그 形成 또한 오래임을 알 수 있다. 이러한 句形式은 줄곧 民謠나 童謠 등의 노래를 통하여 계승되어 온 흔적을 발견할 수도 있다.[32]

그러나 전해 오는 이러한 한자 표기의 시들은 원래의 참모습을 되

32) 홍재휴, 앞의 책, 112면.

찾기가 매우 어렵다. 이 외의 2율어구 형식은 實傳하는 민요에서 찾아 볼 수 있는데 예를 들어보면 다음과 같다.

두껍아　　집지어라
황새야　　물길어라 (민요, 강원도)

닭아닭아　우지마라
날아날아　새지마라 (민요, 전라북도)

현재 남아 있는 2율어구는 민요나 동요를 제외하면 시의 경우에는 그 예시가 드물다 하겠다. 그러나 이것은 엄연한 한국 시 구 유형의 하나로 원초적인 형태를 보이는 나름의 독특한 특징도 지니고 있다.

> 이처럼 단순하고 짧은 구조의 통사 단위가 짧고 빠른 율동과 어울림으로써 2보격은 특히 단순한 생각이나 시상의 표현에 알맞은 보격 형태를 띠고 있다. 정서의 빛깔이 밝고 명랑하든 어둡고 침울하든(2보격 자체가 이러한 정서의 질을 규제하는 것은 아니다) 2보격을 취하는 시행들은 감정의 흐름이 급박하고 직정적인 경향이 짙다. 그러면서도 정서적 토운이 흐트러짐 없이 단일한 방향으로 지속되는 안정감을 잃지 않는다. 이런 때문에 2보격 형태를 취하는 작품들은 길이가 짤막한 단편 시가인 경우가 많다.[33]

위에서 말하는 <2보격> 즉 2율어구는 대부분의 민요가 그러하듯 감정의 흐름이 급박하다. 그러나 급하다고 해서 안정감이 없는 것은 아니다. 또한 2율어구는 장차 발전될 4율어구의 과도적 율격 형식일 수 있을 듯한데, 작품에 따라 2율어구의 민요라 하더라도 4율어구와의 혼동을 가져와 2율어구 나름대로의 율격을 잘 드러내지 못하고 4

33) 성기옥, 앞의 책, 166면.

율어구로 읽히게 되는 경우가 있게 된다.

씌씌고　　　신신고
춤추고　　　썸쒸고
호랑이　　　쏘랑이
개로리　　　대구리 (민요, 경기도)

쌀아기　　　잠잔다고
찰떡으로　　다짐밧고
며느리　　　잠잔다고
빨냇돌로　　다짐밧네 (민요, 경상북도)

같은 민요가 민요집에 기록될 때도 어떤 책에는 2율어구로, 어떤 책에는 4율어구로 실리는 등 혼동이 있다. 이러한 율격 형태가 4율어구와 혼재된 율격 형태로 변해간 민요를 보이면,

앞집이라　　을순이는
인물잘난　　탓이인가
양반이라　　그러한가
열살부터　　오는중매
오날까지　　오건마는
이내나는　　어이하야
반사십이　　다되어도
중매할이　　전이없고
보살할멈　　보통장사
성지장사　　바디장사
쏠을주고　　밥을줘도
이내중매　　아니하니
할일없고　　할일없다
…　　　　　　　　(민요, 전라남도)

이것은 이른바 가사체에 가까운 민요로 모든 구를 다 2율어구라 할 수도 없고 또 4율어구라 할 수도 없는, 2율어구와 4율어구가 혼재되어 있다고 봄이 타당할 듯하며 이는 2율어구에서 4율어구로 이행하는 율격 형식이라 보아야 할 것이다. 가사체 민요는 그 길이가 길고 서사적이라는 데 특징이 있어 4율어구인 가사의 율격처럼 읽어도 큰 문제는 없다. 그러나 가사가 지니는 무게감과 안정성에는 비할 수 없으며, 그렇게 읽으면 서민적인 민요로서의 감흥이 매우 줄어든다. 그리고 두 구가 내용상으로 이어지는 부분도 많지만 그렇지 않은 부분도 많기 때문에 2율어구로 읽는 것이 민요적 율독을 살리게 된다.

ⓑ 2율어구의 율조 유형

음절수에 의한 2율어구의 율조로는 10개의 유형이 가능하다.[34] 1음율어는 반드시 4음율어와 어울려야 하므로 1・2조나 1・3조(반대로 3・1조, 2・1조)는 성립되지 않으며, 2・2조 역시 성립되지 않는다.

하	노리로다	1-4 (민요, 평안북도)[35]
게누가	날찻나	3-3 (민요, 충청남도)
황새야	물길어라	3-4 (민요, 강원도)
남주자니	앗갑고	4-3 (민요, 전라북도)
자부다가	혼란본다	4-4 (민요, 경상남도)

<하 노리로다>와 같은 1・4조의 구가 흔한 것은 아니다. 2율어구에서의 1・4, 4・1조는 비교적 드물며 3음절과 4음절의 연결형을 많이 볼 수 있다. 2율어구를 이루는 음절수는 최하 5음절이며 최고 8음절이다. 그러므로 6음절구, 7음절구의 성립도 가능하다는 것이다.

34) 홍재휴, 『韓國古詩律格硏究』(태학사, 1983), 114면.
35) 홍재휴, 앞의 책, 116면에서 재인용.

ⓒ 3율어구

ⓐ 3율어구의 형성

3율어구는 3개의 율어로 이루어진 구를 말한다. 구의 유형으로 3율어구가 있다는 사실은 비교문학적 견지에서 별다른 의미를 지닌다. 일본에서 3율어구란 존재하지 않는다. 3율어구를 살펴보면 다음과 같다.

德으란 곰빅예 받좁고
福으란 림빅예 받좁고 (여시, 동동)

雙花점에 雙花사라 가고신된
回回아비 내손모글 주여이다 (여시, 쌍화점)

元淳文 仁老詩 公老四六
李正言 陳翰林 雙韻走筆 (경기체시, 한림별곡)

이 쁘들 닛디 마ᄅᆞ쇼셔 (용비어천가)

됴흘시고 石門亭 됴흘시고 (도가, 석문정구곡도가)

일본 시에서 3박절구를 찾아 보기는 매우 힘들다. 물론 3박절구가 전혀 없는 것은 아니나 이는 明治時代에 들어와서야 보이는 것[36]으로 일본 고유의 것이라 보기는 어렵다. 別宮貞德은 일본의 옛 俗謠는 거의 100% 2박자계임-2박자라는 것은 곧 4박자와 통한다-에 비해 조선의 민요는 3박자가 굉장히 많으며(압도적), 雅樂도 일본은 거의 2박자계이나 한국은 3박자계가 많이 쓰인다면서 이러한 차이에 흥미를 보였다. 別宮貞德이 "한국 민족은 3박자, 일본 민족은 4박자"라고 규정한 데는 그가 알고 있는 아리랑을 염두에 두어서이다. 그리고

36) 別宮貞德, 『日本語のリズム-四拍子文化論』(講談社, 1977), 189면.

그는 이러한 차이를 한국인이 기마민족이었다는 사실과 일본인은 농경민족이었다는 사실에 기인한다고 했다.[37] 한국인뿐만이 아니라 일본인들까지 한국 시-한국 민요-에 3박자, 3율어구가 대부분이라는 생각은 다음의 논의와 관계가 깊다.

> 오늘날 우리 민족의 대표적인 민요로서 하마 세계 무대의 각광을 입게 된 유명한 『아리랑』을 필두로 하여 남도·서도·경기 등 각 지방의 민요 대부분이 3박자 계통임은 우리가 다 잘 알고 있는 사실이거니와, 그밖에 궁중에서 연면히 유전되어 내려온 아악도 전문가의 조사에 의하면 대체로 3박자 계통으로 분석할 수 있게 되어 있다. 그렇다면 우리 민족이 지켜온 음악의 대부분이 3박자계의 리듬형으로 되어 있다는 사실을 알 수 있다.[38]

다른 유형의 구보다 특히 3율어구가 전통적 율격으로 이해되고 있는 것은 아리랑을 필두로 한 각 지방의 민요가 대부분 3박자 계통이라는 말과 관련이 된다. 그러나 한국의 민간 전승 문예로서의 민요가 대부분 3박자를 이루고 있으며, 꼭히 3율어구만이 한국의 전통적 율격이라 할 수 있을 것인가. 위의 논의를 비롯해, 한국인은 물론이고 別宮貞德을 비롯한 일본인들의 이러한 인식은 한국 시의 여러 유형을 통시적으로나 공시적으로 통람하지 않고 민요의 단편적인 예만을 보고 도출한 이야기에 불과하다.

이별이야　　이별이야
너와 나와　　이별이야 (민요)

---

37) 別宮貞德, 위의 책, 163-197면.
38) 정병욱, 「고시가 운율론」, 1954.
_____, 『한국고전시가론(증보판)』(신구문화사, 1983), 23면.

춥다춥다 춥대장 이웃대장 놋대장 (민요)

入良沙 寢矣見昆 脚烏伊 四是良羅 (사뇌시)

琴學士의 玉笋門生 琴學士의 玉笋門生 (경기체시)

위의 예뿐만이 아니다. 민요만 해도 본고에서 살핀 바[39]와 같이 2율어구와 4율어구는 얼마든지 있다. 한국의 사뇌시를 모두 3율어구의 시로 파악할 수는 없으며, 3율어구를 가장 많이 볼 수 있는 고려조의 시만 하더라도 3율어구와 4율어구가 혼재되어 있음을 볼 수 있다. 다만 이는 지역적으로나 시대적으로 보아 차이를 보이는 것이라 할 수 있는데 다음의 논의를 살펴보자.

> 우리 詩의 律調는 4隻辭句(4步格)인 南方系와 3隻辭句(3步格)인 北方系로 크게 나누어 볼 수 있을 듯하다. 新羅의 慶州와 朝鮮의 漢陽圈 中心의 南方系와 高句麗의 西京과 高麗의 開京圈 中心의 北方系 詩謠는 대개 그 律調가 달랐던 것이 아닌가 생각된다. 이러한 경향은 地勢에 따른 生産 手段 및 文化 環境의 영향에서 빚어진 현상이라고 할 수 있다. 山岳, 田野 지대에서 狩獵을 주로 하던 北쪽에서는 보다 動的인 급박한 호흡이 경쾌한 律調를 빚게 된 데 대하여 비교적 廣野 지대에서 農耕을 주로 하고 儒佛敎의 遺風과 遺俗이 뿌리내린 南쪽에서는 靜的인 차분하고 여유로운 호흡이 완만하고 안정된 律調를 빚게 된 듯하다. 新羅의 詞腦詩(鄕歌)나 이후의 時調와 歌辭類에 대하여 高麗의 詩類가 지닌 律調의 차이는 양쪽의 그러한 傳統的 律調의 자취라 할 만하다. 民謠의 律調도 이와 같은 맥락에서 파악이 될 듯하다.[40]

한국 시에 3율어구가 압도적인 게 아니라, 3율어구는 북방계 율조이며 4율어구는 남방계 율조로 지역적인 차이에서 다르게 나타난 현

---

39) 2율어구, 4율어구의 율조 유형 예시.

40) 홍재휴, 「古詩韻律의 傳統性 問題」(1960.10.15) <語文學會發表 油印要旨>.

상이라 보았다. 그러한 까닭은 수렵 생활이 주가 되었던 북방계인들과 농경 생활이 주가 되었던 남방계인들의 생활 수단이 다른 데서 빚어진 호흡의 차이라 보고 있다. 동적이고 급박한 특성을 지니는 수렵인들은 3율어구의 율조를, 이와는 달리 비교적 정적인 차분하고 완만한 특성을 지닌 농경인들은 4율어구의 율조를 빚었다는 것이다. 이는 일인 학자 別宮貞德이 말한 한국인 기마민족설과 일본인의 농경민족설이 빚은 율격론과 일맥 상통한다. 그러나 그가 한국인을 모두 기마민족으로 보고 3율어구를 한국 시의 공통된 율조현상으로 파악한 것은 側視적이라 하지 않을 수 없다. 이렇게 지역에 따른 수렵인과 농경인의 생활 환경이 빚은 율격의 차이는 시대적으로 볼 때도 그대로 나타난다. 사뇌시에서 4율어구를 많이 볼 수 있는 것은 사뇌시가 남방계 경주권의 불교 중심인 신라의 시였다는 사실과도 관련이 된다. 그리고 4율어구를 많이 볼 수 있는 시조, 가사가 조선시대의 시였다는 것도 한양 중심의 유교 문화와도 관련되는 것이라 볼 수 있다. 한편 고려조의 여시나 경기체가에서는 3율어구가 많이 보이긴 하나 4율어구와의 혼재 현상을 보이고 있는데, 이는 고려가 지역적으로는 남방과 북방의 중간 지점인 개경 중심이요, 시대적으로는 신라와 조선의 과도기라는 사실이 빚어낸 결과라고 볼 수 있다. 이러한 사실로 볼 때 3율어구만이 한국 시의 전통적 율조라 결론을 내리기에는 이른 듯하다.

3율어구는 단조로운 2율어구보다 더 율동감을 주며 율독상 경쾌한 율감을 느낄 수 있는 구 형식41)이다.

> 중간 휴지의 실현이 없는 보격이므로 긴 주기를 빠른 호흡으로 진행하는 데서 율동적 긴박감을 조성해 낸다는 특징을 지닌다. 2보격도 중간 휴

41) 홍재휴, 『韓國古詩律格研究』(태학사, 1983), 117면.

지의 실현이 없는 양식이기는 하나 반복의 주기가 3보격보다 짧기 때문에 조성되는 율동감은 긴박하기보다 오히려 경쾌한 쪽으로 치우친다. 이와는 달리 4보격이나 5보격은 음보의 수가 많은 만큼 이들은 둘째나 세째 음보 뒤에 중간 휴지가 실현되는 것이 필수 규칙인 까닭으로 중간 휴지가 율동적 진행감을 차단해 버리기 때문에 오히려 느릿한 호흡의 이완된 율동적 흐름을 보여줄 뿐인 것이다. 뿐만 아니라 3보격은 중간 휴지의 실현이 없이 연속되는 음보의 수가 홀수인 데서 오는 구조적 안정성의 결여를 또다른 특징으로 지니고 있다. -중략- 3보격은 음보의 수가 홀수임으로 해서 이러한 균형성을 확보한다는 것이 이미 구조적으로 불가능하다. -중략-이런 특징 때문에 3보격은 자연히 그 표상 형태가 차분하고 정리된 생각의 깊이를 드러내기보다 동적이고 자유로운 감정 표현이 앞서는 성향을 띤다. 3보격 형태를 취하는 작품들에서 대상에 대한 사려깊은 분별이나 관조적인 명상, 혹은 여유나 점잖음 등의 안정된 정서를 주조로 한 예를 찾아내기란 대단히 어렵다. 오히려 대상에 대한 전논리적 인식이나 의식 혹은 어딘가 기울고 부족한 듯한 감정 상태를 직정적이고 호소적인 토운에 실어내려는 쪽이 더 일반적이다.[42]

위와 같이 3율어구는 4율어구보다 가볍고 경쾌하다. 위에서 성기옥은 <2보격>, <3보격>은 일종의 긴박감마저 준다고 했다. 사실 2율어구 역시 짧은 가운데서도 긴박감을 주기는 하지만 3율어구의 긴박감은 2율어구보다 더하다. 2율어구는 단순성을 특징으로 하여 긴박감보다는 경쾌한 율감이 더하다. 또 3율어구는 율어의 수가 홀수이므로 대립, 대칭에서 오는 구조적 안정성이 결여된다. 이것이 곧 자연 동적인 율격을 형성해 내고 동적인 율격은 억제된 감정보다 자유로운 감정 표현에 어울린다고 할 수 있을 것이다. 조선시대의 시에도 3율어구가 보이지 않는 것은 아니지만 주류를 이루는 것이 고려의 시라는 사실도 이러한 율감과 틀리지 않는다. 이러한 3율어구의 율격미에 대해 김수업은 다음과 같이 말한 바 있다.

42) 성기옥, 앞의 책, 187-188면.

> 3음보격은 쉼을 기점으로 균등하게 양분될 수 없기 때문에 완전히 한 호흡 단위 안에서 율독하여 불안한 경쾌감을 지닌다. 그리고 불안하지만 선율이 풍부한 율동미를 지녀서 가창에 적절한 율격이다.[43]

3율어구가 4율어구에 비해 안정감, 무게감을 지닐 수 없는 것은 바로 대구, 대칭이 안되기 때문이다. 4율어구는 중간 휴헐에 의해 앞의 반구(내구)와 뒤의 반구(외구)가 흔히 대응을 이루기 쉽기 때문에 극도로 안정될 수 있는 반면, 3율어구는 중간 휴헐이 없기 때문에 그러한 대칭에 의한 안정감은 덜할 수밖에 없다. 그러나 안정감이 덜하다고 하여 3율어구와 4율어구의 우열을 논할 수는 없다. 각 율어구는 나름대로의 특징을 지니며 한국 시의 율격을 형성해 온 구 유형의 하나일 뿐이다.

ⓑ 3율어구의 율조 유형

이론적인 組合상으로 가능한 율조 유형은 30개의 유형을 제시할 수 있다.[44] 3율어구의 율조 유형에 있어서도 5음절 이상은 반드시 분절되어야 함은 원칙이다.

千載興亡	一樣風流	順政城裏	4-4-4 (경기체시, 죽계별곡)
느믄자기	구조개랑	먹고	4-4-2 (여시, 청산별곡)
즈믄히를	외오곰	녀신돌	4-3-3 (여시, 서경별곡)
바회우회	接柱	호요이다	4-2-4 (여시, 정석가)
믜리도	괴리도	업시	3-3-2 (여시, 청산별곡)
十一月ㅅ	봉당	자리예	3-2-3 (여시, 동동)
달하	노피곰	도드샤	2-3-3 (여시, 정읍사)
천금	칠보도	말오	2-3-2 (여시, 처용가)

43) 김수업, 「소월시의 율적 파악」《상산이재수박사환력기념논문집》, 1972.
44) 홍재휴, 앞의 책, 125면.

위의 예에서도 볼 수 있듯 1음절과 2음절, 내지 1음절과 3음절(그 반대의 조합도 마찬가지)의 조합은 불가능하며 2음절의 연속이 되어서도 안 된다. 1음절에서 4음절까지의 다양한 음절수의 결합으로 이루어진 3율어구는 4·4·4조와 같이 최고 12음절, 1·4·1조와 같이 최하 6음절을 상정해 볼 수 있다. 그러나 1·4·1조와 같은 유형은 극히 드물다. 각기 다른 음절수로 이루어진 3율어구라 할지라도 각 율어는 대등적인 위상을 지니고 있는데 각각의 율조 유형들은 율격미에 있어서도 확연히 두드러지는 것은 아니나 각기 차이를 지니고 있음을 알 수 있다.

㉣ 4율어구

ⓐ 4율어구의 형성

한국 고유시에서 빈도 높게 구사되는 구의 유형이 바로 4율어구이다. 4율어구는 반드시 두 번째 율어 뒤에 중간 휴헐을 두고 읽게 되어 상당히 안정된 느낌을 준다.

梨花에　月白ᄒᆞ고　銀漢이　三更인제 (시조, 이조년)

ᄆᆞ음아　너는 어이　ᄆᆡ양에　져멋는다 (시조, 서경덕)

내 타신가　뉘 타신고　天命인가　時運인가
져근덧　ᄉᆞ이예　아무란줄　내 몰래라 (가사, 용사음)

어와　저 양반아　도라안자　내말 듯소
엇지한　져믄 소니　혬 업시　단니산다 (가사, 고공답주인가)

흔히 4율어구가 안정감을 지닌다는 것은 지극히 상식적이면서도 타당한 말이다. 4율어구의 안정감, 균형성은 바로 중간 휴헐을 기준으로 하는 내구와 외구의 대응성에서 나오기 때문이다.

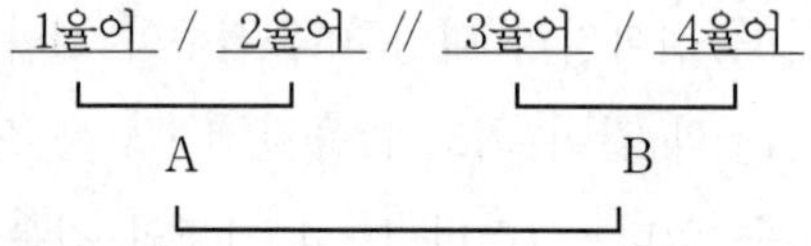

1율어 / 2율어 // 3율어 / 4율어
A B

A와 B가 지니는 대응성은 안정감을 유발한다. 게다가 A, B 모두 그 내부에 또다시 대응 구조에서 빚어지는 균형성이 있으므로 전체적인 구의 안정감은 훨씬 강조가 된다. 한편 4율어구가 유장미[45]를 지닌다고 하는 것 역시 이러한 구조적인 특징에 말미암으면서도 이것이 한국 시의 구 유형이 만들어내는 가장 긴 유형이라는 점이 관계하기도 한다. 4개의 율어가 한 구를 이루게 되므로 한 구가 마무리되기에는 표현상에서 긴 길이를 요하게 되며 급박하게 마무리를 짓게 되기보다는 시간을 두고 마무리하게 되고 거기에서 여유로움과 함께 그윽한 유장미가 생기게 되는 것이다. 즉 4율어구는 3율어구나 2율어구에 담지 못했던 깊이 있는 복잡한 내용을 담을 수도 있고, 대구 표현을 비롯해 문학적 수사법에 있어서도 2, 3율어구에 비해 훨씬 다양하게 표현해 낼 수 있다는 장점을 지니고 있다고 할 수 있는 것이다. "4보격은 절제와 여유를 바탕으로 한 깊은 생각이나 분별력을 앞세우는 감정 상태의 표현에 기울어지는 쪽이며, 따라서 이념적이거나 교시적인 토운으로 흐르는 경향성이 나타나기도 하며, 이러한 점들은 어느 정도의 지적인 세련의 과정을 거쳐서야 나타날 수 있는 성격의 것[46]"이라고 한 것은 4율어구의 특징이기도 하면서 한편으로는 4율어구가 지니는 이러한 특징이 작품에 잘 형상화되어 있음으로 인해 파악되는

45) 김수업, 「소월시의 율적 파악」《상산이재수박사환력기념논문집》, 1972, 16면.
46) 성기옥, 앞의 책, 210면.

현상이기도 하다.

이러한 4율어구의 율격미는 다른 유형의 구와 비교할 때 한층 선명히 드러나게 된다. 2율어구는 짧은 단위가 반복되므로 율동감을 줌과 동시에 바쁜 호흡으로 인해 급박함을 자아낸다. 이러한 2율어구의 단순성은 곧 민요적 율동의 근원이 된다고 할 수 있다. 그렇다면 4율어구는 민요적인 단순성과는 즉 2율어구와는 율격미에서 근원적인 바탕을 달리 하게 되는 것이다. 또한 3율어구의 경우를 생각해 보면, 3율어구는 2율어구보다 하나가 더 긴 3개의 율어가 한 구를 이루면서 그 사이에 중간 휴헐의 실현이 없으므로 호흡이 가쁘며 안정감은 줄어들고 긴박감을 줌과 동시에 경쾌한 율동감을 자아내게 된다. 사실 2율어구 역시 짧은 가운데서도 긴박감을 주기는 하지만, 3율어구의 긴박감은 2율어구보다 더하다. 2율어구는 단순성을 특징으로 하여 긴박감보다는 경쾌한 율감이 더하기 때문이다. 결국 4율어구가 2, 3율어구가 지니는 율격성과 다른 특성을 지니는 것은 위에서 본 바와 같이 중간 휴헐의 실현, 내구와 외구의 대응 등에 연유된다고 할 수 있을 것이다.

성기옥은 4율어구(<4보격>)는 양식성 순수성을 지닌 기본 보격에는 해당하지는 않으나, 모든 보격 가운데 가장 쓰이는 빈도가 많은 양식[47]이라 했다. 양식상 순수성을 지닌 기본 <보격>이라는 것은 <2보격>, 2율어구와 <3보격>, 3율어구를 두고 하는 말이며, 그 외는 기본 보격에서 파생된 <파생보격>으로 규정했다.

> 이들 가운데 가장 기본적인 율격 양식은 역시 동량 2보격과 동량 3보격으로 생각된다. 이들 두 보격은 시간적으로나 공간적으로 가장 널리 분포되어 있고 어느 시대 어느 형태의 시가에서도 고르게 발견될 수 있을 뿐만 아니라, 그 자체가 다른 보격의 결합이나 축약이 아닌 양식적 순수

47) 성기옥, 앞의 책, 202면.

> 성을 그대로 간직한 것으로 볼 수 있기 때문에 기본보격이라 이름 붙여도 좋을 것이다. 이에 비하여 나머지 동량 4보격·5보격과 층량 2보격·3보격은 이들 기본보격(동량 2보격·3보격을 기저로 축약되거나 결합된 파생보격으로 규정할 수 있을 것이다. 동량 4보격은 두 개의 2보격이 결합된 형태를 띠며, 동량 5보격은 3보격과 2보격의 결합형태를 띠고 있다.[48)]

4율어구를 두 개의 2율어구가 결합된 형태라 봤기 때문에 순수성을 지닌 기본 보격이 아니라는 것이다. 그러나 여기서 기본이니 파생이니 하는 용어 자체는 그리 적절하지 않은 듯하다. 왜냐하면 4율어구를 기본이 아닌 파생구로 다룬다면 그 율격적 성질을 그릇되게 오인시킬 소지가 충분히 있기 때문이다. 물론 파생이라는 말이 하나의 본체에서 다른 사물이 갈려 나와 생긴 것이라는 의미가 있으므로, 4율어구가 2율어구의 결합에서 나왔다고 하여 반드시 그것이 지니는 율격성도 2율어구를 기준으로 파악해야 한다는 것은 아니지만, 자칫 그 독자성과 중요성이 무시될 수도 있으며 기본구가 아니라는 것도 마찬가지의 오해를 불러일으킬 수 있다.

> 4보격은 절제와 여유를 바탕으로 한 깊은 생각이나 분별력을 앞세우는 감정 상태의 표현에 기울어지는 쪽이다. 따라서 4보격에는 이념적이거나 교시적인 토운으로 흐르는 경향성이 강하게 나타나기도 한다. 이러한 점들이 어느 정도의 지적인 세련의 과정을 거쳐서야 나타날 수 있는 성격의 것이라는 점을 감안한다면 4보격은 그 근원적 바탕을 민요적인 단순성에 두고 있지 않음을 짐작할 수 있다. 이 또한 2보격이나 3보격과는 다른, 파생보격으로서 지닌 4보격의 비민요적 속성이라 할 수 있을 것이다.[49)]

2율어구가 민요적 성격을 띰에 비해 4율어구는 이와는 그 성질을

48) 성기옥, 앞의 책, 159면.
49) 성기옥, 앞의 책, 210면.

달리하는 경우가 많다는 것이다. 4율어구는 2율어구와 율격적 속성이 상당히 비슷하기도 하지만, 나름의 독자성도 충분히 지니고 있기 때문이다.

> 4隻辭格句의 句單位의 形式도 다른 2.3隻辭格句와 時期를 거의 같이 한 듯하므로 그 淵源도 또한 오래인 것 같다. 그러므로 다른 外來詩의 句形式을 모방하거나 흉내내어 이루어진 것이라기 보다는 우리의 呼吸에 맞는 自然한 律格에 의하여 구성된 句形式의 典型을 이룬 것이라 할 수 있다. 律格上으로는 2隻辭格句가 延長되어 倍가 된 形式이지만 統辭上으로는 內句와 外句가 對應되는 特殊한 形式을 가진 것이므로 단순히 2隻辭格句의 延長單位라고 할 수 없다. 그러므로 이것은 다른 句와 같이 獨自的으로 形成된 句形式이라 볼 수밖에 없다.[50]

4율어구는 한국 시문학사에 언제 등장한 것일까. 4율어구가 언제 등장했는가는 상당히 난제이다. 4율어구의 등장에 관해서는 두 가지 각도에서 고찰할 수 있다. 하나는 작품에 나타난 흔적을 살피는 일로, 작품 속에서 4율어구의 쓰임을 밝혀 그것으로 4율어구의 존재 시기를 논할 수 있다. 또 하나는 작품의 원형이 불확실하거나 구 단위의 설정이 불확실하여, 4율어구의 율격적 특징에서 그 대략적인 등장 시기를 논하는 방법인데 이는 주로 4율어구의 등장을 후대로 보게 되는 동인을 제공하고 있다. 4율어구는 2율어구의 배가 되는 길이를 지니면서 율성에 있어서도 2율어구와 깊은 관계를 지닌다. 그리하여 4율어구를 기본 <보격>이 아닌 2율어구에서 파생된 <파생 보격[51]>이라

---

50) 홍재휴, 앞의 책, 133면.

51) 성기옥은 4율어구(4<보격>)는 양식성 순수성을 지닌 기본 보격에는 해당하지는 않으나, 모든 보격 가운데 가장 쓰이는 빈도가 많은 양식(『한국시가율격의 이론』, 새문사, 1986, 202면)이라 했다. 양식상 순수성을 지닌 기본 <보격>이라는 것은 2<보격>과 3<보격>을 두고 하는 말이며, 그 외는 기본 보격에서 파생된 <파생보격>으로 규정했다(성기옥, 앞의 책, 159면). 그러나 2, 3율어구

고 보기도 하는데 그렇다면 4율어구는 2율어구에 비해 훨씬 후대에 형성된 구가 될 것이다. 또 한편으로 4율어구의 율격성이 깊은 생각이나 분별력을 앞세우는 감정 상태를 나타내는 데 적합하다는 점을 들면서 그래서 이것이 <어느 정도의 지적인 세련의 과정[52]>을 거쳐서 나타나는 것이라 생각한다면 그 등장 또한 자연 늦어질 수밖에 없다.

4율어구가 <어느 정도의 지적인 세련의 과정>을 거쳐 나타난 것이라는 것은 4율어구 자체가 지닌 율격적인 성격에 말미암기도 하지만 4율어구가 지배적으로 쓰였던 시조나 가사의 특징이기도 하다. 그러나 이 4율어구의 등장이 2율어구나 3율어구가 담지 못하는 사상이 있고, 그런 필요에 의해 후대에 생겨난 것일까 하는 문제에 대해서는 쉽게 단정을 짓지 못한다. 민요가 시의 주된 영역을 점했던 시대에는 2율어구로 만족했고, 그 후 3율어구가 생기고, 그래도 모자라 4율어구가 생겼다는 것은 논리적인 설명 방법이 되지 못한다. 율격 유형의 등장이 발달론적으로 이루어지리라는 생각을 저변에 깔고 있는 이런 논리는 사실에 입각해서 볼 때 무리가 있다. 단순한 유형에서 복잡한 유형으로 발달, 변모해 가는 것은 종적 흐름에서 볼 때 기본적인 이치이나 율격론사의 체계적인 흐름이 발달과정사를 대변하고 있는 것은 아니기 때문이다.

를 기본으로 보고 4율어구를 파생으로 보는 것 즉 기본이니 파생이니 하는 용어 자체는 그리 적절하지 않은 듯하다. 4율어구는 그 나름의 독자성을 충분히 지녀 2, 3율어와 마찬가지의 율격적 위상을 지니고 있음은 물론이다. 사실 파생이라는 말이 하나의 본체에서 다른 사물이 갈려 나와 생긴 것이라는 의미가 있으므로, 4율어구가 2율어구의 결합에서 나왔다고 하여 반드시 그것이 지니는 율격성도 2율어구를 기준으로 파악해야 한다는 것은 아니지만, 기본이니 파생이니 하는 말로 가르는 자체가 4율어구가 한국 시에서 지니는 율격적 위상 및 특성을 왜곡시킬 여지가 있는 것이다.

52) 성기옥, 앞의 책, 210면.

4율어구의 등장에서 먼저 주목해야 할 것은 시문학사에서 4율어구가 각 장르에 어떻게 존재했었느냐를 살피는 일이다. 2율어구와 3율어구는 가장 널리 분포되어 있고 어느 시대 어느 장르에서도 자주 발견될 수 있는 반면 4율어구의 존재는 그렇지 않다고 본다면 당연 4율어구는 2, 3율어구에 뒤이어 등장된 것으로 보여 지겠으나 한국 시문학사에서 각 장르의 율격을 살핀다면 그렇게만 보기에는 무리가 있다. 여기에서 가장 주목해야 할 장르가 사뇌시이다. 사뇌시의 율격이 어떠했는가는 율격적 정체를 밝히는 관건인 三句六名에 대한 논의가 분분해 아직 확실한 정론을 세우지 못한 상황이다. 그러나 필자는 사뇌시의 율격에 대해 1구를 이루는 율어는 대체로 4율어가 많을 것이나 2 또는 3율어로 형성된 구도 혼재되어 있을 것이다[53]라고 추정한 바 있다. 사뇌시의 구가 3율어로 되어 있을 것이라는 것은 일단 논외[54]로 하고, 다빈도를 이루는 구가 2율어구인가 4율어구인가를 중심으로 볼 때 4율어구로 봐야 한다는 것이 필자의 생각이다. 이는 三句六名의 자의 해석[55]에 말미암을 뿐만 아니라, 사뇌시가 전대의 민요와는 차별된 상층인에 의한 세련된 시 양식이라는 점에서 보더라도 2율어구가 아닌 4율어구로 봄이 타당하리라는 생각에서이다. 또한 4율어구가 다빈도를 이루면서도 2, 3율어구가 혼재되어 있다는 것은 당

---

53) 졸고, 「한·일 고유시 율격 형성에 관한 비교학적 연구」《퇴계학과 한국문화》제31호, 2002, 227면.

54) 詞腦詩의 한 구가 3<음보>(또는 6<음보>)로 되어 있다고 보는 견해는 三句六名을 한 구(<행>)의 형식을 가리키는 용어로 해석한 데서 나온 견해이다. 그러나 앞에서 밝힌 바와 같이 三句六名은 한 구의 형식이 될 수 없으며 이를 시 전체의 형식을 가리키는 용어로 본다면 詞腦詩의 한 구가 3<음보>로 구성되어 있다고 볼 수는 없다. 졸고, 앞의 논문, 227면 참고.

55) 구는 韓漢詩의 律에서 聯을 일컫는 慣用語이며 명은 律詩의 句와 通用된다(홍재휴, 「三句六名攷」, 국어국문학78, 1978) 그러므로 三句六名은 3연 6구체를 일컫게 되며 사뇌시는 총 6개의 구로 이루어져 있다고 볼 수 있다.

시 초기 정형의 형성 단계에서 벌써부터 구를 이루는 율어의 수가 명확하게 고정성을 띠었다고 보기 어렵기 때문이며 이 또한 한국 시의 율격적 특징 중 하나이기도 하다. 4율어구가 민요에서도 보이고 사뇌시에서는 이미 많이 보인다는 사실은 그 등장을 2, 3율어구에 비해 마냥 늦게 잡을 수만은 없다는 것을 말해 준다. 민요에 4율어구가 산발적으로 보이는 것은 4율어구의 등장과 동시에 정착 가능성을 말해 주는 것이며 이것이 사뇌시에 들어 다수 쓰이다가 麗詩(고려가요)에 와서는 3율어구가 우세를 보였고 시조, 가사에 와서는 4율어구가 단연 우위를 차지하고 쓰이게 된 것이라 볼 수 있다. 이렇게 볼 때 다만 2, 3, 4율어구는 시대가 흐름에 따라 발전한 것이 아니라 시기에 따라 적절하게 선택되었다고 볼 수 있을 것이다. 그러므로 4율어구의 발생 자체를 시조의 발생과 동일시 할 수는 없듯이 시조의 발생에서 4율어구가 등장했다고 보는 것도 무리한 결론임을 알 수 있다. 그러므로 4율어구의 등장과 시조의 등장 시기 즉 시형의 발생, 정착의 문제는 별개의 문제로 다루어져야 할 것이다.

> 4음보격은 2음보씩 균등하게 양분될 수 있어서 균형과 안정감을 지닌다. 그리고 4음보격은 실지로 율독시에 각 음보 사이의 쉼의 길이가 일정하지 않고 맨 가운데 쉼이 약간 길어서 4음보격을 2음보격으로 오인하기도 할 정도이다. 그래서 중간에 약간 긴 쉼을 가지면서 2음보씩 양분되기 때문에 여유와 유장미를 지닌다. --중략-- 또한 4음보격의 각 음보는 2음보씩 양분되어 2원적으로 대립되기 때문에 변화가 단조하여 보수적이라고 한다면, 3음보격의 각 음보끼리는 3원적으로 대립하여 변화가 다양하므로 보다 진취적이고 명랑하다고 할 수 있다.[56]

한편 한국 시에서는 각 구의 유형이 시기적으로 선택되어 쓰여 왔

56) 김수업, 위의 논문, 16면.

으며 고려말에서 조선조에 이르러 시조와 함께 4율어구가 지배적으로 쓰이기 시작했음을 알 수 있다. 물론 시조 전편을 이루는 데는 각 구가 유기적으로 연결되어 새로운 형태적 율격미를 생성하게 되므로 시조의 율격성 내지 형태미를 4율어구만으로 설명해 낼 수는 없지만 시조를 이루는 기본격구로서의 정격구인 4율어구가 시조의 형태적 율격미를 만드는 기반이 됨은 말할 나위 없다. 이렇게 볼 때, 4율어구의 균형적 안정감, 유장미 등은 곧 시조에서 그대로 드러나는 율격미임에 틀림이 없다고 할 것이다. 그런데 시조에 4율어구가 지배적으로 쓰였다는 점은 여러 각도에서 시사해 주는 바가 있는데 먼저 시조가 상층 문인에 의한 문학이었다는 점과 4율어구와의 관계를 생각해 볼 만하다. 4율어구가 다른 구 유형에 비해 보다 안정감, 유장미 등을 지니고 있으며 복잡한 생각과 사상을 나타내는 데 적합한 세련된 유형이라는 점은 이 자체가 지식인 즉 상층인의 성향에 부합하는 것일 수밖에 없다. 특히 현존 시조나 가사 작품에서도 나타나듯 이 구 유형 자체가 교훈적으로 흐르기 쉬운 구라는 점 등도 상층 문인들의 성향과 직결된다고 할 것이다. 4율어구의 율격성과 상층 문인의 성향이 부합된다는 사실은 조선시대의 시조나 가사에서만 드러나는 것은 아니다. 앞에서 말한 바와 같이 사뇌시의 경우도 4율어구가 쓰였는데 이 또한 사뇌시의 작자층이 상층 문인이 많았음을 생각한다면 같은 맥락에서 이해될 수 있다. 반면, 麗詩(고려가요)에 나타난 구 유형이 3율어구가 다수를 차지했던 점과 麗詩의 작자층이 서민이었던 점 등은 구 유형과 담당 계층의 성향이 밀접한 관계에 놓여 있음을 말해주는 증거라 볼 수 있을 것이다. 즉 한국 시문학사에서 시대와 장르에 따라 구의 유형이 선택적으로 쓰였다는 점은 시대, 장르에 따른 작품 담당층의 성행과 구의 유형이 지니는 율격성이 밀접한 관계에 있기 때문이라 보지 않으면 안 될 것이다.

4율어구가 지배적으로 쓰인 시조나 가사의 경우를 생각해 보면, 4율어구의 성행에는 시대적인 안정된 분위기도 결정적인 도움을 주었을 것이라 추측할 수 있다. 즉 4율어구가 상층 문인의 성향과 직결되면서도 이것이 지배적으로 쓰일 수 있었던 것은 안정된 시대 사조가 뒷받침되어 있었던 것이 아닌가 하는 것이다.[57] 시조나 가사가 대성행을 이루었던 시기 즉 16, 7세기를 생각해 보면 이 때는 유교 문화 아래 안정된 시대적인 분위기였음을 알 수 있고 이것이 4율어구의 율격성과도 부합되는 것임은 짐작할 수 있다. 이는 사뇌시의 경우도 크게 다르지 않다. 단 유교 이념이 아니라 불교적 이념을 바탕으로 했다는 데 차이가 있지 이러한 이념적 안정성, 시대적인 안정된 분위기는 4율어구의 정착, 성행에 밀접한 관련이 있다고 볼 수 있는 것이다. 그러나 이러한 시대적 안정된 분위기가 4율어구를 만들어냈다고 보는 데는 무리가 있다. 다만 4율어구는 그 율성상 안정된 시대적 분위기에 부합해 성행을 본 것도 사실이지만 근본적으로 작자층의 성향에 더 부합된다고 보아야 한다. 즉 고려말에 대거 등장한 시조를 보더라도 비록 시대적인 격변기이긴 했지만 시조 즉 4율어구의 정착, 성함을 볼 수 있었던 것은 그 시대가 안정기였다기보다는 작자층인 양반 사대부의 성향 자체가 4율어구와 부합됨을 보았기 때문이다. 양반 사대부는 서민들과 비슷한 처지, 비슷한 감정을 지닌다 하더라도 그 표현은 충분히 달라질 수 있으며 이는 그들의 성향을 의미함에 다름 아니다. 비록 시대적인 격변기에 불안함은 마찬가지라 하더라도 신흥 사대부는 자신들의 감정을 안정적인 율조인 4율어구로 표현하면서도 성공적으로 작품을 남길 수 있었던 것이다. 그러므로 4율어구의 율격

57) 이러한 생각은 학계의 일반적인 상식인 듯하다. 이에 대한 구체적인 연구 논문으로는 성호경의 「조선전기 시가 형식의 사회 · 문화적 의미」(≪어문학≫69집, 2000)를 들 수 있다.

적 특성상 이것이 시대적인 안정된 분위기에 힘입어 더 성행함을 본 것도 사실이지만 반드시 시대적인 분위기만으로 4율어구의 율격성을 논하는 것은 무리가 있게 되는 것이다. 이와 관련하여 4율어구의 형성을 조선 시대 사대부에 의한 것이라고 미루는 것과 그 생성을 유교적인 가치관과 결부시키는 것도 무리가 있어 보인다. 앞서 말한 바와 같이 사뇌시에서도 4율어구가 다수 쓰였으며, 당시는 불교가 성한 시대였다. 물론 사뇌시 역시 상층 문인에 의해 형성되고 향유된 문학이었음을 생각해 볼 때, 역시 4율어구와 상층 문인의 성향이 일치하고 있음을 또 한 번 확인할 수 있는 셈이다. 사뇌시에서는 4율어구가 시조만큼 지배적이진 못하였다 하더라도 그것은 사뇌시가 한국 시사에서 최초의 확립된 정형시라는 점을 생각해 볼 때 이상하게 볼 것은 아니다. 어쨌든 상층 문인들의 성향과 4율어구의 율격성은 이처럼 호흡을 같이 하고 있었던 것이다. 다만 한국 시문학사를 통괄해 보더라도 알 수 있듯 4율어구도 그 형성이 지극히 오래되었고 구 유형은 시대에 따라 문학 장르의 담당층에 의해 선택적으로 쓰였음을 알 수 있다. 따라서 4율어구가 성행한 요인이 유교와 관련이 없는 것은 아니나 유교적인 가치관으로 인해 4율어구가 형성, 발전했다고 보는 것은 무리가 있게 된다. 즉 4율어구 자체가 유교적인 세계관 자체와 무관할 수는 없으나 유교적인 성격 자체에 관련되기보다는 그에 바탕을 둔 안정적인 시대적 사조와 관련이 있으며, 나아가 상층 문인의 성향과 더 관련되어 있다고 할 수 있는 것이다.

한국 시의 구 유형이 시대적으로 선택되어 쓰여졌다는 사실은 4율어구에 국한해 볼 때 4율어구가 하층인들보다는 상층인들의 성향과 일맥 상통함에서 연유된 것이라 볼 수 있지만, 이와는 별도로 구의 유형과 지역성의 관계에 대해서도 한 번 살펴볼 문제이다. 분명 한국 시문학사를 돌아보면 각 구의 유형이 시대적으로 선택되어 쓰여졌지만 지역별로도 차이가 있었음을 볼 수 있고 이는 구의 율격성과 지역에 따른 담당층의 성향이 관계가 있음을 시사해 주기 때문이다.

4율어구는 중간 휴헐로 인해 여유로운 율격을 이루어내므로, 3율어구나 2율어구에 담지 못했던 깊이가 있는 복잡한 내용도 담을 수 있는 장점이 있다. 또 대구 표현을 비롯해 문학적 수사법도 2율어구의 단순성을 초월해 다양하게 표현해 낼 수 있다는 장점이 있다. 이러한 의미에서 한국의 詩類조가 대체로 4율어구로 일관하고 있음은 주목할 만하다.

ⓑ 4율어구의 율조 유형

상정해 볼 수 있는 대로 가능한 음절수에 따른 구의 종류는 100가지[58]이다. 원칙적으로 1음절 율어는 앞뒤에 4음절율어가 와야 하지만 4-3-1-4라든지 2-3-1-4, 4-2-1-4, 4-1-3-4, 4-1-3-3, 4-1-3-2 등 15개 율조의 경우는 예외이다. 왜냐하면 4율어구의 특성상 제2율어와 제3율어 사이에는 중간 휴헐이 오기 때문에, 제2율어와 제3율어가 합하여 2, 3, 4음절이 되더라도 互相間 분리될 수 있기 때문이다. 3율어구나 2율어구에서는 있을 수 없는 일이지만 4율어구에는 이런 예가 있을 수 있다. 그리고 제1율어와 제2율어가 모두 2음절인 경우에는 앞의 3율어구에서 본 바와 같이 4음절화 되어버리므로 4율어구에 넣을 수가 없게 된다. 그래서 결과적으로 총 100개의 율조 유형을 이루는 구가 설정될 수 있다.

唐宋以上 다 더지고 大明 消息 어듸 간고 (가사, 대명복수가)
지낸 景도 됴컨이와 밤 景이 더옥 됴타 (가사, 금당별곡)
세상일이 다 이러혼가 하노라 (시조, 이정진)

58) 홍재휴, 앞의 책, 1991(재판), 144면.

三伏의	내여	大監ᄉᆡᆼ각	호리이다	(시조, 강복중)
綺羅裙	ᄯᅩ로거늘	압헤 細樂	이러라	(시조, 안민영)
두세 잔	거후로고	무슴 말슴	ᄒᆞᄋᆞᆸᄂᆞ니	(가사, 낙은별곡)
四仙의	노던 ᄶᅡᄒᆞᆯ	關東이	긔라 ᄒᆞᄃᆡ	(가사, 관동속별곡)
출하로	싀여뎌	子規의	넉시 되어	(가사, 자도사)
白雪	덥힌곳에	날잇ᄂᆞᆫ줄	제뉘알리	(시조, 김장생)
벼뵌	그르헤	게ᄂᆞᆫ 어이	ᄂᆞ리ᄂᆞᆫ고	(시조, 황희)
藥山	東臺에	술을 실고	올나가니	(가사, 관서별곡)
角巾	春服으로	세네 번	ᄃᆞ리고	(가사, 서호별곡)
어와	내 병이야	이 님의	타시로다	(가사, 사미인곡)
이	하ᄂᆞᆯ아릐	사ᄅᆞᆯ일이	어려왜라	(시조, 주의직)

이와 같이 볼 때, 4율어구를 이루는 율조 유형은 4·4·4·4조와 같이 최고 16음절에서 1·4·1·4조, 2·3·2·3조와 같이 최하 10음절로 이루어짐을 알 수 있다. 그 사이에서 빚어지는 다양한 4율어구의 율조 유형은 한국 시의 율격적 특성을 보이는 것이라 할 수 있다. 마치 규칙성이 없는 듯이 보이지만 여기에는 오히려 엄연한 규칙성을 발견할 수 있는데 이는 "한도내적 유동 자수율"이란 설명으로 합리화될 수 있다. 이렇게 볼 때 한국 시의 정형시를 이루는 구의 율격 구조는 다양한 가운데서도 엄연한 율격율을 유지하고 있음을 볼 수 있다. 그리고 다양하게 나타나는 구의 율조 유형은 각기 다른 율격미를 지니고 있음도 알 수 있다.

② 일본 시의 경우

한국 시의 구 유형이 1, 2, 3, 4율어구의 네 가지가 있음을 보았는데 일본 시는 그렇지 아니하다. 일본 시의 구 유형은 형식상의 음수율로는 5음구, 7음구의 두 유형이 있는 듯하나 실제의 율독상 유형은 하나밖에 없다. 일본 시의 5음구, 7음구는 율독상 반드시 8음분으로 되어 있고 이 8음분인 구는 2박절로 나뉘어지므로, 그 외의 1박절구라든지 3박절구 이상은 존재하지 않는다.

有明のつれなく見えし別れより曉ばかり憂きものはなし

(和歌, 壬生忠岑)

ありあけ　　の×××
つれなく　　みえし×
わかれよ　　り×××
あかつき　　ばかり×
うきもの　　はなし×

白魚や椀の中にも角田川 (俳句, 正岡子規)
しらうお　　や×××
わんのな　　かにも×
すみだが　　わ×××

구를 이루는 박절의 수를 4박절로 보는 '2음1박'설도 있음은 앞에서 살펴본 바다. 그러나 이것은 1박절을 몇 음으로 보느냐의 견해 차이에서 온 학설상의 차이이다. 필자는 이미 '2음1박절'설('2음1박'설)을 부정한다고 밝힌 바 있다.

일본 시는 박절에 의해서는 2박절구 하나이지만, 이 2박절구를 다시 음절수에 의해 하위 분류해 보면, 4・1조 4・3조, 3・2조… 등 다양하게 분류될 수 있다. 그러나 다양하다고 해서 한국 시만큼 다양하지는 않으며 이러한 분류 현상을 잘 보면 모든 경우가 5라는 수와 7이라는 수로 종합됨을 알 수 있다. 이러한 의미에서 일본 시의 구를 이루는 총음절수는 상당한 의미를 띠게 된다. 이렇게 5와 7이라는 숫자가 바로 구를 이루는 총 음절수에 해당하게 되며, 4・1조니 3・4조니 하는 것은 박절을 이루는 음절수로 분류[59]를 한 것이다. 한국 시의 경우 구를 이루는 총 음절수가 한도 내에서는 고정적인 현상을 띠지 않고 다양함에 비해, 일본 시의 한 구에 쓰이는 음절수는 다섯 자, 일곱 자로 고정성을 띤다. 일본의 정형시는 대부분 5음과 7음으로 이루어진다. 이상하리만큼 5음과 7음이 차지하는 비중은 절대적이다. 물론 4음, 6음의 용례가 있기도 하지만 정형시의 음율로 정착되지 못했고, 5음 7음의 비중과 비교할 대상이 되지 못한다. 俳句나 和歌를 비롯하여 長歌나 旋頭歌, 片歌 등 대부분이 7음과 5음으로 되어 있다.

天つ風雲の通ひ路吹きとぢよをとめの姿しばしとどめむ

(和歌, 僧正遍昭)

あまつかぜ・・・・・・・・5
くものかよひぢ・・・・・・7
ふきとぢよ・・・・・・・・5
をとめのすがた・・・・・・7
しばしとどめむ・・・・・・7

이를 달리 이야기하면 휴음의 쓰임이 규칙적이라는 것이다. 그러므로 박절로만 구의 유형을 파악한다면 일본 시 율격의 본래 모습은 보지 못하게 됨이 당연하다. 먼저 일본 시에서 5음과 7음이 이렇게까지 정형성을 유지할 수 있었던 이유를 살펴보고, 5음과 7음으로 양식화되는 5음구, 7음구에 대해 살펴보도록 한다.

㉠ 5음, 7음의 우위성

59) 이는 박절을 이루는 음절수를 의미하기도 하지만 때로는 구문상(의미상)의 율조를 의미하기도 한다. 예를 들어 5・2조라고 한다면 이는 7음구가 의미상으로 5음절과 2음절로 나뉨을 의미하게 된다. (예:おとづれもせぬは <박절>을 이루는 음절수의 연결로 볼 때는 4・3조이나 의미상으로 볼 때는 5・2조이다.) 본고에서는 의미상의 음조 구분은 논외로 한다.

일본의 전통시가 왜 이렇게까지 5음과 7음의 정형성을 지닐까. 이 문제에 대해서는 明治時代 이후로 많은 논의가 있어 왔다. 지금까지의 설을 살펴보면 다음과 같다.

첫째, 7・5구는 8<음보>, 한 호흡으로 읽는 것이 가장 적절한데, 호흡으로 볼 때 7・5조의 8<음보>시가 일본에 있어서 가장 기초의 시형이라는 주장이다. 7・5조의 시는 적당한 긴장을 일으키며, 이는 시를 맛보는 데 가장 필요한 길이라고 한다.[60] 이 설은 여러 사람에 의해 낭송 실험을 거치게 되는데 相良守次는 7과 5라는 12음이 사람의 자연 호흡 지속시간과 맞다며 즉 7・5구 12음은 호흡에 맞는 음수라 하며 방대한 실증자료를 제시했다.[61]

둘째, 일본어의 어휘 음절수의 분포 집합에 의한 5와 7의 수렴을 생각해 보는 방법이다. 일본어에는 2음절어와 3음절어가 많은데 이 2음절과 3음절에 조사가 1음절, 또는 2음절이 붙어 2음절에서 5음절로 분포되는데, 5음구는 2-3, 3-2로, 7음구는 압도적으로 3-4, 4-3으로 나뉘어지므로 5음, 7음은 일본어의 구조와 완전 일치한다고 주장한다.[62]

셋째, 중국 한시의 5언구, 7언구의 영향이라는 설이다.[63]

첫째, 둘째 설은 연구사적으로도 초반기의 설로, 5음, 7음이 생성되는 기초적인 조건을 지적했다는 점에서는 의의를 가지나, 심증적인 판단이 앞서고 과학적인 근거를 제시하지 못했으며, 왜 4음, 6음, 8음은 배제되었는가에 대한 설명도 충분하지 못하다. 셋째 설에 대해서는 중국어와 일본어의 음절 구조가 다르기 때문에 같은 선상에서 설명될 수 없다는 게 통설이다. 결국 음절, 박절만으로는 5음, 7음의 우

---

60) 土居光知,『文学序説』.
61) 相良守次,『日本詩歌のリズム』(教育研究会, 1931), 十二音気息適合説.
62) 態代信助,『日本詩歌の構造とリズム』(角川書店, 1968).
63) 土田杏村,『上代の歌謡』(東京第一書房, 1929).

위성은 설명되지 못한다. 이와 같은 선험적인 설을 바탕으로 한 본격적이며 과학적인 타당한 설명은 휴음과 관련지어 설명하는 방식이라 할 수 있다. 5음과 7음의 우위성에 대한 열쇠는 휴음이 가지고 있다고 해도 과언이 아니다. 박절, 음절과 휴음의 관계에서 5음, 7음의 우위성을 해석하려는 설이 나옴으로 하여 논의는 객관 타당성을 띠게 되었다.[64] 일본 시에 박절의 개념이 확실히 도입되고 휴음의 개념과 존재가 확실해지면서 일본 시의 음수에 있어서는 휴음을 지니는 5음, 7음의 우위성에 대한 설명이 가능하게 된 것이다.

4음절 이하의 구와 9음절 이상의 구는 주요 구형이 되지 못함이 명확하므로 논의에서 제외하고, 휴음을 지니지 못하는 8음이나 휴음을 지니는 6음이 정형화되지 못한 이유를 보자. 한 구에서의 8음은 휴음을 지니지 못하고, 6음은 두 개의 휴음을 지닌다. 8음이 시에 쓰인 예는 더러 있다. 그러나 8음은 정형화되지 못했는데 그 이유는 다음을 보면 쉽게 알 수 있다.

① ちいさな　　パラボラ
② はやさく　　らひらく
③ さくらさ　　きほころ
④ かぜにゆ　　れるはな[65]

①은 문제가 없으나 같은 8음으로 구성된 ②③④는 어색하다. 이

---

64) 高橋竜雄, 『国語音調論』(中文館書店, 1932).
土居光知, 『文学序説』(岩波書店, 1927).
別宮貞徳, 『日本語のリズム』(講談社, 1977).
坂野信彦, 『七五調の謎をとく』(大修館書店, 1996).
松浦友久, 『リズムの 美学』(明治書院, 1991).
상론에 있어서는 다소 차이를 보임.
65) 坂野信彦, 앞의 책, 74면에서 재인용.

와 같이 휴음이 하나도 들지 않은 8음구는 어색하지 않으려면, 8음이 4·4로 이루어져야 한다는 조건이 요구됨을 알 수 있다. 이 조건을 만족시켜 한 구를 형성해야 하는 번거로움 때문에 8음구는 일본 시의 정형으로 정착되지 못했던 것[66]이라고도 볼 수 있다.

<7음>
はなさき　ほこる×
はやさく　らちる×
かぜにち　るはな×　(또는 かぜに× / ちるはな)

<5음>
はなちり　ぬ×××
さくらの　は×××
さくらさ　く×××　(또는 さくら×さく××)

반면 7음은 어디든지 한 군데 휴음이 놓이면 되고, 5음은 3음분이나 되는 휴음을 가지므로 율격적 탄력성도 좋고 창작하기도 쉽다. 그러면 6음은 어떠한가. 坂野信彦은 6음구는 2음분을 휴음으로 지니는 것으로 마지막 박절에 휴음이 와야 한다[67]는 조건을 내세운다. 그래서 이도 8음과 마찬가지로 6음이 3·3으로 이루어져야 한다는 까다로운 조건을 가지기 때문에 일반화되기는 어렵다[68]고 한다. 그러나 이러한 이유보다 5음, 7음의 우위성은 <1박4음>설에 입각하면 더욱 더 설명이 쉬워진다. 앞에서도 언급했듯이 일본 시는

66) 坂野信彦, 앞의 책, 74-75면.
67) 2음분의 휴음이 분산되면 율격에 파탄이 오게 되므로 6음구의 휴음은 반드시 마지막에 휴음이 놓이게 된다. 坂野信彦, 앞의 책, 81-82면.
68) 坂野信彦, 앞의 책, 81-82면.

① 1박절 = 4음
② 1구 = 2박절 = 8음

이다. 그런데 가능한 구의 유형인 5음구, 6음구, 7음구 8음구 가운데 8음구(실음 8음)는 휴음을 포함하지 않으므로 주요 구형이 되지 못한다. 일본 시에서 휴음은 바로 시가 리듬성을 지닐 수 있게 하는 필수 요소이기 때문이다. 그리고 6음구는 휴음의 수(휴음량)라는 점에서 5음구와 7음구의 중간에 있기 때문에, 휴음의 효과면에서 중간적 효과밖에 얻지 못하는, 개성이 불분명한 시구라고 볼 수 있다. 반면, 5음구와 7음구는 휴음의 효과 면에서 볼 때 가장 시적인 특성(운율성)을 드러낼 수 있는 개성적인 구의 유형이라 할 수 있다.[69] 이것이 바로 일본 시의 구가 5음구와 7음구로 정형화될 수 있는 최대의 이유이다.

㉡ 5음구

5음구는 이론적으로는 1-4, 2-3, 3-2, 4-1조가 다 될 수 있으나 실제로 양식화되는 율조는 4・1조와 3・2조뿐이다.

A. ○ ○ ○ ○　　○ × × × ....4・1조
ふ る い け　　や × × ×

○ ○ ○ ×　　○ ○ × × ....3・2조
ひ と は ×　　い さ × ×

B. 휴음이 2음의 첫음에 오는 경우
○ ○ × ○　　○ ○ × × ....2・3조
○ ○ ○ ○　　× ○ × × ....4・1조

69) 松浦友久, 앞의 책, 45-48면.

C. 휴음이 맨 처음 2음에 오는 경우

○ × ○ ○　　○ ○ × × ....1 · 4조

× ○ ○ ○　　○ ○ × × ....3 · 2조

휴음을 3개 가지는 5음구는 6음구나 8음구에 비해서는 휴음의 위치가 단연히 자유롭지만, 그래도 몇 가지 제약을 받고 있다. 첫음에는 휴음이 오지 않으며 한 구의 첫2음 자리에도 휴음이 놓이지 않는다. 이 외에도 5음구는 5음구가 가지는 3휴음 중 2휴음이 항상 말미에 와야 한다는 제약이 있다. 이 말미의 2휴음은 어떤 상황이어도 변하지 않는 고정된 자리를 고수하고 있는데 이를 고정 휴음(고정 <휴지[70]>)이라 하기도 한다. 세 개의 휴음이 온다고 해서 세 개가 한 구 안에서 아무렇게나 흩이져 있어서는 긴밀감 있는 시가 성립될 수 없다. 반드시 2휴음이 말미에 와야 하기 때문에 움직일 수 있는 휴음은 하나이다. 이것이 이동 휴음(<휴지[71]>)이 되는데 이동 휴음의 위치가 제한되어 있기 때문에 A의 경우와 같이 4 · 1조와 3 · 2조는 율격상 성립할 수 있게 된다.

그러나 B나 C의 경우는 다르다. B와 같은 2 · 3조는 성립되기 어려우며 같은 4 · 1조여도 휴음이 다섯 번째 자리에 오는 율독은 있을 수 없다. 그리고 C와 같은 1 · 4조는 성립될 수 없으며, 같은 3 · 2조이지만 초두에 휴음이 오는 [× ○ ○ ○ ○ × ×]와 같은 경우도 성립될 수 없다. 7음구에서는 특이한 경우로 익살, 해학미를 살리기 위해 都都逸 같은 俗謠에서 이용하기도 하지만 5음구는 맨뒤에 휴음이 두 개나 있기 때문에 첫머리를 휴음을 넣어 읽는다고 익살, 해학미 같은 것은 생겨나기 어렵다. 그러므로 5음구에서의 초두 휴음은 예외

70) 川本皓嗣, 『日本詩歌の伝統』(岩波書店, 1991), 283면.

71) 川本皓嗣, 앞의 책, 284면.

없이 성립되지 않는다고 할 수 있다.

<5음구>

ふるいけ	や×××	무휴음박
みずの×	おと××	1 휴음박
みずの×	おと××	2 휴음박
ふるいけ	や×××	3 휴음박

여기서 3휴음을 가지는 5음구를 이루는 박절은 무휴음에서 3휴음까지 다양함을 알 수 있다.

㉢ 7음구

7음구는 4・3조, 3・4조로 분류될 수 있다. 이론상으로는 무조건 음절수가 7음만 유지하면 되지만 실제로는 휴음과의 조화에 있어서 그렇지 못하다.

A. ○ ○ ○ ○　　○ ○ ○ × ……………4・3조
こ こ ろ も　　し ら ず ×

○ ○ ○ ○　　○ × ○ ○ ……………4・3조
し づ こ こ　　ろ × な く

○ ○ ○ ×　　○ ○ ○ ○ ……………3・4조
は な の ×　　ち る ら む

B. ○ ○ × ○　　○ ○ ○ ○ ……………3・4조
○ ○ ○ ○　　× ○ ○ ○ ……………4・3조
○ ○ ○ ○　　○ ○ × ○ ……………4・3조

C. ○ × ○ ○　　○ ○ ○ ○ ……………3・4조

A와 같은 경우는 성립 가능한 형이다. 그러나 휴음을 하나 가지는 7음구는 휴음의 위치가 상당히 자유로우나 여기에는 몇 가지 제약이 있다. 첫째 앞에서도 살폈듯이 특이한 경우를 제외하고는 2음씩 묶었을 때 첫째음에 휴음이 오는 것을 꺼린다. 그러므로 B와 같은 경우는 성립하기 어렵다. 같은 4·3조라 하더라도 휴음의 위치는 대체로 맨 마지막이라는 사실을 알 수 있다. 둘째, 특이한 경우를 제외하고 맨 앞의 제2음에는 휴음이 올 수 없기 때문에 C의 경우도 성립되기 어려움을 알 수 있다.

<7음구>

はなの×	ちるらむ	무휴음박
はなの×	ちるらむ	1 휴음박

결국 7음구에서 양식화될 수 있는 율조는 휴음이 말미에 오는 4·3조, 3·4조이다. 단 휴음이 맨 처음에 오는 경우[72]가 있기는 하나 이것은 都都逸과 같은 특이한 율조의 경우에 한해서이며 일반적인 和歌나 俳句에는 보이지 않는다.

3. 기본 단위 율격의 異同

구는 율격 구성상 시의 형태를 이루는 기본 단위이며 내용상의 짜임으로 보아도 한 시의 시상을 얽는 기본 단위이다. 그러므로 이 구는 율격 파악의 기준이 된다. 기층 단위의 수에 따라 구의 유형을 분류해 보면 한국 시의 경우 단율어구부터 4율어구까지 분류될 수 있으

72) <× ○ ○ ○ \ ○ ○ ○ ○>
× そ こ が \ さ び し い (都都逸)

며, 일본 시의 경우 2박절구 한 유형만 존재한다.

일본 시는 음절과 휴음을 포함해 한 구는 항상 2개의 박절만 가지기 때문에 박절의 수에 따라 구의 유형을 살펴보면 2박절구 밖에 존재하지 않는다. 그런 이유에서인지 일본인들은 2박절구 외의 3박절구는 시가 아니라고 생각한다. 3박절만으로 끝나는 구는 시임을 포기한 것이며 산문이라고 인식해 버린다. 그러나 그렇다고 해서 일본 시를 2박절구의 단순한 시로만 볼 수는 없다. 구는 하위 단위인 박절의 수를 기준으로 나뉠 수 있지만 이것만으로는 양국 시의 구를 올바로 파악했다고 볼 수 없기 때문이다. 앞에서 한·일 시 공히 음수율의 시임을 보았듯이 음수율의 시로서 구에 나타나는 음절수는 바로 율격 유형과 직접 관련이 된다. 이는 음절의 수에 의해 분류되었던 기층 단위가 그대로 구 단위에서도 그 성격을 드러내기 때문이다. 구에 나타나는 음절수로 본다면 두 가지 차원에서 파악하는 것이 가능함을 알 수 있다. 하나는 구에 나타나는 총 음절수로 구를 파악하는 것이요, 또 하나는 율어를 이루는 음절수의 연결로 구를 파악하는 것일 것이다. 여기에도 한·일 시는 차이를 드러내게 되는데 우선 전자로 보면 한국 시는 유동적인 음절수를 보임에 비해, 일본 시는 5음과 7음이라는 고정적인 음절수를 보인다. 구를 이루는 총음절수로 볼 때 일본 시의 5음과 7음은 매우 중요한 의미를 지닌다. 이는 그대로 일본 시의 구 유형이 되는데 일본 시의 구는 2박절구로서보다 5음구와 7음구로 그 성질을 더 잘 드러낸다고 할 수 있다. 그리고 이러한 5음구와 7음구는 또다시 각 박절을 이루는 음절의 수로 하위 분류될 수 있다.

등시성을 지니는 일본 시에서는 휴음이라는 독특한 율격 형성 요소가 있어 이것이 일정하게 작용하기 때문에 일본 시의 기본 단위의 유형은 박절을 기준으로 하기보다는 실음과 휴음을 기준으로 이루어지게 된다. 구를 이루는 박절은 두 개밖에 없지만 우리는 언제나 일본 시에서 규칙적이면서도 양식화될 수 있는 음절수를 확인한다. 그러므로 일본 시는 겉으로 드러나는 총음절수에 의해 이루어지는 율격의 양식화가 매우 중요한 의의를 차지하게 된다. 5음구와 7음구는 휴음의 활용에 따라 각각 고유의 성질을 가지고 있으며, 일본 시를 단순성에서 벗어나게 한다. 이점은 박절을 이루는 음절수의 연결을 살펴볼 때 한층 더 선명히 드러난다. 일본 시의 5음구와 7음구를 구성하는 율조는 어느 정도 규칙성을 띠고 있다.

반면 한국 시는 구를 이루는 총음절수로 볼 때 그 유동성이 매우 크다. 그러나 거기에는 일정한 제약이 있다. 그리고 율어를 이루는 음절수의 연결로 볼 때도 여러 유형의 율조가 가능함을 볼 수 있는데 이러한 유형들은 각각 다른 율격미를 지니고 있으므로 한국 시는 다양한 율격을 즐길 수 있는 시라 할 수도 있겠다. 이러한 다양성을 지닌 율격 단위로서의 구에서 우리는 한국 시의 미의식을 발견할 수도 있다.

결론적으로 볼 때 한국 시의 기본 단위로서의 구는 음절수에 의한 분류보다 율어의 수에 의한 분류로 그 성질을 더 잘 드러낼 수 있고, 일본 시의 기본 단위로서의 구는 박절의 수보다 음절수에 의한 분류로 그 성질을 더 잘 드러낼 수 있다고 말할 수 있다.

율격 유형의 정립

영시를 강약율의 시라 하고 일본 시를 음수율의 시라 하는 데는 별 異論이 없다. 하지만 정작 한국 시를 두고 무엇이라 해야 할지에 대해서는 의견이 분분하다. 한국의 문학을 외국어로 번역하여 세계에 알리는 등 한국 문학의 세계화가 시작된 때에 한국 고유시의 英譯도 적잖게 진행되고 있는 것으로 안다. 그런데 한국 고유시-시조도 좋고 가사도 좋다-를 외국에 소개하면서 적어도 한국 시의 율격 유형이 무엇이라는 정도는 당당히 밝힐 수 있어야 할 터인데 우리에겐 그런 준비가 아직 덜 되어 있는 실정이다. 여기에서 율격의 중요성을 새삼 강조하고 싶지는 않다. 시에 대한 가장 기본적인 연구는 바로 율격의 연구[1)]이며 율격 유형은 바로 그 시의 얼굴이 아닐 수 없음을 생각할 때 한국 시 율격론의 모습은 반성의 여지가 많다 할 것이다.

1) 서양에서 율격에 대한 물음은 아리스토텔레스의 시학에서도 언급된 바 있듯, 시론의 역사만큼 오래되었다고 볼 수 있다. Michael Shaliro, 『The Sense of Form in Literature and Language』, St. Martin's Press, 1998, 143면.

韓國 詩 律格의 類型

1. 들어가는 말

한국 시의 율격 유형을 밝히기 위해서는 한국 시의 율격적 실상을 밝히는 것이 급선무이다. 한국 시의 율격론은 초기 음수율론을 출발로 하여 <음보율>론을 거치면서 실로 많은 문제를 안고 있다. 고정된 음절수로는 설명해 낼 수 없는 한국 시를 고정된 음절수로 설명하려 한 초기 음수율론에 대한 큰 실망과 반발로 <음보율>론, <음량율>론 등이 대두되었지만 이런 논리들도 초기 음수율론 이상의 문제를 내포하고 있음을 지적하지 않을 수 없다. 율격적 실상을 밝히는 것은 전적으로 외국의 이론에 의지할 수 없으며, 자국 시의 실정에 맞는 잣대가 필요함은 물론이다. 하지만 한 나라 시의 율격적 실상은 다른 나라 시와의 비교를 통해 그 특징적 차이가 선명히 드러날 수 있음도 사실이며, 특히 유형론에서는 이러한 비교 연구가 필수적이라고 할 수 있다. 그간 한국 시 율격론이 반성의 여지가 많음은 사실이나, 한국 시의 율격적 실상에 있어서는 상당 부분 윤곽이 드러나 있음도 사실이다. 일단 시의 율격적 실상이 드러나면 다음에는 거기에 어떠한 유형명을 붙이느냐가 중요한데, 한국 시론의 경우 같은 율격적 실상을 두고 유형명을 달리한 것을 볼 수 있으니, 이는 실상 파악에 견해의 차이가 있음도 있지만 '유형의 체계'에 대한 이해 부족도 그 원인이라고 볼 수 있다. 한국 시의 율격 유형을 이름은 한국 시가 지니고 있는 어느 한 특징만으로 붙여질 성질은 아니다. 한국 시의 율격 유형을 이름은 그것이 한국 시의 특징을 드러냄과 동시에 다른 나라 시와는 어떠한 유형적인 차이가 있는지를 드러내 주어야 한다. 또한 이것은 한국 시만의 문제가 아니라 세계 율격 유형의 체계라는 큰 틀 속에서 설득력을 확보하지 않으면 안 되는 문제이기도 하다. 세계의 여러 시-특히 한국 시-를 포괄할 수 있는 율격 유형의 체계가 확실히 정립되어 있지 않은 상황에서 이 문제는 또 난관에 부딪힐 수밖에 없다. 하지만 먼저 유형의 체계에 대한 이해를 바탕으로, 한국 시의 율격적 실상을 분명히 하고 다른 나라 시와의 특징적인 차이를 확고히 인지한다면 한국 시의 율격적 유형은 의외로 쉽게 정의될 수도 있으리라 생각한다.

본고는 한국 시의 율격적 실상을 바탕으로 하여 한국 시의 율격 유형을 무엇이라 해야 할지에 논의의 초점이 있다. 이러한 작업은 먼저 한국 시론사에 있었던 율격 유형론을 살피는 것으로 시작될 것이다. 그 가운데서 유형 체계에 대한 문제점이 발견될 것이며, 새로운 유형론적 체계를 모색하는 가운데 한국 시의 실상을 바탕으로 한 한국 시의 율격 유형이 밝혀지리라 생각한다.

2. 旣存의 律格 類型論과 한국 시

1) 3대 유형론
-음수율, 음성율, 음위율

율격에 대한 기초적인 이해와 더불어 유형론에 대한 초기 이론으로 제시된 것이 율격 유형을 음수율, 음성율, 음위율로 대분하는 것이었다.

> 律格은 詩形을 일운 것이고 語音을 音樂的으로 利用한 것인데 그 音度나 혹은 音長을 基調로 한 音性律과 그 音位를 基調로한 音位律과 그 音數를 基調로 한 音數律과의 세가지가 잇다. 다시말하면 漢詩의 平仄法과 가튼 것을 音性律이라 韻脚法과 가튼 것을 音位律이라 造句法과 가튼 것을 音數律이라 한다.[1)]

위에서 말하는 율격은 정확히 말해 '율격'이라기보다는 넓은 의미의 '운율'에 가까운 개념이다. 음수율, 음성율, 음위율의 분류에서 한국시는 일본 시와 같은 음수율로 받아들여졌다. 음성율에 대한 이해는 音度나 音長을 기조로 한다고 하면서 漢詩의 평측만을 그 예로 들고 있으며 음수율에 관해서도 造句法이라 하여 넓은 의미의 운율법(Prosody)을 칭하는 것으로 이해하고 있다. 이것으로 보아 기준의 혼란과 이해의 부족이 있지만 초기의 이론으로서 중요한 율격 유형을 언급한 것이라 할 수 있다.

2) 4대 유형론
-음수율, 장단율, 고저율, 강약율

율격의 개념은 물론 형성 원리 및 유형론에 대한 보다 깊이 있는 이해를 바탕으로 제시된 4대 유형론은 어느 정도의 객관, 타당성을 띠었고 이 후 많은 학자들에 의해 공감을 받게 된다.

> 즉 현재 일반적으로 각 민족의 언어의 특질에 따르는 운율의 분할 방법을 대별하면 대략 다음과 같은 4종의 방법을 취한다고 한다. 그 제 1의 방법은 음철의 지속시간의 양에 의하여 배분하는 것이니, 나전어 · 희랍어에서 보는 장단율이 그것이고, 다음 제2의 방법은 음철 가운데 어떠한 음철에 强度, 즉 강음 accent를 부여하여 배분하는 것이니 주로 영어 · 독일

1) 이병기, 「律格과 時調[一]」, 동아일보, 1928년 11월 28일.

> 어에서 취하는 강약율이 그것이다. 제3으로는 음철 가운데 어느 음철에 특수한 高低pitch를 배치함으로써 배분하는 방법이니, 이는 중국어에서 볼 수 있는 고저율이 그것이고, 끝으로 제4의 방법은 음철의 수에 의하여 배분하는 방법이니 주로 불란서 · 이태리 · 서반아 · 일본어 등에서 보는 음수율이 그것이다.[2)]

서구 시의 율격 형성 원리가 소개되면서 음수율, 장단율, 강약율, 고저율이라는 4대 율격의 유형론이 제시되었다. 4대 율격 유형론은 서구 시의 율격을 이해하는 데는 상당한 도움을 주었지만 한국 시의 유형에 대해서는 혼란을 초래하지 않을 수 없었다. 음수율 즉 고정된 음수율은 아니라는 결론에 이르렀던 당시, 한국 시를 서양 시와 같이 장단율[3)], 고저율[4)], 강약율[5)] 중의 하나로 설명하려던 시도가 줄을 이었으나 어느 하나 만족할 만한 이론은 없었다고 할 수 있다. 결국 한국 시의 율격에 대해 가능한 유형론은 다 제시된 셈이었으나 설득력 있는 결론은 얻어내지 못했던 것이다.

3) 로츠(J. Lotz)의 유형론

로츠의 유형론은 무엇보다도 많은 유형을 포괄하고자 하면서 평면적인 유형론이 아니라 입체적인 유형론의 체계를 세웠다는 데 장점이 있다. 특히 이 이론은 몇 가지 단점에도 불구하고 기존의 4대 유형론

---

2) 정병욱, 『한국고전시가론(증보판)』, 신구문화사, 1983, 18면.
3) 정광, 「한국 시가의 운율 연구 시론」, 『응용언어학』 7권, 2호, 서울대 어학연구소, 1975, 161면.
4) 김석연, 「시조운율의 과학적 연구」, 『아세아연구』 통권 제32호, 고려대학교 아세아문제연구소, 1968. 「소월시의 운 · 율 분석」, 『서울대학교 교양과정부 논문집』, 인문 · 사회과학편 제1집, 1969.
황희영, 『운율연구』, 형설출판사, 1969.
5) 정병욱, 앞의 책, 22-23면. 이능우, 『古詩歌論攷』, 宣明文化社, 1966, 192면.

으로는 설명해 낼 수 없었던 점들이 새로운 각도에서 논의될 여지를 제공했다는 점에서도 큰 의의를 부여할 수 있다. 로츠의 유형론은 김대행, 김홍규, 조동일, 성기옥 등에 의해 소개되고 수정, 대안 등의 단계를 거치면서 그 안에서 한국 시의 율격 유형을 새로이 조명해 보려는 노력이 있었다. 여기에서는 이해의 편의를 위해 먼저 로츠의 유형론을 소개해 두기로 한다.

〈표1〉 율격 유형(metric types)6)

	단순(simple) -pure syllabic meter-	복합(complex) -syllabic prosodic meter-
율격 형성 자질 (metric relevancy)	음절수 (syllabicity)	음절수와 운율 자질 (syllabicity and prosodics)
율격 단위 (metric unit)	음절 (syllable)	기저 요소 (base)
규칙성 (numerical regularity)	수(number)	수와 위치 (number and position)
예 (example)	헝가리 민요 (Hungarian folk poetry)	중국어(Chinese), 영어 독일어(English and German) 고전 희랍어 아랍어(Classical and Arabic)

〈표2〉 복합 율격(complex)

복합(complex)			
	고저(tonal)	강약(dynamic)	장단(durational)
기저 요소 분류 (base classes)	평측 (even/changing)	강약 (heavy/light)	장단 (long/short)
예 (example)	중국어 (Chinese)	영어 독일어 (English and German)	고전 희랍어 아랍어 (Classical and Arabic)

6) John Lotz, 「Elements of Versification」 『Versification』, edited by W.K. Wimsatt, New York University Press, 1972, p.16.

로츠는 단순율격(simple) 유형을 순수음절율(pure syllabic meter)이라 하고 복합율격(complex) 유형은 음절운소율(syllabic prosodic meter)이라 했으며[7] 순수음절율은 하위 분류를 하지 않은 반면 복합율격 즉 음절운소율은 <표2>와 같이 3가지-고저율, 강약율, 장단율-로 하위 분류를 해 두었다.

먼저 김대행은 로츠의 분류를 대체로 그대로 수용했다고 볼 수 있는데 단순율격인 pure syllabic을 순수음수율로, 복합율격인 syllabic prosodic을 복합음수율로 표기[8]하면서 다음과 같이 로츠의 분류를 이해하고 적용하려 했다.

> 위(로츠)의 律格類型表에서 우리는 다음과 같은 사실에 주목하게 된다. 즉, 모든 詩歌의 律格은 音節에 基礎를 두고 이루어진다는 것으로, 가령 英語의 경우만 하더라도, 지금까지는 强弱만이 律的 單位가 되는 것으로 생각해 왔다. 그래서 흔히 律格類型을 分類할 때 音數律, 强弱律, 高低律, 長短律의 네가지로 分類하는 게 보통이었다. 그러나 흔히 音數律이라고 일컬어 온 우리 時調의 한 章의 音數가 지극히 多樣하게 변하는 것에 비추어 보면 音數律과는 無關하다고 생각했던 英詩의 경우 14行의 弱强 五步格(iambic pentametre)으로 구성되는 소네트(sonnet)가 대체로 140音節이라는 사실은 音數律이라는 時調보다 훨씬 音數律的인

---

7) Lotz, 「Elements of Versification」, p.14.

8) 김대행, 『韓國詩歌構造研究』, 삼영사, 1976, 25면.

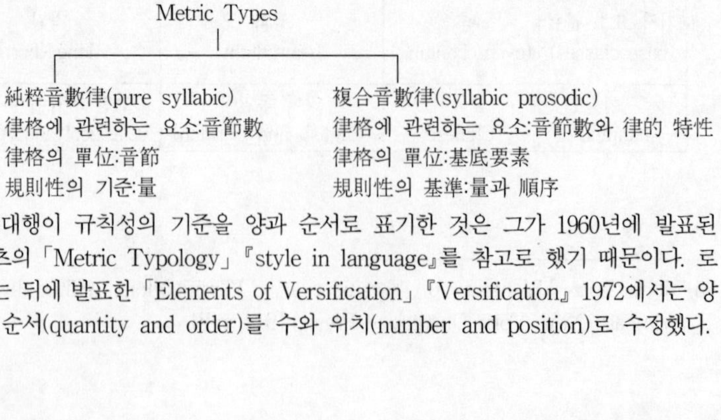

Metric Types

純粹音數律(pure syllabic)	複合音數律(syllabic prosodic)
律格에 관련하는 요소:音節數	律格에 관련하는 요소:音節數와 律的 特性
律格의 單位:音節	律格의 單位:基底要素
規則性의 기준:量	規則性의 基準:量과 順序

김대행이 규칙성의 기준을 양과 순서로 표기한 것은 그가 1960년에 발표된 로츠의 「Metric Typology」 『style in language』를 참고로 했기 때문이다. 로츠는 뒤에 발표한 「Elements of Versification」 『Versification』 1972에서는 양과 순서(quantity and order)를 수와 위치(number and position)로 수정했다.

셈이다. 따라서 오직 音節의 수만이 律格構造에 관여하는 律格體系를 純粹音數律(pure syllabic)이라 하고 音節數와 함께 그 言語體系가 지닌 基底要素(base)가 律格의 基本單位를 이루는 律格體系를 複合音數律(syllabic-prosodic)이라 한다.[9)]

김대행은 음절이 모든 시 율격의 기초가 된다는 사실에 주목하고 있다. 이러한 사실은 그가 pure syllabic을 순수음수율로, syllabic-prosodic을 복합음수율로 표기한 것과 상통한다.[10)] 기존의 4대 유형론에서는 강약, 고저, 장단에 기저를 두는 서양시에서 마치 음절은 율격 형성의 기저로 작용하지 않는 듯한 인상을 줄 수 있었으나, 여기에 와서는 영시를 예로 들어 영시도 강약이라는 운소 자질뿐만 아니라 음절 역시 율격 형성에 관여하고 있음을 확실히 해 두고 있는 것이다.

하지만 단순율격이든 복합율격이든 모두 음수율이라 함은 재고의 여지가 있다. 그렇게 되면 율격은 최상위 유형에 음수율을 두게 되며 일단 모든 시는 음수율의 범주 안에 들게 된다. 그러나 시가 음절을 필수적으로 요구하고 있다고 하여 모든 시를 음수율이라 일컬어야 하는 것은 아니다. 음절이 중요한 <율적 단위>가 된다는 사실과 음절이 시의 일차적인 재료가 된다는 사실은 엄연히 별개의 것임을 인지하지 않으면 안 된다. 음절이 시의 일차적인 재료가 된다는 것은 율격론에서 인지되어야 할 사실임은 물론이나 이것으로 율격적 자질을 논할 것은 아니다. 또한 음절이 일차적 재료 이상의 의의를 지닌다 하더라도 음절 내지는 음절수의 규칙성이 그 자체로 율격형을 결정하

9) 김대행, 앞의 책, 25-26면.

10) 모든 시의 율격이 음절을 바탕으로 하고 있다는 생각은 로츠의 기본적인 생각이라고 할 수 있다. 「Metric Typology」, 138면, 「Elements of versification」, 9면. “규칙성을 지닌 모든 율격 체계는 음절(음절의 수)을 기초로 한다.”

는지 아니면 다른 요소가 우선시 되어 반복됨으로 인해 거기에 수반되어 나타나는 음절적 규칙성인지가 구별되어야 한다. 특히 영시의 음절적 규칙성은 강약이라는 운소 자질의 작용에 따라 수반되어 나타나는 요소라고 보아야 할 것이다. 이러한 경우를 두고 앞의 관형어가 어찌되었든 음수율이라 칭하는 것은 그 자체로 모순이라 할 수 있게 되는 것이다.

결론적으로 볼 때도 한국 시는 복합음수율에 속하게 되는데 그 이유는 소네트(sonnet)보다도 더 유동적인 음절수를 보이는 한국 시는 오직 음절의 수만이 율격 구조에 관여하는 율격 체계-즉 그의 인식에 의하면 고정적인 음절수가 보이는 율격 체계-인 순수음절율(순수음수율)의 유형으로 인식될 수 없다는 데 있다. 순수음수율이 아니라면 복합음수율에 속할 수밖에 없으며 복합음수율이라면 음절 외에 관여하는 <율적 단위>가 무엇인지가 관심의 대상이 되게 되는데 그것은 바로 장단[11]이 된다. 강약, 고저, 장단 중 한국어에서 음운론적 변별성을 지니면서 한국 시에서 <율적 단위>로 작용할 수 있는 것은 장단밖에 없으므로 장단이 율격 형성에 관여하는 자질로 인정되게 되고 한국 시의 율격 유형은 복합음수율이 되는 것이다. 하지만 그가 밝히고 있는 장단의 성격[12]은 바로 한국 시를 장단율의 범주에서 벗어나게 하는 것이며 이는 곧 복합음수율이라는 사실에 모순을 가져오기

11) "音韻的으로 辨別的 機能을 갖지 못한 것은 律格單位의 基底要素가 되지 못한다." "現代國語에 있어서 律格에 關與할 수 있는 音韻的 資質은 長短이다." 김대행, 앞의 책, 27면, 31면.

12) "韓國 詩歌의 律的 基底는 長短이되, 그 長短의 形成에 律的 慣習이 音韻·統辭的 慣習 못지 않게 짙게 作用하고 있으며, 그 長短의 變化는 音韻·統辭的으로 無關한 位置인 語群末音節에서 발생하는 셈이다." 김대행 앞의 책, 37면. 음절말 음운의 장음화 현상은 영시의 율독에서도 일반적으로 일어나는 현상이다. Philip Hobsbaum, 『Metre, Rhythm and Verse Form』, Routledge, 1996, 72면.

때문에 재고의 여지가 있다 할 것이다.

한편 김홍규는 그의 말대로 로츠의 틀을 참고로 하되 근본적인 수정을 가하여 다음과 같은 율격 유형을 제시한 바 있다.

律格 類型*
- 音量律格
  - 音數律 : 佛詩, 日本詩
  - 音步律 : 韓國詩
- 韻素律格
  - 强弱律 : 英詩
  - 聲調律 : 中國詩
  - 長短律 : 古代 희랍시

* 율격 유형을 분류하는 이 틀은 J.Lotz, 'Metrical Typology', T.A.에 Sebeok ed., Style in Language(New York, London: M.I.T. Press and John Wiley, 1960)서 제시한 바를 참조하되 몇 가지 근본적인 수정을 가한 것이다. 롯츠는 음보율을 따로 설정하지 않았고 音量律格과 韻素律格을 각각 單純律格, 複合律格으로 설명한 바 있다. 위의 분류로써 세계에 존재하는 모든 율격들을 다 포괄할 수 있을지는 확인하기 어려우나, 우리 시가의 율격 유형과 원리를 다른 나라 문학의 경우와 비교하여 설명하는 데는 일단 충분하리라 생각한다.[13)]

로츠가 말한 단순율격(pure syllabic)을 <음량율격>이라 하고 복합율격(syllabic-prosodic)을 운소율격이라 했다. 복합율격 즉 음절운소율격을 운소율격이라 한 것은 비록 음절이 율격 형성에 관여하기는 하나 보다 근본적인 중요 자질은 음절이 아니라 운소라는 데서 붙여진 것이라 추정할 수 있다. 그리고 로츠의 율격 체계로는 포괄할 수 없는 한국 시를 <음보율>이라 하고 <음보율>과 음수율(고정 음수율)을 통칭해 <음량율>이라 하였다.

하지만 한국 시를 <음보율>이라 하는 것은 근본적으로 무리이다.

---

13) 김홍규, 『한국문학의 이해』, 150면.

먼저 <음보>라는 용어 자체는 많은 문제를 안고 있다. 그것은 <음보>가 서양 시의 기층 단위를 일컫는 용어인 foot에서 왔다는 자체가 문제되기보다 그것이 한국 시에서는 허용될 수 없다는 데 문제가 있다. <음보>는 한국 시 기층 단위의 율격적 성질을 그대로 드러내 줄 수가 없기 때문이다. 김흥규가 말한 <호흡상 실체적 단위>는 우리 시에만 있는 것이 아니라 거의 모든 시에 존재하는 것으로, <호흡상 실체적 단위>인 기층 단위가 존재한다고 해서 이것이 모두 <음보>로 지칭되는 것은 아니며 각 시의 기층 단위는 해당 시 기층 단위의 율격적 성질을 가장 잘 드러내는 용어가 설정되어야 함은 물론이다.[14)] 이렇게 해 두고 보면 <음보율>의 허상은 더 분명히 드러나게 된다. 한국 시의 기층 단위가 <음보>가 아닌 이상 한국 시에서 <음보율>은 있을 수 없으며, 설사 기층 단위가 <음보>라 하더라도 <음보율>이라는 용어 자체가 성립될 수 없음은 자명하기 때문이다. 한국 시를 <음보율>이라 하는 것은 한국 시론사를 돌이켜 볼 때, 초기 음수율론에서 율격의 계층성을 인식하지 못하고 음절만으로 율격을 설명하려 한 데서 음절의 상위 단위인 이른바 <음보>가 인식됨으로써 한국 시는 <음보>가 있는 <음보율>이라는 데서 빚어진 착오일 뿐이다.

또한 음수율과 <음보율>을 포괄하는 상위 개념인 <음량율>에도 문제가 있다.[15)] <음량율>이란 단지 음절의 수만을 헤아리는 것이 아니라 실제 음절이 가지고 있는 양(quantity)이 율격의 등가적인 단위

14) 그러한 의미에서 필자는 한국 시의 기층 단위는 律語, 일본 시의 기층 단위는 拍節, 중국 시의 기층 단위는 逗라는 용어를 사용해 오고 있다.

15) 김흥규는 음량율격을 음량 배분의 규칙성이 율격 형성의 결정요인이 되는 율격이라 하고 있다(앞의 책, 150면). 사실 로츠는 「Metric Typology」에서 보인 율격 유형의 체계에서는 음절율의 측정 기준이 양(quantity)에 있다고 했지만, 실제 설명에서는 그것이 음절수를 헤아리는 것이라고 했으며, 복합율격의 경우에도 그 측정 기준이 양(quantity)과 순서(order)라고 한 것을 보아 음수율을 <음량율>로 인식한 것은 아님을 알 수 있다.

를 이루는 실체가 된다는 데서 비롯된 것이다. 이것이 일견 틀린 것은 아니지만 <음량율>이라는 용어를 이 경우에 쓰는 것은 타당하지 못하다. 음수율과 <음보율>을 포괄하는 것이 <음량율>이라면 이 <음량율>은 운소율격에도 해당되지 말라는 법은 없기 때문이다. 더욱이 <음량율>(quantitive)이라 할 경우 이것이 운소율격 중 장단율과 어떻게 같고 다를지가 상당히 문제 된다.

이 외에도 조동일은 한국 시를 단순율격이라 하면서 로츠가 단순율격이 음절 위주의 것과 <음보> 위주의 것으로 다시 구분되어야 한다는 사실을 논급하지 않았다[16]고 비판한 바 있다.

> 율격을 음수율에 입각하여 분석한 학자들은 음보는 문제삼지 않고, 음절이 가장 중요하다고 생각했는데, 음보율이라는 새로운 방법이 등장하면서 가장 중요한 것은 음보라는 사실이 분명해졌다. 행을 이루는 음절수는 고정적이면서 행을 이루는 음보수는 가변적인 것이 일본 시나 프랑스 시의 규칙이고, 행을 이루는 음보수는 고정적이면서 행을 이루는 음절수는 가변적인 것이 우리 시의 규칙이다. 한국 · 일본 · 프랑스 시의 율격은 모두 율격 유형상 단순율격(로츠)에 속하면서도, 이와 같은 중요한 차이가 있다.[17]

한국, 일본, 프랑스 시가 단순율격에 속하면서도 차이를 지니는 것은 <행>(구)을 이루는 음절수에 있어서 한국 시는 가변적(유동성)이고 일본 시나 프랑스 시는 고정적이라는 데 있다. 같은 단순율격이면서 차이를 지니므로 단순율격은 그 차이에 따른 하위 유형을 지님이 당연할 것이다. 그러나 이것이 <음절 위주의 것과 음보 위주의 것>으로 다시 구분되어야 할 것은 아니다. 문맥상으로 보아 <음절 위주

---

16) 조동일, 「현대시에 나타난 전통적 율격의 계승」, 『한국민요의 전통과 시가율격』, 지식산업사, 1996, 290면.

17) 조동일, 앞의 책, 290면.

의 것과 음보 위주의 것>이란 음절의 수가 고정적인 것과 <음보>의 수가 고정적인 것-음절수는 가변적-으로 나누어야 한다는 것이지만 일본 시의 경우 음절이 고정적면서도 <음보>의 수도 가변적인 것이 아니라 고정적이다.

한편 성기옥은 로츠의 유형론이 이론은 그럴 듯하나 실제로 대부분의 시는 단순, 복합 어느 것에도 들기 어려운 혼성 율격 유형에 속해 버리게 된다고 하면서 수정, 대안을 제시한 바 있다.

첫째, 율격 형성의 자질에 대한 규정, 즉「음절」이냐「음절+운율자질」이냐는 기준의 경직성에 문제가 있다고 지적했다. 이는 어느 것이 율격 형성에 관여하느냐보다 어느 것이 율격 형성에 지배적으로 관여하느냐가 더 중요한 문제로, 단순 율격의 형성에 관여하는 중심 자질은 음절이고 거기에 보조적으로 운율자질이 관여할 수 있으며 반대로 복합 율격의 형성에 관여하는 중심 자질은 운율자질이고 거기에 보조적으로 음절이 관여하는 것으로 수정되어야 한다는 것이다.

둘째로 단순 율격을 음절의 수(number)로, 복합 율격을 음절의 수와 운율 자질의 위치(number and position)로 측정한다는 규칙성의 기준 설정에 문제가 있는데, 단순율격을 음절의 '수'로 측정한다는 규정은 음절의 '양'으로 수정되어야 하며, 복합 율격의 경우 역시 '음절의 수와 운율자질의 위치'는 '운율 자질의 수와 위치'로 수정되어야 한다고 했다.

셋째로 새로 설정해야 할 기준은 두 유형의 율격 형성 원리에 관한 것으로 복합 율격은 층형대립의 원리에 의해 형성되고 단순율격은 선형대비의 원리에 의해 형성된다는 것이다.

넷째로 수정해야 할 문제는 분류의 기준이 아니라 단순 율격과 복합율격으로 분류된 유형체계의 성격에 관련된 문제로 단순 율격 역시 그 자체가 개별 유형으로 파악될 수 없는 하부구조를 가진 상층부의

유형으로 인식되어야 한다는 것이다.[18]

위에서 지적한 문제점을 바탕으로 아래와 같은 율격 유형 도표가 제시되었다.

기준 \ 유형		단 순 율 격	복 합 율 격
율격형성의 기저자질	중심자질	음절(필수적)	운율 자질(필수적)
	부수자질	운율자질(수의적)	음절(수의적)
규칙성의 측정기준		음절 및 이에 상응하는 운율 자질의 양	운율자질의 수와 위치
형성의 원리		선형 대비	층형 대립

위의 도표는 로츠의 이론을 심도 있게 분석하고 한국 시의 유형을 새로이 설정해 보려는 의도에서 산출된 것이며 아울러 한국 시는 단순율격 중에서도 <음량율>이라는 결론에 이르게 된다. 하지만 이 논의 역시 몇 가지 난점을 지니고 있다.

첫째로, 율격 형성 자질에 대한 기준의 경직성에서 율격 형성에 무엇이 관여하느냐보다는 무엇이 중심 자질이고 무엇이 부수 자질이냐가 더 중요한 문제라고 했고 따라서 단순율격은 음절이 중심 자질이고 운율 자질이 부수가 되며, 복합율격은 운율 자질이 중심이 되고 음절이 부수가 된다고 했다. 여기에서 중심 자질은 필수 자질이 되며 부수 자질은 수의 자질이 된다. 율격 유형을 가르는 데 무엇이 중심 자질을 이루느냐는 정말로 중요한 문제가 아닐 수 없다. 하지만 막상 중심과 부수 자질을 놓고 위와 같이 도표화시킨다면 여기에는 모순이 드러나지 않을 수 없다. 한쪽은 음절이 중심이 되고 운율자질이 부수가 되며 한쪽은 운율자질이 중심이 되고 음절이 부수가 된다. 양자가

18) 성기옥, 『한국시가율격의 이론』, 새문사, 1886, 121-123면. 내용은 필자가 요약, 정리한 것이다.

똑같이 중심과 부수 자질을 지니는데 전자는 단순율격이며 후자는 복합율격이라 일컬을 근거는 찾기가 어렵다. 또 단순율격에서 음절은 필수적이고 운율자질은 수의적임이 어느 정도 공감되나 복합율격에서 운율자질은 필수이고 음절이 수의적이라는 것은 상당히 모호한 해석이다. 음절이라는 자질 자체가 수의적으로 요구되는 자질이라 한다면 음절은 시의 필수 재료이므로 논리상의 모순을 가져오기 때문이다. 이러한 모순은 단순율격이든 복합율격이든 같이 음절이 쓰이긴 하지만 그 위상이 전혀 다름을 밝히지 않은 데서 오는 착오로 운소 자질이 단순율격과 복합율격에 달리 쓰이는 것과 같은 이치라 볼 수 있다.

둘째로 복합율격에서 측정 기준이 운율 자질의 수와 위치로 수정되어야 한다고 한 것은 일면 타당하다. 하지만 복합율격이라고 하는 영시를 예로 들 경우, 영시의 율격론에서 음절의 수를 헤아리는 것은 일반적으로 인정되는 경향이고 대부분의 학자들에 의해 필수 요소의 하나로 여겨지고 있다.19) 그러나 단순율격의 측정 기준을 음절의 수가 아니라 음절의 양으로 한다면 이는 곧 단순 율격을 <음량율>로 이해하는 것과 다름이 없다. 그러면서도 성기옥은 단순율격을 음절율이라 하면서 이는 종극 유형이 아니라 하위 유형을 지니는 상위 유형으로 그 하위에 음수율과 <음량율>을 설정하고 한국 시는 단순율격의 하위 유형의 하나인 <음량율>로 이해하고 있다. 음수율에서는 음절의 수를 측정하게 되고 <음량율>에서는 음절의 양을 측정하게 되는 것이라면 이 둘을 포괄하는 단순율격의 측정 기준은 때로는 수, 때로는 양이 되어야 할 것이다.20)

---

19) Lewis Turco는 영시에서 헤아려야 할 것(실제로 측정되어야 할 것)은 첫째로 모든 음절수, 둘째로 강세음절수, 셋째로 음보(feet)의 수라고 했다. Lewis Turco, 『The Book of Forms』, University Press of New England, 2000, 33면.

20) <음량율>의 부당성에 대해서는 본고 3. 율격 유형의 체계에서 다시 논하기로 하겠다.

셋째로 주목할 것은 단순율격에서 보이는 선형대비와 복합율격에서 보이는 층형대립의 문제이다. 복합율격에서 운소 자질이 층형대립을 보이는 것은 매우 당연하다. 관계하는 운소 자질은 언어적으로 변별성을 지니면서 자질의 계층으로 보면 몇 계층을 지닐 수 있으나 일단 시에서 율격 형성의 자질로 쓰일 때는 2개의 대립요소로 드러나게 된다.[21] 반면 단순율격에서 보이는 운소 자질은 이러한 층형대립을 지니지 않는다. 프랑스 시와 같이 강세만 있다거나, 단음은 없고 장음만 존재한다거나 하는 것이 그것이다. 하지만 층형대립과 선형대비라는 용어는 운소 자질이 복합율격과 단순율격에 어떻게 관여하고 있는지 그 특징을 보이는 것일 뿐 이것이 유형을 나누는 기준이 된다거나 유형 체계 설립에 절대적으로 관여할 성질은 아니라고 할 수 있다.

3. 율격 유형의 체계

로츠의 유형론이 한국 시의 율격 유형론에 많은 도움을 준 것도 사실이지만 이에 대한 수정은 불가피하다. 그리고 로츠의 틀을 수용한다 하더라도 그가 지닌 고정 관념에 대한 비판적 반성은 필수적이다. 특히 음절율에 대한 그의 이해는 그가 알고 있는 몇몇 고정 음수율의 시에 한정되어 있었기 때문에 더욱 그러하다 할 것이다. 여기에서는 우선 유형론 설립을 위해 필요한 전제와 유형의 체계가 어떻게 세워질 수 있을지에 대해 살펴보도록 하겠다.

1) 유형론 설립을 위한 전제

올바른 율격 유형론이 설립되기 위해서는 먼저 율격이란 무엇인지

---

21) James Mcauley, 『Versification』, Michigan State University Press, 1966, p.8.

어떤 성질을 지니고 있는지부터가 올바로 파악되어야 함은 두말할 나위 없다. 본고의 목적은 율격에 대한 기본적인 개념 정립에 있는 것이 아니나[22] 그간 한국 시 율격론의 사적 흐름을 본다면 율격의 계층성에 대한 인식 부족이 단적으로 드러남을 지적하지 않을 수 없다. 초기 음수율론에서 <음보율>론으로 이행된 데도 율격의 계층성에 대한 이해의 부족이 그대로 드러난다. 한국 시의 율격은 기조 단위인 음절을 최하위 단위로 하여 시어를 기저 단위로 하며, 율어를 기층 단위로, 구를 기본 단위로 하는 계층적인 구도를 지니고 있다.[23] 이러한 율격의 계층성은 한국 시뿐만 아니라 대부분의 시에 부분적인 차이는 있으나 대체로 적용된다고 보아도 무방할 듯하다.[24] 그리고 각 시의 율격 유형은 어느 한 단위만을 두고 논해질 성질도 아니다. 율격의 계층성을 염두에 둘 때 율격의 실상은 명확히 파악될 수 있으며 유형론의 설립에서도 이러한 인식은 필수적으로 요구된다고 할 수 있을 것이다. 이와 관련하여 한국 시의 유형은 물론 유형 체계를 살피기 위해서는 다음과 같은 전제가 필요한 듯하다.

첫째, 율격을 파악하는 데 가장 중요하게 다루어져야 할 것은 해당 시의 율격을 형성하는 자질이 무엇인가를 살피는 것이다. 율격 형성에 관여하는 자질은 하나일 수도 있고 그 이상일 수도 있다. 보다 중요한 것은 율격 형성에 관여하는 자질의 수가 몇 개에 따른 단순이냐 복합이냐보다는 무엇이 중요 자질로 작용하고 있느냐이다. 이 말은 곧 각 시의 율격에서 '무엇이 측정되고 헤아려 지는지'에서 가장 중요한 '무엇'을 고려하는 것[25]이라 할 수 있다.

22) 이러한 것들은 이미 국내외에 참고할 만한 서적이 충분하리라 사료된다.
23) 홍재휴,『韓國古詩律格硏究』, 태학사, 1983 참조.
24) 로츠가 말한 율격의 계층 구도도 이와 크게 다르다고 할 수는 없다. Lotz,「Uralic」,『Versification』, p.117.
25) Paul Fussell,『Poetic Meter and Poetic Form』, Random House, 1979, p.6.

둘째, 율격에서 무엇이 가장 중요한 자질인가를 살폈다면 다음으로 반드시 살펴야 할 것은 중요 자질이 되는 그 '무엇'이 어떻게 각 율격 단위의 유형을 만드는가에 있다. 세계의 시를 조금만 더 살펴보면 로츠가 말한 '규칙성의 기준'이 어디 있는지를 살피는 것보다 기층 단위의 각 유형이 어떻게 이루어지는지를 살피는 것이 율격 유형론에서 더 시급하고 절실한 문제일 수도 있음을 깨닫게 된다.[26] 율격은 근본적으로 규칙성과 반복성을 띠므로 정형시라 하면 반드시 규칙성을 띠게 되며 규칙성의 기준은 있기 마련이다. 하지만 이 규칙성은 시에 따라 외면적 형태상으로 확연히 드러나는 경우가 있는 반면 그렇지 않은 경우[27]도 있으며, 그리고 외면적인 형태로 드러난다 하더라도 어느 율격 단위에서 드러나는지도 시마다 다르게 나타날 수 있다.[28] 특히 한국 시의 경우를 염두에 둔다면 규칙성의 기준이 어디 있느냐를 일괄적으로 묻게 될 경우 율격 유형의 설정 자체가 모호해지거나 잘못 설정되기 쉬운데 그 이유는 바로 겉으로 드러나는 규칙성의 기준을 지나치게 의식한 탓이다. 그러므로 규칙성은 정형시가 지닌 기본적인 요건이며 단순히 그것의 기준이 무엇이냐고 묻기보다는 기층 단위의 유형이 어떻게 형성되는지를 밝히는 것이 율격 유형론에서는

26) 사실상 각 율격 단위는 율격 형성 자질인 '무엇'에 의해 이루어지면서 규칙성을 띠고 있기 때문에 이 때의 '규칙성의 기준'과 '율격 단위 유형을 만드는 요소'가 별개의 것은 아님을 알 수 있다.

27) 한국 시와 같이 겉으로 드러나는 음절이라는 율격 형성 자질 외에 휴음이라는 자질을 상정해야 하는 경우가 이에 해당된다. 이는 일본 시에서도 마찬가지지만 주지하다시피 한국 시에서는 외형상으로 드러나는 규칙성을 찾기가 힘들다는 점에서 일본 시와는 차이가 있다.

28) 보통 영시에서 규칙성의 기준은 운소 자질의 위치(수)인데 이는 기층 단위인 Foot을 단위로 실현되게 된다. 반면, 음수율에서 규칙성의 기준은 음절의 수인데 이는 기층 단위에서 실현(모르디비안 시, 이 경우 모르디비안 시는 구 단위에서도 음절수의 규칙성을 보이게 된다)될 수도 있고 기층 단위에서는 실현되지 않지만 구 단위에서 실현(일본 시)될 수도 있다.

더 긴요한 문제가 될 수 있다는 것이다.

셋째, 유형론적 체계는 여러 각도에서 달리 쓰여질 수 있다. 유형의 체계는 관점에 따라 달라질 수 있음을 인정하지 않으면 안 되며 이렇듯 달라질 수 있는 체계를 한 도표로 제시하는 것은 무리이다. 그렇게 하다 보면 기준이 선명해지지 못해 중복 기준으로 오류가 생기고 결국 율격 유형 체계는 각 유형들의 특색을 제대로 드러내 주지 못하게 된다. 로츠의 유형 체계에서 단순율격이니 복합율격이니 하는 것은 율격에 관여하는 자질의 수에 따른 분류이다. 즉 복합율격의 경우 운소 자질 외에 음절도 율격 형성에 관여한다는 의미에서 복합이라고 하고 단순율격이란 음절만이 율격 형성에 관여하기 때문에 붙여진 이름으로 이 자체가 최상위 유형으로 다루어져 있다. 하지만 단순과 복합이라는 최상위 유형 아래 모든 유형을 포괄하려면 이중 분류의 오류를 피하기가 어렵다. 또 단순율격이라 할 경우 음절 외에는 어떠한 자질도 율격 형성에 관여해서는 안 되는 것처럼 인식되어 몇 몇의 시를 단순율격 유형의 범주에 넣기를 주저하게 만들기도 한다. 예를 들어 프랑스 시와 같이 일단 복합 율격 유형에서 제외되었지만 음절만이 율격에 관여하는 게 아니라 강세가 관여한다거나 혹 장단이 관여한다면 이를 단순율격이라 칭하는 데는 주저함이 있지 않을 수 없기 때문이다. 이러한 문제는 단순율격과 복합율격이라는 용어의 경직성에서 오는 것으로, 이것이 최상위 유형으로서 다른 유형들의 성격 체계적으로 포괄하기 어렵다는 사실을 의미한다. 그러므로 율격 유형론을 설립하기 위해서는 위에서 제시한 가장 중요한 자질이 무엇이냐에 따른 유형 분류가 가장 우선시 되어야 함을 알 수 있다.

넷째, 어떠한 율격 유형의 체계를 세운다 하더라도 빈틈없는 범주를 세울 수는 없다.[29] 애써 세운 체계가 포괄할 수 있는 유형보다 포괄할 수 없는 유형이 더 많다면 그것도 문제가 되겠지만 어차피 전체를 포괄할 수 없는 것은 시의 율격 유형론이 지닌 난점이라고 보지 않으면 안 된다. 왜냐하면 시는 이미 세워진 유형론에 적확하게 맞는 유형일 수도 있지만 어떤 시는 혼합된 유형일 수도 있고 한 나라의 시가 두 개의 유형을 함께 가질 수도 있기 때문이다.[30] 이러한 복잡한 유형들을 다 포괄하려 한다면 율격 유형은 하위 유형으로 가지를 벌려 나가야 하고 결국 최하위 유형은 시 하나 하나를 일컬어야 하는 결과를 초래할 수도 있을 것이다.

2) 유형의 체계

앞에서 언급한 바와 같이 율격 유형론에서 가장 중요한 것은 해당 율격을 형성하는 '가장 중요한 자질'이 무엇인가를 찾아내는 일이다. 율격 형성에 관여할 수 있는 요소는 음절과 운소 자질(강약, 고저, 장단)을 들 수 있다.[31] 먼저 음절은 모든 시에 공통적으로 필요한 1차적인 필수 재료가 되지만 그렇다고 하여 음절의 규칙성이 모든 시에 나타나는 것은 아니며 이것이 가장 중요한 율격 형성 자질이라는 의미도 아니다. 음절의 율격 형성 자질로서의 위상은 각 시에서 다시 살피지 않으면 안 된다. 율격 형성에 관여하는 자질을 놓고 볼 때 분류될 수 있는 유형은 첫째, 순수하게 음절만 관여하는 율격 유형 즉 음절의 규칙성만으로 율격이 설명되는 유형과 둘째, 음절과 운소 자질

---

29) Derek Attridge, 『Poetic Rhythm』, Cambridge University Press, 1995, p.11.

30) 로츠도 이에 대해 언급한 바 있다. 헝가리 시에는 순수음절율과 장단율이 함께 존재하며 프랑스시는 기본적으로 순수음절율이나 마지막음절에 강세가 오는 형으로 혼합유형이라 할 수 있는 등 그 외에도 몇 가지의 예가 소개되어 있다. Lotz, 「Elements of versification」, p.14.

31) 말하기에 있어 두 개의 매개 변수는 음색(timbre, 율격에 쓰인 음절)과 음운론적 특징(prosodic feature-강약, 고저, 장단)이다. Lotz, 「Elements of Versification」 p.13. Paul Fussel, 「The Nature of Meter」, p.9.

이 함께 관여하는 유형 즉 음절의 규칙성에 운소 자질의 규칙성이 모두 발견되는 경우[32] 셋째, 운소 자질만이 드러나는 유형 즉 운소 자질의 규칙성을 발견할 수 있는 반면 음절의 규칙성을 발견할 수 없는 유형 등으로 분류되게 된다.[33] 하지만 이러한 평면적인 분류도 단순율격이냐 복합율격이냐 하는 관점에서 벗어나 무엇이 가장 중요한 율격 형성 자질이냐라는 관점에서 본다면 또 다른 체계 속에서 보다 합리적으로 설명될 수 있다. 즉 율격의 최상위 유형은 음절 중심의 것과 운소 중심의 것 두 가지로 나뉘게 되며 이는 일단 음절율격과 운소율격으로 명명되어도 좋을 듯 하다.

┌음절율격(음절율)-음절이 가장 중요한 율격 형성의 자질이 되는 경우
└운소율격(운소율)-운소가 가장 중요한 율격 형성의 자질이 되는 경우

음절율과 운소율을 최상위 유형으로 규정했으면 다음으로는 각 하위 유형을 어떻게 체계화시키느냐가 문제이다. 상위 유형에 대한 하위 유형의 분류 기준은 바로 상위 유형이 어떻게 분류되었느냐와 직결된다고 볼 수 있다. 즉 상위 유형인 음절율은 음절의 쓰임에 따라 분류됨이 마땅하고 운소율은 운소 자질의 쓰임에 따라 분류됨이 마땅할 것이다. 각 하위 유형과 그 특징에 대해 알아보기로 하겠다.

① 음절율=음수율

음절율은 음절이 율격 형성에서 가장 중요한 자질이라는 의미에서 붙여진 명칭이다. 하지만 실제로 율격에서 무엇이 측정되는가를 고려

32) 이 유형의 경우는 다시 음절과 운소의 위상을 견줄 때 음절의 규칙성이 강조되는 경우와 운소 자질의 규칙성이 강조되는 경우로 나뉘게 된다.
33) 첫째와 둘째에서 음절은 시의 단순한 기본 재료 이상의 의미를 지니며 셋째에서 음절은 기본 재료로서의 의미를 지니고 있다고 할 수 있다.

할 때 음절의 무엇이 측정되느냐고 묻는다면 이는 반드시 음절의 수가 측정된다고 해야 할 것이다. 왜냐하면 음절율에서 실제로 헤아리는 것은 음절의 수이기 때문이다. 이는 곧 음절율에서 각 단위 유형을 결정하는 것이 무엇인가를 생각할 때 당연한 결과라고 할 수 있다. 율격 단위를 구성하는 음절의 수가 얼마이냐에 따라 단위의 유형이 결정되고 서로 다른 음절수로 이루어진 단위들은 나름대로의 율격적 성질을 지니게 된다. 그러므로 음절율은 바로 음수율이라 할 수 있는 것이다.

음수율이라 알려진 몇 시를 예로 들어 보겠다.

A. <헝가리 민요>

6	6	(12)
6	6	(12)
6	6	(12)
6	6[35]	(12)

A′ <모르디비안 시>

4	4	4	(12)
4	4	4	(12)
4	4	4[34]	(12)

B. <모르디비안 시>

5	5	4	3	(17)
5	5	4	3	(17)
5	5	4	3[36]	(17)

C. <일본 시>

3	2	(5)
3	4	(7)
4	1	(5)
3	4	(7)
4	3[37]	(7)

34) John Lotz, 「Metric Typology」, p.144에서 재인용.

35) John Lotz, 「Uralic」 『Versification』, ed. W.K. Wimsatt, pp.101-102에서 재인용.

36) John Lotz, 「Metric Typology」, p.144에서 재인용.

이 외에도 음수율에 해당되는 시가 더 있겠지만 이 정도의 예만으로도 음수율의 유형을 파악하는 데는 족하리라 본다. 먼저 A와 A′ 유형은 기층 단위[38]를 이루는 음절의 수도 동일하고 구를 이루는 총음절의 수도 동일한 경우이다. B 유형은 각 기층 단위를 이루는 음절의 수는 다르지만 구를 이루는 총음절의 수는 동일하다. 이 경우 각 구를 이루는 기층 단위의 조합이 일정한 패턴을 유지하기 때문에 구를 이루는 총 음절수는 동일하게 된다. 한편 C 유형은 기층 단위를 이루는 음절수는 동일하지 않으나 구를 이루는 음절수는 5 또는 7로 일정성(고정성)을 보인다. 하지만 B 유형과의 차이는 같은 음절로 구성된 구라 하더라도 음절 조합에 의한 패턴화 현상은 찾아볼 수 없다는 점이다.

위 유형들에서 찾아볼 수 있는 공통점은 첫째, 율격을 형성하는 가장 중요한 자질은 음절이라는 점, 둘째, 각 율격 단위(기층 단위, 기본 단위인 구)의 유형을 결정하는 것은 음절의 수라는 점, 셋째, 각 구를 이루는 음절수는 고정성을 띤다는 점 등이다. 여기에 이와는 좀 다른 예를 하나 더 들어 비교해 보기로 한다.

D. <한국 시>[39]

2	3	3	4	(12)
2	4	4	4	(14)
3	4	3	4	(14)
2	3	4	4	(13)

D 유형은 각 기층 단위를 구성하는 음절수가 다르며 구를 구성하

37) これやこの行くも帰るも別れては知るも知らぬも逢坂の関(和歌, 蝉丸).
38) 여기서의 기층 단위는 구를 이루는 각 하위 단위들을 가리킨다.
39) 가사, 賞春曲의 제5구에서 제8구까지.

는 음절수도 다르다. 또한 여기에 어떠한 패턴도 찾아볼 수 없다. D 유형의 율격적 특징은 첫째, 율격을 형성하는 가장 중요한 자질은 음절이며, 둘째, 율격 단위의 유형을 결정하는 것은 음절의 수이며 셋째, 각 구를 이루는 음절의 수는 고정성을 띠지 않는다는 점이다. 여기에서 첫째와 둘째 특징은 위에서 본 A, B, C의 유형, 그러니까 흔히 음수율이라 하기에 주저하지 않는 유형과 다를 바 없다. 문제는 셋째, 구를 이루는 총음절의 수가 고정성(일정한 음절수)을 보이지 않는다는 점이다.[40] 결국 첫째와 둘째의 조건을 만족시키면서도 셋째 조건 때문에 음수율이라 할 수 없는 것일까. 하지만 셋째, 구를 이루는 총음절의 수가 고정성을 보이지 않는다는 것은 이것으로 음수율의 유형에서 배제될 성질이 아니라 음수율의 유형 중에서도 D 유형이 지니는 특징일 뿐이다. 첫째와 둘째는 음수율의 필수 조건이 될 수 있으나 셋째는 음수율의 필수 조건이라 하기는 어렵기 때문이다.

여기서 또 하나 고려해야 할 것은 A, B. C 유형의 공통적인 특징이 음수율적 율조 유형을 만드는 데 나름이 규칙을 지니고 있다는 것이다. 그러한 규칙은 음절수에 의한 규칙에 다름 아니다.[41] D 유형이

40) 한국 시에서 고정된 음절수를 볼 수 없다는 것이 한국 시를 음수율에 넣지 못하는 가장 큰 이유로 여겨져 왔다. 하지만 고정된 음절수라는 것이 기층 단위를 이루는 음절수만을 의미하는 것은 아니다. 기층 단위를 이루는 음절수는 같을 수도 있고 다를 수도 있으며, 각기 다른 음절수로 이루어진 기층 단위라 하더라도 여기에 어떠한 패턴을 보이는 유형도 있는 반면 그렇지 않은 유형도 있다. 결국 흔히 음수율이라 일컬어 온 유형들은 구에서 고정된 음수율을 보인다는 사실이 공통된 점이었음을 알 수 있다.

41) 모르디비안 시에서 각 기층 단위를 이루는 음절수는 3음절에서 5음절 사이이며 구를 이룰 경우 그 조합에도 규칙성을 띠고 있다(John Lotz, 「Uralic」, pp.116-117 참조) 일본 시에서도 기층 단위를 이루는 음절수는 1음절에서 4음절까지이며 구를 이룰 경우에 몇 가지 규칙을 지니고 있음은 마찬가지다(졸고, 「한・일 단형시 율격의 비교 연구」, 『한국문학논총』 34집, 한국문학회, 2003. 참조).

기층 단위를 이루는 음절수에서도 유동성을 보이고 구를 이루는 총음절수에서도 유동성을 보이기 때문에 자칫 D 유형은 음수율적 율조 유형에 아무 규칙도 없는 듯이 보는 것은 잘못이다. D 유형은 그 나름대로 율조적(음수율적) 규칙-한국 시의 경우 기층 단위를 구성하는 음절수는 최소 1음절에서 최고 4음절이며 각 기층 단위(율어)의 조합으로 구가 형성될 경우에도 몇 가지 자연적인 구성 형식(규칙)이 있다[42]-을 지니고 있음은 물론이다.

이렇게 본다면 유독 D 유형만 음수율의 유형에서 제외시켜야 할 이유는 없음이 분명해졌다고 볼 수 있을 것이다. 문제는 같은 음수율이지만 A, B, C 유형과 D 유형이 다름을 밝힐 수 있는 음수율의 하위 유형이 제대로 밝혀져야 할 것이다. 그것은 이미 드러난 바와 같이, A, B, C 유형이 구에서 고정된 음수율을 보이고 D 유형이 유동적인 음수율을 보이는 것에서 알 수 있듯 음수율의 하위 유형은 고정 음수율과 유동 음수율로 분류될 수 있다는 것이다.

음절율=음수율
┌고정 음수율-음절수가 고정성을 보이는 유형
└유동 음수율-음절수가 유동성을 보이는 유형

② 운소율

운소율이란 운소 자질이 율격 형성에 가장 중요한 자질로 작용하는 율격 유형이다. 그런데 운소율을 이루는 운소 자질에는 세 가지가 있

---

42) 홍재휴, 『韓國古詩律格硏究』, 1991(재판) 참조. 단율어구의 경우는 1음절에서 4음절까지의 4가지 율조 유형을 볼 수 있으며, 2율어구의 경우는 최소 5음절에서 최고 8음절의 10개 유형이 가능하며, 3율어구의 경우는 최소 6음절에서 최고 12음절의 30개 유형, 4율어구의 경우는 최소 10음절에서 최고 16음절의 100개 유형이 가능하다.

으므로 운소율의 하위 유형은 당연히 운소 자질의 쓰임에 따라 분류되게 되는데 흔히 강약율, 고저율, 장단율의 분류가 바로 그것이다. 한편 운소율에서 각 단위 유형을 결정하는 것은 운소 자질의 위치라고 볼 수 있다. 강약이나 장단, 고저가 어느 자리에 위치하느냐에 따라 약강이니 강약이니, 혹은 장단이니 장장단이니 평측이니 하는 것이 결정되며 이로 인해 각 율격 단위의 유형을 결정된다. 그런데 운소율은 운소 자질이 가장 중요한 율격 형성의 자질이 되는 율격 유형이면서도 운소 자질 외에 음절이 규칙성을 띠는 경우와 그렇지 않은 경우로 나누어 볼 수 있다. 로츠는 이를 사실상 음절운소율(syllabic prosodic meter)이라고 했다. 음절 운소율이라 하면 율격 형성에 관여하는 자질을 모두 드러내 준다는 장점도 있겠으나 운소율 안에는 운소 자질이 가장 중요한 자질이면서도 음절의 규칙성이 수반되는 경우와 음절이 시의 기초적인 재료 이상의 의미를 지니지 않는 즉 음절의 규칙성이 수반되지 않는 경우가 있음을 상기해야 한다. 전자의 경우라면 율격 유형명에서 운소와 음절이 같이 논의되어도 될 것이나[43] 후자의 경우라면 음절이 구태여 거론될 필요가 없다 할 것이다. 전통적인 영시의 경우 약강(iambic) 또는 강약(trochaic), 약약강(anapestic), 강약약(dactlyic) 등의 운소 자질이 반복될 경우 음절의 수도 이에 따라 일정한 규칙성을 보이게 된다. 따라서 약강 5음보(iambic pentameter)의 14행으로 구성되는 소네트(sonnet)는 1행의 음절수가 10음절, 총 음절수는 140음절이라는 음절적 규칙성을 보이게 되는 것이다. 반면 고대 영시나 독일 시에서는 강세의 자질만을 헤아리게 된다. 그러므로 한 행은 강세의 수

43) 이 경우 운소는 음절보다 더 중요한 요소라고 볼 수 있으므로 정확히 말한다면 음절운소율이라기보다는 운소음절율이라고 하는 것이 더 타당하다고도 볼 수 있다. 그리고 근래에는 영시에서도 운소음절율이라는 용어를 많이 쓰고 있음을 볼 수 있다.

만 일정하게 유지되고 음절의 수는 차이를 보이게 된다.[44] 하지만 이 경우에도 한 행이나 한 음보(foot)를 이루는 음절의 수가 무한정으로 길어지거나 짧아질 수 있는 것은 아니다. 강세 자질의 규칙성만이 고려된다 하더라도 음보를 구성하는 음절수는 어느 정도 통제됨이 일반적이다. 어쨌든 이 경우 음절수가 규칙성을 띠지 않는다는 것은 그 자체가 중요한 의미를 띠기도 하지만 그보다도 율격의 헤아림에서 음절수는 측정되지 않는다는 사실이 더 중요하다. 그러므로 여기에서 음절은 시를 구성하는 재료 이상의 의미를 지니기 어렵다.

```
운소율 ┬── 강약율 ─┬─ 강세율 - 고대 영시나 독일 시
       │           └─ 강세음절율 -전통적인 영시
       ├── 고저율 - 중국 시
       └── 장단율 - 그리스 시, 희랍시45)
```

《율격 유형의 체계》

```
┌음절율=음수율 - 음절이 가장 중요한 율격 형성의 자질이 되는 경우
│        ┌ 고정 음수율 - 음절수가 고정성을 보이는 유형
│        │             - 일본 시, 프랑스 시
│        └ 유동 음수율 - 음절수가 유동성을 보이는 유형
│                      - 한국 시
└운소율 - 운소 자질이 가장 중요한 율격 형성의 자질이 되는 경우
         ┌── 강약율 ─┬─ 강세율 - 고대 영시나 독일 시
         │           └─ 강세음절율 - 전통적인 영시
         │
```

44) 영시의 강세음절율(accentual syllabic meter)과 강세율(pure accentual meter)이 있는데 이 둘은 모두 강세(accent)를 운소 자질로 두는 운소율(accentual prosodic meter)의 하위 유형으로 파악하는 것이 타당할 것이다.

45) 강약율, 고저율, 장단율로 나뉘고 각 율격 유형은 또다시 음절의 규칙성 정도에 따라 세분된다고 볼 수 있다. 강약율의 경우 음절의 규칙성이 보이느냐 안 보이느냐에 따라 유형적인 분류가 가능하다. 만약 장단율이나 고저율에서도 이런 경향을 찾아 볼 수 있다면 같은 식의 분류가 가능할 것이나 그런 예는 찾아보기 힘들다.

┌ 고저율 - 중국 시
└ 장단율 - 그리스 시, 희랍시

위의 유형 체계는 율격 형성의 중요 자질이 무엇이냐에 따라 분류된 것이다. 율격 형성에 관여하는 자질의 수에 따른 단순율격과 복합율격의 체계는 위와는 모양을 달리해서 나타날 수 있다. 그러나 음절이 율격 형성의 자질로 인정되려면 이것이 단순한 재료 이상의 의미를 띠어야 한다. 그러므로 운소 자질이 관여되는 시를 모두 복합율격에 포함시킬 것이 아니라 율격성을 헤아리는 데 음절수가 관여해야만 음절을 율격 형성의 자질로 인정할 수 있다는 것이다. 그렇게 될 경우 단순율격은 일본 시나 한국 시와 같은 음수율의 시를 포함해 고대 영시의 강세율(pure accentual)도 포괄하게 되며 복합율격은 운소음절율(prosodic syllabic)을 의미하게 될 것이다.46)

어떠한 율격 유형 체계를 적용하더라도 혼성 율격 내지는 이중 율격 유형이 있음은 인정해야 한다. 예를 들어 프랑스 시는 음절이 가장 중요한 율격 유형이면서 고정된 음절수를 보이므로 음수율 중 고정 음수율의 시라 할 수 있다. 이 경우 강세가 관여하는 사실이 고정

---

46) 율격 형성에 관여하는 자질을 다 언급한다면 율격 유형은 다음과 같이 설명될 수 있다.

┌음절율 ┌ 순수음절율 - 음절: 운소 자질이 관계하지 않고 순수하게 음절만이 자질이 되는 경우
│　　　　│　　　　　　　예) 한국 시, 일본 시, 헝가리 시,
│　　　　└ 혼합음절율 - 음절+운소: 음절이 운소보다 더 중요한 자질이 되는 경우
│　　　　　　　　　　　 예) 프랑스 시
└ 운소율 ┌ 혼합운소율 - 운소+음절: 운소가 가장 중요한 자질이긴 하나 음절의 규칙성도 수반되는 경우
　　　　 │　　　　　　　예) 전통적인 영시, 그리스 시, 중국 시 등
　　　　 └ 순수운소율 - 운소: 음절은 일차적인 재료 이상의 의미를 띠지 않는 경우(음절의 규칙성을 찾아볼 수 없는 경우)
　　　　　　　　　　　　 예) 고대 영시, 독일 시

음수율에 하등의 영향을 미치는 것은 아니다. 강세가 관여하든 하지 않든 가장 중요한 자질은 강세가 아닌 음절이기 때문이다. 그러나 고정 음수율이냐 유동 음수율이냐가 아닌 순수 음수율이냐 혼성 음수율이냐로 본다면 당연히 혼성 음수율에 속하게 될 것이다. 또한 중국 시는 성조어인 중국어를 바탕으로 하기 때문에 운소율의 고저율에 넣었지만 중국 漢詩의 경우는 고저율과 고정 음수율의 이중 유형을 지니고 있다고 할 것이다. 사실상 중국 漢詩의 경우 고저율이 일관적으로 지속되어 적용된 것은 아니기 때문에 음수율에 더 비중을 두어야겠지만 고저율이 적용될 경우라면 어느 자질이 더 중요하게 관여했다고 단정적으로 말할 수는 없을 것이다.

4. 音數律과 한국 시

한국 시에서 율격을 형성하는 가장 중요한 자질은 음절이다. 그리고 한국 시의 율격은 음절수를 헤아리는 것에서 시작되며 음절수가 한국 시 율격 단위의 유형을 결정한다. 이러한 의미에서 한국 시는 음절율, 음수율에 다름 아니다.

사실상 음절율은 음수율이라는 명칭으로 가장 많이 인용되고 있지만, 한국 시론에서는 음절율을 <음량율>로 수정하여 한국 시를 <음량율>의 하위 유형의 하나인 <음보율>로 본 경우[47]도 있었고, 음절율은 음수율과 동일 개념이고 음절율과는 다른 <음량율>을 설정하여 한국 시를 음수율과는 다른 <음량율>로 설명한 경우[48]도 있었다. 어떤 경우든 <음량율>의 개념이 나오게 된 것은 한국 시를 염두에 두

47) 김홍규, 앞의 책.
48) 성기옥, 앞의 책.

어서임은 부정할 수 없을 듯하다. 그러므로 여기서는 <음량율>의 실체와 그 허상을 분명히 해 둘 필요가 있으리라 생각한다.

> 우리 시가의 율격은 앞서 제시한 음절율과는 또다른 양상을 보이는 점에서 새롭게 규정되어야 한다. 음절율은 규칙성의 측정이 음절수로서 가능하다. 그것은 음절들의 음지속량이 음절수와 일치하기 때문이다. 그러나 우리의 경우 음절수와 음절들의 음지속량은 일치하지 않기 때문에 그 규칙성은 음절의 수가 아니라 음절의 양에 기준을 두어 측정된다. 3개의 음절이 3모라로 1개의 장음(또는 정음)이 1모라로 환원될 때, 그 규칙성의 여부가 측정될 수 있는 것이다. 이러한 사실은 곧 음절이 음절 자체로서보다 그 지속량으로서 우리 시가의 율격형성에 관여하기 때문에 율격의 규칙성이 음절수가 아니라 모라수로서 측정해야 함을 뜻하는, 音量律이라는 새로운 유형설정의 필요성을 밝히는 증거라 할 수 있다. 그러므로 우리 시가의 율격유형은 단순율격의 하위 유형으로서, 음절율과는 또다른 유형의 음량율이라 규정할 수 있다.49)

<음량율>이란 율격의 규칙성이 음절의 수가 아닌 음절의 양으로 측정된다는 의미이며 한국 시가 <음량율>이 되는 이유는 <한국 시의 경우 음절수와 음절들의 음지속량이 불일치하므로 음절수로는 규칙성을 찾을 수 없지만 각 음절이 mora로 계산되어 나타나는 음의 양에서 규칙성을 찾을 수 있다>는 것이다. <음량율>의 개념은 한국 시와 같이 고정된 음수율을 보이지 않는 율격 유형에 대해 설명의 편의를 제공해 주는 듯하다. 고정된 음절수는 보이지 않지만 이를 양으로 환산한다면 규칙성을 찾을 수 있다고 하니 한국 시에서 보이는 유동적인 음수율은 설명의 실마리를 얻은 듯하게도 보인다. 하지만 <음량율>은 객관적이며 타당성 있는 유형명이 되지는 못한다.

먼저 음절의 양을 측정한다는 것이 어떠한 의미인지를 다시 검토할

---

49) 성기옥, 앞의 책, 125면.

필요가 있다. 위의 논의에서 알 수 있듯, 음절의 수가 아니라 음절의 양을 측정한다는 것은 어떤 음절은 1mora를 지니고 어떤 음절은 2mora를 지니기 때문에 그 mora를 측정한다는 것으로, 비록 음절의 수는 일치하지 않으나 mora로 계산되는 양이 일치하므로 거기서 율격의 규칙성을 찾아낼 수 있다는 의미로 파악할 수 있다. 하지만 한국 시에서 mora의 계산은 상당히 자의적이며 비과학적임을 인정하지 않을 수 없다. 적어도 율격을 이루는 단위가 양의 규칙성을 지닌다면 mora로 환원되는 과정에서 지나친 자의성이 배제되는 어느 정도의 객관성은 지녀야 할 것이다. 이러한 시는 바로 음절이 음운론적 장단을 변별적 자질로 하고 있으면서 그것이 시의 율격 형성에도 관여하는 고대 그리스 시 같은 유형에서 나타나게 된다. 그러므로 음의 양을 측정한다는 것은 바로 운소율 중 장단율의 시를 일컫는 것이 더 타당함을 알 수 있다. 또한 음절 자체가 지닌 음절량이 아니라 음절 외의 <장음(정음)>까지 mora로 환원되는 양의 측정이라 하더라도 이것을 음량율이라 할 수 있을지 의문스럽다. <장음>이나 <정음>은 한국 시에서 기층 단위의 대등적 위상을 실현하는 데 관여하는 자질로 이는 음절이 실제로 음을 뜻하는 실음이라면 실제로 드러난 음이 아니라는 의미에서 휴음[50]이라고 할 수 있다. 그리고 한국 시에서는 이러한 휴음(<장음/정음>)을 헤아릴 필요는 없으며, 그것이 얼마만의 <양>을 지니느냐는 한국 시에서 중요성을 띠지 못한다. 다만 실제 드러난 음절수가 몇 음절이냐가 중요하며 그것으로 한국 시의 율격은 설명이 가능하기 때문이다. 어쨌든 <장음(정음)>까지 양으로 환산해 그것의 양이 일정하게 반복된다는 의미에서 <음량율>이라 한다면 이것이 한국 시만의 율격적 특징을 드러내 주는 유형명이 될 수 있을지

---

50) 松浦友久, 『リズムの美学』, 明治書院, 1991.

의문이다.

이와 관련하여, 한국 시가 <음량율>로 설명되고 일본 시가 음수율로 설명된다면 <음량율>과 음수율이 한국 시와 일본 시의 율격적 차이를 제대로 설명해 내고 있는지에 대한 검증이 필요하다. 한국 시에서 음절의 양이 측정되는 단위는 기층 단위(율어)이다. <음량율>의 설명에 따르면 구를 이루는 각 기층 단위에서 발견되는 규칙성은-다른 말로 이 단위가 반복의 실체가 되는 것은- 음절수에 따른 mora에 <장음(또는 정음)> 또한 mora로 환산되기 때문이다.

山에는— 꼿피네— 꼿치픠네
갈—봄∨ 녀름업시 꼿치픠네[51] (—장음, ∨휴음)

음절 외에 <장음(정음)>이 작용하여 각 단위를 대등적인 위상으로 만든다는 것은 사실이다. 하지만 문제는 이것으로 한국 시의 율격 단위가 음절의 양으로 측정되는 것이라고 할 수 있느냐이다. 다음 일본 시의 경우를 예로 들어보자.

ひさ かたの // ひかり のどけき[52] (和歌, 紀友則)
2 3 3 4

일본 시에도 각 기층 단위(拍節) 사이에서는 어떠한 음절적 고정성을 보이지 않는다. 하지만 각 단위가 반복의 실체가 될 수 있는 것은 한국 시의 경우와 같이 겉으로 드러나는 음절 외에 휴음(<장음/정음>)이 그 빈자리를 메워주기 때문이다.

51) 김소월, <山有花>(진달내꼿, 1925). 성기옥, 앞의 책, 111면에서 인용.
52) 久方の光のどけき春の日にしづ心なく花の散るらむ.

ひさ— —　かたの—
ひかり —　のどけき

이렇게 본다면 일본 시의 기층 단위 역시 음절의 양으로 측정되어야 하며 일본 시도 <음량율>의 범주에 들어야 할 것이다. 이러한 설명 방법에 따른다면 율격을 구성하는 원리는 다르지 않으나 하나는 <음량율>이 되고 하나는 음수율이 되는 모순된 결과를 가져오게 된다. 다만 구를 이루는 음절수가 한국 시의 경우는 유동적이고 일본 시의 경우는 고정적이라는 특징적인 차이만이 남게 되며 <음량율>로는 이러한 차이를 설명해 내지 못한다.

한국 시에서 반복의 실체가 되는 기층 단위인 율어가 몇 음절로 구성되어 있는가 하는 것은 상당히 중요히 다루어진다. 즉 한국 시에서 음절수를 헤아리는 것은 매우 중요하다는 말이다. 그것은 바로 음절수의 차이가 율격 유형을 결정할 수 있으며 율격미에서도 차이를 보여주기 때문이다. 한국 시에서 휴음은 헤아릴 수 없으나 겉으로 드러나는 음절의 수는 바로 율격형을 결정하고 그 시의 율격미를 좌우하기 때문에 그 시의 율격을 제대로 파악하기 위해서는 각 기층 단위를 구성하고 있는 음절수를 헤아리고 그것들이 어떻게 조합을 이루어 기본 단위인 구를 형성하고 있는지가 매우 중요하다. 이러한 점이 일본 시에서도 그대로 나타남은 앞에서 보인 바다. 하지만 중요한 차이는 일본 시에서는 서로 다른 음절수로 이루어진 각 기층 단위(拍節)들이 구를 이루면서 일정한 음절수로 나타나게 되고 한국 시에서는 기층 단위인 율어들이 구를 이루면서 보이는 음절의 수는 여전히 유동적이라는 사실이다.

至善니	게신 짜홀	진실로	아ᄅᆞ쇼셔	(14)
3	4	3	4	
人心과	天命의	本然놀	술피샤(시조, 주세붕)	(12)
3	3	3	3	

홍진애	뭇친 분네	이 내 생애	엇더ᄒᆞᆫ고	(15)
3	4	4	4	
넷 사름	풍류롤	미촐가	못미촐가(가사, 상춘곡)	(13)
3	3	3	4	

ひとは	いさ	(5)
3	2	
こころも	しらず	(7)
4	3	
ふる	さとは	(5)
2	3	
はなぞ	むかしの	(7)
3	4	
かににほ	ひける[53](和歌, 紀貫之)	(7)
4	3	

기층 단위만을 두고 볼 때 한국 시든 일본 시든 구성되는 음절의 수는 유동적임을 알 수 있다. 그러나 구 단위에서 음절수는 일본 시의 경우 5 또는 7로 고정성을 보이는 반면, 한국 시의 경우는 그러한 고정성을 한 눈에 보기 어렵다. 같은 음절율(음수율)로 음절이 가장 중요한 율격 형성의 자질이며 휴음이 관계하여 각 기층 단위를 대등적으로 만들고 이것이 반복의 실체가 되지만 구에서 나타나는 특징은 이렇듯 다른 것이다. 한국 시와 일본 시의 가장 두드러지는 유형적 차이는 바로 이것이다. 기층 단위를 형성하는 율격의 형성 원리 자체

53) 人はいさ心も知らず古里は花ぞ昔の香ににほひける.

에 근본적인 차이가 있다고 하기보다는[54] 구에서 보이는 고정성과 유동성이 바로 한국 시와 일본 시의 유형적인 큰 차이라고 볼 수 있다. 여기에서 한국 시의 또 하나의 중요한 유형적 특징은 각 구를 이루는 음절수에 유동성은 있지만 이것이 한도내적 유동성[55]이라는 점이다. 이는 위에서 보인 4율어구에만 해당되는 것이 아니라 단율어구, 2율어구, 3율어구에 모두 해당되는 한국 시의 특징이라고 볼 수 있다. 그러므로 한국 시가 음수율의 유형에 속하면서도 고정 음수율이 아닌 유동 음수율인 이유는 바로 여기에 있다 하겠다.

<음량율>이라는 것이 한국 시를 설명하기 위해 대두된 용어이나 그것이 한국 시의 율격을 설명해 내지 못하고 다른 나라 시와의 율격적 차이를 설명해 내지 못하는 이상 <음량율>이란 용어는 율격론에서 재고되어야 할 것이다. 그러면 운소율의 시가 아닌 음절만이 율격에 관여하는 음절율의 시이면서도 일본 시와 프랑 시 같이 음절수가 고정적으로 보이는 시가 있는 반면 한국 시와 같이 유동적인 음절수를 보이는 시가 있는 것은 유형론에서 어떻게 설명해야 할 것인가. 음절율은 곧 음절의 수를 헤아리는 음수율을 이름이며, 음수율의 하위 유형으로는 고정 음수율과 유동 음수율이 있음을 인지함으로써 이 문제는 해결될 수 있다. 원래 이러한 분류 자체가 불가능한 것이 아니라 다만 음수율=고정 음수율이라는 고정된 관념 때문에 당연한 분류가 불가능해진 것일 뿐이며, 유동 음수율이라고 하여 음절수에 아무 규칙도 없는 것인 듯 오해한 데서 빚어진 착오일 뿐이다. 음수율의 하위 유형으로 고정 음수율과 유동 음수율을 둠으로써 한국 시의

54) 한·일 시가 기층 단위를 형성하는 데 전혀 차이가 없는 것은 아니다. 여기에 대한 상론은 졸고, 「韓·日 詩 律格 比較 硏究」, 대구가톨릭대 대학원, 2000, 166-211면을 참고하기 바란다.

55) 홍재휴는 한국 시를 "限度內的 自律性을 가진 流動的 字數律"이라 규정한 바 있다. 『韓國古詩律格硏究』, 13면.

율격 유형을 밝힘이 가능해짐은 물론 같은 음수율 시이면서도 한국 시와 일본 시의 특징적 차이가 밝혀질 수 있게 되는 것이다.

5. 맺음말

한국 시는 <음량율>의 시도 아니고 <음보율>의 시도 아닌 음수율의 시이다. 한국 시에서 가장 중요한 율격 형성의 자질은 곧 음절이며 이러한 의미에서 한국 시는 음절율이라 할 수 있다. 또한 한국 시의 율격을 헤아리기 위해서는 음절수를 측정하지 않으면 안 된다. 그러므로 한국 시는 음수율에 다름 아니다. 음절율이 곧 음수율일 수 있는 이유는 여기에 있다 할 것이다. 이러한 당연한 결론이 부정에 부정을 거듭하게 된 것은 음수율=고정 음수율이라는 고정된 관념 때문이다. 로츠의 경우도 그렇고 음절율을 논하는 많은 외국 학자들에게 한국 시와 같은 유동 음수율의 시는 인식 밖의 일이었고 일본 시나 프랑스 시와 같이 고정 음수율을 보이는 시는 음수율 시의 좋은 보기가 되었기 때문에 음절만이 율격에 관여하는 단순율격의 음절율은 곧 고정 음수율이라고 의심의 여지없이 쉽게 단정 내릴 수 있었던 것이다. 그러한 영향으로 한국 시는 음절이 율격 형성의 가장 중요한 자질인 음절율이면서도 음수율이라 일컫지 못하는 결과를 초래했고 <음량율>이니 <음보율>이니 하는 부적절한 용어가 나올 수밖에 없었던 것이다.

음수율=고정 음수율이라는 잘못된 인식에서 벗어서 음수율의 하위 유형으로 고정 음수율과 유동 음수율을 설정하게 되면 한국 시는 음수율의 하위 유형의 하나인 유동 음수율에 속하게 된다. 이렇게 되면 다른 나라의 시와는 구별되는 한국 시만의 유형적 특징이 잘 드러나게 되며, 한국 시의 율격은 모순 없이 잘 설명될 수 있게 될 것이다.

韓國 詩와 7・5조

1. 들어가는 말

율격의 논의는 詩論(prosody)에 있어서 참으로 중요한 분야이다. 단적으로 율격의 올바른 파악이 앞서지 않고서는 시를 제대로 감상조차 할 수 없다. 한국 시의 율격이 제대로 파악되지 않으면 한국 시가 지닌 율격미가 파악될 수 없고 이는 결국 한국 시의 위상을 깎아내리는 큰 과오를 범할 수도 있게 된다. 어쨌든 한국 시의 율격론은 그간 많은 논의가 있어 왔으며 그 중 <7・5조>론은 중요하고도 민감한 과제로 많은 논자들에 의해 논의되어 왔다. 율격의 중요성도 중요성이지만 <7・5조>론은 민족의 역사 의식, 내지는 자존심의 문제로까지 확산될 수 있어 더 정확성을 요구하게 되는 중요하고 민감한 과제라고 할 수 있다.

개명기(開明期) 일본 시 7・5조 율조의 수입이 있은 이래, <7・5조>론은 일본 시 이식설, 굴절설, 고유시 양식설 등 올바른 정체 파악을 위한 노력이 거듭되어 왔으며, 그동안의 논의는 지속적인 발전을 보이며 상당한 성과를 올렸다고 할 수 있다. <7・5조=민요조=전통적 율조>라는 파탄적인 등식은 큰 충격이 아닐 수 없었으며 이에 대한 부정과 극복의 노력은 실제로 <7・5조>의 실상 파악에 한 걸음 진보된 것이라 할 수 있다. 그러나 <7・5조>에 대한 논의는 대부분 <음보>율론에 입각한 논의인 바, <7・5조>의 실체를 올바로 파악하는 데는 몇 가지 오류가 있음을 지적하지 않을 수 없다. <7 · 5조>의 실체를 바로 파악하려면 음수율론에 서지 않으면 안 된다. 그 이유는 <7 · 5조>가 일본의 시이므로 일본 시 음수율론을 따라야 함이 아니라, 한국 시가 음수율이기 때문에 한국 시의 <7 · 5조>를 다루는 데는 음수율론이 필수적이라는 데 있다.[1] 기존의 논의를 보면 음수율론에 서는 한 한국 시 <7 · 5조>론은 일본 시 7 · 5조의 이식론을 벗어나지 못하는 것처럼 인식되어 왔음을 알 수 있다. 그리고 <음보>율론에 서게 되면 일본 시는 음수율, 한국 시는 <음보>율로 그 율격적 성질과 체계가 다르므로 일본 시 7 · 5조의 이식론에서 벗어나는 훌륭한 결론에 이르는 것처럼 설명되어 있다. 그러나 실체는 이와 전혀 다르다. <음보>율론은 한국 시의 율격을 제대로 설명해 낼 수 없을 뿐더러 이 점은 <7 · 5조>에 있어서도 마찬가지다. <음보>율론은 언뜻 초기의 음수율론의 한계를 극복하고 한국 시 <7 · 5조>의 율격을 명쾌하게 설명해 내는 듯해도 실상은 <7 · 5조>의 본질을 간과하게 되는 결과를 낳는다. 음수율론에 서지 않는 한 <7 · 5조>의 본질은 명쾌하게 밝혀지기가 힘들며 일본 시 7 · 5조의 이식론, 굴절(변모, 발전설)론, 고유시 양식론 등이 지니는 허실도 제대로 밝혀지기가 힘들다.

필자는 한국 시가 음수율임을 재확인한 바 있다.[2] 거듭 강조하는 바는 한국 시 <7 · 5조>는 음수율론에 의거하여 파악해야 한다는 사실이다. 그러나 이것이 <7 · 5조> 명칭이 시사하는 바대로 7음과 5음이 한국 시 <7 · 5조>의 본질이라는 의미는 전혀 아니다. 음수율론에

---

1) 심원섭(「한 · 일 시 율성의 동질성에 관하여」『한 · 일 문학의 관계론적 연구』, 국학자료원, 1998)은 한 · 일 시가 모두 음수율이 아니라 <음보>율이므로 칠오조도 허상에 불과하다고 하나 사실은 그렇지 않다. 여기에 대한 상세한 논의는 졸고(「한 · 일 시 율격 비교 연구」, 대구가톨릭대대학원, 2000, 23-30면)를 참고하기 바란다.

2) 졸고, 앞의 논문.

서서 논의를 전개하는 가운데 한국 시 <7 · 5조>라는 명칭이 지니는 허상은 여지없이 밝혀지리라 생각한다. 본고는 먼저 일본 7 · 5조 시와 한국에 수입된 7 · 5조 시의 실상을 살핀 후 한국 시의 소위 <7 · 5조>라 다루어 온 시의 실상을 파악해, 이 둘의 차이가 어떠한 것인지를 명확히 구분 짓고자 한다. 이것이 밝혀지지 않으면 한국 시 <7 · 5조>론은 명쾌한 결론에 이를 수 없게 되기 때문이다. 논의가 진행되면서 그간의 <7 · 5조> 이식론, 변모 굴절론, 고유 양식론 등의 허실이 지적될 것이며 아울러 민요조니 전통 율조니 하는 용어가 <7 · 5조>와는 어떻게 관련되는지도 드러날 것이다.

2. 한국 시와 일본 시 7 · 5조

이식론이든 굴절론이든, 이 논의의 전제는 한국 시에 일본 시 7 · 5조가 어떤 배경 하에 수용되었음을 의미한다. 한국 시에 일본 시 7 · 5조가 수입되어 존재했다면 7 · 5조의 실상을 파악하기 위해서는 우선 일본 시 7 · 5조가 어떠한 시인지부터 검토할 필요가 있을 것이다. 일본 시가 음수율임은 주지하는 바다. 土居光知 이래 <음보>율론이 대두[3]되어 <음보>란 용어가 율격론에서 쓰이긴 하나 현재 일본 시를 음수율로 보는 데는 큰 異論이 없다. 음수율 일본 시의 율격적 체계는 다음과 같이 파악될 수 있다.

기본 단위 .... 구(행)
기층 단위 .... 拍節
기조 단위 .... 음절[4]

3) 土居光知, 『文学序説』, 岩波書店, 1922(초판), 1927(재판).

4) 松浦友久, 『リズムの美学』, 明治書院, 1991. 松浦友久는 和歌나 俳句를 대

음수율 시인 일본 시에 있어서도 위와 같은 율격적 체계가 있음을 알 수 있다. 이러한 율격적 체계를 염두에 두지 않고서는 일본 시를 제대로 파악할 수 없다. 일본 시에서 기층 단위는 음절이 아니라 박절(<음보>)이며 이 사실은 일본 시를 음수율의 시라 하는데 전혀 지장을 초래하지 않는다.

그러면 7・5조는 어떠한 시인가. 최남선 등에 의해 시도된 7・5조는 일본 新体詩가 전범이었음은 주지의 사실이다. 그러면 이러한 일본 시 7・5조가 어떠한 율성을 지니는지 살펴볼 필요가 있다.

おもひを / かけし× / わがほし / は××× ....7・5조 (1구)
なにをや / さしく× / そよぐら / む××× ....7・5조 (2구)
ひかりを / かくし× / いづこに / て××× ....7・5조 (3구)
みどりい / ろこき× / おおぞら / は×××[5)]............7・5조 (4구)
……後略　　　　　　(운율 율격을 중심으로)

위에서 보다시피 각 구(행)는 네 개의 하위 단위로 구성되어 있음을 볼 수 있다. 7・5조 1구[6)]는 전반 7음이 2개의 박절, 후반 5음이 2개의 박절을 이루어 반드시 4개의 박절로 구성된다.[7)] 각 기층 단위를

상으로 논했으나 이는 新体詩에도 그대로 적용된다.

5) 『於母影』, 「わが星」의 앞부분.

6) 和歌는 5・7・5・7・7이라는 5개의 구, 俳句는 5・7・5라는 3개의 구를 가지지만 新体詩는 7・5조의 율이 구(행)마다 반복되는 형을 지니게 된다. 新体詩는 明治維新의 개막, 근대화로의 전환과 더불어 歐美 문물의 급속한 영향 아래에서 생겨난 문학으로, 한 마디로 과거의 정형에서 벗어나고자 한 시라고 할 수 있다. 한 구의 길이도 과거와는 달리 서구시의 영향으로 7・5조 12음이 한 구를 이룬다.

7) 土居光知를 비롯하여 종래 일인 학자들은 1박절을 이루는 음절의 수를 2음으로 보고 있다. 1박을 4음으로 보는 것은 松浦友久에 의해 논의의 우월성이 입증되었으며 필자도 松浦友久의 4음1박설에 기본적으로 동의를 한다. 일본 시에 대한 한국 학자들의 논의는 대부분 선입견이 앞서 그 실상이 제대로 파악

이루는 음절수는 1음에서 4음까지로 1구를 이루는 음절은 휴음을 포함하여 총 16음절분이나 실음은 반드시 전반 7음, 후반 5음 즉 12음절로 구성된다. 곧 전반에 휴음이 1음이 들어가며 후반에는 휴음이 3음이 들어가게 되어 1구에는 휴음 4음분이 들어감을 알 수 있다. 이것이 바로 음수율 7·5조의 율성이라고 할 수 있다. 그러므로 일본시 7·5조가 7음과 5음 외에는 더 분리되지 않는다거나 기층 단위인 박절(<음보>)을 지니므로 <음보>율이라거나 하는 논의는 지양되어야 한다. 그러면 한국 시의 율격적 체계는 어떠한지 알아보자.

기본 단위 .... 구
기층 단위 .... 율어
기저 단위 .... 시어
기조 단위 .... 음절[8]

한국 시에서도 위와 같은 율격적 체계가 존재함을 알 수 있다. 일본 시에서 기저 단위로서의 시어가 설정되지 않는 것은 시어로서의 구속력이 한국 시와는 상당히 다르게 작용하기 때문이다. 그러나 한국 시에서도 시어는 사실상 율어를 구성하는 요소에 불과하므로 율격상 직접적 기능을 가지는 것은 아니며 기저 단위로서의 간접적 기능을 가진다고 할 수 있다.[9] 강약, 고저, 장단의 율성의 대립과는 관계가 먼 한국 시의 기층 단위가 <음보>로 대변될 수 없음은 자명하다. 그리고 그 기층 단위가 음절이 아닌 율어(<음보>)라고 해서 이 사실이 한국 시를 음수율의 시가 아닌 <음보>율의 시라 할 수는 더더욱

되지 못했는가 하면, 그 외는 대부분 土居光知의 1박2음설을 그대로 받아들이고 있어 실상을 파악하는 데 난점이 있다(윤장근, 김대행 등).

8) 홍재휴, 『韓國古詩律格研究』, 태학사, 1983.

9) 홍재휴, 앞의 책, 13면.

없다. 한국 시에서 율격 형성에 가장 중요한 자질로 작용하는 것은 일본 시와 마찬가지로 음절에 다름 아니다. 이렇듯 한·일 시는 음수율의 시로 율격적 체계에서 동질성을 보이나 실제의 양상은 엄청나게 다르다. 우선 위에서 보듯 일본 新体詩의 경우 각 행은 7음과 5음의 결합에 의해 12음절로 고정되고 和歌나 俳句는 각 구가 항상 7음 내지는 5음으로 수렴된다. 그러나 한국 시에 있어서 구를 이루는 총 음절수는 고정화되지 않는다. 여기에 한·일 시 율격의 큰 차이가 있다. 즉 같은 음수율의 시이면서도 일본 시는 고정 음수율의 시인 반면 한국 시는 유동 음수율의 시[10]인 것이다. 그러므로 일본 시 7·5조가 한국 시에 존재했는가를 살피려면 한국 시 가운데 일본의 新体詩와 같이 7음과 5음의 결합으로 이루어진 12음구가 고정적으로 반복되며 존재했는가를 살펴야 할 것이다. 한국 시에서는 7음이나 5음은 한 율어를 형성할 수 없으므로[11] 이는 반드시 다시 나뉘게 된다. 이렇게 보면 휴헐의 위치야 어떠하든 한 구를 이루는 총 음절수는 12음절이 되며 제1율어와 제2율어의 합은 7, 제3율어와 제4율어의 합은 반드시 5가 되어야 한다. 그리고 이러한 구가 계속 반복되어 시형을 이루어야 한다. 예를 들지 않더라도 그러한 시를 찾을 수 없음은 자명하다. 이미 검증된 바 있듯[12], 한국 고유시에서 일본 시 7·5조 양식을 찾을 수는 없다. 민요, 여시, 시조, 가사 등을 살펴볼 때 한 구가 12음절로 되어 있으며 구내의 중간 휴헐에 의해 7음절과 5음절로 나뉘는 예

---

10) 고정 음수율과 유동 음수율(자수율)에 관한 자세한 논의는 다음을 참고하기 바란다.
홍재휴, 『韓國古詩律格硏究』, 태학사, 1983.
김정화, 「한·일 시 율격 비교 연구」, 대구가톨릭대대학원, 2000.

11) 일본 시에서도 7음이나 5음이 한 박절을 이룰 수 없음은 한국 시의 경우와 동일하다. 일본 시든 한국 시든 기층 단위(박절, 율어)를 이루는 음절수는 1음절에서 4음절까지이다.

12) 김대행, 「민요와 7·5조」, 문학한글 제2호, 한글 학회, 1988.

가 있기는 해도 이것이 반복되어 한 시를 이루는 예는 찾아볼 수 없다.

일본 시 7 · 5조가 한국 고유시에 존재하지 않는 자명한 이유는 바로 앞서 말한 한 · 일 시 율격의 차이에 있다. 흔히 말하듯 일본 시는 음수율의 시이고 한국 시는 음수율이 아닌 <음보>율의 시이기 때문이 아니다. 한 · 일 시가 같은 음수율의 시임에도 불구하고 이렇듯 큰 차이가 날 수 있는 가장 중요한 이유는 바로 일본 시는 고정 음수율의 시이고 한국 시는 유동 음수율의 시이기 때문이다. 일본 시에 나타나는 7음과 5음의 고정된 음절수는 한국 시의 구 단위로서의 한 유형은 될 수 있으나 그것이 시형을 이루는 구 유형의 전부는 아닌 것이다. 그러나 이러한 고정 음수율의 7 · 5조를 개명기(開明期)에 발표된 창가에서 찾을 수 있다.

<漢陽歌一節>

너보아라 하난듯 웃둑하게서	7 · 5	(4 · 3 · 4 · 1)
큰光彩를 발하던 저獨立門은	7 · 5	(4 · 3 · 1 · 4)
오늘와서 暫時間 빗업슬망정	7 · 5	(4 · 3 · 3 · 2)
太陽갓히 煥할날 머지안했네	7 · 5	(4 · 3 · 2 · 3)

(『소년』 제 2권)

<어린이 꿈>

아츰해에醉하야 낫붉힌구름	7 · 5	(4 · 3 · 3 · 2)
印度바다의김에 배부른바람	7 · 5	(2 · 3 · 2 · 3 · 2)
훗흔한소근거림 너줄때마다	7 · 5	(3 · 4 · 3 · 2)
간지러울사우리 날카론신경	7 · 5	(5 · 2 · 3 · 2)

(『청춘』 제 1호)

최남선이 7 · 5조를 얼마나 의식하고 음절수에 맞도록 노력했던가[13] 하는 사실을 드러내 주는 좋은 예이다. 최남선을 비롯한 당시

신지식인들의 대부분이 일본 유학생이었던 점을 고려한다면 이들이 일본 新体詩의 영향을 직접, 간접적으로 받았으리라는 것은 쉽게 짐작할 수 있다. 더구나 일본에서는 이미 1882년『新体詩抄』가 출간되어 큰 센세이션을 불러일으켰고 이『新体詩抄』의 시에는 5·7조도 있지만 7·5조가 대부분이었다. 이러한『新体詩抄』의 7·5조 시는 당시 한국인 일본 유학생들에게 영향을 주기에 충분했던 것이다. 여기서 최남선이 선두에 섰음은 두말할 나위 없다.[14] 이렇듯 일본 시 7·5조가 개명기 한국 시단에 수입이 되었다는 사실은 부정할 수 없다. 그러나 문제는 종래 논의되어 온 소위 <7·5조>의 시는 위의 예와는 달리 7·5조가 아닌 경우가 허다하다는 사실이다. 그래서 필자는 학계에서 <7·5조>라 다루어진 한국 시 <7·5조>에 관해서는 장을 달리하여 그 실상을 파악하고자 한다. 물론 7·5조 내에서도 변조를 허용할 수는 있다. 일본 시에서도 자넘김[15]이나 자모자람[16]의

---

13) 이 점에 대한 고찰은 조창환,『한국현대시의 운율론적 연구』, 20-22면을 참조할 수 있다.

특히 위의 <어린이 꿈>을 의미를 살려 율격 분석을 해 보면, 둘째 구와 넷째 구는 不整調가 됨을 알 수 있다. 이것은 당시의 일본 시 7·5조를 답습한 무리한 율격 적용이 아닐 수 없다. 결국 이는 우리의 호흡에 맞는 자연스러운 율독이 될 수 없는 율조인 것이다.

14) 물론『新体詩抄』이후 일본 시단은 구라파 자유시에 대한 강한 동경과 형식에 대한 새로운 모색으로 자유시가 유행하기 시작했던 것이 사실이다. 그렇다고 하여 최남선이『新体詩抄』의 7·5조 고정 음수율 시에 관심을 보인 것과 당시 일본 시단에서의 자유시 유행이 크게 상충된다고 볼 수는 없다. 최남선이 7·5조 창가를 지은 시점이 비록 일본에서는 자유시의 율격이 유행하기 시작한 때였기는 하나 당시 자유시에 있어서도 7·5조는 중요한 율조의 하나였으며 비록 7·5조가 아니라 하더라도 7·7조 등의 고정 율조의 시가 주류를 이루고 있었다. 그러므로 최남선이 일본 시를 고정 음수율로 파악하면서 7·5조를 받아들이고 이로 인해 한국 시까지 고정 음수율화시키려고 한 것은 당시의 그로서는 자연스러운 현상일지도 모른다.

15) 字余り.

16) 字足ず.

현상이 있는 것도 이와 같은 이치다. 그러나 7·5조가 아닌 율조(예를 들어 <8·5조>, <6·5조> 등. 심지어는 <6·4조>, <6·6조>, … 등)가 작품 내에서 7·5조보다 훨씬 많은 비율을 차지한다면, 그리고 그 속성조차 7·5조와 거리가 멀다면 이는 더 이상 7·5조라 할 수 없다. 이러한 시는 7·5조가 아니다.

일단 여기서는 일본 7·5조가 개명기 한국 시단에 수입되었다는 사실을 확인하고 다음 논의로 넘어가기로 한다.

3. 한국 시 〈7·5조〉의 실상

위에서 7·5조 율조를 지닌 시가 어떠한 모습인지를 살펴보았다. 위에서 말한 7·5조는 지금까지 학계에서 논의되어 온 <7·5조>를 다 포괄하지는 않는다. 그동안 논의되어 온 <7·5조>는 이보다 훨씬 폭이 넓다. 소위 <7·5조>에는 <7·5조>뿐만 아니라 <변조>, <아류>(학자에 따라 용어가 다르다)라 하여 <8·5조>, <6·5조>가 다 포함되며 심지어는 김소월의 시를 비롯하여 근·현대의 시까지도 포함될 수 있다. 이렇게 된 이유는 바로 <음보>율론에서 찾을 수 있다. <음보>율로 파악하면 이를 다 <7·5조>로 볼 수 있어서 문제가 해결되는 것이 아니라 <음보>율로 보다 보니 그 본질이 흐리게 된 것일 뿐이다. 이와 같은 <7·5조>는 앞서 살핀 7·5조와는 차원이 다르다.

지금까지 <7·5조>론에서 다루어져 온 한국 시에 보이는 <7·5조>의 실상은 무엇인가. 초기의 논의를 제한다면 기존의 설은 대부분 <음보>율론에 서 있다고 볼 수 있다. <음보>율에 입각해 <7·5조>의 정체를 논한 사람들은 다시 8<보격> 내지 4<보격>으로 보는 견해와 3<보격>, <층량3보격>으로 보는 견해로 나누어 살필 수 있다. <7·5조>가 4<보격>으로 판단되든 3<보격>으로 판단되든, 또 음수율로 파악되든 이것이 일본 시의 수용, 발전이냐 고유 양식이냐는 이와 관련되어 새로이 논의되지 않으면 안 된다. 이들의 논의를 살펴보면서 적부를 검토한 후 음수율론에 입각한 필자의 견해를 밝히도록 하겠다.

1) 〈음보〉율론에 의한 파악

① 8〈음보〉 - 4〈보격〉의 가능성

윤장근의 논의[17]는 律性헤아림에 대한 종래식 방법에의 반성, 즉 자수고식 헤아림의 반성에서 시작된다. 예를 들어 개화가사의 율성에 대해 「종래 자수에만 얽매어 읽은 나머지 3·4조다, 4·4조다 하고 운위할 것이 아니라 이를 4음 4보격이라 정의해 놓고 그러한 자수상의 들쭉날쭉은 모두 결음절 및 과음절의 시보로서 율독하여야 한다」는 것이 그것이다. <7·5조>론에 관해서는 이것이 일본 시 7·5조의 수입이므로 그 율성 또한 土居光知가 분석한 일본 시 7·5조의 율성 분석을 그대로 따르고 있다. 土居光知는 일본 시 율격론에 <음보>론을 들여와 <7·5조>를 2음1<음보>씩 묶어 총 8<음보>(8<기절>)로 분석하였는데 윤장근은 이러한 <7·5조>를 우수한 체질로 인식하고 있음을 볼 수 있다.[18] 그리고 <6·5조>, <8·5조> 등에 관해서는

17) 윤장근, 「開化期詩歌의 律性에 관한 分析的考察」, 《아세아 연구》, 1970.

18) 윤장근의 율격론에 관해서는 졸고에서 상세히 다룬 바 있다. 초기 자수율(음수율)의 한계를 지적한 점과 한국 시에서의 準定字律法에 주목한 것은 긍정적으로 평가할 만하다. 그러나 상론에 있어서는 무리한 점이 보인다. 첫째, 7·5조가 한국 고유시의 율격에 비해 우수한 체질로 인식된 점 둘째, 7·5조와 한국 고유시 율격의 비교에는 많은 오류가 보인다. 이에 대한 자세한 고찰은 졸고

리듬의 우월성에 있어 좀 떨어지기는 하나 <7 · 5조>의 아류로 보고 있으며, <7 · 5조>가「전통 율조는 아니면서도 창가의 리듬에 실려 수입된 후 그 리듬이 지닌 特長點으로 말미암아 그 후 신체시, 근대시 및 현대 정형시 등에도 계승되어, 오늘에 와서는 마치 그것이 4 · 4조에 대체한 한국 시가의 정형 율조인 듯이 계승되고 있다[19]」고 했다.

<table>
<tr><td rowspan="4">시
가
율
조</td><td colspan="8">七 · 五調 律詩 1行(verseline)</td></tr>
<tr><td colspan="4">7 音 句</td><td colspan="3">5 音 句</td><td>休 止</td></tr>
<tr><td>第1氣節</td><td>第2氣節</td><td>第3氣節</td><td>第4氣節</td><td>第5氣節</td><td>第6氣節</td><td>第7氣節</td><td>第8氣節</td></tr>
<tr><td>1 1
우 렁</td><td>1 1
타 게</td><td>1 1
토 하</td><td>2
난 -</td><td>1 1
긔 덕</td><td>1 1
소 리</td><td>2
에 -</td><td>(2)
∨ ∨</td></tr>
<tr><td>音 綴</td><td>① ②</td><td>③ ④</td><td>⑤ ⑥</td><td>⑦ ⑧</td><td>① ②</td><td>③ ④</td><td>⑤ ⑥</td><td>⑦ ⑧</td></tr>
<tr><td rowspan="3">음악
rhythm</td><td>우 렁
♪ ♪</td><td>타 게
♪ ♪</td><td>토 -
♪ ♪</td><td>하 난
♪ ♪</td><td>긔 덕
♪ ♪</td><td>소 리
♪ ♪</td><td>에 -
♩</td><td>∨∨</td></tr>
<tr><td colspan="4">第 1 小 節</td><td colspan="4">第 2 小 節</td></tr>
<tr><td colspan="8">4/4拍子꼴 行進曲調의 一呼吸節</td></tr>
</table>

(* 中間의 ‖ 선이 等時性上의 半折線)[20]

위를 보면 알 수 있듯 2음을 1<기절>로 잡고 <7 · 5조>를 8<기절>로 보고 있음은 일본 시 7 · 5조의 분석과 동일하다. 특히 제시된 <시가> 율조와 음악의 리듬을 비교해 보면 '토하난'을 제외하고는 일치하고 있다. 그러나 음악에서의 악율과 문학에서의 시율을 동일시할 수는 없다. 이는 엄연히 다른 것으로 음악의 악율이 자칫 시율로 혼돈되는 것은 큰 착오이다. 윤장근은 시율의 율조라고 하면서 기계적으로 2음씩 묶어 5음구를 분절할 때도 마지막 '에'라는 조사를 분리시키고 있다. 이것을 다시 4음씩 묶어 분석한 것을 보면,

(앞의 논문, 16-21면)를 참고하기 바란다.

19) 윤장근, 앞의 논문, 129면.

20) 윤장근, 앞의 논문, 120면.

우렁타게 / 토하난— | 긔덕소리 / 에—∨∨ |
남대문을 / 등디고— | 쩌나나가 / 서—∨∨ |[21]

역시 5음구에서는 일본 시의 경우와 같이 4음을 한꺼번에 묶고 나머지 1음을 분리시키고 있다. 그의 이러한 분석은 전적으로 土居光知의 일본 시 율성 분석 방법에 영향을 받은 것이다. 土居光知의 이러한 분석은 일본 시가 기계적인 운율 리듬이 강한 성질을 띠고 있음에 기인하는 것으로 한국 시의 분석에는 전혀 맞지가 않다. 일본 시의 분절에는 의미적인 간섭이 적어[22] 기계적인 분절도 가능하나, 한국 시에서는 의미적인 간섭이 훨씬 강하므로 위와 같은 경우는 당연히 '긔덕/소리에', '쩌나/나가서'로 분절됨이 마땅하다. <7 · 5조>가 일본의 율조이고 그것을 들여왔다고 해서 한국 시 <7 · 5조>까지 위와 같이 분석하는 것은 일단 그것이 한국어로 된 이상 한국인에 의해 향수되는 이상 타당하지 않다.

그가 <6 · 5조>나 <8 · 5조>를 <7 · 5조>의 아류로 보는 것은 위와 같은 <음보>[23]율적인 분석에 기인한다고 볼 수 있다. 7음구는 4<기절> 즉 8음분으로 되어 있고 5음구 역시 4<기절> 8음분으로 되어 있다. 7음구와 5음구의 차이라면 5음구는 뒤에 1<기절>의 <휴지>를 지닌다는 점이며, 7음과 5음의 어울림이 가장 우수한 리듬을

21) 윤장근, 앞의 논문, 121면.
22) 그렇다고 일본 시가 의미 간섭을 전혀 받지 않는 것은 아니다.
23) 윤장근이 <음보>라는 용어를 사용한 것은 아니다. 「우리 詩歌의 律單位는 氣息과 意味 마디의 二重組織(breath unit+breath unit=foot)으로 헤아리는 것이 타당하기 때문에, 日本詩形論者들이 다분히 「氣音」의 單位라는 뜻으로 번역해 사용하던 「音步」라는 말을 우리가 그대로 모방하여 쓴다고 하는 것은 부당하다.」(윤장근, 105면) 그러나 우리 시의 율단위를 위와 같이 이중 조직으로 본 점과 foot의 개념에 있어서는 오류를 지적할 수 있다(졸고, 앞의 논문 참고).

보이지만 7음구 대신 6음구나 8음구가 와도 전체적인 4<기절> 형성에는 지장이 없으므로 <6 · 5조>나 <8 · 5조>를 <7 · 5조>의 아류로 볼 수 있다는 것이다. 이러한 논리로 본다면 아류의 폭은 훨씬 더 커질 수 있다. <7 · 5조>를 4기절 8음분+4기절 8음분으로 보고 <7 · 5조>가 아닌 다른 음절 수에 의해 구성된 율조를 그 아류로 본다면 여기에는 <6 · 5조>나 <8 · 5조>뿐만 아니라 훨씬 더 많은 유형이 있을 수 있는 것이다. 근 · 현대 정형율 시가 이 범주에 속하게 됨은 물론이며, 이는 곧 한국 고유시 4율어구의 유형을 일컫게 되는 결과로 일본 시 7 · 5조의 수용 후 나타난 4율어구는 그 기원을 일본 시 7 · 5조에 두어야 한다는 모순에 빠지게 되는 것이다. 7음구와 5음구의 차이가 5음구 뒤의 1<기절><휴지>에 있다는 사실을 적용한다면 그 유형은 수적인 면에서 좀 줄어들 수 있으나 윤장근이 <6 · 5조>를 아류로 든 점으로 미루어 본다면 그가 7음구와 5음구의 휴음량 차이를 반드시 지켜야 하는 것으로 인식했다고는 볼 수 없다. 또 이러한 <음보>율적 분석에서 5음구의 1<기절><휴지>(2휴음)만을 반드시 지켜야 할 당위성은 없다고 할 것이다.

육당은 7 · 5조를 수입한 장본인이면서도 다양한 음수율을 시도하였다.[24] 이런 음수율적 시도를 8기절 또는 4<음보>로 파악하여 아류로 처리하고 그 뒤를 이은 대부분의 음수율적 정형율 시를 7 · 5조의 계승, 발전으로 보는 것은 한국 고유시의 율격을 제대로 이해하지 못하고 그 율격적 전통성을 도외시한 결과라고 하지 않을 수 없다. 육당이 의식했던 의식하지 않았던 그가 시도한 여러 음수율적 율조는 한국 고유시 율조의 유형들이었던 것이며, 그의 잘못은 한국 시를 음수율로 본 자체가 아니라 다만 고정적인 것으로 경직화시키려 했던

---

24) 예창해, 「개화기 가사의 율격 의식」, 《관악어문연구 제9집》, 서울대, 1984, 244-246면.

데서 찾아야 할 것이다. 그러므로 근・현대 정형율에 보이는 다양한 음수율적 율조는 <7・5조>를 계승한 것이 아니라 한국 시에 원래 있었던 시 유형들로 한국 시의 율격적 전통을 계승한 것이라 봄이 어느 모로 보나 타당하다.

한국 시에 있어서는 한 양식 밑에 총 음절수가 다른 여러 가지의 하위 유형이 존재할 수 있어 <7・5조>가 아니더라도 <6・5조>, <8・5조>, <8・6조> 등도 물론 있을 수 있는 유형이다. 바로 한국 시는 구를 이루는 총 음절수에 있어 한도내적으로 자유로움을 인정하기 때문이다. 그러나 일본 시에서는 이를 허용하지 않는다. 왜냐하면 일본 시는 고정 음수율의 시이기 때문이다. 비록 자넘김이나 자모자람이 있기는 하나 이는 예외적인 쓰임일 뿐이다. 만약 <6・5조>나 <8・5조>가 한국 시의 경우처럼 많이 쓰인 예가 있다면 이 시는 더 이상 <7・5조>의 시로 인정될 수가 없고 독자적인 하나의 율조를 이룸과 마찬가지다.

土居光知의 <음보>론을 바탕으로 하고 <7・5조>를 외래 율조로 본다는 점에서 윤장근과 동일하나, 상론에 있어서 차이를 보이는 사람은 김대행이다. 그는 이른바 <7・5조> 시에 관해 土居光知의 일본 시 7・5조 분석을 토대로 하여 4<음보>로서의 가능성을 논했다. 일본 시에 있어서 2음절 단위의 율적 구조는 4<음보>로 재편성될 수 있다는 것이다. 비록 <7・5조>가 일본 고유의 율조로서 8<음보>의 기본 구조 위에 있다 할지라도 이것이 한국의 민요적 율조인 4<보격>으로 재편성되면서 친근 관계가 성립될 수 있었던 것으로 볼 수 있다[25]고 했다.

25) 김대행, 『韓國詩歌構造研究』, 삼영사, 1976, 66-69면.

<土居光知의 2음절 단위의 구조 분석>
みづ/しづ/か/なる // えど/がわ/の
2 2 1 2 2 2 1 0

<4<음보>로 재편성>
みづしづ/かなる // えどがわ/の
22 12 22 10
4 3 4 1[26)]

이와 같은 재편성에는 첫째, 외래의 율조를 우리의 기호에 맞추어 소화시키려 노력했으리라는 점과 <7·5조> 자체가 안고 있는 율격 구조가 4<보격>과 전혀 무관하지 않다는 점이 고려되었다고 했다.

일본 시 2음절 단위 구조가 우리의 노력과 4<보격>의 가능성으로 인해 한국적인 4<보격>으로 재편성되었다고 했으나, 만약 일본 시의 율격 구조가 2음절 단위가 아니라 4음절 단위라면 어떻게 될까. 일본 시의 율격 구조가 2음절 단위가 아니라 4음절 단위라는 사실은 松浦友久에 의해 주장되었으며 간과해서는 안될 중요한 사항이다.[27)] 일본 시가 2음절을 한 단위로 하는가 4음절을 한 단위로 하는가에 따라 논란이 있지만 4음을 1박으로 볼 때, 新体詩 7·5조 1구는 8개로 나뉘지 않고 4개로 나뉜다고 볼 수 있다. 일본 시의 율격이 4음을 단위로 한다면 노력의 필요도 없이 친근성 정도가 아니라 율격 구조로서 일치하게 되어 버리게 된다. 즉 일본 시 7·5조와 이른바 <7·5조>의

---

26) 이 도표는 김대행, 앞의 책, 66-68면에서 필자가 이해한 대로 제시해 본 것이다.

27) 일본 시의 1박절을 4음으로 본 것은 松浦友久에 앞서 高橋竜雄에서도 볼 수 있다(高橋竜雄, 『国語音調論』 東京中文館書店, 1932).
일본 시가 이음절 단위인가, 사음절 단위인가에 관해서는 다음을 참고하기 바란다.
松浦友久, 『リズムの美学』, 明治書院, 1991.
김정화, 「한·일시 율격 비교 연구」.

율격 구조는 재편성의 여지도 없이 동일하다는 것이다. 김대행이 4<음보>로서의 가능성을 지적하면서 일본 시와의 친근성을 말한 것은 긍정적 의미에서 재검토될 수 있다. 그가 지적한 가능성은 또 다른 하나의 사실을 내포하고 있는 것이다. 결과적으로 그가 의도했든 의도하지 않았든 위의 비교를 통해 드러나는 사실은 한 · 일 시의 기층 단위를 이루는 음절의 수의 동일함, 즉 그 상한선의 동일함이다. 일본 시의 기층 단위인 박절의 상한선은 4음절이며 한국 시의 기층 단위인 율어의 상한선 역시 4음절이라는 사실이다. 그러나 다른 점은 기본 단위를 이루는 총음절의 수이다. 기층 단위를 이루는 음절수는 한 · 일 시 모두 한도내적(1음에서 4음)으로 다양하나 일본 시에 있어서 구를 이루는 총음절수는 新体詩의 경우 7음과 5음의 합인 12음으로 고정화되는 반면 한국 시에서는 그것은 훨씬 더 다양성을 띠게 된다. 그러므로 율격 파악의 기본 단위인 구에 있어서 일본 시는 고정 음수율의 시라 한다면 한국 시는 유동 음수율의 시라 하게 되는 것이다. 이점은 일본의 정형시인 和歌나 俳句에서만 그런 것이 아니라 新体詩에 있어서도 마찬가지다.

<7 · 5조>의 문제는 <음보>율론에 서서 구를 이루는 <음보>를 파악했다고 해서 드러나는 것이 아니다. 역시 <7 · 5조>의 문제는 음절수 7음과 5음에 초점이 맞춰져야 한다. 음절수라는 중요한 요소가 간과되고서 이 문제의 본질은 정확하게 해명될 수 없기 때문이다. 김대행은 이러한 <7 · 5조>와 우리 민요 또는 전통의 <시가>는 아무런 관계가 없으며, 민요에 <7 · 5조>가 지니는 성격과 유사한 모습이 있기는 하되 그것은 결과로서의 현상일 뿐, 실제로 우리 민요는 음절의 수효를 헤아리는 일과는 무관하다[28]고 했으나 그가 파악한 이러한

---

28) 김대행, <민요와 7 · 5조의 관계>, 5면.

4<보격>적 <7 · 5조>라 하면 우리 고유시에서 수많은 허다한 예를 찾아볼 수 있으며, 그렇다면 이러한 <7 · 5조>가 민요, 전통 시(고유시)와 관계없을 리 만무하게 되는 것이다. 이런 논리적 오류에 빠지게 된 것은 <음보>율론의 한계가 아닐 수 없다. 우리 민요는 음절의 수효를 헤아리는 일과는 무관하다고 했으나 사실은 무원칙해 보이는 음수율 속에 규칙성이 있는 것이 우리 고유시의 특성이다. 우리는 그것을 발견해 내야 하는 것이며 음절의 수를 무시하고서는 한국 시의 율격적 특성을 제대로 파악할 수 없을 뿐더러 <7 · 5조>의 특성도 제대로 파악할 수 없다. 또 다른 논의에서 김대행은 <7 · 5조>성 노랫말의 구조를 다음과 같이 정리하고 있다.

> [정리 1] 이른바 <7 · 5조>의 노랫말은 잣수에 구애받지 않는다.
> [정리 2] 이른바 <7 · 5조>의 노랫말은 전반부와 후반부로 양분된다.
> [정리 3] 이른바 <7 · 5조>의 양분된 노랫말 중 후반부는 전반부보다 음절수가 반드시 적다.
> [정리 4] 이른바 <7 · 5조>의 5에 해당하는 후반부는 기본적으로 양분된다.[29)]

<7 · 5조>가 지니는 특성을 잘 정리했다고 볼 수 있으나 <7 · 5조>의 노랫말이 잣수에 전혀 구애받지 않는 것은 아니다. 자칫 음절의 수와는 전혀 관련 없이 보이긴 하나 진폭이 있다는 것뿐 음절의 수는 상당히 중요하게 작용한다. 바로 한국 시는 한도내적 음수율이기 때문이다. [정리 1]에서 '구애받지 않는다'를 '진폭을 둔다(한도내적 유동성)'로 고친다면 [정리 1]과 [정리 2], [정리 4]는 비단 <7 · 5조>의 성격이 아니라 우리 고유시의 특성을 일컫게 된다. 그리고 정작 [정리 3]과 [정리 4]의 논의를 자세히 보면 음절수의 논의가 상당히 중요한

29) 김대행, 앞의 논문, 18-20면.

위치를 차지하고 있음을 알 수 있다.[30] 이를 봐서도 알 수 있듯 한국 시는, <7 · 5조>의 논의는 음수율론을 떠나서는 제대로 파악될 수 없고 한국 시가 한도내적 유동 음수율이라는 점을 간과해서는 안된다는 사실을 다시 확인할 수 있게 되는 것이다.

그리고 남아 있는 또 하나의 문제는 이러한 <7 · 5조>가 외래 율조 승리[31]인가 하는 점이다. 이것을 과연 외래 율조의 승리라고 볼 수 있을까. 이 문제에 관해서는 논의가 전개되어 가면서 밝혀질 것이다.

앞에서도 밝힌 바 있지만 한국 시 <7 · 5조>가 음수율론에 입각하여야만 그 실상이 잘 파악됨은 이것이 일본 시의 수입이므로 음수율 일본 시와의 동질성을 지녀서가 아니라 한국 시의 율격이 음수율이 아니고서는 설명될 수 없기 때문이다. 한국 시 <7 · 5조>는 일본 시의 계승 발전이 아니라 우리 고유시의 전통을 계승한 것이므로 음수율론에서 올바르게 파악되어야 한다. 그리고 그것이 한국 시인 이상 고정 음수율을 지닌 일본 시의 율조를 그대로 명명화할 수는 없음이 명백해진다. 즉 7과 5의 율조라고 하여 <7 · 5조>라 할 수 없다는 것이다. 고정 음수율 시가 아닌 한국 시에 그러한 율조명을 적용시키려면 단지 <7 · 5조>뿐만 아니라 수만은 유형명이 나열되어야 함이 자명하기 때문이다.

② 3〈보격〉

김수업[32]은 「민요적, 대중적으로 인식되는 소월시는 <음보>적 율동에 있어 민요 내지 우리 전통적 <시가>의 율동에 일치하며, 소위 7 · 5조로 파악되어 왔던 것은 3<음보>격」이라고 하면서 소월시의

30) 김대행, 앞의 논문, 18-20면.

31) 김대행, 앞의 책, 68-69면.

32) 김수업, 「소월시의 율적 파악」≪상산 이재수 박사 환력기념 논문집≫, 1972.

율조가 일본 시의 7 · 5조에서 왔다는 견해를 부정하고 있다. 소월시의 율조가 얼마나 우리 전통시와 일치하고 있는가를 구체적인 작품을 통해 밝힘으로써, 그간에 나타났던 일본 율조의 계승, 발전설의 허구성을 극명히 보여주었다고 할 수 있을 것이다. 그러나 한국 시의 <7 · 5조>라는 것이 일본 시의 7 · 5조와는 이질적인 것임을 훌륭히 밝혀내기는 하였으나, 일본 시 7 · 5조의 율격에 대한 면밀한 고찰이 결여되어 있음을 볼 수 있으며, 한국 시의 소위 <7 · 5조>라는 것을 3<음보>로 본 것은 다음 성기옥의 논의가 지니는 한계를 그대로 지닌다.

한국 <7 · 5조> 율동을 일본 <7 · 5조>와는 달리 파악해야 한다는 점에서 성기옥은 김수업의 논의와 일치한다. 그 근본적인 이유는 한국과 일본 <7 · 5조> 사이에 보이는 율격적 개념 체계의 차이에서 찾을 수 있다고 하는데, 일본 <시가>의 율격은 음절수의 규칙성에 따라 그 율격 모형이 결정되는 음절율이지만, 우리 <시가>의 율격은 <음보>의 크기와 수의 규칙성에 따라 그 율격 모형이 결정되는 <음량율>이라는 것이다. 따라서 일본 <시가>의 기층 단위는 음절이며 한국 <시가>의 기층 단위는 <음보>라고 하며 <음보>의 형성자질은 음절만이 아닌, 음절과 장음, 정음 및 율격 <휴지> 등 율격 형성자질의 실현을 거쳐서 이루어진다고 했다.[33] 그러나 한국 시의 율격이 일본 시와 동일한 음수율이라는 점은 앞에서도 언급한 바와 같다. 일본 시의 기층 단위는 음절이 아니며 그 상위 단위인 박절임도 이미 앞에서 밝힌 바 있다. 이렇게 되면 일본 시의 기층 단위와 한국 시의 기층 단위는 음절의 상위 단위가 된다는 말이다. 그 상위 단위는 마땅히 <음보>율론자들에 있어서는 <음보>가 될 것이다. 그러면 일본 시 역시 음수율이 아닌 <음보>율의 시라는 말인가. 음수율임을 입증하는 것

---

33) 성기옥, 앞의 책, 261면.

은 기층 단위가 무엇이냐에 있지 않고 율격을 구성하는 자질이 무엇이냐에 있다. 한·일 시에 있어서 공히 율격을 구성하는 가장 중요한 요소는 음절이며 서양시의 율격과는 달리 강약율이나 고저율, 장단율의 대립은 찾아볼 수 없다. 한국 시의 율격을 형성하는 데 음절 외에 장음과 정음의 실현이 있음은 일본 시도 마찬가지다. 장음과 정음은 곧 휴음[34]인 바 일본 시에 있어서 휴음은 음절 못지 않게 중요한 요소이다. 이러한 점에서 본다면 한국 시와 일본 시의 율격은 달리 파악될 이유가 없게 된다.[35]

출발이야 어찌되었든, <음량>률(<음보>율)에 입각하면 <7·5조>는 두 개의 4음격 <음보>와 한 개의 5음격 <음보>로 이루어진 4·4·5음 3<보격>이 되며 이는 곧 즉 <층량3보격>으로 규정지어지게 된다.

우리집이	시어머니	염체두좋아	8·5	3<음보>	4·4·5
저잘난걸	낳구서∨	날데레왔나	7·5	3<음보>	4·4·5
날-데레	왔걸랑∨	볶지나말지	6·5	3<음보>	4·4·5
요리볶덧	조리볶덧	콩볶덧하네	8·5	3<음보>	4·4·5[36]

실제로 <7·5조>가 한 구밖에 없는 위 시가 규칙성을 지닌 <7·5조> 율동으로 인식되는 이유는 내면화된 율격적 직관에 의해서라고 한다. 왜냐하면 <7·5조> 율동의 규칙성의 기준이 음절수가 아니고 <음보>의 수와 크기이기 때문이며 음절수로서는 찾을 수 없었던 규

34) 휴음에 대해서는 졸고,「한·일 시 율격 비교 연구」, 107-126면을 참고하기 바란다.

35) 그렇다고 해서 한·일 시의 율격이 완전히 동일하다는 것은 아니다. 같은 음수율의 시이긴 하나 율격적 실상에 있어서는 달리 나타나기 때문에 면밀한 주의가 필요하다.

36) 성기옥, 앞의 책, 261-262면.

칙성이 3<보격>이라는 <음보>의 수에서 발견된다는 것이다. 그리고 어느 행이나 첫째 <음보>와 둘째 <음보>는 4모라로 이루어지는 4음격 <음보>이고, 셋째 <음보>는 5모라로 이루어지는 5음격 <음보>로, 모든 행은 4음격 <음보> 두 개와 5음격 <음보> 한 개로 형성되는 일정한 규칙성을 보이고 있다고 설명한다. 그러므로 이는 다름 아닌 4·4·5음 3<보격>, 즉 <층량3보격>의 한 유형이 되는 것이다. 그리고 수많은 <7·5조>가 아닌 <7·5조>, 예를 들어 <6·5조>, <8·5조> 등은 <층량3보격>의 하위 유형으로 분류된다.[37)]

여기에서 지적하지 않을 수 없는 것은 우선 전반의 7음을 두 개로 나눈 데 비해 후반의 5음은 하나로 묶은 데 있다. 결국 <7·5조>를 4<음보>가 아니라 3<음보>로 보는 데는 5를 하나로 묶었기 때문인데 이에 대한 타당성을 검토해 보지 않을 수 없는 것이다. 먼저 7과 5가 분리된 후, 7은 당연히 3과 4로 분리가 된다고 하면서 5는 분리되지 않고 한 <음보>를 이루어 3·4·5 내지 4·3·5의 구성을 이루는 근거가 어디에 있는가. 한국 시에서 한 율어(<음보>)는 그 하한선이 1음절이며 상한선은 4음절이다.[38)] 종래에는 학자마다 그 상한선과 하한선을 달리하여 하한선은 1음절 내지 2음절로, 상한선은 4음절에서 9음절까지 다양했던 게 사실이다. 그러나 율어를 이루는 음절의 상한선은 호흡의 균형에서 이루어지는 휴헐로 정함이 마땅하다. 율어는 그야말로 생리적 현상에서 오는 호흡의 단위로, 이를 무리하게 정하다보면 <과음절>이니 <태과음절>이니 하는 용어를 쓰지 않을 수 없게 된다. 5음격<음보>도 마찬가지다. <과음절>이니 <태과음절>이니 하는 용어 자체가 율어의 상한선을 무리하게 잡았음을 인정하는 말이듯 정작 성기옥이 말한 "5음격 <음보>가 대부분 두 단위로 분할

37) 성기옥, 앞의 책, 262-263면.
38) 홍재휴, 앞의 책. 13면.

할 수 있는 내적 <휴지>를 동반하고 있기 때문에", "5음 3<보격> 역시 3<보격>으로서의 율동적 자연스러움을 조성해 낼 수 있는 여건은 가지고 있지 않으며 5음 3<보격>에는 3<보격>적 속성과 비 3<보격>적 속성이 함께 뒤얽혀 있다. 아직까지 양식으로서의 성격이 제자리를 잡지 못하고 있음을 드러내는 증거들로 보아야 할 것이다"라고 한 것[39] 등의 5음의 성격 내지는 5음 3<보격>(<충량3보격>)의 성격은 이것이 바로 무리한 규정임을 반증해 주는 것이라 할 수 있다. 5음절의 이러한 성격을 충분히 고려한다면 무리하게 5음을 한 단위(율어) 안에 묶을 필요는 없게 된다. 이것이 한국 시의 율격미를 살리는 길임은 말할 나위 없다. 5음절을 두 개로 분리한다면 충량성의 개념 자체는 필요 없게 된다. 굳이 충량성의 개념까지 내세우면서 한 단위 속에 무리하게 5음절을 넣을 필요가 없어지게 되는 것이다. 5음절이 이분되는 특성을 지님에도 불구하고 5음을 한 율어로 묶는다면 이는 잘못된 율격 분석이 되어 한국 시의 율격미를 해치는 결과를 초래할 뿐이다. 5음은 반드시 나뉘어져야 하며 이렇게 되면 충량이라는 말조차 필요 없게 되고 <7·5조>는 네 개의 율어로 나뉘게 된다.

그런데 여기서 또 의문이 나는 점은 성기옥의 설이 과연 순전한 <음보>율론에 입각하여 설명된 것인가 하는 것이다. 기층 단위의 존재가 인정되어야 한다는 것은 음수율론에 있어서도 마찬가지다. 음수율론에서 가장 중요한 것은 율격을 이루는 가장 근본적인 요소가 무엇인가에 있으며, 율격 파악에 있어 기초가 되는 것은 바로 율격의 체계이다. 음절이 율격을 이루는 가장 중요한 요소라고 하여 음절만으로 모든 설명이 가능한 것은 아니다. 음절의 상위 단위인 시어, 시어의 상위 단위인 율어, 그리고 율격 파악에 있어 기준이 되는 구라는 큰

39) 성기옥, 앞의 책, 181-229면.

체계의 틀 속에서 율격이 파악되어야 함은 음수율론에 있어서 매우 중요한 사항이다. 그러므로 애초부터 <7 · 5조>니 <8 · 5조>니 하는 것은 한국 시의 율격론에서 있을 수 없는 것이다. 구를 기준으로 율어가 설명되고 율어를 이루는 음절수가 설명되어야 한국 시의 율격이 올바로 규명될 수 있는 것이다. <층량3보격>이란 용어를 제쳐 둔다면 성기옥의 논의는 구를 기준으로 하여 기층 단위가 설명되고 그 기층 단위를 이루는 음절의 수까지 고려되었으니 실제로 음수율론과 유사한 점이 많다고 할 수 있을 것이다. 이는 <음보>라는 잘못된 용어의 쓰임과 <음보>율이라는 성립될 수 없는 율격론을 지나치게 의식한 탓이 아닌가 한다.

2) 〈음보〉율론 + 음수율론에 의한 파악

음수율적 율격론으로는 한국 <시가>의 율격 체계를 모두 설명할 수 없으며, <음보>율적 개념만으로 한국 <시가>의 모든 율격 현상을 구명하려는 태도에 이의를 제기하면서 음수율적 기저 장치와 <음보>율적 기저 구조를 동시에 포괄할 수 있는 합리적인 대안을 모색한다는 것이 조창환의 견해[40]이다. 여기서 합리적인 대안이란 바로 <율마디>의 개념이다. <율마디>의 개념이 절충안이 될 수 있는 것은 먼저 <율마디>란 용어에서 알 수 있듯 한국 시의 율격적 개념에 맞지 않는 <음보>의 부적절성을 지적하면서 <음보>율을 반성하고 율마디를 이루는 음절수를 중시한다는 데서 음수율을 도입하고 있기 때문이다. <음보>율의 부적절성을 비판적 안목으로 지적하고 음절수의 중요성을 인식한 것은 긍정적으로 평가될 수 있다. 이를 바탕으로 한 <7 · 5조>의 실상 파악을 살펴 보자.

---

40) 조창환, 『한국현대시의 운율론적 연구』, 일지사, 1988.

<율마디>의 개념을 적용해 <7 · 5조>는 층위를 이루는 세 개의 <율마디>로 분석된다. 즉 '3 · 4'나 '4 · 3'의 7음절이 5음절과 합쳐져 12음절을 이루는 층위적 양식인 점이 <7 · 5조>의 본질이라고 한다. 그리고 이 <7 · 5조>는 크게 두 도막이면서 자세히 보면 세 마디 형식인 점이 중요하다고 했다. <7 · 5조>가 세 개의 마디로 구분될 수 없음은 성기옥의 논의를 비판하는 데서 충분히 논의된 사실이다. <음보>의 경직성을 탈피하고 음절의 수에 주의를 기울인 것은 긍정적으로 평가받을 수 있으나 한 <율마디>를 이루는 음절의 수에 있어서 5음을 인정함으로 인해 무리함을 가져온 것은 잘못이라 하지 않을 수 없다.

그리고 <7 · 5조>라는 명칭을 고집하는 것은 올바른 음수율적 태도와는 거리가 멀다. <7 · 5조>를 음수율적 관점에서 본다는 것은 7음과 5음을 고정화시켜 본다는 의미가 아니다. <7 · 5조>니 <8 · 5조>니 하는 것은 한국 시의 음수율적 관점과는 거리가 먼 설명이다. 일본 시의 율격에서는 <7 · 5조>라는 명칭이 통용될 수 있으나 한국 시에서는 <7 · 5조>란 명칭은 통용될 수 없기 때문이다. <7 · 5조>라는 명칭을 계속 고수하는 것은 <7 · 5조>가 일본 시 율격의 수입 · 정착이라는 그의 말과 관련이 깊을 것이다. 그는 이렇게 수입, 정착된 <7 · 5조>가 강한 생명력을 지니고 계속되었으며 소월시의 <7 · 5조>는 다양한 변조와 개성적 새로움을 추구한 형식미를 보인다고 했다. 결국 일본 시 7 · 5조가 수입되어 변모, 발전하면서 지속되었다는 것이다. 그러나 한국 시에 보이는 <7 · 5조>를 두고 일본 시 7 · 5조가 수입되어 정착된 후 변모, 발전하면서 지속된 것이라고 보는 것은 많은 난점을 지니고 있다. 외국의 시 양식이 수입되어 변모, 발전하며 지속된다는 것은 일단 그것이 시단에 큰 충격을 던져 주면서 크게 성행하고, 시간이 가면서 자국의 것에 맞게 변형되면서 성행, 지속되어 갔음

을 의미한다. 그리고 그렇게 변모 발전해 나가는 동안 나타나는 양식은 그전에는 없던 것이라야 하며 어느 정도 원래의 속성(외래적 속성)을 지니기 마련이다. 말하자면 한국의 <7 · 5조>의 원형은 한국 고유시에는 없어야 하고 일본 시 7 · 5조의 속성을 지녀야 한다는 것이다. 그러나 한국 시 <7 · 5조>의 사정은 어떠한가. 개명기 일본 시 7 · 5조의 수입이 있었던 것은 사실이므로 인정하지 않을 수 없다. 그러나 개명기 소년지 등에 보이는 <7 · 5조>를 제외하면, 한국 시 <7 · 5조>에 보이는 고정성을 벗어난 자유로운 듯한 다양한 율조는 <7 · 5조>의 변모, 발전이 아니라 고정성을 시도했다가 실패한 후 다시 우리 고유시의 다양한 율조로 돌아가는 전통의 회복에 다름 아니다. 특히 김소월의 시는 그 속성이 일본 시 7 · 5조와 유사하기는커녕 겉으로 보아도 일본 시 7 · 5조와는 판이하게 다름을 알 수 있다. 김소월의 시가 <7 · 5조>의 율격상의 기반 위에서 다양한 변조와 개성적 새로움을 추구한 형식미를 보인다고 했지만 소월시의 기반은 전혀 <7 · 5조>가 아니다. 그 기반은 수입된 <7 · 5조>와는 관계가 없는 우리 고유시의 전통에 있으며, 곧 우리 전통시의 계승으로 보아야 한다. 일본 시 7 · 5조의 수입, 변모, 발전설의 중요한 허점은 여기에 있다. <7 · 5조>의 수입이 사실이라는 전제 하에 김소월의 시가 <7 · 5조>를 이어받고 거듭난 성공작이라고 한다면 이 또한 <7 · 5조=소월시=민요시=전통적 율조>라는 파탄적인 도식에서 벗어날 수 없고, 결국 우리가 말하는 민요적 전통적 율격을 지닌 시의 원류도 <7 · 5조>에서 찾아야 되는 엉뚱하고도 왜곡된 결론을 빚게 된다.

음수율론에 입각하면 일본 시 7 · 5조의 이식설에서 벗어나지 못하고 <음보>율론에 입각해야만 이러한 왜곡에서 벗어날 수 있는 것처럼 인식되지만 실은 그렇지 않다. <음보>율론의 한계는 이미 앞에서 본 바와 같고 음수율론에 있어서도 일본 시의 고정 음수율과 한국 시의 유동 음수율의 차이를 제대로 인식하지 않으면 이식설, 내지는 굴절설에서 헤어날 수가 없다. 결국 본질이 왜곡되고 마는 결과를 초래하게 되는 것이다. 개명기 일본 시 7・5조의 수입은 사실이나 한국 시에서 말하는 <7・5조>는 일본 시 7・5조와는 엄청나게 다른 양상으로 나타난다. 이 둘은 서로 별개의 것이라 보지 않으면 안된다. 율격적으로 나타나는 양상이 그 증거이다. 그러므로 수용된 일본 시 7・5조는 우리의 것에 맞게 변화된 것이 아니라 맞지 않았기 때문에 버려지고 그 대안으로 나타난 것이 우리 전통적인 율격 양식의 새로운 계승, 발전이라 할 수 있다. 필자가 일본 시 7・5조를 외래 율조의 승리가 아니라 실패라고 보는 이유가 바로 여기에 있다. 그리고 소월의 시는 <7・5조>가 아니라 우리 고유시에 나타나는 전통의 새로운 계승, 발전이며 이러한 점으로 인해 민요조니 전통적 율조니 하게 되는 것이다.

3) 음수율론에 의한 파악

지금까지 한국 시는 일본 시 음수율과는 달리 <음보>율로 파악해야 한다는 데는 많은 무리가 있으며 올바른 음수율적 시각으로 보지 않으면 그 본질을 꿰뚫을 수 없음을 보아 왔다. 한국 시의 율격 형성에 있어 가장 중요한 자질이 바로 음절이라는 것, 곧 한국 시는 음수율의 시라는 데서도 알 수 있듯 <7・5조> 역시 음수율론에 의거하지 않고서는 실체를 제대로 파악할 수 없다. 물론 초기 음수율론으로는 한국 시의 율격을 설명해낼 수 없었고 <7・5조>론 역시 마찬가지로 난삽하기가 이를 데 없었던 것이 사실이다. 그렇다고 해서 음수율론을 완전히 배격한 것 또한 한국 시의 율격, <7・5조>의 율격을 제대로 파악하지 못하게 된 결과를 초래했음도 부정할 수 없는 사실이다.

여기서는 종래 음수율론에 의해 <7 · 5조>가 어떤 식으로 파악되었는지를 짚어보고 올바른 음수율론에 의해 <7 · 5조>의 실체가 어떻게 파악되어야 하는지 살펴보고자 한다.

① 〈7 · 5조〉

우선 <7 · 5조>라는 명칭에서 알 수 있듯 이는 음절수에 의한 명명으로 이러한 명칭의 출발은 일본 시 7 · 5조에서 온 것임에 다름 아니다. 육당은 7 · 5조 창가를 지은 당사자로 이 율조는 일본에서 들여온 것이므로 7 · 5조라는 명칭도 그대로 사용했던 것이다. 물론 그가 한국 시를 음수율로 인식했던 것도 사실이다. 이러한 인식은 당시 개명기 논자들에게는 공통적으로 나타나는 현상이라 할 수 있다. 그리고 그들이 인식한 한국 시=음수율이 지극히 소박한 것임은 말할 나위도 없다. 일본 시와 한국 시의 율격적 특질에 대한 기본적인 이해도 없었고 또 음수율적 체계에 대한 인식도 없었으며, 비록 그것이 전통의 주체적 계승도 아니었다[41]고는 하나 한국 시를 음수율로 본 자체가 잘못된 것은 아니다. 한국 시의 율격적 실상이 한도내적 다양성을 특징으로 한다는 사실을 인식하지 못하고 일본 시와 같이 고정된 음수율에 끼워 맞추려 했던 데 잘못이 있다고 해야 할 것이다. 그러나 앞에서도 언급한 바와 같이 그가 행한 다양한 음수율적 시도의 결과는 곧 한국 시의 율격적 특성을 드러내 주기도 한다. 일본 시 7 · 5조를 수용하고 고정화된 음절수를 시도했으나 한국 시의 율격에는 맞지 않았던 것이다.[42]

---

41) 조동일, 『한국민요의 전통과 시가율격』, 지식산업사, 1996, 295면.

42) 조동일은 최남선의 시가 전통적 율격을 이중으로 파괴했다고 했다. 「자유시를 지향한 것도 전통적 율격의 파괴이지만, 음절수가 고정되어야 한다는 생각에서 정형적인 규칙을 마련한 것도 전통적인 율격의 더욱 심각한 파괴였다.」 앞의

김춘수나 조연현에 와서도 음수율에 대한 인식은 율격적 체계를 기반으로 하는 음수율이 아니다. 그들은 한국 시의 율격을 단순한 음절의 헤아림에 의해 파악하려 하여 3·4니 4·4니 하면서도 <7·5조>에 관한 한 <7·5조>라는 명칭을 고수했다. 여기에는 특별한 이론적 배경이 전제된 것도 아니다. 그러므로 이 때의 학문적인 미성숙함은 1920년대와 크게 다른 바가 없다고도 할 수 있을 것이다.

예창해는 우리 고유시의 율격은 음수율이 아니라 등시적인 breath group이 단위(音步)가 되어 그것이 회기 반복됨으로 해서 형성된다고 하면서도 <개화기(開化期)>에 보이는 시는 음수율로 파악하지 않으면 안 된다는 견해이다. <개화기>의 시가 음수율적 체계의 것으로 나타난 데는 다음과 같은 사항을 원인으로 들고 있다.

> ① 규방가사에서부터 비롯된 율격의식의 변화, 즉 우리 시가의 율격에서 <음보>의 등시성이 동일한 음절수에 의해서 이루어진다는 잘못된 인식이 개화기에 와서 보편화되고 당연시 됨.
> ② 찬송가의 번역 및 서양식 가곡에 얹어 부르기 위한 시가 등을 통해서 음수율격의 시가가 다수 출현하고 널리 보급되어 시가의 형태나 율격은 음절수(자수)에 의해 형성되는 것이라는 음수율격 의식의 대두.
> ③ 육당에 의해 일본의 창가 양식이 이입됨으로써 자각적인 음수율격 체계의 정착.[43)]

위와 같은 표층적 의식의 작용과 함께 2-4음절로 된 4mora <음보>의 2<음보> 연첩 또는 4<음보>격으로 실현되는 <개화기 시가>는 바로 우리 전통 율격의 가장 보편적인 형태라는 심층적 의식의 내외적, 의식·무의식적 동시 작용의 결과라고 한다.

책, 297면.

43) 예창해, 앞의 논문, 252면.

그러나 그의 논리는 성립의 난점이 있다. 규방가사가 음수율을 보인다고 하여 그 전대의 전통과는 단절된 파생적인 것이라 보기는 어렵다. 그런 이유를 당시의 잘못된 음수율적 인식이라고 하지만 과거 우리 고유시의 창작에서는 올바른 율격론이 앞서고 창작이 행해진 예를 볼 수 없음이 사실이다. 다만 고유시에 대한 율격은 내면화된 잠재적인 것으로 그것이 작품을 통해 나타난 것이라 할 수 있다. 규방가사를 비롯해 조선 후기 가사가 보이는 음절적 정형성은 음수율로서의 내적 형성으로 파악해야지 이것을 기형적인 파생 문학으로 볼 수는 없다. 일본 시 음수율이 한국 시 율격론에 영향을 끼친 것은 사실이나 <7 · 5조>를 음수율로 보아야 하는 것은 거듭 말하거니와 한국 시의 율격이 음수율이기 때문이다. 그리고 한국 시의 음수율은 일본 시와 기본적으로 동질성을 지님과 동시에 그 이질성에 있어서 매우 차가 크다는 사실이 중요하다. <7 · 5조>를 더 이상 <7 · 5조>라 할 수 없는 것은 한국 시가 음수율이 아니어서가 아니라 음수율 시로서의 한국 시의 율격적 특징이 일본의 그것과는 다르기 때문이다.

② 4율어구

앞서도 말했지만 <7 · 5조> 한 구는 중간 휴헐에 의해 7과 5로 나뉘어지고 한국 시에 있어서 율어의 상한선은 4음까지이므로, 7과 5는 각기 두 개의 율어로 나뉘어 진다. 그리하여 한 구는 총 4개의 기층단위, 율어로 나뉘어지게 된다. 그러므로 이는 다름 아닌 4율어구이다.

○○○○○○○	○○○○○
나보기가역겨워	가실때에는
7	5

↓

○○○○	○○○	○○	○○○		
나보기가	역겨워	가실	때에는		
4	3	2	3		
제1율어	제2율어	제3율어	제4율어	→	4율어구

결국 <7 · 5조>는 한국 시 4율어구가 빚는 100가지[44]의 하위 유형에 속하는 것이다. 여기서 한국 시의 구 유형을 좀 더 살펴보고 넘어갈 필요가 있다. 이는 <7 · 5조>=4율어구라는 사실이 한국 시에 있어서 어떠한 의미를 지니고 있는지를 살피는 데 결정적인 도움을 줄 수 있기 때문이다. 한국 시에서 한 구는 최소 1율어에서 4율어까지로 구성될 수 있다. 5율어 이상의 구는 고유시에 있어 정형성을 띠지 못하는 복합격구[45]로 다루어진다. 1율어구에서 4율어구까지의 각 양식이 나름대로의 異型的 특징을 지님은 당연하다. 구는 기층 단위인 율어의 결합이고 율어는 기조 단위인 음절의 결합이다. 각 율어를 이루는 음절의 수가 1음절에서 4음절까지로 유동성이 있듯 이들의 연결로 이루어지는 구를 이루는 총 음절의 수 역시 유동성이 있음은 당연하다. 그러나 율어를 이루는 음절의 수가 한도내적 유동성을 지니듯 구를 이루는 음절의 수도 한도내적 유동성을 지닌다. 이 말은 곧 음절수의 다양성 가운데 정연한 규칙이 있음을 뜻함과 동시에 구를 이루는 음절의 수가 절대로 고정화될 수는 없다는 사실을 의미하기도 한다. 이러한 사실을 한국 시와 일본 시를 예로 들어 살펴보자.

내 타신가 뉘 타신고 天命인가 時運인가	4	4	4	4	16음절
져근덧 ᄉᆞ이예 아무란줄 내 몰래라	3	3	4	4	14음절
百戰 乾坤에 治亂도 靡常ᄒᆞ고	2	3	3	4	12음절

44) 홍재휴, 앞의 책, 1991(재판), 144면.
45) 홍재휴, 앞의 책, 219-233면.

南蠻 北狄도 녜브터 잇건마는	2	3	3	4	12음절
慘目 傷心이 이대도록 ᄒᆞ돗던가	2	3	4	4	13음절

(가사, 龍蛇吟)

かれにうまれて かれにしぬ	7(3/4)	5(3/2)	12음절
なさけのうみの かもめどり	7(4/3)	5(3/2)	12음절
こいのおほなみ たちさわぎ	7(3/4)	5(2/3)	12음절
ゆめむすぶべき ひまもなし	7(<u>4/3</u>)	5(3/2)	12음절
くらきうしほの おどろきて	7(3/4)	5(<u>4/1</u>)	12음절
ながれてかえる わだつみの	7(4/3)	5(2/3)	12음절
とりのゆくへも みえわかぬ	7(3/4)	5(2/3)	12음절
かれにうきぬの かもめどり[46]	7(3/4)	5(3/2)	12음절

(島岐藤村, かもめ)

위에서 보이듯 한국 시의 경우 각 구를 이루는 음절수는 일정하지 않으며 일본 시의 경우는 항상 12음절로 고정된다.[47] 이 점이 한・일 시의 율격적 큰 차이이며 <7・5조>가 한국 시에 있어서 정착될 수 없는 가장 큰 이유이기도 하다. 이렇게 볼 때 우리 고유시에서 빈도 높게 구사되는 4율어구는 다양한 음절수에 의해 구성되는 가장 다양한 구 양식임이 드러나게 된다. 위에서 보인 4율어구의 유형을 포함해 상정해 볼 수 있는 가능한 음절수에 따른 4율어구의 종류는 100가지이다. 4・4・4・4조와 같이 최고 16음절에서 1・4・1・4조, 2・3・2・3조와 같이 최하 10음절로 이루어지게 된다. 이 사이에서 빗어

---

46) 島岐藤村 詩集, 白凰社, 1969.「原文: 彼に生まれて彼に死ぬ ‖ 情けの海のかもめどり ‖ 恋の激波たちさわぎ ‖ 夢むすぶべきひまもなし ‖ 闇き潮の驚きて ‖ 流れて帰るわだつみの ‖ 鳥の行衛も見えわかぬ ‖ 彼にうきぬのかもめどり.」

47) 일본 시의 7음절과 5음절도 이것이 한 박절을 이루지는 못한다. 여기서는 한국시와의 비교를 위해 의미 율격을 위주로 하여 율조 분석을 해 보았다. 다만 밑줄 친 <u>(4/3)</u>과 <u>(4/1)</u>은 의미상으로 분석할 경우 파탄이 오기 때문에 운율 율격에 따랐다.

지는 다양한 4율어구의 율조 유형은 한국 시의 율격적 특성을 보이게 된다. 언뜻 난삽한 듯 규칙성이 없어 보였던 한국 시 4율어구의 율조는 이렇듯 총 음절수에 있어 10음절과 16음절 사이에서 한도내적 유동성을 보이는 엄격한 율격율을 띤 구 형식임을 알 수 있다. 바로 <7 · 5조>라 했던 것은 4율어구의 하위 유형에 속하게 되는 것이다. 그러면 <7 · 5조>가 이루어내는 4율어구는 어떠한 모습인가. 여기에는 구를 이루는 음절수가 12음절인 <7 · 5조>만 포함되는 것이 아니라 <6 · 5조>, <8 · 5조> 등도 다 포함되므로 상당히 많은 유형들이 상정될 수 있다.

〈7 · 5조〉

4·3·3·2	4·3·2·3	4·3·1·4	4·3·4·1
3·4·2·3	3·4·3·2	3·4·4·1	3·4·1·4

〈8 · 5조〉

4·4·3·2	4·4·2·3	4·4·4·1	4·4·1·4

〈6 · 5조〉

4·2·3·2	4·2·2·3	4·2·4·1	4·2·1·4
3·3·3·2	3·3·2·3	3·3·4·1	3·3·1·4
2·4·3·2	2·4·2·3	2·4·4·1	2·4·1·4

위는 <7 · 5조>, <8 · 5조>, <6 · 5조>의 가능한 율조를 총 망라해 본 것이다. 그 빈도에 있어 차이가 날 수도 있으나 모두 불가능한 율조는 아니다. 그러므로 <7 · 5조>란 것은 이러한 4율어구의 하위 유형으로 파악되어야 하며, 위에 보인 것과 같이 각기 다양하게 나타날 수 있음이 파악되어야 한다. 비록 총 음절의 수가 12인 4율어구가 위

에서 보인 8개라 하나 위의 예만으로 한 시가 이루어진 예는 찾아 볼 수 없다. 이것이 일본 시 7·5조와의 차이이다. 그만큼 한국 시는 음절수의 고정화와는 거리가 먼 것이다. 심지어 소위 <8·6조>니 <7·6조>니 하는 율조들까지 <7·5조>와 같이 쓰였다고 하여 <7·5조>로 이해된 것은 이러한 4율어구로서의 한국 시의 특성을 제대로 파악하지 못함에서 오는 오류이다. 한국 시는 비록 빈도에 있어서는 차이가 날지언정 여러 구의 형태가 다양하게 쓰이고 있음을 볼 수 있으며 여기에서 일본 시와는 다른 한국 시의 율격적 특징이 있는 것이다. 100개나 되는 4율어구의 하위 유형이 각기 율격미를 달리 하듯, 위에서 보인 8개의 유형도 각기 나름대로의 율격미를 지니고 있음은 두말할 나위 없다. 물론 여기서 보인 위와 같은 유형들이 다른 유형과는 다른 독특성을 지닌 것도 사실이다. 이러한 율격미에 관해서는 다른 측면에서 깊이 있는 연구가 행해져야 할 것이다.

이렇게 볼 때 한국 시의 <7·5조>는 더 이상 <7·5조>라 할 수 없음을 확인한 셈이다. 결국 한국 시에서 <7·5조>가 유행한 것이 아니라 여러 가지 4율어구의 유형이 다양하게 창작된 것임을 확인했다고 할 수 있겠다. 이와 같이 한국 시의 특징이 다양성에 있듯, 고정성을 지닌 일본 시 7·5조가 정착하지 못했음은 당연하다. <7·5조>는 한국 시에서 실패했을 뿐이다. 그래도 한 가지 의문이 남는 것은 왜 100가지나 되는 4율어구의 유형 중에 아니 수많은 한국 시의 유형 중에 <7·5조>에 해당하는 유형들이 성행한 것일까. 그리고 특히 이러한 시들을 민요조 내지는 전통적인 율조로 직관할 수 있었던가 하는 사실이다. 앞에서 언급한 대로 <8·6조>니 <7·6조> 등의 유형을 다 포함하면 그 유형의 수는 훨씬 늘어날 것이나 이러한 의문은 그대로 남는다. 중간 휴헐을 중심으로 전반부와 후반부의 수가 동일한 유형도 있었으나 특히 후반부의 음절수가 적은 유형이 성행했던 것은 사실이기 때문이다. 이를 두고 혹자는 익숙하고 낯익은 것으로 내면화되어 있었으며 특히 이러한 유형이 민요적인 것과 밀착되어 있었기 때문이라고 하기도 하고[48], 혹자는 우리 <시가>의 향유 방식(음악의 형식으로 존재)에서 그 이유를 찾기도 한다.[49] 민요의 노랫말이 <7·5조>의 음수 배분 비율과 흡사한 구조라는 점과 음악이 빠져나간 자리를 채워 넣기 위해 붙든 것이 일본 시가 지니고 있는 음수율이었다는 것이다. 후반부가 적은 4율어구가 익숙하고 낯익은 것, 내지는 우리 민요의 노랫말과 음수 배분 비율이 비슷하다는 것은 4율어구가 우리 고유시의 일반적인 구 유형이므로 매우 당연한 것이다. 그러나 그 이상의 이유는 어떻게 해명해야 할 것인가. 민요적인 것과 밀착되어 있었다고 했지만 이러한 유형만이 민요적인 것과 밀착되었다고 하기는 어렵다. 그러면 다른 유형과의 차이가 드러나지 않기 때문에 충분한 설명이 될 수 없다. 그리고 한국 시에서 시와 음악이 분리된 시기가 개명기라 볼 수 없는 이상 음악이 빠져나간 자리를 메우기 위해서라는 말도 용납되기가 어려울 듯하다. 이러한 유형들이 특히 성행하고 민요조니 전통적 율조니 하게 된 데는 여러 요인이 작용한 것임이 틀림없다. 상정해 볼 수 있는 이유로 첫째는 우리 고유시 내의 전통적 요소로서의 친근성이 지적되어야 함이 마땅할 것이다. 다음으로는 일본 <7·5조> 율조의 수입에서 실패라는 점이 지적될 수 있을 듯하다. 일본 <7·5조>의 고정 음수를 도입하여 우리 시에 적용하려 했으나 실패하고 말았으니 자연 그 눈은 우리 고유시 쪽으로 쏠리지 않을 수 없었을 것이다. 그것도 <7·5조>와 음수에 있어서 비교적 유사성을 띠는 쪽으로 말이다. 일본 시 7·5조가 아니라 우리 고유시의 전통 속에 훌륭한 모범적인 전형이 존재했었다는 사실

48) 성기옥, 앞의 책, 281면.
49) 김대행, <민요와 7·5조>, 21-26면.

이 은연중에 크게 작용했으리라는 추측도 가능하지 않을까 한다. 또 하나 지적할 수 있는 것은 당시의 시대적 상황과 관련된 율격미의 검토이다. 우리 고유시에 있어서 수많은 다양한 유형들은 각기 다른 율격미를 지니고 있다. 아직 필자가 율격미를 본격적으로 검토한 바는 아니나 이는 앞으로 해야 할 숙제라고 생각한다. 현재로서는 이러한 유형이 지니는 율격미가 시대 상황과 연결되는 필연적인 무언가가 있으리라는 추측만 가능할 뿐이다.

4. 맺음말

기존의 연구에서는 <7 · 5조>의 실상이 <음보>율론으로 파악되어야 한다는 논의가 주류를 이루고 있으나 한국 시에서 <음보>의 개념은 적용될 수 없다. 한국 시를 <음보>율로 보게 되면 음수율인 일본 시와 한국 시는 이질적인 성격을 띠므로 한국 시 <7 · 5조>의 일본 시 이식설은 부당한 결론이라는 사실이 잘 설명되는 듯해도 <음보> 율론으로는 한국 시 <7 · 5조>의 성격을 제대로 파악해낼 수 없다. 기존의 연구 결과를 바탕으로 검토해 본 결과 <음보>율에 서야 한국 시 <7 · 5조>의 율격을 제대로 파악할 수 있고 비로소 일본 <7 · 5조>의 이식론에서 벗어날 수 있다는 것은 사실이 아님을 확인할 수 있었다. 이는 <음보>율에 의거하는 한 한국 시가 지니는 율격적 특징을 파악할 수 없게 되고 따라서 <7 · 5조>의 본질을 간과하지 않을 수 없기 때문이다. <7 · 5조>를 음수율의 관점에서 보는 것은 <7 · 5조>가 음수율인 일본 시의 수입이어서가 아니라 바로 한국 시가 음수율이기 때문이다.

1900년대 일본 시 7 · 5조가 한국 시단에 수입된 것은 여러 증거를 통해 확실시된다. 그러나 최남선 등이 시도한 일본 시 모방 <7 · 5조>는 한국 시와의 이질성 때문에 제대로 정착하지 못하고 실패한 것에 불과하다. 일본 시와 한국 시는 음수율이라는 점에서 동질성을 지니나 고정성을 특징으로 하는 일본 시에 비해 한국 시는 다양성을 특징으로 하기 때문에 고정화된 음수율을 지닌 <7 · 5조>는 한국 시의 생리에 처음부터 맞지 않는 것으로 정착될 수 없었다.

그러나 소위 <7 · 5조>라 불리어진 시는 1900년대에 성행했던 일본 시 7 · 5조를 모방한 것만을 의미하는 것이 아니었다. <7 · 5조>가 아닌 시까지 모두 <7 · 5조>로 다루어 <7 · 5조=민요조=전통적 율조>라는 파탄까지 낳았던 것이다. 한국 시 <7 · 5조>는 다름 아닌 우리 고유시 4율어구의 하위 유형이라 할 수 있으나 일본 <7 · 5조>와는 그 성격을 달리하는 것이다. 그러므로 한국 시에서 <7 · 5조>라는 명칭은 사라져야 함이 마땅하다. 소월시를 민요조로 파악하고 전통적 율조라고 하는 것은 소월시가 우리 고유시의 전통을 계승시켰기 때문이지 일본 시의 7 · 5조와 관련이 있는 것은 아니다. <소월시=7 · 5조=민요조=전통적 율조>라는 등식이 얼마나 허상에 불과한 것인지는 두말할 필요가 없다.

찾아보기

ㅈ

ㅊ

ㅌ

김정화

경북대학교 사범대학 국어교육과 졸업
동 대학교 교육대학원 국어교육 전공
대구가톨릭대학교 대학원 국어국문학과 졸업(문학 박사)
일본 와세다(早稻田)대학 객원 연구원 역임
미국 컬럼비아대학교 동아시아연구소, 뉴욕주립대학교 한국학연구소 객원연구원 역임
현재 경북대학교, 대구 가톨릭대학교 출강
제10회 나손 학술상 수상

고시 율격의 비교학적 연구

2004년 10월 22일 인쇄
2004년 10월 29일 발행

저 자 | 김정화
발행인 | 김홍국
발행처 | 도서출판 **보고사**
등 록 | 1990년 12월(제6-0429)
주 소 | 서울시 성북구 보문동7가 11번지 2층
전 화 | 02)922-5120~1
팩 스 | 02)922-6990
E-mail | kanapub3@chol.com
www.bogosabooks.co.kr

ISBN 89-8433-266-6(93810)

잘못된 책은 교환하여 드립니다.
정가 18,000원